Eitan Einoch ist Taxifahrer in Tel Aviv. Als junger Mann machte er Karriere in der Hightech-Branche, dann hat er innerhalb einer Woche drei Terroranschläge überlebt und wurde kurzfristig berühmt. Nun, zehn Jahre später, ist er geschieden, fiebert den Tagen entgegen, an denen er seine Tochter sehen darf, geht an zwei Abenden die Woche zum Boxen und unterhält seine Fahrgäste mit Geschichten über die Straßen seiner Stadt. Doch alles ändert sich, als er den Auftrag bekommt, eine charmante alte Dame täglich zum Friedhof zu fahren. Die Lebensgeschichte von Lotta Perl fasziniert ihn, und jeden Tag erfährt er ein bisschen mehr über ihre große Liebe zu dem britischen Soldaten, den sie gerade begraben hat, und über das Leben in Palästina kurz vor der Gründung des Staates Israel. Als Lotta plötzlich spurlos verschwindet, versucht Eitan herauszufinden, was geschehen ist: jetzt, in Tel Aviv, und damals in Haifa, im Palästina des Jahres 1946, als alles mit den Liebesgeschichten zwischen zwei britischen Soldaten und zwei jüdischen Mädchen begann …

Assaf Gavron wurde 1968 geboren, wuchs in einem Dorf nahe Jerusalem auf, studierte in London und Vancouver und lebt heute mit seiner Familie in Tel Aviv. Er hat mehrere Romane und einen Band mit Erzählungen veröffentlicht, wurde ausgezeichnet u.a. mit dem Bernstein-Preis und dem Prix Courrier, und ist in Israel Bestsellerautor.

Assaf Gavron bei btb
Ein schönes Attentat. Roman (74008)
Auf fremdem Land. Roman (74939)

Assaf Gavron

Achtzehn Hiebe

Roman

*Aus dem Hebräischen
von Barbara Linner*

btb

Die Originalausgabe erschien 2017 unter dem Titel
»Schmone-esre malkot«
bei Sifrei alijat hagag/Jediot acharonot/ Sifrei chemed, Tel Aviv.

Dieses Buch ist auch als E-Book erhältlich.

S. 412 f. zit. aus:
Gabriel García Márquez, *Die Liebe in Zeiten der Cholera.*
Aus dem kolumbianischen Spanisch von Dagmar Ploetz
© 1987, Verlag Kiepenheuer & Witsch GmbH & Co. KG, Köln

Verlagsgruppe Random House FSC® N001967

1. Auflage
Genehmigte Taschenbuchausgabe Mai 2019
btb Verlag in der Verlagsgruppe Random House GmbH,
Neumarkter Straße 28, 81673 München
Copyright © der Originalausgabe 2017 Assaf Gavron
Copyright © der deutschsprachigen Ausgabe 2018 Luchterhand
Literaturverlag in der Verlagsgruppe Random House GmbH
Umschlaggestaltung: semper smile, München, nach einem
Umschlagentwurf von buxdesign, München,
unter Verwendung eines Motivs von © Getty Images/Bettmann
Druck und Einband: GGP Media GmbH, Pößneck
CP · Herstellung: sc
Printed in Germany
ISBN 978-3-442-71861-0

www.btb-verlag.de
www.facebook.com/btbverlag

»Die Engländer lieben die Peitsche.«

MENACHEM BEGIN, *Hamered* (Der Aufstand)

»Das Leben ist stärker als die Liebe,
doch die Augenblicke, in denen die Liebe strahlt –
für sie leben wir.«

LOTTA PERL

Inhalt

1. Taxi zum Friedhof 9
2. Eine blutige Lippe und ein Schiff in Haifa 29
3. Wen interessieren schon alte Leute? 50
4. Wer, zum Teufel, ist das? 69
5. Was quält Wilshere? 86
6. Die Leiche 105
7. Ein Sommer von Gewalt und Liebe 124
8. Die Auspeitschung 141
9. Sünde und Bestrafung 160
10. Was mir gehört, gehört wieder mir! 183
11. Die Fragen, die offen blieben 199
12. Die Geister, die sie rief 220
13. Ein Grund zu leben 237
14. Der Tod wird nicht arbeitslos 261
15. Wo ist der Enkel? 284
16. Die Mutter der Freundin meiner Tochter 303
17. Der zweifelnde Detektiv 320
18. Ein Bild enthüllt sich in den Jerusalemer Hügeln . . 334
19. Der Mann, der aus der Hitze kam 352
20. Ein Glas und ein weiches Kissen 368
21. *Maladeitsch*, Krokodil! 390
22. Ich denke an dich 406

1. Taxi zum Friedhof

Ich setzte meine Kleine an der Schule ab, genehmigte mir einen Espresso im Stehen, den ich mir mit einem Schluck direkt ins Hirn schüttete, und ging im Nieselregen zum Taxi, das vor dem Café rot-weiß aufflackerte. In dem Moment, in dem ich mich hineingesetzt hatte, kam der Ruf: Bin-Nun-Straße, Ecke Habaschan.

Wenn man Taxi fährt, steigt man in der Früh in den Wagen und weiß nicht, wo man in fünf Minuten sein wird. Man fährt und fährt, acht Stunden, zehn Stunden – verschiedene Richtungen, verschiedene Leute, verschiedene Unterhaltungen –, und kommt nirgendwo an.

Sie war alt und elegant. Trotz Regen trug sie eine ausladende Sonnenbrille, die ihre Augen verbarg, und ein türkisfarbener Schal aus zartem Stoff bedeckte einen Teil ihres vollen, silbernen Haars.

»Sie waren schnell da.« Wenn man Taxifahrer ist, kann man in der Regel an den ersten zwei Wörtern die Sprachfärbung erkennen und daraus auf Weiteres schließen – wann sie ungefähr geboren wurde, wann und woher sie nach Israel eingewandert war, Holocaust oder nicht. Mein Radar begann zu arbeiten. Ich dachte bei mir: eine typische Jeckin.

»Ich gebe mir Mühe«, antwortete ich, hob den Blick zum Fahrerspiegel und wartete.

Ich spürte, dass sie mich ansah, ein intensiver Blick trotz der doppelten Filterung durch Sonnenbrille und Spiegel, und dann zuckten ihre zinnoberrot geschminkten Lippen, die etwas zu voll und zu jung für ihr Alter schienen, und mit einem halben Lächeln sagte sie: »Zum Trumpeldorfriedhof.« Ich schaltete auf Drive.

Bis ich ein paar Minuten danach auf die Ibn-Gvirol einbog, fuhren wir schweigend. Dann sagte ich: »Wissen Sie, dass an der Stelle, wo Sie eingestiegen sind, das Haus ist, in dem sich Begin einmal vor den Briten versteckt hat?«

Ich liebe es, meinen Fahrgästen etwas über die Straßen zu erzählen, wo ich sie aufsammelte oder hinbrachte. Normalerweise wussten sie nichts – nicht, wer Masaryk oder Frug waren, nicht einmal Arlozorov. Ich hatte ein Buch im Handschuhfach, *Straßenführer Tel Aviv-Jaffa*, in dem ich manchmal gern las, wenn ich ein paar Minuten Pause hatte.

Jetzt lächelte sie mit ganzem Mund und wandte den Kopf zum Fenster. »Ob ich das weiß?«, sagte sie. »Die Frage ist, woher Sie das wissen, mein Junge. Ich bin von damals. Ich erinnere mich.« Sie blickte auf ihr iPhone und fügte hinzu: »Ich mag es, wie Sie fahren, Eitan, ruhiger als andere Taxifahrer. Sie haben bereits fünf Sterne, und die Fahrt hat erst begonnen.« Die roten Lippen lächelten wieder.

»Danke, Lotta Perl.« Ich gab ihr ein Lächeln im Spiegel zurück. Auch die Fahrer sehen in der App die Namen ihrer Fahrgäste, nicht nur umgekehrt. Dann sagten wir nichts mehr, bis wir am Friedhof ankamen. Die Sonne trat plötzlich aus den Wolken und funkelte in den Fensterscheiben der Autos, die sich träge vorwärtsschoben. Der Winter würde bald zu Ende sein.

In neun von zehn Fällen traf mein Radar ins Schwarze: Es ist nicht nur die Sprache oder die Art zu reden, auch wie einer ins Taxi einsteigt, an seiner Kleidung und Körpersprache, sogar am Gang erkenne ich, ob der Fahrgast aus Bat Jam oder dem schicken Norden von Tel Aviv oder irgendwo dazwischen ist, ob es Trinkgeld gibt und wie er sich mir gegenüber benehmen wird. Aber an jenem Morgen war entweder mein Radar gestört, oder Lotta Perl war einfach der eine unvorhergesehene Fall unter zehn – sie war weitaus lockerer, als ich geschätzt hatte, als sie ins Taxi einstieg.

Plötzlich war ich nicht mehr sicher, ob sie eine Jeckin, also aus Europa eingewandert, oder vielleicht doch hier in Israel geboren war, und auch was ihr Alter anging, geriet ich ins Grübeln. Und dann gab sie mir Trinkgeld. Ein äußerst großzügiges. Was ich nicht erwartet hatte. Nun war ich ziemlich verwirrt.

Am Eingang zum Friedhof standen ein paar Leute mit schwarzen Regenschirmen. Ein Mann eilte auf das Taxi zu, öffnete Lotta Perl die Tür und reichte ihr den Arm, um ihr beim Aussteigen behilflich zu sein. Dann schloss er die Tür für sie, kam zur Fahrerseite und bedeutete mir mit einer kurbelnden Handbewegung, das Fenster zu öffnen.

Ich drückte auf den Knopf, und das Fenster fuhr summend herunter. »Wissen Sie nicht, dass man Fenster nicht mehr mit der Hand runterdreht?«, sagte ich lächelnd.

Er lächelte nicht, anscheinend verstand er kein Hebräisch, denn er erwiderte in hochgestochenem britischem Englisch: »Verzeihung, wären Sie bereit, einen Minjan vollzählig zu machen? Nur für das Kaddisch. Es ist der Familie wichtig. Machen Sie eine Mizwa. Sie können den Zähler einschalten, ich bezahle Ihnen Ihre Zeit.« Die Worte »Minjan«, »Kaddisch« und »Mizwa« sagte er auf Hebräisch, mit Betonung auf der falschen Silbe.

Ich betrachtete ihn, seine glänzende Krawatte und das wellige, etwas längere braune Haar, das mit irgendeinem Gel getrimmt war. Ich sah mir die breiten Lippen an, auf denen das Lächeln von einem lag, der gewöhnt ist, dass man sich ihm fügt. Sein Anzug, vielleicht von Armani, stach mir trotz Regen in die Augen. Er wirkte wie jemand, der Geld hat, obwohl die Reihenfolge, in der er die Dinge vorgetragen hatte – zuerst »der Familie wichtig«, dann »Mizwa« und erst danach das Angebot zu bezahlen –, klarmachte, dass er lieber sparte. Es war auch eine ziemlich unverschämte Bitte. Er sah doch, dass ich bei der Arbeit war. Trotzdem sagte ich ja, und nicht nur das, sondern ich fügte in meinem gar nicht üblen Englisch, das ich zu Hause gelernt hatte, hinzu: »Vergessen Sie den Zähler, eine Mizwa ist eine Mizwa.« Das Wort Mizwa sagte ich auf Hebräisch und aus irgendeinem Grund mit der gleichen Betonung wie er. Ich schaltete den Motor aus, und sofort ärgerte ich mich über mich selbst, über die Zeit und das Geld, das ich wegen diesem geschniegelten Lackaffen verlor. Doch ich wusste, weshalb ich zugestimmt hatte – ich sah, wie Lotta Perl dastand und unseren Wortwechsel mit amüsierten Lippen beobachtete, mit einem gelben Regenschirm in der Hand. Ich wollte sie, warum auch immer, irgendwie beeindrucken.

Der Trumpeldor ist der kleinste, am dichtesten bevölkerte und schönste Friedhof von Tel Aviv und der einzige mitten in der Stadt. Für eine Parzelle dort muss man, außer dem Toten, an die hunderttausend Schekel, wenn nicht mehr, zu Grabe tragen. Aber er hat Stil. Es gibt etliche Bäume, und es liegen dort Berühmtheiten und Bürgermeister, Bialik, Dizengoff, Scheinkin, Arlozorov – alle, nach denen die Straßen von Tel Aviv benannt worden sind und deren Geschichten sich in meinem Straßenführer finden.

Der Geschniegelte mit der glänzenden Krawatte las das Kaddisch, also nahm ich an, dass er in familiärer Beziehung zu dem Verstorbenen stand. Außer ihm, Lotta Perl und mir waren fast nur alte Männer da, in Pullovern und mit Regenschirmen, bis auf ein junges, hübsches Mädchen, das mit einem Mal an Lotta Perls Seite auftauchte und sie umarmte. Ihr langes braunes Haar wallte über den Rücken der alten Dame, die sich mit gesenktem Kopf und bebenden Schultern ein Papiertaschentuch an die Augen hielt. Nahe am Grab, in einem Rollstuhl, saß ein alter Mann mit dicken Brillengläsern und leicht aufgeblähter schwarzer Schirmmütze, der vor sich hin murmelte. An den Griffen des Rollstuhls stand eine kleingewachsene, kräftige Filipina. Nachdem ich meinen Blick über die Anwesenden hatte gleiten lassen, hob ich ihn zu den Wipfeln der Bäume und dachte an meine Noga. Kaum zu glauben, dass sie schon in die erste Klasse ging. Wie die Zeit raste! Und was für ein schönes Wochenende wir miteinander gehabt hatten – plötzlich hatte ich Lust, nach Hause zu fahren und mir das Bild anzuschauen, wir zwei in enger Umarmung, das sie für mich gemalt und mit einem Magneten an den Kühlschrank geheftet hatte.

Als wir das endgültige Amen gesprochen hatten und ich einen letzten Blick in die Runde warf, bevor ich zum Taxi zurückkehrte, stand Lotta Perl abseits von allen mit ihrem gelben Schirm da und schaute mich an. Sie wartete, bis mein Blick sie erreicht hatte, und kam dann auf mich zu. »Eitan«, sagte sie mir ins Ohr, »schalten Sie den Zähler ein und warten Sie auf mich. Ich komme gleich.« Ihre Augen waren tränennass.

»Danke, dass Sie einverstanden waren zu bleiben«, sagte sie mit brüchiger Stimme, nachdem wir schon einige Minuten nach Norden gefahren waren. Die Sonne kam plötzlich wieder heraus, und die große Sonnenbrille verbarg ihre Augen. Sie hatte die Adresse eines Altersheims in Herzlija genannt.

»Eine Mizwa ist eine Mizwa«, erwiderte ich, diesmal mit der normalen Betonung am Wortende, und fischte ein paar Erdnüsse aus einer Papiertüte.

Ich redete nicht. Wenn ich sehe, dass meine Fahrgäste weinen oder traurig sind, belästige ich sie nicht und mische mich nicht ein. Ich überlasse es ihnen, sich mitzuteilen, falls sie das wollen. Und wieder hatte ich das Gefühl, dass mein Radar gestört war – auf der Fahrt zum Friedhof erschien sie mir heiter, und jetzt weinte sie. Das gefiel mir. Die Fahrgäste, die ich nicht gleich durchschaute, machten die Arbeit ein bisschen interessanter.

Ein paar Minuten darauf bemerkte sie: »Hübsch, meine Enkelin, nicht wahr?«

»Wunderhübsch«, antwortete ich und fügte, ohne nachzudenken, fast im gleichen Atemzug hinzu: »Na gut, sie ist die Enkelin ihrer Großmutter, da ist das nicht wirklich überraschend.«

Dagegen überraschte mich durchaus, wie ich mit solcher Schamlosigkeit flirtete. Lotta Perl war weit über meinem

Alterslimit und schien mir auch nicht in der Stimmung für Blödsinn zu sein. Aber sie schmunzelte, die runden Bögen ihrer schmalen Augenbrauen tauchten über dem Rahmen ihrer Sonnenbrille auf. Ich lächelte in den Rückspiegel und fragte sie, wie ihre Enkelin hieß. Als sie mir den Namen genannt hatte, sagte ich: »Im Ernst? Das glaube ich Ihnen nicht. Genauso heißt meine Tochter. Mit einem oder mit zwei g?«

»Mit zwei«, erwiderte sie. Ich verriet ihr nicht, dass man meine Noga mit einem g schrieb.

Erst einige Stunden später, nach diversen Runden durch die Stadt – gutfrisierte Rechtsanwälte zur Börse, entnervte Mütter mit energetischen Kindern zum Judokurs, blasse europäische Touristen zum Hotel am Jarkon und einen Bartträger mit amerikanischem Akzent zum Flughafen Sde Dov –, sagte plötzlich ein junger dunkelhäutiger Mann mit rasiertem Schädel zu mir: »He, Chef, hier hinten hat jemand einen Ohrring verloren.« Als ich den Ohrring sah, wusste ich sofort, dass er ihr gehörte. Und gleich nachdem ich den Kahlgeschorenen abgesetzt hatte, lenkte ich das Taxi in Richtung Küste, nach Herzlija. Ich wusste nicht, ob sie den Schmuck absichtlich oder versehentlich hatte liegen lassen, und ich wusste auch nicht, was ich mir dabei dachte – wenn man bei mir Sachen vergisst, bewahre ich sie normalerweise auf und warte, bis sich die Kunden melden –, aber das Taxi war schon auf dem Weg.

Es war eines der schöneren Altersheime, ich kannte es von mehreren Fahrten, und ich hatte gesehen, was für Leute dort wohnten und wer sie besuchte. Ich ging zur Rezeption, gab den Ohrring zusammen mit meiner Visitenkarte ab und erklärte, dass Lotta Perl ihn bei mir im Taxi verloren hatte. Ich hätte sie anrufen können, bei der Bestellung war ja automatisch ihre Nummer gespeichert worden, aber ich überließ ihr lieber die Karte und die Möglichkeit, selbst zu entscheiden, ob sie sich melden wollte.

Sie rief am nächsten Tag an. »Eitan?« Ich erkannte ihre Stimme sofort und erwiderte: »Ja, Lotta?« Sie kicherte. »Ich möchte Ihnen einen Vorschlag machen«, sagte sie.

Von nun an fuhr ich sie jeden Morgen vom Altersheim zum Friedhof, wo ich zehn bis fünfzehn Minuten im Wagen auf ihre Rückkehr wartete, um sie dann wieder ins Altersheim zurückzubringen.

Die Abholung war immer Punkt elf Uhr, doch ich traf meistens ein paar Minuten vorher ein. Sie erwartete mich jedes Mal schon mit ihrer Sonnenbrille, dem kleinen zinnoberroten Lächeln und dem türkisen Schal, der einen Teil der Haare und den Hals bedeckte. Manchmal trug sie ein schönes langes Samtkleid, manchmal war sie im Trainingsanzug. Wenn es regnete, wartete sie in der Lobby und hüpfte, wenn ich ankam, mit ihrem gelben Regenschirm heraus. Manchmal war sie voll Energie und plauderte über ein Bridgespiel oder eine Chorprobe. Manchmal schwieg sie auf der gesamten Hin- und Rückfahrt, und hin und wieder bekam ich mit, dass sie sich eine widerspenstige Träne aus dem Auge wischte. Immer gab sie mir eine Fünf-Sterne-Bewertung und zwanzig Prozent Trinkgeld.

Eines Tages erzählte sie mir, dass der Verstorbene ihr Geliebter gewesen sei. Vor vielen, vielen Jahren, vor der Staatsgründung. Die Beziehung brach ab, er kehrte in das Land zurück, aus dem er gekommen war, damals, vor langer Zeit. Er war erst vor kurzem wieder in Israel eingetroffen, etwa eine Woche bevor er starb. Als hätte er gespürt, dass es so weit war, als hätte er sich verabschieden wollen.

Bei einer der nächsten Fahrten nannte sie mir seinen Namen: Edward O'Leary. Ich schaute in den Rückspiegel. Ihr Blick haftete am Fenster. »Ein Brite?«, erkundigte ich mich. »Ire«, entgegnete sie, »aber er war mit der britischen Armee hier.« Ich fragte nach: »Warum ist er dann auf einem jüdischen Friedhof begraben worden? Warum bin ich zum Minjan gebraucht worden, wenn er ein Ire war?« Sie wandte ihren Blick dem Spiegel zu. »Zufällig war er auch Jude.«

Bei einer anderen Gelegenheit sagte sie zu mir: »Wissen Sie, auch Edward war einmal Fahrer.«

»Tatsächlich? Wo?«, fragte ich.

»Bei der Armee. Lastwagenfahrer.«

»Und Sie? Ich meine, wo sind Sie sich begegnet?«

Sie antwortete nicht gleich. Aber als wir beim Trumpeldorfriedhof ankamen, fragte sie mich: »Wollen Sie mit mir zum Grab kommen?« Ich wollte. Sie schlug mir vor, den Zähler eingeschaltet zu lassen, doch ich lehnte ab: »Vergessen Sie's, Mizwa ist Mizwa.« Mit Betonung hinten. Sie lachte, und ich stimmte mit ein.

Auf dem Grab befand sich noch kein Stein. Ein Schild steckte in dem lockeren Erdreich, auf dem nur der Name des Verstorbenen stand.

Sie zeichnete mit ihrem gepflegten Finger die Buchstaben seines Namens auf dem Schild nach und sagte: »Ich war ein junges Mädchen.« Und verstummte dann.

»Sagen Sie, Lotta«, fragte ich nach einer Weile, »warum kommen Sie jeden Tag hierher? Das ist eine extreme Treue, die weit über ›till death do us part‹ hinausgeht. Der Tod hat sie beide offenbar nicht geschieden. Sogar Frauen, die ihr Leben lang eine gute Ehe hatten, gehen nicht täglich ans Grab, wenn ihr Mann gestorben ist. Schon gar nicht fahren sie jeweils eine halbe Stunde mit dem Taxi hin und zurück. Warum also Sie, nachdem Sie so viele Jahre nicht in Kontakt waren und Ihre Liebe lange zurückliegt? Nicht dass ich Liebe geringschätze, ich bin der Letzte, der sie nicht schätzen würde.«

Lotta Perl legte ihre Hände mit den langen schmalen Fingern, deren Nägel im Ton ihrer Lippen lackiert waren, auf den Stein des Nachbargrabs, auf dem sie saß – es gehörte einem mit dem Namen Scharabi –, und sagte: »Als wir diese Doppelgrabparzelle kauften, sagte er zu mir, sollte ich – Gott bewahre – vor ihm sterben, käme er jeden Tag hierher, würde sich hinsetzen und mir alles erzählen, was er erlebt hat. Am Ende ist es umgekehrt gekommen…« Sie blickte mich an. »Liebe ist alles, Eitan.« Die Worte überraschten mich, aber ich spürte und verstand sie. Ich nickte zustimmend, und sie fuhr fort: »Und besonders, wenn man auf sie gewartet hat, wenn man von fern geliebt und sie wiedergewonnen hat. Man weiß jeden Moment davon zu schätzen. Man versteht, dass das Leben stärker ist als die Liebe. Doch die Augenblicke, in denen die Liebe strahlt – für sie leben wir.«

Ich begann mich auf diese Fahrten zu freuen. Sie waren der Höhepunkt meines Tages außer den Stunden mit Noga, wenn sie bei mir war, gute Laune hatte und nicht nach ihrer Mutter weinte. Bei Lotta mochte ich auch die Tage, an denen sie keine gute Laune hatte. Ich wartete auf ihren guten Geruch, der das Taxi erfüllte, wollte sehen, wie es ihr ging, mit ihr reden, auf ihre Fragen antworten. Sie wollte alles wissen: über die Schawarmas, die ich in Nachalat Jizchak aß, über die Fahrten, die ich vor ihr hatte, das Boxtraining im Keller des Dizengoff-Centers, über meine Tochter Noga, meine Exfrau Dutschy. Wie es kam, dass jemand wie ich, mit einem Universitätsabschluss und einer Vergangenheit in der Hightech-Branche, Taxifahrer geworden war. Vom Ursprung meines Spitznamens »Krokodil«. Einmal sagte sie: »Sie sind ein merkwürdiges Geschöpf, Krokodil«, und fuhr dann fort: »Wenn ich dreißig oder vierzig Jahre jünger wäre ...« Worauf ich entgegnete: »Wagen Sie nicht mal dran zu denken!« Sie lachte aus vollem Hals, genau wie ich, bis wir am Altersheim ankamen, sie mir die Sterne in der App markierte, das übliche Trinkgeld gab und aus dem Wagen stieg, während sie sich mit den Fingerspitzen unter ihrer großen Sonnenbrille die Lachtränen aus den Augen wischte.

Ich heiße Eitan Einoch, aber alle nennen mich Krokodil. Ich bin Taxifahrer, vierundvierzigeinviertel Jahre alt, boxe in meiner Freizeit, bin so weit wie möglich Vater und geschieden. Exehemann, Exberühmtheit, Exjerusalemer und Exdetektiv. Vor elf Jahren war ich für ein paar Augenblicke berühmt, nachdem ich innerhalb einer Woche drei Terroranschläge überlebte und man mich zu Talkshows im Fernsehen und Radio einlud. Es gibt immer noch Leute, die ins Taxi einsteigen und zu mir sagen: »Sagen Sie mal, woher kommen Sie mir so bekannt vor?« Worauf ich normalerweise erwidere: »Wissen Sie, wie viele Leute das zu mir sagen? Anscheinend habe ich ein typisches israelisches Durchschnittsgesicht.« Es gibt allerdings diese Klugscheißer, die während der Fahrt meinen Namen im Netz recherchieren, und dann kommt auf einmal ein Aufschrei vom Rücksitz: »Ahhh! *Wallah*, stimmt! Ich glaub's nicht! Ein typisches Durchschnittsgesicht, sagt der zu mir ...« Was für ein Glück, dass sie die Zeit mit mir bezahlen müssen, so schaffe ich es im Allgemeinen, sie ziemlich schnell loszuwerden.

Dutschy war in der Zeit damals meine Freundin. Wir wollten eigentlich heiraten, aber die Zeremonie fiel aus, weil ihre Mutter am Tag der geplanten Hochzeit starb. Und danach, in dem ganzen Chaos mit den Anschlägen und der Berühmtheit, ging mir irgendetwas verloren, ich drehte durch, und wir trennten uns. Dann fand ich mich anscheinend wieder, denn sie kam zu mir zurück, wir schafften es sogar zu heiraten, und Noga wurde geboren, bis ich das Etwas offenbar wieder verlor und wir uns zum zweiten Mal trennten, und diesmal, wie es scheint, für immer. Auch aus der Hightech-Branche wurde ich nach dieser Periode ausgesondert. Es war keine einfache Zeit, es gelang mir nicht so recht, mich zu konzentrieren, meine Arbeit ließ zu wünschen übrig, und es gab tatsächlich auch Kürzungen. Anschließend trieb ich mich ein paar Jahre etwas haltlos herum, bekam hin und wieder Angebote von Freunden, die mir noch aus der Branche geblieben waren, arbeitete ein wenig, kündigte, wurde gekündigt oder man legte mir die Kündigung dringend nahe, lebte ein bisschen auf Dutschys Kosten, die inzwischen Partnerin in der Rechtsanwaltskanzlei geworden war, in der sie arbeitete, und so weiter und so fort. Es ist nicht leicht, wenn man ein Posttrauma hat, auch wenn ich weiß, dass das keine Ausrede ist, denn allen in unserem Staat geht es so, und die meisten schaffen es doch irgendwie, sich aufzurappeln.

Einmal, mitten in dieser langen labilen Phase, sagen wir mal vor fünf Jahren, rief mich mein Freund Bar an, um sich mit mir zu Falafel und Fruchtshake zu treffen. Bar hatte vor elf Jahren, in der Zeit der Anschläge, als ich durchdrehte, mit mir zusammen in der Start-up-Firma Time's Arrow gearbeitet und war, genau wie ich, ein eher erbärmlicher Mitarbeiter gewesen. Ich war im Marketing und er in der Programmierung, doch die meiste Zeit beschäftigte er sich mit Zahlenmystik, mit der Entwicklung eines Gematrieprogramms, das er erfunden hatte, und träumte davon, Verbrechen aufzuklären. Das war seine wahre Leidenschaft, und einmal in dieser Zeit, in der ich das »Krokodil der Anschläge« war, ermittelten wir zusammen in einer Geschichte; es ging um ein Rätsel, das ich unbedingt lösen musste. Nie habe ich Bar so begeistert gesehen wie in den Monaten, als wir den Fall verfolgten – er arbeitete mit Methoden, die er in der Prestigeeinheit des Nachrichtendienstes bei der Armee und aus Kriminalromanen gelernt hatte, durchforstete Material, organisierte Treffen, analysierte stundenlang alle Möglichkeiten, befragte Leute.

Nachdem Bar, so wie ich, von Time's Arrow gekündigt wurde, arbeitete er zwei Jahre lang bei einer anderen Firma als Softwareentwickler. Sie wurde für eine Menge Geld an eine große Firma aus Amerika verkauft, und er machte ein paar Millionen. Danach verkaufte er sein Gematrieprogramm zusammen mit einer Bibel- und Talmud-Applikation, die er entwickelt hatte, und seitdem erhält er jeden Monat satte Tantiemen. Vor ein paar Jahren hat er Nirit geheiratet, und inzwischen haben sie drei Kinder. Er kommt zurecht.

Vor fünf Jahren also saßen wir in einer Falafelbude, wo er zu mir sagte: »Warum machen wir nicht ein Ermittlungsbüro auf Facebook auf? Wir sind ein gutes SEK, wir haben Erfahrung und diese Affäre da, die nicht einfach war, echt gut gelöst. Mein Vorschlag schaut so aus: Wir melden ein Büro auf Facebook an, die Ermittlungen führen wir zusammen durch. Ich zahl dir ein Gehalt für ein Jahr, als Testphase, und wenn das Ganze nach einem Jahr nicht in die Gänge gekommen ist, machen wir den Laden dicht. Dein Geld behältst du, du schuldest mir nichts.«

»Was ist ein SEK?«, fragte ich verwundert.

»Ein Sonderermittlungskommando.« Er schaute mich geduldig an.

Ich kratzte mich am Kopf. »Ein Ermittlungsbüro auf Facebook? Nie im Leben von so was gehört.«

»Ganz genau«, lächelte er aus seinen rötlichen Bartstoppeln und drehte die verschlissene Schirmkappe nach hinten, die immer auf seiner Glatze saß.

Das Angebot konnte ich kaum ablehnen. Er bot mir ein anständiges Festgehalt an, unabhängig vom Arbeitsaufwand – auch wenn keine Fälle hereinkämen oder wir die Fälle nicht lösten und von den Kunden nicht bezahlt würden.

Also richteten wir ein Ermittlungsbüro auf Facebook ein.

Es kam nicht in die Gänge, und wir machten sogar noch vor Ablauf des einen Jahres den Laden dicht. Bis dahin waren vier Fälle reingekommen:

Eine Frau, die einen Diamantring verloren hatte und ihre beste Freundin verdächtigte.

Ein Mann, der seinen Boss, der ihn gefeuert hatte, verklagen wollte, weil er angeblich Firmengelder veruntreute.

Eine Frau, die den Verdacht hatte, ihr Mann gehe fremd.

Was der vierte war, weiß ich nicht mehr.

Es war erbärmlich. Sogar Bar musste das zugeben. Es gelang uns nicht, der Freundin der Frau mit dem Ring etwas nachzuweisen, ebenso wenig dem Boss des entlassenen Angestellten. Der Ehemann der Frau, die ihn verdächtigte, betrog sie wirklich, es kostete uns eine halbe Stunde, ihn dabei zu fotografieren, wie er im Hof eines Gebäudes mit einer Arbeitskollegin einen Zungenkuss austauschte. Und der vierte Fall, den ich nicht mehr weiß, tja. Nachdem wir dichtgemacht hatten, dachte ich, dass die Sache wenigstens ein Gutes hatte – Bar würde endlich seine Detektivphantasien aufgeben und begreifen, dass es auf der echten Welt anders zuging als in seinen Büchern.

Lotta Perl wollte mehr über diese Phase in meinem Leben hören. Vielleicht hatte ihr jemand erzählt, dass ich für fünfzehn Minuten berühmt war, oder sie hatte meinen Namen selber gegoogelt (ich hatte im Netz nach ihr gesucht, aber nur den Eintrag im Melderegister von Herzlija gefunden). Eines Tages fragte sie mich: »Was heißt eigentlich, Sie sind drei Anschlägen entkommen? Das verstehe ich nicht. Und ebenso wenig verstehe ich, weshalb Sie das zu einer Berühmtheit gemacht hat.«

»Keine richtige Berühmtheit«, entgegnete ich und warf mir eine geröstete Erdnuss in den Mund.

»Das habe ich aber durchaus so verstanden. Sogar im Altersheim hat Batja Elkajam zu mir gesagt, dass sie sich an Sie erinnert. Also erzählen Sie.«

»Das war vor elf Jahren. Ich weiß es nicht mehr«, versuchte ich abzuwiegeln.

»Nu, Schluss mit dem Unsinn«, entgegnete sie.

Obwohl ich es hasste, mich an diese Zeit zu erinnern, und fast nie darüber redete, erzählte ich es ihr. »Der erste Anschlag war in einem Linientaxi vom Neuner. Zu der Zeit hatten die Attentate gerade ihren Höhepunkt erreicht, alle waren schrecklich misstrauisch, und eine Frau in dem Minibus geriet in Stress wegen einem dunkleren Typen, der einstieg, und wollte sofort raus. Ein anderer, ein Jerusalemer, fing mit mir zu reden an. Giora. Er fragte mich, was ich davon halte. Ich sagte zu ihm, die Leute seien einfach paranoid, und der Dunkelhäutige sei sicher in Ordnung. Am Dizengoff-Center, meiner Haltestelle, bin ich ausgestiegen, und ungefähr hundert Meter weiter explodierte der Minibus dann. Und weil dieser Giora in den paar Minuten, in denen wir miteinander geredet haben, so halb im Scherz zu mir gesagt hat, falls ihm was passieren sollte, müsse ich es Schuli erzählen, seiner Freundin in Jerusalem, bin ich nach Jerusalem gefahren. Und auf dem Weg nach Jerusalem, bei Scha'ar Hagai, ist auf den Autobus, der vor mir fuhr, geschossen worden, und es hat auch mein Auto getroffen, und der Soldat, den ich als Anhalter mitgenommen habe, wurde getötet.«

Ich suchte ihren Blick im Rückspiegel. Sie schwieg.

»Und dann, in Jerusalem«, fuhr ich fort, »bin ich zu Gioras Begräbnis gegangen und habe Schuli getroffen. Sie hat mir erzählt, dass niemand begriffen hat, warum Giora am Tag des Anschlags in Tel Aviv war. Er war Jerusalemer, arbeitete in Jerusalem, fuhr nie nach Tel Aviv, kannte dort keinen Menschen. Ich habe mich mit ihr in ein Café in der Deutschen Kolonie gesetzt, und da gab es das dritte Attentat. Schuli lag danach im Koma, und ich war ein paar Tage im Krankenhaus, und als ich rauskam, habe ich angefangen, für sie nachzuforschen, was Giora in Tel Aviv getrieben hat.«

»Großer Gott«, seufzte Lotta.

»Bar hat mir dabei geholfen, ein Typ, der in meiner Firma gearbeitet hat und mit dem ich damals befreundet war. Er war in der Armee beim Nachrichtendienst. Und sein Traum war, Detektiv zu sein.« Ich redete nicht weiter. Ich wusste nicht, was ich noch erzählen sollte. Doch als sie nichts darauf sagte, fügte ich hinzu: »Und wir haben die Sache gelöst.«

»Was soll das heißen, ›gelöst‹? Was und wie? Sie können mich nicht einfach so in der Luft hängen lassen, Sie wissen, ich bin eine alte Frau...«

»Das war ein bisschen verwickelt. Irgend so ein alter ... also, Giora und Schuli haben in einem Hotel in Jerusalem gearbeitet, er war beim Sicherheitsdienst und sie in der Küche – dort sind sie sich begegnet –, und irgendein Gast im Hotel, ein alter Mann aus Tel Aviv, hat mit Giora geredet und herausgefunden, dass er beim Militär in Gaza bei der Grenzwache war und ein paar Araber gekillt hat... der Alte hat ihm Geld angeboten, um einen... egal, irgendjemand umzubringen. Giora ist an dem Tag nach Tel Aviv gefahren, um sich mit ihm zu treffen.«

Sie sog die Luft zwischen den Lippen ein. »Großer Gott, was für eine Geschichte. Man müsste einen Film daraus machen.«

Ich lächelte.

»Aber ich habe immer noch nicht begriffen, wieso Sie das zu einer Berühmtheit machte. Hat man über Ihre Ermittlung öffentlich berichtet?«

»Nein, nein. Die Berühmtheit kam schon davor. Weil ich die drei Anschläge überlebt hatte. Als ich im Krankenhaus lag, wollten die vom Radio jemanden interviewen, der bei dem Attentat dabei war, und als sie kapierten, dass ich in einer Woche gleich drei Anschlägen fast heil entkommen war, haben sie mich zu einer populären Show im Fernsehen eingeladen. Und nach der Sendung kannten mich dann alle.«

Sie stellte mir noch mehr Fragen, und ich beantwortete jede einzelne. Wie die Berühmtheit meine Beziehung mit Dutschy und die Arbeit in der Hightech-Branche ruinierte. Wie ich mich in den zwei Tagen, die ich mit Schuli verbrachte, ein bisschen in sie verliebte. Wie sie monatelang im Koma lag und wie es mit ihr endete. Und noch einiges über die Ermittlung von Bar und mir, an der Lotta äußerst interessiert war. Sogar über das gescheiterte Ermittlungsbüro auf Facebook.

Sie bemerkte: »Ich glaube aber, dass Sie durchaus gut darin sein könnten.«

»Auf welcher Grundlage sagen Sie das?«

»Auf der Grundlage, dass ich Sie ein wenig kenne, Eitan«, gab sie zurück. »Und wegen dem Fall, den Sie gelöst haben.«

»Bar hat die meiste Arbeit dabei geleistet, nicht ich.«

»Seien Sie nicht zu bescheiden.«

Insgeheim war ich nicht bescheiden. Ich stimmte ihr zu. Ich glaubte, dass ich den richtigen Instinkt besaß und auch nicht untalentiert war. Das Büro war gescheitert, weil wir über Facebook bloß erbärmliche, uninteressante Fälle bekommen hatten, aber Bar und ich waren als Ermittlungsteam nicht schlecht. Und ehrlich gesagt hatte ich irgendwo tief im Innern die Vorstellung, ein Detektiv zu sein, anscheinend nicht völlig aufgegeben. Zum Beispiel die Visitenkarten der Kunden im Taxi: Ich liebte es, mich mit den Fahrgästen über ihre Arbeit zu unterhalten, denn die Leute redeten gern über ihre Arbeit, und es war immer interessant. Ich hatte die Gewohnheit entwickelt, nach Visitenkarten zu fragen, die ich in einer speziellen Schachtel aufbewahrte. Anfangs dachte ich, irgendwann käme sicher ein Regentag, der Tag, an dem ich einen von ihnen wegen seiner beruflichen Fähigkeiten brauchen würde, und deswegen lohne sich das Sammeln – einen Kinderpsychologen, einen vom Schlüsseldienst, einen Tauchlehrer, einen Reiseleiter für Lateinamerika oder einen Finanzbeamten. Alle fuhren sie im Taxi, und alle hatten sie etwas anzubieten. Aber eines Tages, bei einer langen Überlandfahrt – für mich immer eine gute Zeit zum Nachdenken –, ging ich im Kopf die Berufe meiner Fahrgäste durch und begriff, dass ich die meisten professionellen Dienste garantiert nie in Anspruch nehmen würde, wie zum Beispiel den Chemiedozenten oder die Nagelstylistin. Da fiel mir auf, dass das unerschöpfliche Sammelsurium an Spezialisierungen, das die Schachtel mit meinen Visitenkarten barg, nahezu alle Bereiche des Lebens umfasste und im Falle eines Falles auch zu Ermittlungen dienen konnte. Und ich überlegte mir, vielleicht war das der wahre Grund, weshalb ich sie sammelte. Vielleicht juckte mich das Detektivspielen immer noch.

Es waren einige Wochen vergangen, seit ich Lotta Perl kennengelernt hatte. Ich holte sie weiterhin jeden Tag ab, einschließlich Freitag und Schabbat, und brachte sie vom

Altersheim zum Friedhof und zurück. Sie fuhr fort, mit ihren zinnoberroten Lippen zu lächeln, mir dicke Trinkgelder und fünf Sterne zu geben und mich nach meinem Leben auszufragen. Eines Vormittags, als ich ihr von Nogas Launen und dem neuen Freund ihrer Mutter, meiner Exfrau Dutschy, erzählte, einem gewissen Gadi, und dass das Kind ihn als »den Kleinen« bezeichnete und ihre Mutter als »haushoch glücklich«, brach Lotta in lautes Lachen aus, doch gleich darauf wurde ihr Gesicht ernst, und sie sagte: »Eitan, ich habe einen Vorschlag für Sie.«

Ich hob meinen Blick von der Straße zum Rückspiegel und sah ihr charmantes Gesicht mit der großen Sonnenbrille. Ich schaute zurück auf die Straße, ohne etwas zu sagen, und sie fügte hinzu: »Ich glaube, dass Edward ermordet wurde.«

Ich sah wieder in den Spiegel, dann auf die Straße.

»Ich fürchte«, sprach sie weiter, »dass derjenige, der das getan hat, versuchen wird, auch mich zu töten ... Wären Sie bereit, diesen Mord zu untersuchen? Ich bezahle selbstverständlich.«

Ich warf mir eine Erdnuss in den Mund und zermahlte sie langsam.

2. Eine blutige Lippe und ein Schiff in Haifa

Boxen am Ende eines Arbeitstags ist ein Vergnügen, das ich mir zweimal in der Woche gönne. Sonntag und Mittwoch um acht Uhr abends, nach Stunden, in denen ich in ausweglosen Kreisen durch die Stadt gefahren bin und Streckenkilometer gegen Schekel getauscht habe, stelle ich das Taxi im oberen Parkbereich des Dizengoff-Centers ab und steige die Wendeltreppe bis in den Bauch der Erde hinunter. Dort, in einem der kahlen Betonschutzräume, hängen Sandsäcke von der Decke und liegen Matten auf dem Boden ausgebreitet, und Emil, mit gelbem Trainerhemd und Trainingshose, befiehlt den Teilnehmern: »Push-push, push-push«, und sie machen paarweise Sparring zum Aufwärmen.

Während die Überlandfahrten die Zeit zum Nachdenken sind, in der ich die Ereignisse des Tages und Lebens aufarbeite, ist das Boxtraining dazu da, den Kopf vom Müll des Tages zu leeren. Fragen, Sorgen und Grübeleien treten in den Hintergrund, das Gehirn konzentriert sich ausschließlich auf den einen guten Schlag, die exakte Verteidigungsbewegung, die Beweglichkeit der Knöchel. Als ich damit anfing, wurde ich die ganze Zeit gefragt, wieso denn

Boxen? Ich antwortete immer, dass ich für Fußball zu alt sei und Angst hätte, mich zu verletzen, schließlich erhole sich der Körper immer langsamer, und außerdem reiche es mir vom Gruppensport. Ich wolle kein kleines Rädchen im Getriebe einer Gesamtheit sein. Lasst mich allein agieren, für meine Taten im Guten wie im Schlechten verantwortlich, unabhängig von anderen sein. Das ist Boxen. Ein bisschen so, wie ein Taxifahrer in einer Firma auf App-Basis zu sein.

Emil war anfangs misstrauisch. Ich passte für ihn nicht in das übliche Profil derer, die bei ihm trainierten: zu neunzig Prozent Russen unter dreißig. Doch mit der Zeit begann er mich zu mögen, auch wenn er weiterhin das halbe Training auf Russisch abhielt, was ich nicht verstand. In den letzten beiden Jahren schloss ich also zweimal die Woche den Taxibetrieb gegen halb acht, lenkte den Wagen zum Center und stürzte mich ins Training. Ich streifte die Außenwelt ab und begab mich in die Haut des Boxers: zog die Arbeitskleidung aus und die Sportsachen an. Wickelte Bandagen um die Fingergelenke. Steckte den Zahnschutz in den Mund. Stülpte Handschuhe und Helm über. Am Ende dieser Prozedur sah ich wie eine Art Frankenstein aus – ein beschränktes Tier, das mit der Kraft roher, reiner Körperlichkeit agiert, bar von Zartgefühl und Feinmotorik der Finger, auf plumpe Fähigkeiten konzentriert: schlagen und schützen, angreifen und zurückziehen, vorwärts und rückwärts. Eine weitere Binarität von eins und null, Dutzende Meter unter dem Ort, an dem ich mich vor vielen Jahren, in meinen Hightech-Tagen, mit dem Binärsystem von Computern beschäftigt hatte.

Sonntags und mittwochs war ich mit Adrenalin vollgepumpt, schwitzte, schlug und wurde geschlagen. Die Partner wechselten: Ilja, der wie ein Holocaustüberlebender aussah, klapperdürr, mit hervorspringender Nase; der kleine Anton, erst fünfzehn, aber breit wie eine Ziegelmauer und der Einzige in der Gruppe, der das Zeug zum Berufsboxer hatte; der große Anton, der perfekt Hebräisch sprach und sich als Nathan vorstellte; Stess, ein großer Junge mit einer großen Seele und Narben an den Händen; Anatoli und Arkadi, die vom Judo, das zwei Stunden davor im selben Raum stattfand, zu uns übergewechselt waren; Juval Gabbai, der Jemenit und Bankangestellte, und Sami, der Araber, Übersetzer. Doch vor allem Emil mit seiner zerbeulten, vielfach gebrochenen Nase, seinem rhythmischen »Push-push« und seinem schäumenden Russisch, das immer schimpfend, unzufrieden und manchmal wütend klang, und mit seinem Aberglauben, der ihn daran hinderte, die Zahl Sieben laut auszusprechen.

Nach dem Training aß ich normalerweise etwas, duschte und fiel in Tiefschlaf; montags und donnerstags erwarteten mich dafür ein verkürzter Arbeitstag und ein Nachmittag mit dem mir liebsten Menschen auf der Welt – meine Noga mit ihrem glatten schwarzen Haar und den etwas tatarischen Augen, die sie von wer weiß welchen Vorfahren geerbt hat.

Der Tag, an dem mir Lotta Perl ihren Vorschlag machte, war zu meinem Glück ein Mittwoch, denn ich brauchte die Ruhe und den Lärm des Boxens. Ich konzentrierte mich auf Emils Befehle und saugte mir den letzten Saft aus den Knochen, doch mein Gehirn wollte sich einfach nicht leeren. Der Satz, den Lotta Perl schon vor einer ganzen Weile am Grab zu mir gesagt hatte, »Die Liebe ist alles, Eitan«, ging mir plötzlich hartnäckig im Kopf herum und erfüllte mich mit fragender Verwunderung: War es das, was nach einem ganzen Leben übrig blieb? War das alles, was blieb? Von achtzig Jahren Erinnerung, von einer langen persönlichen Geschichte? Auch im Alter, kehrte alles dorthin zurück? Nicht dass ich das geringgeschätzt hätte, ganz im Gegenteil, ich wäre der Letzte, dem das einfallen würde. Ich identifizierte mich mit dem, was sie gesagt hatte – auf die Liebe von fern zu warten und jeden Augenblick zu schätzen, in dem sie erstrahlte. Schließlich war ich zweimal in der Woche mit Noga zusammen und dann gezwungen, mich wieder von ihr zu trennen. Aber was sagte dieser Satz über all das aus, was wir erlebten, über all die Erfahrungen, die wir machten, über, sagen wir mal, Selbstverwirklichung und Ideologie, Karriere und Familie, über Forschung und Fortschritt, gesellschaftliche Aktivität, Gesundheit und Sport oder das, was man die unermüdliche, unaufhörliche Arbeit für die Verbesserung des Lebens nennen könnte, die Beförderung der menschlichen Gesellschaft ... Liebe ist alles? Oder zumindest alles, was in der Erinnerung von achtzig Jahren eines langen, erfüllten Lebens übrig bleibt? Auch für Lotta Perl, die sicher die Staatsgründung gesehen, vielleicht auch den Holocaust überlebt hatte, eine Familie ... rumms!

Mein Kopf flog nach hinten. Was für ein Hammerschlag. Ich sah Sterne, Blut lief mir von der Lippe herunter, und erst als Emil schrie: »Krokodil! Konzentration!«, kehrte ich auf den Boden der Realität zurück, zum Sparring in Paaren, das wir gegen Ende der Trainingsstunde absolvierten. Ich blickte geschockt auf meinen Partner, der mit spitzen Zähnen grinste. Ilja war zufrieden mit seinem exakten Treffer.

Als ich dann im Agadir saß und einen Hamburger verschlang, dachte ich an die letzte Unterhaltung mit Lotta Perl. Nach dem Fehlschlag mit Facebook hatte ich ziemlich lange nicht mehr mit Bar gesprochen. Es war mir peinlich, dass er das ganze Geld an mich verschwendet hatte, ich glaubte nicht, dass ich im Ermittlungsbereich etwas taugte. Aber Lotta hatte von Mord gesprochen: der goldene Pokal der Ermittlungen, die wahre Sache.

Das Telefon klingelte.

Es war Dutschy.

»Bist du fertig mit dem Unterricht?«, erkundigte sie sich.

»Das ist kein Unterricht, das ist Training«, erwiderte ich, den Mund voller Fleisch.

»Du musst mir einen Gefallen tun. Geht es, dass du für ein paar Minuten vorbeikommst und bei ihr bleibst? Sie ist auf dem Weg ins Bett, aber ich muss weg, wirklich nur ganz kurz, ich hab's mit der Babysitterin versucht, aber Ronit hat keine …«

»Ein paar Minuten?«

»Allerhöchstens eine halbe Stunde.«

Die kleine Tatarin saß im Schlafanzug auf dem Sofa und sah sich im Fernsehen die Sendung mit den Streichen der listigen Katze an. »Hi, Papa«, begrüßte sie mich, wandte die Augen aber nicht eine Sekunde von der Katze, keineswegs überrascht über mein Auftauchen, offenbar darauf vorbereitet.

»Danke«, sagte Dutschy. Sie war geschminkt, hatte den Schal schon um den Hals und die Tasche über der Schulter. Sie warf einen Blick auf den hässlichen Trainingsanzug, den ich immer noch anhatte. »Adios«, warf ich ihr zu und trat zu Noga, die weiter gebannt auf den Bildschirm starrte, um ihr einen Kuss zu geben.

Dutschy kehrte nach einer guten Stunde zurück. Sperrte leise die Tür auf, flüsterte »Schalom« und kam mit behutsamen Schritten herein. »Ist sie eingeschlafen?«

»Schon lang.« Ich sah, dass ihre Augen eine Spur gerötet waren. »Alles in Ordnung?«, fragte ich.

Sie nickte lächelnd, und dann fing sie an zu weinen. »Ach, Krokodil.«

Sie war betrunken. Die gute Stunde hatte ihr gereicht, um den Großteil der Flasche Wein zu leeren, die Gadi, der Kleine, in seiner Wohnung geöffnet hatte.

Betrunken. Und nass. Und hungrig nach Wärme und Bestätigung. Es war unser bester Sex in den drei Jahren seit unserer Scheidung. Ab und zu kam es dazu, als eine Art gegenseitiger Hilfeleistung zur Druckentladung, ohne sich anstrengen oder Eindruck schinden zu müssen, wenn wir beide gerade in der passenden Stimmung waren – frei genug, gleichgültig genug, bedürftig genug. Nach ihrem kurzen und gescheiterten Treffen, das Gadi davon abbringen sollte, sie zu verlassen, waren Dutschys Motive und Bedürfnisse ziemlich eindeutig. Und meine auch.

Ich dachte am nächsten Tag frühmorgens auf der Fahrt nach Jerusalem darüber nach, als ich einen Kühlkasten mit Körperteilen vom Ichilov- zum Hadassah-Krankenhaus beförderte, während ich in einem fort geröstete Erdnüsse kaute. Dieser Satz von Lotta am Grab, »Die Liebe ist alles«, irritierte mich, ließ mir keine Ruhe. Vielleicht machte es mir zu schaffen, dass ich schon seit Jahren nicht mehr geliebt hatte und mein Leben ohne Liebe vergeudete. Natürlich hatte ich Angst, enttäuscht und verletzt zu werden.

Aber ein Leben ohne Liebe? Bis zum vergangenen Abend war ich seit Wochen mit keiner Frau mehr zusammen gewesen. Die einzige, mit der ich mich regelmäßig traf, war eine alte Frau, die ich Tag für Tag zum Friedhof fuhr. Die einzige, mit der mich irgendeine Art von lang anhaltender sexueller Spannung verband, war die verheiratete Mutter einer Freundin von Noga, doch ich wagte es nicht, weiter zu gehen, aus verschiedenen, begreiflichen Gründen, nicht zuletzt ihrer familiären Situation. Und da war noch der Bombentreffer, den ich mir von Ilja eingehandelt hatte und der sicher auch den teuren Kern meines männlichen Egos getroffen hatte. Was sind wir anderes als eine Bande verletzter Egos, die Rehabilitation brauchen.

Außerdem, wem versuchte ich hier was vorzumachen, bei Dutschy brauchte ich nicht nach Beweggründen zu suchen – ich war immer von ihr angezogen. Auch wenn sie mich ärgerte, auch wenn ich es nicht mit ihr aushielt, wollte ich diese helle Milchkaffeehaut und das rollende Lachen, und ich konnte nie genug kriegen von dieser Kombination aus Glätte und Seidigkeit zwischen ihren Beinen. Ich hatte immer einen Raketenständer bei ihr und konnte sie ganz leicht dorthin bringen, wo sie hinwollte. Vierzehn Jahre, on and off, das ist nicht zu verachten.

Die Seide rieb sich an der Rakete, und wir kamen beide, während sie auf mir ritt. Dann berührte sie mit einem Finger vorsichtig meine Lippe und sagte: »Was ist passiert? Sie ist schrecklich geschwollen.«

»Ich hab einen Volltreffer von Ilja abgekriegt«, antwortete ich.

»Ist das nicht ein bisschen gefährlich?«, fragte sie besorgt. Ich streichelte ihre Wange. »Keine Angst«, erwiderte ich, »ich kann auf mich aufpassen.« Sie sagte abschließend: »Los, geh jetzt. Sonst wacht sie noch auf und kommt völlig durcheinander.«

Von Jerusalem fuhr ich direkt zu Lottas Altersheim nach Herzlija.

Wie immer wartete sie schon draußen auf mich, stieg ein, und wir fuhren, ohne ein Wort zu wechseln. Es gab eine Million Fragen, die mir den ganzen Morgen im Kopf herumgeschwirrt waren: Warum dachte sie, Edward sei ermordet worden? Wen verdächtigte sie? Was genau war passiert? Wie hatten sie sich kennengelernt? Wie war der Kontakt nach den ganzen Jahren erneut zustande gekommen? Doch als ich ansetzte, machte sie nur eine knappe Handbewegung und sagte: »Moment.« Wir hatten solche Fahrten, wo ich spürte, dass sie schweigen wollte, und wie immer hielt ich mich daran. Aber als wir am Friedhof ankamen, fragte sie mich: »Wollen Sie wieder parken und mitkommen?« Sie führte mich zu O'Learys Grab und setzte sich, genau wie beim letzten Mal, auf das Nachbargrab, das von Scharabi.

»Ich kam vor dem Krieg mit einem illegalen griechischen Einwandererschiff nach Israel. Die Briten hatten die Immigration stark eingeschränkt, weshalb wir heimlich, in der Nacht, einliefen. Etwa zweihundert von uns gelang es, an der Küste zu landen, bis die Briten aufwachten und einige erwischten. Ich war ein kleines Mädchen damals, und meine Familie schaffte es vollzählig. Wir wohnten im Hadar-Hakarmel-Viertel in Haifa. Meine Mutter hasste jeden Augenblick in Israel. ›Ein verfluchtes Land‹, sagte sie immer auf Jiddisch – ›a farsaltn Land‹. Sie verzieh sich nicht, dass sie Deutschland verlassen hatte, alles und jedes verglich sie mit Berlin und drohte, dorthin zurückzukehren, auch auf dem Höhepunkt des Krieges. Mein Vater schlug sich auf die Gegenseite. Er versuchte ständig zu beweisen, dass alles gut war, dass es nichts Schöneres, Besseres und Angenehmeres als Israel gab. Sie stritten ohne Ende. Sie redete Russisch, Jiddisch und Deutsch mit uns und er – Hebräisch. Nach der Mittelschule arbeitete ich als Angestellte bei Shell, und sie war meine beste Freundin.«

»Wer?« Ich betrachtete sie. Es war bewölkt, und sie nahm die Sonnenbrille ab. Ich konnte ihre Augen sehen, wie immer braun und schön, passend zu ihrem silbernen Haar. Ohne Sonnenbrille sah sie eher ihrem Alter entsprechend aus. Der Schal war immer noch um ihren Hals geschlungen.

»Ruti Spielberg. Wie der Regisseur. Aber sie ist lange vor ihm geboren, und es besteht keinerlei verwandtschaftliche Beziehung. Wir waren blutjunge Mädchen. Unsere Clique saß immer in einer kleinen Bar namens Nelson. Ein paar Freundinnen aus der Schule, aus der Arbeit und aus dem Viertel. Die meisten Kunden waren britische Sicherheitskräfte oder Mandatsangestellte, überwiegend gelangweilte junge Männer, und noch so allerlei Typen – Dichter und Journalisten. Ruti war dort Bedienung. Die Jewish Agency ermutigte Mädchen, den fremden Soldaten freundlich entgegenzutreten. Gegen Ende der Mandatszeit hörte das auf, die Briten wurden zu Feinden, den Soldaten wurde verboten, an Orte zu gehen, wo Juden waren, und auch unsere Seite sah es mit Missfallen. Doch davor gab es etliche gute Jahre, und an Politik waren wir damals nicht interessiert. Die Soldaten interessierten uns. Und wir sie.« Sie lächelte.

»Haben Sie Edward im Nelson getroffen?«

»Nein. Ruti hatte von einem der Offiziere eine Einladung zu einer Cocktailparty auf einem Kriegsschiff im Hafen von Haifa erhalten und lud mich ein mitzukommen. An jenem Abend lagen drei Zerstörer der britischen Krone im Hafen, und sie erleuchteten alles. Ruti verschwand bald, aber das störte mich nicht, denn irgendwann an diesem Abend spürte ich Finger auf meiner Schulter, drehte mich um und sah sein Lächeln. Er fragte, ob ich tanzen wolle. Ich tanzte den ganzen Abend mit ihm. Die Leute verstehen nicht … Eitan«, sie richtete ihren Blick auf mich und schaute mich mit einem Lächeln an, »die Leute denken, im Krieg gibt es nur den Krieg, soll man dafür oder dagegen sein, Terror, Explosionen … doch die Wahrheit ist, ein junges Mädchen und ein junger Mann und eine Tanzparty auf einem Schiff – warum sollte uns etwas anderes interessieren? Wer dachte überhaupt an den Krieg? Ich erinnere mich nur daran, wie seine Augen den ganzen Abend an mir hingen, nicht von mir wichen, mich verschlangen. Die wundervollen grünen Augen eines irischen Soldaten, der aus dem Krieg kam, der in der Normandie war. Sie hätten nach Asien geschickt werden sollen, doch die Atombombe in Japan änderte die Pläne, und man schickte sie hierher. Er war erst eine Woche hier, und schon hatte man ihm all seine Sachen gestohlen: Es war Sommer, also gingen sie ans Meer, ins Wasser, tranken etwas und schliefen ein, und am Morgen war das Einzige, was noch da war, die Decke, auf der sie gelegen hatten. Aber ich schweife vom Thema ab.«

»Sie sind das Thema und Edward. Was passierte danach? Und was war mit Ruti?«

»Ruti war mit James Wilshere zusammen. Mir scheint, sie hatten sich schon vorher getroffen, im Nelson, aber in der Nacht der Party waren sie in irgendeiner Ecke des Schiffes beschäftigt. Sie tanzten nicht.« Sie lächelte. »Ruti kannte keinen Gott. Sie tat, was sie wollte. Sie war in einem Internat in Ben Schemen aufgewachsen, ihre Eltern hatten sie aus Kaunas dort hingeschickt, und sie sah sie nie wieder. Ich dagegen war eine Jungfrau.«

»Wo ist Ruti heute? Lebt sie noch? Und wer ist James Wilshere? Sind sie in Israel geblieben? Waren sie beim Begräbnis von Edward?«

»Na, immer mit der Ruhe, Eitan«, wehrte sie ab. »Ruti hatte irgendwann genug von Ben Schemen und flüchtete nach Haifa. Eigentlich wollte sie nach Amerika. Ein Mann hatte ihr versprochen, sie nach Amerika mitzunehmen und zu heiraten, aber als sie am Hafen ankam, sagte man ihr, dass sein Schiff einen Tag vorher ausgelaufen war. Sie wusste nicht, ob dieser Mann ihr Märchen erzählt hatte oder ob es wirklich ein Irrtum gewesen war. Sie hörte nichts mehr von ihm. Also blieb sie in Haifa und begann im Nelson zu arbeiten. Dort begegneten wir uns eines Abends. Ich war mit einer Freundin gekommen, aber Ruti und ich waren sofort unzertrennlich. Ich bewunderte, wie sie allein zurechtkam, wie sicher sie war, dass sie das Land verlassen wollte. Nachdem sie das Schiff nach Amerika verpasst hatte, ging sie zu Plan B über, nämlich einen Briten zu finden, und im Nelson sah sie die Gelegenheit. Ich beneidete sie: Sie hatte keine Eltern, niemand, der ihr sagte, was sie zu tun und zu lassen hatte. Während ich zu Hause lebte, mit einer alles bemäkelnden Mutter und einem Vater, der alles verdrängte und ignorierte. Später versteht man dann, dass ohne Eltern aufzuwachsen das Schlimmste ist, was einem passieren kann. Es kann einen für immer ruinieren, genau wie es bei Ruti geschehen ist. Aber damals sah ich nur die Freiheit, die sie hatte.« Lotta schloss die Augen in der milden Sonne, die plötzlich durch die Wolken trat. Ich störte sie nicht. Ich blickte auf die Uhr; mir blieb noch eine ganze Stunde, bevor ich Noga abholen musste. »Ich fahre gleich fort, Eitan, keine Sorge.«

»Da habe ich keine Sorge«, lächelte ich. »Lassen Sie sich ruhig Zeit.«

»Nach jener Nacht sahen Eddie und ich uns nicht wieder. Wir hatten keine Adressen ausgetauscht, uns nicht verabredet. Anscheinend verpassten wir einander im Nelson, denn ich war nicht oft dort, und er wusste nicht, wie er mich finden sollte. Ich wurde schier verrückt, weil ich dauernd an ihn denken musste. Wie sich herausstellte, ging es ihm genauso. Nach zwei Wochen trafen wir uns per Zufall in einer Apotheke im Viertel. Ich holte ein Medikament für meinen Vater. Und er irgendeine Salbe für seinen Freund. Plötzlich stand er da mit seinen Augen. Dieser Blick. Nichts in meinem Leben hat mir so sehr das Gefühl gegeben, eine Frau zu sein, wie dieser Blick. Und das war's, wir trennten uns nicht mehr. Wir waren so verliebt, wir trafen uns, wann immer es uns gelang, gingen am Strand spazieren. Meine Eltern mochten Ruti, also nahm ich sie als Vorwand, um aus dem Haus zu gehen. Auch sie benutzte mich als Deckmantel: Sie ging mit Wilshere aus, hatte aber noch andere Freunde, von denen er nichts wusste. Höhere, ältere Offiziere. Es gab einen, der mit seiner Frau ins Nelson kam, sie klagte ständig über die Hitze, Barbara Newton-Irgendwas – arbeitete freiwillig in der Kantine –, doch wenn es ihrem Mann Arthur gelang, ohne sie ins Nelson zu gehen, nahm er Ruti im Jeep in den Wald auf dem Karmel mit. Wilshere erzählte sie immer, sie sei mit mir zusammen. Ich war ihr Alibi und sie meines.

Aber ich möchte Ihnen ein bisschen von Eddie erzählen und etwas Lustiges über Wilshere, und ja, ich weiß, Sie wollen mehr über meinen Mordverdacht hören. Kommen Sie, lassen Sie uns zum Taxi zurückkehren.« Sie stöberte in ihrer kleinen Handtasche und fischte einen Lippenstift heraus, trug ihn zart vor einem runden Spiegel auf, und dann erhob sie sich, strich den Rock glatt und setzte die Sonnenbrille wieder auf die Nase. Elegant schob sie ihre Hand unter meinen Arm, und wir durchquerten den Friedhof bis zum Parkplatz.

»Eddie war siebzehneinhalb, als er nach Israel kam. In Dublin war er mit sechzehn zur irischen Einheit in der britischen Armee rekrutiert worden, und sie hatten ihn sofort zur Invasion in die Normandie geschickt. Sie setzten ihn in einem Lastwagen ab. Er konnte nicht fahren, er hatte keinen Führerschein. Er fuhr in die entgegengesetzte Richtung, in die er hätte fahren sollen, und so verpassten er und noch drei andere Soldaten die Schlacht. Diese drei verehrten ihn und dankten es ihm ihr Leben lang. Wäre er in die richtige Richtung gefahren, wären sie sicher getötet worden ...«

Ich befühlte mit der Zunge meine geschwollene Lippe.

»Er kam mit einem Schiff namens *California* zusammen mit Tausenden anderen Soldaten nach Israel, und sie wurden von arabischen Scharfschützen beschossen. Einer seiner Kameraden kam in den Wellen um. Eddie wurde als Lastwagenfahrer einer Versorgungseinheit im Camp

Gibraltar in Haifa stationiert und transportierte Wasser und Ausrüstung zu den britischen Einheiten im Norden des Landes. In seiner freien Zeit spielte er Fußball und Tennis und versuchte, Arabisch zu lernen, denn er träumte davon, bei der irakischen Ölgesellschaft zu arbeiten.«

Wir waren bereits im Taxi, unterwegs nach Herzlija. Trotz der Sonnenbrille wusste ich, dass ihre Augen verschleiert waren, voller Sehnsucht. Ich sah einen furchtbaren Stau im Wisepilot und fragte sie: »Macht es Ihnen etwas aus, wenn ich einen kleinen Umweg mache, um dem Stau auszuweichen?«

»Wieso? Sehe ich wie eine Person aus, die einen Stau bevorzugt?«

Ich fuhr die Ibn-Gvirol bis zum Ende und geradeaus weiter, umfuhr Sde Dov, wandte mich dann in Richtung des Hotels Mandarin und bog dort in eine Sandstraße am Meer entlang ein. »Diese Strecke kennt das Navi nicht«, erklärte ich ihr, »aber das ist bestimmt der schönste Weg, um nach Herzlija zu kommen. Haben Sie gewusst, dass dieser Dov, nach dem der Flughafen Sde Dov benannt ist, bei einem Verkehrsunfall ums Leben gekommen ist?«

Das interessierte sie offenbar herzlich wenig, denn sie fuhr im selben Tonfall fort: »Der arabische Teil von Haifa lag außerhalb des Bereichs der britischen Soldaten, aber sie stahlen sich dorthin, streiften durch die Gassen mit den Wasserpfeifennischen der Araber. Jeden Abend, wenn Eddie frei hatte und es mir gelang, aus dem Haus zu kommen, waren wir zusammen. Er schmuggelte mich in sein Zelt im Camp ein, während seine Kameraden aufpassten. Wir gingen zum Hafen, zum Schuk, zu den Höhlen am Meer hinunter, auf die Dächer und in die Höfe... Wenn er mit der Armee auf den Straßen unterwegs war, war ich immer angespannt, ihre Wagenkarawanen fuhren auf Minen, oft wurden Fahrer getötet… Einen schönen Weg haben Sie gewählt!«

Das Meer, links von uns, war klar und hell. Sie bat mich, einen Moment stehen zu bleiben. Ich hielt an, und sie öffnete das Fenster und starrte aufs Meer.

»Langweile ich Sie nicht? Ich weiß, es interessiert Sie mehr, von unserer letzten wunderbaren gemeinsamen Woche zu hören und dass ich Ihnen erkläre, weshalb ich glaube, dass Eddie ermordet wurde.«

»Sie langweilen mich überhaupt nicht, ich möchte so viel wie möglich wissen. Außerdem habe ich nie mit jemandem geredet, der damals gelebt hat.«

»Haben Sie keine Familie?«

»Meine Eltern sind in den Sechzigerjahren aus Amerika eingewandert. Wir hatten keinen Holocaust und kein Mandat in der Familie.«

Sie lachte. »Stimmt, Sie haben es mir erzählt. Und ich sagte zu Ihnen, dass ich nicht verstehe, weshalb Sie Taxifahrer sind. Aber ich bin zu alt, um das zu beurteilen, weder Sie noch Taxifahrer. Auch mein Eddie, die Liebe meines Lebens, war Fahrer.«

Ich öffnete mein Fenster. Die salzige Brise trocknete mit sanftem Streicheln mein Gesicht. »Meine Eltern denken, ich vergeude mein Leben«, sagte ich, »und es ist wahr, ich bin ein Under-achiever. Vielleicht ist das schade, vielleicht hätte ich mehr zur Verbesserung der Welt beitragen können. Wäre ich heute ein Rechtsanwalt mit zwanzig Jahren Erfahrung, hätte ich es leichter und bequemer. Aber es ist nicht sicher, dass ich glücklicher wäre. Ich bin eben ich, reich werde ich nicht mehr, aber ich werde auch nicht verhungern. Das ist schon was.«

»Das ist bereits viel. Es ist gut, dass Sie Sie selbst sind, und ich bin gar nicht sicher, ob ein Rechtsanwalt mehr zur Verbesserung der Welt beiträgt als ein Taxifahrer.« Sie streckte ihren Arm zwischen den Sitzen aus und berührte mich leicht an der Schulter. »Fahren Sie. Setzen Sie mich ab, und gehen Sie zu Ihrer Tochter.«

Ich fuhr langsam auf dem Sandweg weiter, bis wir Herzlija Pituach erreichten. Ein Name, den sie erwähnt hatte, war mir im Gedächtnis geblieben. »Also, wer ist eigentlich dieser Wilshere, und warum haben Sie gesagt, dass Sie etwas Lustiges über ihn zu erzählen hätten?«

»Sagte ich das?« Ich sah ihr Gesicht im Rückspiegel, angestrengt, als versuchte sie, im Kopf den Gedanken wieder einzufangen. »Mein Gehirn ist voller Löcher.«

»Ich bin aber stark beeindruckt von Ihrem Erinnerungsvermögen. Sechzig und noch was Jahre danach, und Sie erzählen alles mit völliger Klarheit. Ich kann nicht mal das, was mir vor einem Monat passiert ist, in solchen Einzelheiten erzählen.«

Sie schmunzelte. »Ich erzähle ja nicht alles, nur das, was mit Eddie zu tun hat. Das ist die Liebe, sie schärft alles, was mit ihr zusammenhängt. Nach über sechzig Jahren sind mit der Liebe und der reinen, geläuterten Intensität der Erneuerung die Erinnerungen wieder erwacht. Ich habe darüber gelesen. Es gibt Neuronen im Gehirn, die von bestimmten Sinnen geweckt werden – zum Beispiel durch Geruch oder eine Stimme und natürlich Berührung. Die Erinnerungen sind klar, vielleicht jedoch irreführend, denn sie sind selektiv. Möglicherweise muss man sie mit beschränkter Haftung nehmen. Hier, Sie sagten, ich hätte Ihnen versprochen, etwas über Wilshere zu erzählen, aber ich habe keine Ahnung ...«

»Etwas Lustiges«, versuchte ich nachzuhelfen.

»Ach ja, jetzt fällt es mir ein! Aber wir sind schon da. Nun gut, dann morgen. Elf Uhr wie üblich?«

»Klar, aber geben Sie mir ein Stichwort, den Anfang der Geschichte. Damit ich Sie morgen daran erinnern kann.«

»Eine großartige Idee. Ich wollte erzählen, wie es dazu kam, dass Wilshere mit Ruti ging. Es ist sehr romantisch, es hat mit diesem Zwerg von der Lechi zu tun, wie hieß er gleich ... Jizchak Schamir!«

»Und Sie erzählen mir dann von Eddies Tod und warum Sie den Verdacht haben, dass er ermordet wurde, und was genau ich für Sie tun kann.«

»Sicher, ganz sicher, morgen, Schalom!«

»Papa!«, rief Noga, als sie aus dem Schultor kam. Ich breitete die Arme aus und drückte ihren biegsamen Körper an mich, streichelte ihr schwarzes, glattes Haar und atmete sie tief in mich ein. »Komm.« Sie stieg hinten ins Taxi ein.

»Wie war es in der Schule?«

»Lustig.«

Wir saßen im Wohnzimmer. Sie machte Hausaufgaben in Hebräisch und Rechnen, malte Zeichenhefte aus und bastelte Armbänder aus Gummiringen, und dann setzte sie sich aufs Sofa neben mich und sah sich die Sendung mit den Streichen der listigen Katze an. Anschließend wollte sie, dass wir Gnotschi kochten, wie sie immer zu Gnocchi sagt, mit Gru-gru, womit sie Parmesan meint, und eine aufgeschnittene Avocado mit Salz und Zitrone und Cherrytomaten dazu.

Während dieser ganzen Zeit saß ich da und tat nichts, ich half ihr nur, wenn sie mich darum bat. Immer wenn ich mit ihr zusammen war, fiel mir auf, wie ruhig ich war, wie ich die Zeit vergehen ließ und mir das ganz egal war. Ich brauchte nicht mehr, als bei ihr zu sein. Und ich erinnerte mich, wie ich der Zeit hinterherrannte, als ich jung war. Es war nicht allein wegen Noga, ich hatte mich auch vorher schon ein wenig beruhigt, aber sie drehte die Schrauben endgültig fest. Das können Kinder – beruhigen. Sie sind auch der Grund für Stress, Spannung, Sorgen und Gehetze. Aber Noga schenkte mir eine Menge Ruhe.

Sie fragte: »Papa, wo bist du heute hingefahren?«

Ich dachte ein bisschen nach und antwortete: »Nach Jerusalem. Und nach Herzlija. Und zum Trumpeldorfriedhof. Und wieder nach Herzlija.«

»Wieder der Trumpeldor? Du bist jeden Tag dort!«

»Stimmt«, lächelte ich.

»Was hast du von diesem Trumpeldor?«

»Weißt du, wer er war?« Aber sie sprang schon zu einem anderen Thema.

»Gestern Nacht, wo du weg warst, hat Mama ein bisschen geweint.«

»Woher weißt du das?«

»Ich hab's gehört.«

»Gehört? Du hast nicht geschlafen?« Ich fragte mich, was sie noch gehört hatte, ob wir Geräusche gemacht hatten.

Sie zuckte mit den Achseln und sagte: »Aber heute Morgen war sie gut gelaunt.«

»Schön.« Ich verspürte einen Stich im Herzen. Auf der

Fahrt nach Jerusalem hatte ich noch gedacht, dass mich Dutschy alles in allem ausbeutete. Sie benutzte mich nur für ihre Bedürfnisse, dachte nur an sich selber, ich war ein Instrument, um ihr das Vertrauen in ihre Weiblichkeit zurückzugeben. Was in Ordnung war. Was sie durfte. Auch ich hatte ja gestern eine Rehabilitation meines Egos gebraucht und mich geliebt und begehrt fühlen wollen. Das war zu einem Teil unserer Beziehung geworden.

»Aber bring sie nicht zum Weinen, Papa, ja?«

Ich brachte sie zum Weinen? »In Ordnung, meine Süße, hast du fertig gegessen?«

Am nächsten Morgen auf dem Weg nach Herzlija versuchte ich nachzuzählen, wie oft ich Lotta seit dem ersten Mal, als sie mich von der Jehoschua-Bin-Nun, Ecke Habaschan aus angerufen hatte, zum Friedhof gefahren hatte. Ich kam auf achtzehnmal. Jedes Mal war sie schon draußen gewesen, wenn ich eintraf, auch wenn ich ein paar Minuten früher ankam, was normalerweise der Fall war. Diesmal aber stand sie nicht draußen. Also wartete ich.

Ich versuchte mich zu erinnern, ob ich ihr bei unserer ersten Fahrt von Jehoschua Bin Nun, von den Gerüchten, er sei schwul gewesen, erzählt hatte. Es gibt Homosexuelle, die behaupten, er sei der erste Schwule der Geschichte gewesen, denn in der Bibel werden im Zusammenhang mit ihm keine Frauen und keine Familie erwähnt.

Danach dachte ich über die Geschichten nach, die mir Lotta am Tag zuvor von ihrer Liebe erzählt hatte. Und ich kehrte wieder zu ihrer Behauptung zurück, dass die Liebe alles ist, und zu dem Satz, dass das Leben stärker als die Liebe ist, wir aber für die Augenblicke leben, in denen sie strahlt. Früher einmal dachte ich, das wäre nur der Fall, wenn man jung und naiv war, aber weit gefehlt. Man brauchte nur zu sehen, wie sich Dutschy jetzt verliebt hatte. Und Lotta, wie ihre Augen funkelten, wenn sie von Eddie und ihrer Liebe sprach. Und was war mit mir, dachte ich, würde ich mich nie mehr verlieben, nur aus Angst, verletzt zu werden? Wenn ich mich selber davon abhielt zu lieben, würde ich die Augenblicke versäumen, für die wir leben. Ich würde das »Alles« versäumen.

Ich wartete immer noch.

Ich mochte Lotta. Sie erinnerte mich daran, dass dieses Taxi eine unerschöpfliche Überraschungskiste war. Wobei mir wiederum einfiel, dass ich Morris, dem Besitzer meines Taxis, die Mietgebühren zahlen musste.

Um 11.10 Uhr rief ich ihre Nummer an. Keine Antwort.

Um 11.15 stieg ich aus dem Taxi aus und ging zur Lobby.

»Lotta Perl hat ein Taxi für elf Uhr bestellt und ist nicht gekommen«, sagte ich. »Das ist nicht normal bei ihr. Ich hole sie seit fast drei Wochen jeden Tag hier ab.«

Die Frau am Empfang, groß, dunkelhaarig, mit bis über die Augenwinkel hinausgezogenem Eyeliner, erwiderte: »Stimmt, klar, Sie sind Eitan. Sie redet die ganze Zeit von Ihnen. Ehrlich gesagt, sie hat erzählt, dass Sie mal berühmt waren, da hab ich bei Google nachgeschaut. Sie sind das Krokodil!« Sie zeigte ihre blendend weißen Zähne.

»Sie geht auch nicht ans Telefon«, schnitt ich sie in ernstem Ton ab.

»Ja, auch auf ihrem Zimmer antwortet sie nicht. Ich rufe den Sicherheitsdienst.« Sie sah nicht beunruhigt aus. Wahrscheinlich war es in diesem Altersheim nichts Ungewöhnliches, wenn einer der Alten nicht zu einem Treffen kam oder in seinem Zimmer nicht antwortete. In der großen Lobby spielten zwei Greise mit Hörgeräten Billard. Andere saßen in Sesseln vor dem Fernseher, ein Teil war eingeschlafen. Die Infotafel kündigte Feldenkrais mit Dalia und Poolgymnastik mit Abed an.

Der Sicherheitsoffizier traf ein, und die Empfangsdame erklärte ihm, worum es ging. Ich bat, mitkommen zu dürfen, und er sagte: »Aber klar, Sie sind Eitan? Sie redet in einem fort von Ihnen.«

Während wir mit dem Aufzug in den dritten Stock hinauffuhren, pfiff er vor sich hin. An den Wänden im Korridor hingen Plakate von alten Kinofilmen – mein Blick fiel auf den Namen Rita Hayworth –, und von den Fenstern aus war ein blühender, sonnenüberfluteter Innenhof zu sehen. Ich leckte wieder mit der Zunge über meine geschwollene Lippe.

Er klopfte an die Tür. »Lotta?«, rief er. »Lotta?« Keine Antwort.

Er zog eine Generalschlüsselkarte heraus und schob sie in den Schlitz, öffnete die Tür einen Spalt und rief wieder: »Lotta?« Dann trat er mit kleinen Schritten ein, und ich folgte ihm.

»Sie ist im Bett«, sagte er leise und dann: »Lotta?« Sie reagierte nicht.

Er hob leicht die Decke an. Sie lag auf dem Bauch, reglos, und alles, was wir sahen, war silbernes Haar. Der Sicherheitsmann legte zwei Finger an ihren Hals, um den Puls zu fühlen. Ich wusste nicht, was er in den Fingerspitzen gespürt hatte, aber er zog hastig sein Funksprechgerät aus dem Gürtel und bellte hinein: »Schiri, Ambulanz, sofort. Wir haben eine Leiche in sechsunddreißig.«

3. Wen interessieren schon alte Leute?

Zu dieser Zeit war Bar für mich nur die Erinnerung an eine Freundschaft, die einmal war. Ich hatte ihn nicht gesehen, seit wir das Facebook-Büro geschlossen hatten.

Das gescheiterte Unternehmen endete mit einem leicht bitteren Nachgeschmack. Zum einen war es mir unangenehm, dass er so viel Geld an mich verschwendet hatte, obwohl er sagte, aus steuerlicher Sicht hätte es sich für ihn gelohnt, und obwohl ich wusste, dass es ihm Spaß gemacht hatte. Zum anderen hatten wir uns voneinander entfernt. Das Leben läuft weiter, die Unterschiede verschärfen sich. Es gibt Freunde, die man behält, mit denen man die Wechselfälle des Lebens übersteht, weil man eine Basis bewahrt, die breit genug für einen gemeinsamen Nenner ist. Und es gibt solche, die unterwegs in den Graben fallen. Bar und ich hatten zwei konträre Positionen erreicht: verheiratet gegenüber geschieden, reich gegenüber arm, faul, gemütsruhig und zynisch gegenüber aktiv, sentimental und romantisch ...

Aber mir war klar, dass er meine erste Adresse wäre.

Er schlug vor, sich nach bester alter Tradition in einer Falafelbude zu treffen, doch ich hatte keine Lust dazu, also kam er zu mir in die Wohnung. Bar schien mir irgendwie derselbe und zugleich viel älter zu sein – was ein spezifisches Phänomen von Bar war, das ich schwer erklären konnte. Schon als er erst etwas über zwanzig war, als wir zusammen bei Time's Arrow arbeiteten, hatte er irgendwie alt gewirkt, aber trotzdem hatten seine blauen Augen auch nach all den Jahren, mit fast vierzig jetzt, den Ausdruck eines Babys behalten. Und die gleiche Glatze, die gleichen wild sprießenden Bartstoppeln. Und immer die verschlissene Baseballkappe auf dem Schädel. Die Millionen, die er verdient hatte, konnten seiner Art, der Welt zu begegnen, nichts anhaben. Ich schätzte das an ihm.

In der einen Hand hielt Bar Cookie, Nogas zweitliebste Puppe, mollig, strohblond mit einem vagen Lächeln, und mit der anderen kraulte er seine Bartstoppeln. Seine Baseballkappe, in verwaschenem Blau, trug das Logo von Arsenal.

Wir mussten ein paar gezwungene Minuten überstehen.

»Nun, wie steht's?«

»Alles paletti.«

Ein paar Minuten lang Schweigen.

»Und was gibt's Neues?«

»Alles wie üblich.«

Dann gingen wir dazu über, Lücken mit Smalltalk zu stopfen, hauptsächlich auf der Schiene Klatsch und Tratsch, und anschließend trat nochmals ein kurzes, unbehagliches Schweigen ein, das von Bar beendet wurde: »Also, Krokodil, schieß los.«

Ich erzählte ihm von Lotta Perl: die erste Fahrt und das Begräbnis, die Friedhofsbesuche, die Freundschaft, die zwischen uns entstanden war, und ihr Vorschlag, dass ich den, wie es schien, Mord an Edward O'Leary untersuchen sollte. Ich gab ihm alles weiter, was sie mir bis dahin über die Vergangenheit erzählt hatte – die Jugendliebe in Haifa zur Mandatszeit, sie und Eddie, Wilshere und Ruti. Und dann kam ich zur Leiche in Zimmer sechsunddreißig. Ich erwartete eine begeisterte Reaktion. Aber Bar zuckte mit den Achseln, presste die Lippen zusammen und zog die Augenbrauen hoch.

»Was soll ich dazu sagen«, meinte er, »wen interessieren schon alte Leute? Kannst du überhaupt sicher sein, dass es Mord war? Sie würden ohnehin in den nächsten fünf Minuten sterben. Was ändert das also noch, ob sie ermordet worden sind oder nicht? Verstehst du, was ich meine? Vielleicht ist das dieser Lotta ja wirklich passiert? Dass ihr Ablaufdatum einfach erreicht war? Und auch ihr Mann, mit fünfundachtzig … ich meine, was sollen wir damit anfangen?«

Ich starrte ihn mit großen Augen an. »Sag mal, bist du nicht mehr ganz dicht? Alles, was wir damals gemacht haben, waren erbärmliche Fälle – Fremdgehen, Rache am Boss, so Zeug. Sogar beim ersten Mal hat sich die ganze Ermittlung nur um die blödsinnige Frage gedreht, warum der Jerusalemer, der bei dem Anschlag im kleinen Neuner getötet wurde, an dem Tag in Tel Aviv war. Und jetzt kriegst du den goldenen Pokal der Ermittlungen angeboten, Mord. Zwei Morde vielleicht! Und du jammerst über das Alter der Opfer? Nicht sexy genug deiner Ansicht nach? Ich glaube übrigens nicht, dass er ihr Mann war. Er war ihr Geliebter.«

Bar kratzte sich unter seiner Baseballkappe an der Glatze: »Hast du Lust auf Falafel?«

»Nein! Ich hab Gyros, wenn du willst. Das kann ich dir mit Goa machen, wie bei Noga der Joghurt heißt. Du liebe Zeit, wieso denn jetzt Falafel!?«

»Gyros ...« Er lächelte bitter. »Wie tief sind wir gesunken. Ich sag's dir, Krokodil, Kinderkriegen ist eine irrsinnige Regression. Sie verblöden uns. Also los, fahr das Gyros her, aber vergiss das mit dem Goa.«

Während wir die Schachtel zwischen uns hin und her gehen ließen und die zähen Fasern zwischen den Zähnen zernagten, spürte ich, wie das Unbehagen verschwand und sich das alte Gefühl zwischen uns wieder einstellte, trotz all der Jahre, trotz der Facebook-Geschichte, trotz unserer Unterschiede. Es gibt Autos, die einwandfrei laufen, auch wenn sie jahrlang in der Garage Staub angesetzt haben. Stell sie einfach auf die Straße und gib ihnen zwei Minuten. Bar und ich waren ein solches Fahrzeug.

»Warum meinst du, dass es Mord ist?« Verrieten seine Augen trotz allem eine Spur von Interesse?

»In seinem Fall hat sie mir gesagt, sie denke, es sei Mord. In ihrem Fall hat sie gesagt, dass sie Angst hätte, dass man auch sie ermordet.«

In dem Moment, in dem ich die Worte aussprach, merkte ich, wie schwach die Argumente waren. Bars Blick tat nichts dazu, sie stärker klingen zu lassen. Aber ich wusste, wenn ich das Wort »Mord« oft genug gebrauchte, bestünde die Chance, dass er darauf ansprang.

Er rieb sich die Hände.

»Ich weiß nicht, zwei alte Leute mit fünfundachtzig. Ohne Spuren von Gewalt. Ohne jeden Hinweis auf irgendein Problem, außer ein paar vagen, nicht begründeten Sätzen. Aus dem Mund der alten Dame. Die auch nichts mehr begründen wird, selig ihr Andenken.« Er musterte einen Punkt an der Wand und wandte mir dann sehr langsam seinen Blick zu. »Also, sozusagen, ich meine, quasi, welchen von den zwei Fällen willst du untersuchen?«

»Beide. Ist doch klar, dass es eine Verbindung gibt, oder nicht?«

»Vielleicht … dieser Edward, ist das ein Brite vom Mandat, der mit einer Jüdin verheiratet war? Mit Lotta? Was hast du gesagt, waren sie verheiratet?«

»Ich weiß es nicht. Das hat sie mir nie erzählt … Ich weiß, dass sie damals zusammen waren. Die Verbindung war lange Zeit abgerissen und wurde in der letzten Zeit wieder erneuert. Bis zu dem Mord. Oder dem Tod. Von ihm.«

Bar stopfte sich eine Handvoll Gyros in den Mund. »Wir haben nichts, Krokodil«, schmatzte und kaute er, ohne zu warten, bis sein Mund leer war. »Er ist begraben. Wir wissen nicht, wie er gestorben ist. Warum haben sie sich getrennt?«

»Ähh …«

»Wissen wir nicht. Wir wissen also gar nichts außer dem Begräbnistermin und dem Verdacht von Lotta, dass er ermordet worden ist. Und noch mal, sie kann nie mehr erklären, warum sie den hatte. Moment mal, hast du gesagt, du warst bei seinem Begräbnis? Erinnerst du dich, wer da war?«

»Da war ein hübsches Mädchen, die Enkelin von Lotta. Sie heißt Nogga.«

»Sekunde nur …« Er deutete auf sein vibrierendes Mobiltelefon und setzte ein Kunstzuckerlächeln auf: »Hi, Süße … ja, Süße … klar, Süße … ja, Süße. Klaro … aber sicher! Ich bring uns was Gutes. Küsschen. Winkewinke.«

Ich schaute ihn erschüttert an, als er mich am Ende des Gesprächs anlächelte. Das war noch viel klebriger, als ich es in Erinnerung hatte.

»Also, ein hübsches Mädchen, sagst du. Logo, dass du nur die bemerkst. Wer noch?«

»Ich weiß nicht. Ich habe Lotta nachher gefragt, ob Wilshere beim Begräbnis war. Und ob Ruti Spielberg da war. Das ist das zweite Paar, wie ich gesagt habe, auch ein Brite und eine Jüdin, die sich mit ihnen in Haifa zur Mandatszeit herumtrieben. Vielleicht haben sie mit dem Mord was zu tun. Aber sie hat mir nicht geantwortet. Da war noch ein Alter im Rollstuhl mit einer Filipina. Er hatte so eine schwarze Ballonschirmkappe auf und eine Brille.«

»Großartig! Den finden wir in ein paar Sekunden. Ein Alter im Rollstuhl mit Filipina, schwarzer Kappe und Brille. Das schränkt unsere Optionen echt ein...«

»Du machst mich nieder, du Hund? Ich versuche mich hier zu erinnern. Da war noch irgendein Jüngerer mit so gewellten Haaren und Krawatte, ein geschniegelter Typ, es sah aus, als ob er die Sache in der Hand hätte. Ach ja – er hat das Kaddisch gelesen. Das heißt, er müsste sein Sohn sein, oder?«

»Nicht unbedingt. Er könnte der nächste Verwandte sein, oder nicht mal das, wenn es beim Begräbnis gar keine Verwandten gibt.«

Wir schwiegen ein Weilchen. Und dann bemerkte Bar: »Da hat jemand Geld, wenn sie ihn im Trumpeldor begraben haben.«

»Ja«, stimmte ich zu. Der Geschirrspüler in der Küche schaltete eine Stufe weiter und fing an zu lärmen.

Bar hielt immer noch die Puppe in der Hand und betrachtete sie. Dann sagte er: »Lass mich drüber nachdenken. Ich schau im Internet nach. Das scheint mir ein long shot. Ich meine, wird die Polizei das nicht untersuchen? Und was bleibt dann für uns noch zu tun?«

»Fangen wir mit Eddie an«, erwiderte ich. »Es sind fast drei Wochen vergangen, und niemand außer Lotta denkt, dass es ein Mord war, also keine Polizei. Und wenn eine alte Frau im Altersheim stirbt, warum sollten sie die Polizei rufen? Ich kann mich dort erkundigen. Und mit der Enkelin reden.«

Mein Telefon klingelte. Bar sah mich an.

»Hallo?«

»Das Krokodil? Hätten wir nicht irgendeinen Termin heute haben sollen?« Shit! Es war Morris.

»Morris! Bin schon unterwegs. Bist du da?«

»Wo soll ich sonst sein?«

»Komm«, sagte ich zu Bar, »ich muss bei Morris vorbeifahren. Soll ich dich zu Hause absetzen?«

Von der Idee, Taxifahrer zu werden, hörte ich in einer der Phasen, in der ich arbeitslos gemeldet war. Wenn man sich registrieren lässt, muss man zu einem Berater gehen, der einem geeignete Arbeitsstellen vorschlägt sowie verfügbare Kurse vom Arbeitsamt. Es ist ein formaler Prozess, den alle so schnell wie möglich hinter sich bringen wollen; die Arbeitslosen, damit sie nicht gezwungen sind, zu arbeiten, statt Arbeitslosengeld für nichts zu erhalten, und die Berater, weil sie keine Energie haben, die Formulare auszufüllen und das ganze Prozedere durchzuhecheln. Auch sie wollen schließlich nach Hause.

Mein gelangweilter Berater fragte mich eines Tages:

»Wie wäre es mit einem Kurs als Fahrer öffentlicher Verkehrsmittel?« Ich fragte zurück: »Meinen Sie?« Er grinste und streichelte seinen Schnurrbart, der neu zu sein schien, das Ergebnis irgendeines Trends unter jungen Leuten. »Ist das meinen Talenten angemessen?« Er erwiderte: »Ihre Bezugszeit für das Arbeitslosengeld endet demnächst. Sie können den Kurs genau dann anfangen, wenn sie ausläuft, und Sie kriegen den Kurs im Wert von viertausendzweihundert Schekel dann umsonst, und zusätzlich kann ich für Sie die Fortzahlung der Arbeitslosenunterstützung für diese ganze Zeit organisieren. Das ist ein Angebot, das nicht immer besteht. Meiner Meinung nach lohnt es sich. Was macht das für Sie aus. Drei Monate.«

»Noch drei Monate Arbeitslosengeld, wenn ich den Kurs mache?« Ich hob den Blick von dem Formular. Mit einem kleinen Kind und Unterhaltszahlungen war das nicht zu verachten.

Er schickte mich zu einem Fahrlehrer, damit ich den Taxischein machen konnte. Als ich den Test bestanden hatte, ging ich in den Arbeitsamtkurs für Fahrer öffentlicher Verkehrsmittel. Es war im Prinzip eine Art erweiterter Theorie im Vergleich zum Führerschein – Englisch, Landes- und Staatskunde, präventives Fahren, Kenntnisse von Fahrzeug und Mechanik.

Nach dem Kurs musste man nur noch ein Taxi organisieren, eine Taxinummer und eine Taxistation. Jemand sagte mir, ich solle mit Morris reden.

Morris war seit einer Million Jahren Taxifahrer. Er hatte ein eigenes Taxi sowie eine eigene Nummer und fuhr selbst. Doch er hatte noch mehr Taxis – »so an die achtzehn«, wie er einmal zu mir sagte – mit weiteren Nummern, die er an

Fahrer vermietete, die keine hatten. Wenn man Taxi sagt, meint man damit ein Auto, das wie alle anderen auf der Straße aussehen kann, doch weil es als Taxi gekauft wurde, das heißt, um 60 Prozent günstiger als ein Privatfahrzeug, muss es an einen Zähler gekoppelt sein, der mit Computern für die Mehrwert- und Einkommensteuer verbunden ist. Die Nummer des Taxis, eine sogenannte grüne Nummer oder die Zulassungsnummer für die öffentliche Beförderung oder die Taxibetreibung, steht auf dem gelben Hütchen auf dem Taxidach sowie auf der Seitentür. Es gibt ungefähr 25000 davon im ganzen Land, und man erkennt an den Nummern den Zeitpunkt der Zulassung, denn sie wurden seit Gründung des Staates in aufsteigender Reihenfolge ausgegeben. Meines hatte eine junge Nummer, über 20000, denn das war die letzte Nummer, die Morris kaufte. Seine Nummer war zweistellig, 77, also eine der ersten aus den ganz frühen Tagen des Staates. Es war sehr selten, dass man eine zweistellige Nummer auf der Straße entdeckte – wer Morris' Taxi sah, zollte ihm Respekt. Die weiteren Nummern hatte er im Lauf der Jahre erworben, um sie an Fahrer zu vermieten, die keine Zehntausende Dollars hatten, um sich eine eigene Nummer zu kaufen. »Wie ein Immobilienhändler«, sagte Morris immer, »bloß besser, denn man braucht keinen Boiler reparieren und keine Wände malern.«

Morris war sauer auf Netanjahu, der den Preis für die Nummern heruntergesetzt und ihre Besitzer praktisch betrogen hatte. »Gegenüber der Strom- und Hafengesellschaft ist Bibi kein Held«, sagte er. Ansonsten pflegte Morris immer zu sagen: »Taxifahrer haben einen niedrigeren IQ als eine tote Katze«, und: »Das Plus als Taxifahrer ist, dass du achtundzwanzig Stunden am Tag offen haben kannst.« Und er nennt mich »Das Krokodil«.

Er verdiente 1500 Schekel im Monat an mir für die Nummer und noch mehr für den Wagen. Was den Taxistandort anging, hatte er sofort zugestimmt: »Gar keine Frage, mach das mit der Applikation. Da gibt's keine Station mit Ordnern und Intrigen, keine Schlägereien wie früher mal, du hast mich benachteiligt, du hast mich beschissen. Keine schlauen Diskussionen. Der Computer spricht. Der Fahrgast kriegt das Taxi in seiner nächsten Nähe, egal, ob das ein Fahrer ist, der seit sechzig Jahren fährt und die ganzen Ordnungstypen in der Stadt kennt, oder ob du das bist, das Krokodil, der gestern angefangen hat. Und du weißt, wer der Kunde ist, also kann er dir nicht abhauen, lässt dir keinen Dreck da und benimmt sich nicht wie ein Schwein.«

Bar saß neben mir im Taxi. Ein hübsches Mädchen hob einen Finger, um mich aufzuhalten. Ich sagte: »Macht's dir was aus, wenn wir sie mitnehmen, vielleicht ist es unsere Richtung?« Er machte eine wegwerfende Handbewegung, und ich stoppte. Es war überhaupt nicht unsere Richtung, sie musste nach Ramat Aviv im Nordwesten und plapperte hektisch die ganze Strecke über in höchster Lautstärke in ihr Mobiltelefon. Als sie ausgestiegen war, fragte Bar: »Was will er eigentlich von dir, Morris, meine ich? Zahlst du nicht für das ganze Jahr im Voraus?«

»Schon«, erwiderte ich, »aber das Jahr ist eins, zwei, drei zu Ende. Der Vertrag muss erneuert werden. Und ich fürchte, dass er die Gebühr erhöhen will. Er wird mir vorheulen, dass der Versicherungstarif gestiegen ist, dass sie die Preise in den Werkstätten erhöht haben und der Benzinpreis in den Himmel geschossen ist, als ob ich mein Benzin nicht selber zahlen würde.«

»Wieso vertröstest du ihn dann nicht, und wir gehen uns mal die Leiche anschauen? Wir sind schon in Ramat Aviv, praktisch beinah Herzlija. Fahr doch danach bei ihm vorbei.«

Ich schaute ihn an. Etwas rührte sich in seinem Kiefer, eine Bewegung, die ich kannte und die immer leichte Aufregung, gesunde Spannung, Erwartung ausdrückte. Hoppla, dachte ich mir, er beißt an. Es war eine Erleichterung, denn vorher, während das Mädchen hinten lautstark quatschte, hatte ich angefangen, mir Sorgen zu machen. Wenn Bar bei dieser Ermittlung nicht mitzog, hatte ich ein Problem. Und ich musste unbedingt herausfinden, was Lotta passiert war. Ich rief Morris an und teilte ihm mit: »Ich hab eine Fahrt nach Jerusalem reingekriegt.«

Bar sagte: »Ruf im Altersheim an. Sie kennen dich. Erklär ihnen, dass du dich nicht ordentlich verabschieden konntest. Sie wissen, wie gern sie dich gehabt hat. Wenn das ein Mord war und die Polizei nicht denkt, dass es einer war, dann haben wir nur ein begrenztes Zeitfenster, um uns die Leiche anzusehen.«

Ich rief an. »Schalom, könnte ich mit Schiri sprechen?« Ich erinnerte mich an den Namen, den der Sicherheitsoffizier in das Funksprechgerät gerufen hatte.

»Sie haben sie schon abgeholt«, klärte mich Schiri auf, »versuchen Sie es in der Privatklinik in Herzlija Pituach. Wir haben ein Abkommen mit ihnen, weil sie einen Leichenkühlraum haben, und normalerweise kommen die Leichen von hier zuerst dorthin und werden dann auf die

Friedhöfe verteilt oder nach Abu Kabir zur Obduktion, falls nötig. Sind Sie ein Angehöriger?«

»Nein«, erwiderte ich.

»Sagen Sie, dass Sie einer sind, in der Regel funktioniert das.«

»Sind Sie ein Familienangehöriger?« Wie im Altersheim war auch in der Klinik die Empfangsdame hübsch. Allerdings herber und distanzierter. Sie gehörte zu denen, die durch einen hindurchsehen, auch wenn man der Einzige ist, der vor ihnen steht und sie einen sogar ansprechen.

»Ja.«

»Warten Sie bitte.«

Vielleicht war es ein Glück, dass sie mich nicht richtig anschaute. Sonst hätte sie nicht nur in Sekundenschnelle begriffen, dass unmöglich eine Blutsverwandtschaft bestehen konnte, sondern auch, dass ich der schlechteste Lügner aller Zeiten war. Hätte ich ihr, während ich log, in die Augen blicken müssen, hätte ich es nicht geschafft.

Sie prüfte etwas im Computer, runzelte die Stirn, wählte eine Nummer und rügte irgendeine Schifra. Schifra – nun gut, vielleicht waren nicht alle Angestellten in Herzlija hübsch, es gab auch solche mit gelblichen Strohlocken und verkniffenen, eng zusammenstehenden Augen mit Brille – kam aus dem angrenzenden Raum, steckte ihre Nase in den Bildschirm, tippte mit ihrem plumpen Finger etwas ein und deutete auf eine Stelle: »Hier.« Dann drehte sie sich um und kehrte in das Zimmer zurück, aus dem sie aufgetaucht war, während sie »Hallo« in ein iPhone bellte, das sie aus ihrer Kitteltasche fischte.

»Gut«, äußerte die Empfangsdame, immer noch ohne

mich direkt anzusehen. »Sie hat den Transport zum Friedhof verpasst, also wird sie erst morgen früh hier weggebracht. Sie können hineingehen, um sich zu verabschieden. Aber... einen Augenblick...« Sie überprüfte noch einmal etwas im Computer, wählte wieder und sprach kurz, diesmal nicht mit Schifra. Dann erklärte sie mir: »Sie müssen noch etwa eine halbe Stunde warten. Ich habe niemanden, der Ihnen die Leiche zeigen kann. Erst wenn die Schicht des diensthabenden Pflegepersonals wechselt. Die jetzige Schicht ist im OP.«

Als ich von der Rezeption zurückkam, hob Bar die Augen vom Sportteil der *Israel heute* und sagte: »Ich hab's gehört.« Ich ließ mich neben ihm nieder und griff nach einem weiteren Exemplar der Zeitung auf dem benachbarten Plastiksitz. »Ich weiß immer noch nicht, ob das nicht alles bloß in deinem Kopf ist, Krokodil. Ob wir nicht unsere Zeit verschwenden, weil du dich in irgendeine Fünfundachtzigjährige vergafft hast, die zufällig heute abgenibbelt ist. Einfach abgetreten, zu passender Zeit, im Alter von fünfundachtzig. Sogar über der Zeit – oder wie hoch ist die durchschnittliche Lebenserwartung von Frauen?«

Wenn einem mit einem kleinen Hämmerchen wieder und wieder auf den Kopf gehauen wird, beginnt der Zweifel zu nagen. Vielleicht hatte er recht? Was hatte ich letztendlich schon gesehen? Die Leiche einer fünfundachtzigjährigen Frau. Niemand, vom Sicherheitsoffizier über die Rezeptionistin im Altersheim bis hierher, hatte ein einziges Wort davon gesagt, dass es kein natürlicher Tod war. Aber gleichzeitig ärgerte mich Bar. He, du hast beschlossen mitzukommen, also hör auf, dich zu beschweren, dachte ich.

Laut sagte ich: »Kannst du noch eine halbe Stunde entbehren? Wir schauen sie an, und dann entscheiden wir, gut? Schlimmstenfalls geben wir's auf. Ich gehe zur Beerdigung, und Schluss, aus, Friede über Israel.«

Bei dem Gedanken an das Begräbnis hatte ich plötzlich einen Kloß im Hals. Lottas Begräbnis? Seltsam. Obwohl ich die Leiche gesehen hatte und dabei gewesen war, als der Sicherheitsoffizier ihren Puls prüfte, war die erste Reaktion auf den Tod immer, es nicht zu glauben. Tod, das Sicherste, was existiert, ist nicht plausibel, wenn es sich um eine Person handelt, mit der du noch am Tag zuvor geredet hast. Ich dachte an unsere letzte Verabschiedung. Sie hatte versprochen, mir eine lustige Geschichte über Wilshere zu erzählen. Etwas Romantisches. Die letzten Worte, die sie zu mir sagte, waren: »Ganz sicher, Krokodil... morgen.« Oder so ähnlich. Ich ärgerte mich über mich selbst, dass ich auf der letzten Fahrt nicht langsamer gefahren war, dass wir nicht länger am Meer gehalten hatten, damit sie mir nicht nur die romantische Geschichte hätte erzählen können, sondern vor allem den Grund für ihren Verdacht, dass Eddie O'Leary ermordet worden war.

»Sag mal, weinst du?«, hörte ich Bars Stimme.

Ich schüttelte den Kopf und rieb mir das Auge. »Ich hab immer diese beschissene Allergie im Frühling. Erinnerst du dich nicht?«

»Ich erinnere mich. Aber der Frühling hat noch nicht angefangen. Egal. Na gut, warten wir. Und ich komme mit in den Kühlraum. Und dann entscheiden wir endgültig, ob wir einen Fall haben.« Er rief zu Hause an und informierte seine Süße mit seinem Kunstzuckerlächeln, dann redete er mit den Kindern und sagte allen dreien, jedem einzeln:

»Papa kommt bald nach Hause.« Plötzlich hatte ich große Sehnsucht nach Noga und hätte gute Lust gehabt, sie anzurufen, aber sie war bei Dutschy. Sie brauchten mich jetzt nicht.

»Sie sind nicht dran gewöhnt, dass ich spät heimkomme«, erklärte mir Bar, als er die Verbindung getrennt hatte.

»Das Leben mit einem Exit ist schwer«, grinste ich, und während er lachte, dachte ich an die Schecks, die ich Morris schuldete, an die Stromrechnungen, die jährliche Steuer und das Mobiltelefon, die ich zu bezahlen hatte.

Bis der Pfleger kam und uns in den Leichenkühlraum brachte, redete Bar darüber, wie die Taxis auf App-Basis sein Leben verändert hatten. »Ich meine, also klar, dass du die Vorteile von der Seite des Fahrers aus siehst«, begeisterte er sich, »aber du musst die Revolution auf Seiten des Fahrgasts kapieren.«

»Ich kapiere völlig. Meinst du, die Kunden reden nicht mit mir?«

»Ich bin der perfekte Mensch, um das zu beurteilen«, ignorierte er meinen Einwurf. »Ich bin ein starker Taxikonsument und auch ein Technologiefreak. Das ist der feuchte Traum von Leuten wie mir. Erstens«, er schenkte mir einen durchdringenden Blick, »weiß ich genau, woran ich bin, ich sehe auf der Karte, wo das Taxi ist.«

Ich spähte über seine Schulter in der Hoffnung, dass jemand auftauchen würde. Bar hob den zweiten Finger: »Kein Gehupe, das die Nachbarn aufweckt.« Der dritte Finger. »Alles mit Kreditkarte, kein Rummachen mit Geld. Aber am wichtigsten«, der nächste Finger schnellte hoch, und er wedelte mit allen vier Fingern, »ich brauch nicht mit einem Ordner von der Taxistation zu reden, der automatisch zu mir sagt: Ist in eineinviertel Minuten bei Ihnen.«

Ich versuchte, den gelangweilten Gesichtsausdruck von jemandem aufzusetzen, dem man absolut nichts Neues erzählt.

»Außerdem«, sagte er zum Schluss, ohne sich um meine Geringschätzung zu kümmern, »ist dir schon aufgefallen, wie der Name ›Gat Taxi‹ Agatha Christie ähnelt?«

Zum Glück kam der Pfleger.

»Ich bin Walid«, sagte der Pfleger. »Sie kommen zu Lotta Perl, richtig?«

Wir folgten ihm. Er ging sehr schnell. Bar mit seinen ziemlich kurzen Beinen musste fast rennen.

»Sind Sie Verwandte?«, fragte Walid. »Kommen Sie zum Verabschieden?«

»Ja, ich«, gab ich zur Antwort, »das heißt, ich bin ein Verwandter. Wir sind beide zum Abschied gekommen. Er…«

Ich schaute zu Bar, der neben mir lief. Walid überprüfte etwas in den Papieren, die er in der Hand hielt, und bog dann in einen weiteren Korridor ein, der zu einem großen Raum mit einigen leeren Bänken führte. Er deutete auf ein Schild mit Anweisungen. »Lesen Sie das. Instruktionen für das Verhalten im Leichenschauraum.«

Wir lasen es. Schalteten die Mobiltelefone aus. Wuschen uns die Hände mit Desinfektionsmittel. Setzten Kappen auf, streiften Überzüge über die Schuhe und Nylonfäustlinge über die Hände.

»Fertig?«, fragte der Pfleger. Wir nickten. Mein Herz

klopfte heftig. Walid öffnete eine schwere Tür und trat ein, und wir folgten ihm.

Er schloss die Tür, bat uns zu warten und verschwand. Kurz darauf kehrte er zurück, schob eine silbrige Bahre auf Rollen herein. Darauf lag ein Bündel, mit einem grünen Laken zugedeckt. Walid hob das Laken am Fußende an und bedeutete mir, einen Blick auf die Identitätskarte zu werfen, die am großen Zeh angebracht war: *Perl, Lotta, weiblich, 030013199.* Er sah mich fragend an, und ich nickte bestätigend. Das Herz schlug mir jetzt bis zum Hals. Walid drehte die Bahre um und winkte uns näher. Er zog das Laken vom Kopf der Leiche. Ich betrachtete das faltige Gesicht, dann die Haare. Ich warf einen raschen Blick auf Walid, der mich anschaute. In seinen Augen stand wieder die gleiche Frage. Ich sah ihn ein paar Sekunden an, und schließlich nickte ich. Bar war praktischer und aktiver als ich. Er beugte sich vor und betrachtete die Tote aus der Nähe, vielleicht suchte er nach Würgemalen, oder vielleicht imitierte er einfach, was er in den Jahren, in denen er ständig diese Detektiv- und Mordserien konsumierte, gesehen hatte.

Bar flüsterte: »Darf ich ihre Hand nehmen?« Und ich schloss mich ihm hastig an, flüsterte ebenfalls: »Ja, kann man zum Abschied ihre Hand halten?«

»Das ist nicht üblich«, gab Walid flüsternd zurück. »Aber, na los, Beeilung, und dann nichts wie raus.« Walid entfernte das Laken von dem nackten Körper, der eingefallenen Brust und der bleichen, sauber gewaschenen Haut. Sie war weniger als vierundzwanzig Stunden tot. Ich betrachtete erneut das Gesicht. Bar nahm ihre rechte Hand, und ich griff nach ihrer linken. »Auf Wiedersehen, Tante Lotta«, murmelte Bar. »Auf Wiedersehen, Tante«, flüsterte ich. Walid bedeckte die Leiche wieder mit dem Laken. »Eine letzte Bitte«, bat ich. Walid verdrehte die Augen und blickte mich abwartend an.

»Kann ich ein letztes Mal in ihre Augen sehen?«

Er dachte darüber nach. »Das ist nicht üblich«, antwortete er wieder, signalisierte jedoch mit einer Handbewegung, na los, Beeilung, und dann nichts wie raus. Ich näherte mich dem alten Gesicht, streichelte mit einer Hand über das Haar der Toten und öffnete mit meinem nylonüberzogenen Daumen das eine Lid und dann das andere. Ich blickte ein paar Sekunden in die offenen Augen, flüsterte »Auf Wiedersehen« und drückte die Lider wieder zu. Walid bedeckte das Gesicht mit dem Laken. Ich trat wieder ans Fußende und las noch mal das Kärtchen am großen Zeh: *Perl, Lotta, weiblich, 030013199*. Walid rollte die Leiche wieder an den Ort zurück, an dem sie ihre letzte Nacht auf Erden verbringen würde.

Als wir herauskamen und die Einwegausrüstung in einem speziellen Abfalleimer entsorgt hatten, fragte ich Walid, wobei ich versuchte, beiläufig zu klingen: »Sagen Sie, nur so aus Neugier, wie viele Leichen gibt es denn hier? Wie viele haben Sie heute bekommen?«

»Das hier ist ein kleines Krankenhaus«, antwortete er, während er den Leichenkühlraum abschloss. »Wir bekommen vielleicht ein bis zwei Leichen in der Woche. Im Moment ist sie die einzige in dem Raum. Die vorige, eine arme thailändische Arbeiterin, ist, glaube ich, vor zwei Tagen abgeholt worden. Los jetzt, Freunde, ich muss rennen. Findet ihr den Weg allein?«

»Na klar, Bruder«, erwiderte Bar, »lauf nur, wir kommen zurecht.«

Ich ließ mich schwerfällig auf einer der Bänke im Warteraum nieder. Bar setzte sich auf eine Bank an der Wand im rechten Winkel zu mir. Es herrschte Schweigen.

»Was ist?«, fragte Bar schließlich. »Du siehst ein bisschen mitgenommen aus. Du hast sie verdammt gern gehabt, was?«

»Das ist es nicht«, erwiderte ich und schaute ihn an. Jetzt waren es seine blauen Augen, die mich fragend ansahen, statt Walids schwarze.

»Das ist nicht Lotta Perl«, sagte ich.

4. Wer, zum Teufel, ist das?

Im Taxi schüttelte Bar den Kopf. »Weißt du, wer das ist?«

»Ich habe keine Ahnung.«

»Aber es ist ganz bestimmt nicht Lotta Perl?« Er warf sich gesalzene Erdnüsse aus der Tüte zwischen den Sitzen in den Mund. Ich fischte mir mit zwei Fingern ebenfalls eine heraus.

»Lotta hat braune Augen, das ist wer anders, keine Frage.«

»Aber in ihrem Zimmer im Altersheim, mit dem Sicherheitsoffizier, da hast du gedacht, es ist Lotta?«

»Sie lag auf dem Bauch, ich habe bloß Haare gesehen, und von hinten. Das ist die einzige Ähnlichkeit zwischen ihnen, die Farbe der Haare, die Länge. Obwohl, wenn ich jetzt so daran denke, auch da gibt es einen Unterschied...«

»Ich versteh das nicht. Dem Sicherheitsoffizier ist nicht aufgefallen, dass sie es nicht ist?« Er zermahlte energisch die Erdnüsse mit den Zähnen.

Ich dachte kurz darüber nach, während ich auf das Lenkrad trommelte und durch die Windschutzscheibe hinausstarrte. Wir standen in den Parkbuchten oberhalb des Strands, und obwohl die Sonne schon untergegangen war, sahen wir deutlich die Schaumkronen der Wellen im Wind. Ich nahm mir noch ein paar Erdnüsse. Plötzlich fiel bei mir der Groschen, und es verblüffte mich, dass mir das bis jetzt noch nicht in den Sinn gekommen war – Lotta lebte!

»Ich weiß nicht«, sagte ich, »vielleicht hat er sie nicht gekannt, vielleicht hat er nicht richtig geschaut. Er hat sie zugedeckt, dann kam die Ambulanz und nahm sie mit.«

»Das kann nicht sein«, entgegnete Bar. »Jemand musste sie identifizieren. Es gibt bestimmt eine reguläre Prozedur in Altersheimen …« Er hob plötzlich den Kopf. »Komm, wir gehen kurz ins Krankenhaus zurück.«

Die hübsche Rezeptionsangestellte schenkte uns einen vagen Blick. Sie schaute den Computerbildschirm an und dann wieder uns.

»Waren Sie nicht gerade hier?«

»Waren wir«, nickte Bar. »Wir möchten nur fragen, wer noch da war. Wer sie identifiziert hat.«

»Was heißt, wer sie identifiziert hat?« Eine Falte grub sich zwischen ihre perfekt zurechtgemachten Augenbrauen, während sie noch einen unbestimmten Blick auf den Bildschirm warf. »Schifra!«

Schifra kam heraus. »Waren Sie nicht vorher schon da?«

»Wir möchten gern wissen, ob vor uns Besucher da waren. Ob sie jemand identifiziert hat. Das … also, es ist eine Familienangelegenheit …«

»Aha. Familienangelegenheit. Es gibt immer eine Familienangelegenheit.« Ein Funke blitzte in Schifras Augen auf, und es schien, als schwankte sie, ob sie sich in Erbstreitigkeiten und Familienpolitik einmischen sollte. Doch offenbar gewann der Wunsch die Oberhand, von uns nicht weiter mit den Angelegenheiten von Toten belästigt zu werden, denn sie sagte zu der hübschen Angestellten: »Zeig ihnen, wer die Identifizierung unterschrieben hat.«

Die Empfangsdame fand etwas im Computer, öffnete eine Schublade hinter sich und zog eine Aktenmappe heraus. Blätterte darin. »Hier«, sie deutete auf ein Blatt, »das Formular zur Identifizierung der Verstorbenen durch Verwandte.« Dann verengten sich ihre Augen, und es entstand eine Falte der Verwunderung zwischen ihren perfekten Augenbrauen. »Komisch. Da ist irgendeine Unterschrift hingekritzelt, aber die Spalte ›Name des Identifizierenden‹ wurde nicht ausgefüllt.« Sie schenkte uns einen leeren Blick.

»Haben Sie eine Liste mit den Besuchern vom Leichenschauraum?«, fragte Bar.

Sie bewegte den Kopf von einer Seite zur anderen.

»Erinnern Sie sich an noch jemand, der gekommen ist, um die Leiche zu sehen?«

Ihr Kopf vollführte die gleiche Bewegung. Ihre Augen blieben leer und hübsch. »Vielleicht unterschreiben Sie mir die Identifizierung der Leiche?«, probierte sie es. »Ich brauche den Namen des Identifizierenden klar und deutlich.«

»Wir müssen jetzt los«, erwiderte ich lächelnd, während wir uns zum Gehen wandten. Die Angestellte sah mich zwei Sekunden an, unschlüssig, was sie tun sollte. Dann klappte sie die Akte zu und legte sie in das Regal hinter sich.

»Es fängt langsam an, interessant zu werden«, meinte Bar draußen.

Wir fuhren nach Tel Aviv zurück. Bar hatte es eilig, nach Hause zu kommen – es war Freitag, Familientag. Seine

Frau saß ihm im Nacken, dass er sie bei den Kindern ablöste, denn schließlich war er der Hausmann der Familie. Sie arbeitete Vollzeit im Landwirtschaftsministerium, trotz des Millionengewinns ihres Ehemanns, und obwohl es Freitag war, warteten noch eine Menge Arbeit in Form von E-Mails auf sie. Und ich versuchte an den Wochenenden, wo Noga nicht bei mir war, immer zu arbeiten. Ich wollte in die Stadt zurück und mich auf Kundenfang machen.

»Wer hat deiner Meinung nach dort unterschrieben?«, sagte ich.

»Hat sie Familienangehörige, die du kennst?«

»Nur die hübsche Enkelin, die auf der Beerdigung war.«

»Gut, also wenn die Enkelin von Lotta Perl auf dem Formular unterschrieben haben sollte, dann haben wir eine unmittelbare Verdächtige.«

Ich versuchte, im Kopf Noggas Bild heraufzubeschwören. »Aber warum sollte sie sie umbringen?«

»Wegen dem Erbe vielleicht? Wenn die Leiche als ihre Großmutter identifiziert wird, kann sie vielleicht auch als ihre Großmutter begraben werden und was vererben...«

Ich schwieg. Das war unlogisch, wenn Lotta Perl noch am Leben war.

Bar hatte offenbar den gleichen Gedanken. »Oder sie hat sie vielleicht aus irgendeinem Grund verschwinden lassen müssen. Wir müssen sie finden, so viel ist klar. Nogga wie?«

Ich hatte keine Ahnung. Bar schnaubte enttäuscht und starrte geradeaus in die Dunkelheit. »Na gut, ich werde mal ein bisschen im Internet graben, wenn die Kinder im Bett sind.«

Freitagabend läuft das Taxigeschäft zwar lebhaft, aber es ist ziemlich widerlich in der Stadt wegen den ganzen Betrunkenen und allem möglichen Ärger. Der Freitagabend hat sein eigenes Publikum und seine eigenen Fahrer. Aus dem ganzen Großraum Tel Aviv-Jaffa und manchmal von noch weiter her pendeln die Leute, um in Tel Aviv zu arbeiten. Alle fahren langsam, auf der Suche nach irgendwelchen Adressen, weil sie sich in der Stadt nicht auskennen, und man hängt hinter ihnen fest.

Ein junger Mann stieg vorn ein, setzte sich neben mich, was mich sofort ärgerte, aber ich sagte nichts. Er wollte zum Atarimplatz. Wir wussten beide Bescheid, was dort los war, und redeten nichts weiter, bis er plötzlich sagte: »Ich habe heute Geburtstag, deshalb geh ich da hin.«

»Glückwunsch«, erwiderte ich.

»Meine Freunde sind geil, was soll ich machen?«

»Wohl bekomm's«, murmelte ich und warf ihm einen flüchtigen Blick zu. Ich mochte ihn nicht. Nicht weil er in dieses Stripteaselokal, das Pussycat, gehen wollte. Sollte er hingehen, wo er wollte, was ging das mich an. Aber er strahlte etwas Unangenehmes aus. Taxifahrer mögen vielleicht einen niedrigeren IQ als eine tote Katze haben, wie Morris immer sagte, aber einen Riecher für Menschen haben sie durchaus.

Als wir ankamen, ratterte der Zähler auf 31 Schekel. »Erlässt du mir einen Schekel, Bruder?«, fragte er.

»Aber gern doch«, erwiderte ich. Scheißkerl.

Was am Freitag allerdings gut war – es kam immer sofort eine neue Bestellung herein. Bei der nächsten Fahrt vertiefte ich mich mit dem Fahrgast in eine Unterhaltung über den Film *Django Unchained*, den ich vor einer Woche

gesehen hatte. Anschließend nahm ich zwei Spanisch spre-
chende Mädchen mit, die erzählten, dass sie aus Panama
waren, und als sie an der Lilienblumstraße ausstiegen, begann ich eine Stunde lang in dem Quadratkilometer des
Stadtzentrums Runden zu drehen. Nachtclub–Bar–Café–
Wohnung und wieder zurück.

Normalerweise fuhr ich bis drei oder vier Uhr morgens,
ging schlafen und fing dann am Schabbatnachmittag wieder zu arbeiten an. Diesmal jedoch platzte mir schon nach
Mitternacht fast der Kopf, und als ich kurz auf einen Espresso anhielt, begriff ich, dass mir die Geschichte mit
Lotta Perl im Nacken saß und ich keine Energie mehr für
die »kleinen Stunden« im Morgengrauen hatte, in denen
man die ganzen verlorenen Küken am Wegrand einsam-
melt und sie ins Nest zurückbefördert. Also fuhr ich nach
Hause, setzte mich in meine leere Wohnung neben Cookie,
Nogas dicke Puppe, und überlegte.

Zuerst dachte ich an die Leiche. Wie kam es, dass ich
nicht sofort gemerkt hatte, dass es nicht Lotta war? Wenn
man nicht den Verdacht hat, dass etwas anders ist, als man
es erwartet, sieht man es nicht. Ich war in Lottas Zimmer,
ich hatte eine Frau von hinten gesehen, die auf dem Bauch
lag, silbernes Haar … Aber vielleicht lag es nicht nur daran,
dass ich keinen Verdacht geschöpft hatte. Gab es eine Ähnlichkeit? Schwestern oder irgendwie verwandt? Das Gesicht, das ich im Leichenschauraum gesehen hatte, wies
keine große Ähnlichkeit auf. Und die Augen – überhaupt
keine. Sie waren nicht braun wie Lottas. Außerdem waren
es Augen, die ganz andere Dinge gesehen hatten.

Spuren von Gewalt? Erwürgt? Erstickt? Wir hatten
einen Teil der Leiche gesehen – Handgelenke, Hals, Kehle

und Umgebung. Ich hatte keinerlei Verletzungen entdeckt. Bar hatte auch nichts gefunden. Ein stiller Körper, der Körper einer Frau, die einfach zur passenden Zeit abgetreten war, um Bar zu zitieren.

Wer, zum Teufel, war das? War sie eine Bewohnerin des Altersheims? In dem Fall würde sie jetzt dort fehlen, und es wäre kein Problem herauszufinden, wer sie war, aber falls sie keine Bewohnerin war, wie war sie in Lottas Bett gekommen? War sie ihre Freundin? Hatten sie sich getroffen, bevor sie starb?

Und wie war sie gestorben?

Von mir einmal abgesehen, wie konnte es denn sein, dass niemand anders sie identifizierte oder wenigstens erkannt hatte, dass es nicht Lotta war?

Und Lotta – wo war sie? Hatte sie mit diesem Tod etwas zu tun? Sie hätte unten auf mich warten sollen, wie immer. War sie freiwillig von der Bildfläche verschwunden oder nicht? Auf einmal ging mir auf, dass der erfreuliche Gedanke von vorher – dass Lotta lebte – nicht unbedingt stimmen musste. Vielleicht war sie auch tot. Und falls sie lebte, war sie in der Lage, sich um sich selbst zu kümmern? Sie war nicht mehr die Jüngste.

Was nun?, dachte ich. Wie sollte man den eventuellen Mord an Edward O'Leary untersuchen, wie kam man an die Enkelin, Nogga? Wer hatte da unterschrieben auf dem Formular, beziehungsweise unleserlich und höchst verdächtig unterschrieben, und weshalb?

Man musste die Leute finden, die bei der Beerdigung dabei gewesen waren. Ich versuchte, mein Gehirn anzustrengen, aber alles, woran ich mich erinnerte, waren der junge Lackaffe, der Lotta die Taxitür geöffnet und mich gebeten hatte, am Minjan teilzunehmen, der Alte im Rollstuhl mit der Filipina und die hübsche Enkelin. Es waren aber noch andere Leute da, ich hatte schließlich als zehnter Mann den Minjan vollgemacht. Ob James Wilshere und Ruti Spielberg dabei waren? Lotta hatte nicht bloß so von ihnen erzählt. Sie hatten offenbar einen Anteil an der Geschichte.

Ich betrachtete das Telefon. Es war ein Uhr nachts. Aber als ich simste: »Noch wach?«, klingelte es innerhalb weniger Sekunden.

Auch Bar hatte über diese ganzen Fragen und noch andere nachgedacht. Er sagte ohne Einleitung: »Willst du zum Friedhof fahren?«

»Warum?«, fragte ich verwundert.

»Einfach so. Ich hab Lust, mir das Grab von O'Leary anzuschauen. Kannst du? Oder bist du besetzt? Ihr Geschiedenen seid doch in der Nacht immer beschäftigt, oder?«

Die Stadt war, wie immer zu dieser Zeit in der Nacht von Freitag auf Samstag, völlig verstopft, aber wenigstens arbeitete ich nicht, musste nicht sämtliche winkenden Finger der Betrunkenen registrieren. Bar hatte Nogga inzwischen auf Facebook gefunden. Er wusste, wie sie aussah (»Du hast ein bisschen übertrieben«) und wie alt sie war (»dreiundzwanzig«), aber sie war dort lange nicht mehr aktiv gewesen. James Wilshere hatte er auf irgendeiner Webseite des Veteranenverbands der Palästina-Polizei entdeckt. »Da steht, dass von den elfhundert britischen Polizisten, die in Palästina gedient haben und auf der Seite mit Namen aufgelistet sind, einundzwanzig noch am Leben sind. Durchschnittsalter neunzig«, berichtete er fröhlich.

»Steht da eine Telefonnummer von ihm?«

»Das würde dir so passen, was? Nur eine E-Mail-Adresse von dem Alten, der die Seite betreibt. Ich hab ihm geschrieben, aber es ist eine erbärmliche Homepage.«

»Und Ruti Spielberg?«

»Über sie hab ich bis jetzt überhaupt nichts gefunden. Ich glaube nicht, dass sie in Israel lebt. Vielleicht hat sie geheiratet und ihren Namen geändert.«

»Lotta hat gesagt, dass Ruti sich von hier abseilen wollte, sie hat es sicher geschafft. Hast du nach Ruti Wilshere gesucht?«

»Was meinst du wohl«, schnaubte Bar. »Nichts. Auch nicht in Englisch.«

Wir hatten den Friedhof erreicht. Erst gestern Vormittag war ich mit Lotta hier gewesen, als sie mich aufgefordert hatte, sie zu begleiten. Das Tor war jetzt abgesperrt, also kletterten wir darüber, und ich führte Bar durch den dunklen Friedhof – die Straßenlaternen von draußen spendeten nur spärliches Licht. Nachdem er das Schild studiert und sich ein bisschen umgeschaut hatte, setzten wir uns auf das Grab des Nachbarn Scharabi, auf dem Lotta und ich gestern gesessen hatten.

»Was mich am meisten irritiert, ist das Ding mit der Identifizierung«, erklärte Bar. »In den Verfahrensvorschriften vom Gesundheitsministerium, die ich gefunden habe, stand, dass der Tod von einem Arzt festgestellt werden muss, der einen Totenschein und ein Meldeformular über das Ableben ausfüllt und dann alles unterschreibt. In geriatrischen Einrichtungen ist die Heimleitung dafür verantwortlich, ein internes Verfahren bei Todesfällen schriftlich niederzulegen, und jemand in der Einrichtung ist dafür verantwortlich, sich um die Leiche zu kümmern, sie zu etikettieren, ins Totenzimmer zu bringen und sich mit der Polizei in Verbindung zu setzen. Wenn ein Mensch plötzlich und unerwartet stirbt, muss die Polizei kommen und entscheiden, ob Verdacht auf ein Verbrechen vorliegt, und falls ja, die Leiche nach Abu Kabir zur Obduktion schicken. Aber das ist hier nicht der Fall.« Bar holte Luft.

»In diesem Fall hat die Ambulanz sie in die Leichenkühltruhe vom nächsten Krankenhaus gebracht«, warf ich ein.

»Stimmt, aber es lohnt sich trotzdem, dass wir klären, wer dort im Altersheim für diese Prozedur verantwortlich ist und wie das heute früh dort abgelaufen ist.«

»Freitag«, gab ich zu bedenken. »Meinst du vielleicht, dass am Freitag ein Arzt dort ist? Ich wette nicht.«

»Ich würde mich nicht wundern, wenn es da Grauzonen gibt oder sie bei den Vorschriften einfach schlampen. Freitag hin oder her«, sagte Bar, »aber es lohnt sich, da nachzuschauen, ich will in der Früh zum Altersheim fahren und rumschnüffeln. Ich brauch dich dazu, denn sie wissen, dass du und Lotta befreundet gewesen seid. Kann ich hier rauchen?« Er schaute sich um.

Während er rauchte, schwiegen wir. Das Knistern des verglühenden Zigarettenpapiers gesellte sich zum gedämpften Echo des Getöses der Stadt jenseits des Friedhofstors, dem Rascheln der Blätter und dem einsamen Ruf einer Eule. Die Luft war mild, und trotz der Dunkelheit war es kein bedrohliches Gefühl, nicht, wie man sich einen Friedhof bei Nacht vorstellt. Bar bemerkte: »Auf dieser Webseite war ein Bild von Wilshere, aber von damals.« Das Display seines Mobiltelefons beleuchtete seine Bartstoppeln von unten und erzeugte einen geisterhaften Effekt. »Hier.«

Ein Soldat. Gutaussehend. Er saß zusammen mit drei anderen Soldaten im Jeep und spähte neugierig in die Kamera. Er trug einen Schnurrbart und einen breitkrempigen Hut, so einen australischen, mit einem Verschlussriemen unterm Kinn. Ich erkannte das Jaffator der Jerusalemer Altstadt und ein arabisches Kennzeichen auf dem Nummernschild des Fahrzeugs.

»Kommt er dir bekannt vor?«, fragte Bar.

Ich wiegte den Kopf. »Woher soll er mir bekannt vorkommen?«

»Was weiß ich? Von der Beerdigung?«

Ich betrachtete noch einmal den jungen Soldaten und versuchte ihn mir als alten Mann vorzustellen. Es gelang mir nicht. Ich schüttelte den Kopf.

Bar sagte: »Na gut, dann suchen wir eben weiter. Fährst du mich nach Hause?«

»Bestell dir ein Taxi«, ich deutete grinsend auf sein Telefon. »Das hat doch dein Leben verändert, oder?… Nein, Quatsch, komm, es ist echt schon spät.«

»Gehst du jetzt nicht vögeln?«

»Spinnst du? Ich bin fix und alle.« Manchmal glaube ich, gelangweilte Verheiratete brauchen ledige und geschiedene Freunde nur dazu, damit sie an ihrer Stelle ihre Phantasien verwirklichen. Der Gedanke, dass es jemanden gibt, der alles macht, was für sie unerreichbar ist, dass es eine Welt mit wildem, freiem Sex gibt, in der alles erlaubt ist, macht ihr Leben offenbar erträglicher.

»Echt nicht? Nicht einmal ein kleiner Quickie vor dem Einschlafen?«

»Jetzt hör schon auf«, erwiderte ich.

Ich holte ihn um halb zehn Uhr morgens genau an der Stelle ab, an der ich ihn ein paar Stunden zuvor abgesetzt hatte.

»Das ist voll riesig!« Er wedelte mit dem Telefon in seiner Hand. »Du gehst raus, und das Taxi ist da!«

»Haben sie dir freigegeben für den Schabbat?«, fragte ich.

»Am Schabbat steh ich mit den Kindern auf und mache ihnen Pfannkuchen. Nirit schläft weiter. Wenn sie aufwacht, geh ich manchmal weg.«

»Echt! Immer Pfannkuchen am Schabbat?«

Bar grinste. »Ja, ist am einfachsten. Mach das mal mit Noga, das leichteste Rezept der Welt. Sie fahren voll darauf ab.«

»Nu, dann her damit.«

»Man schlägt drei Eier in eine Schüssel, tut drei Löffel Mehl, zwei Löffel Zucker und einen halben Löffel fünfprozentigen Hüttenkäse dazu. Das war's! Mischen, und mit dem Löffel haust du kleine runde Häufchen in die Pfanne. Zwei, drei Minuten jede Seite.«

»Das ist alles?«

»Meine Mittlere mag es nicht so, ich tu am Schluss einen geriebenen Apfel rein und brate ihr ein paar mit Apfel. Das ist alles«, erklärte Bar.

»Sims mir das Rezept jetzt gleich, bevor du es vergisst.«

An der Rezeption im Altersheim saß wieder Schiri. Sie erkannte mich. Ihr Blick drückte zuerst Verwunderung und dann Verstehen aus. »Ah, sicher hat jemand anders bei Ihnen eine Fahrt bestellt«, vermutete sie. »Lotta hat ja allen von Ihnen erzählt. Ich glaube, sie hat sogar Ihre Visitenkarte ans Schwarze Brett gehängt ...« Sie kicherte, verstummte und fragte dann: »Also, wen wollen Sie abholen?«

»Äh, nein, niemand. Ich war einfach in der Gegend und wollte fragen, wann und wo das Begräbnis ist und so. Gestern hab ich es nicht geschafft... Ist am Schluss ein Arzt gekommen, um ihren Tod festzustellen?« Bar neben mir schwieg. Meiner Ansicht nach hatte ich die Zeilen, die wir eingeübt hatten, wie ein Profi rübergebracht.

Schiri musterte mich. Sie hatte blondierte Streifen in ihrem langen braunen Haar, zu viel Schminke um die Augen und zu viel Nase. »Das Begräbnis ist sicher morgen, denn heute ist Schabbat. Gestern war kein Arzt da – Freitag. Die Ambulanz hat sie ins Krankenhaus gebracht.«

»Wie, und dort hat man sie identifiziert?«

»Offenbar.« Schiri blickte mich an und verzog ihren Mund. Sie hatte keine Ahnung, und es interessierte sie auch nicht die Bohne.

»Und... hat man ihre Sachen schon abgeholt, ich meine, irgendwer...?« Ich zuckte die Achseln.

»Nein, noch nicht. Sicher nach der Beerdigung.«

»Und sonst?« Ich blickte mich um. »Wie haben die Leute reagiert? Ich meine, machen sie irgendwas... ich weiß nicht, reden sie über sie?«

»Über sie reden? Ich verstehe nicht.«

Bar kam mir zu Hilfe: »Gibt es vielleicht irgendeine Freundin oder einen Freund von Lotta aus dem Altersheim, mit dem wir reden könnten? Sagen wir mal, jemand, der weiß, wo sie in der Trauerwoche Schiwa sitzen?«

»Ah!« Schiri belebte sich wieder. »Am besten, Sie rufen ihre Enkelin an, Sekunde.« Sie klickte sich durch ihre Tastatur. »Notieren Sie?«

»Ich notiere«, erwiderte Bar, das Mobiltelefon in seiner Hand.

Sie las die Nummer vor und sagte: »Nogga Dickson. Sie wird über alles Bescheid wissen.« Ihre Stimme klang erleichtert.

»Pfff, eine Mafianummer«, gab Bar von sich, was er über jede Nummer sagte. Er drückte die Anruftaste, während wir eine ruhige Ecke in der Lobby ansteuerten. Ich ließ mich in einem Sessel ihm gegenüber nieder. Ringsherum spazierten alte Leute mit allen möglichen Hilfsmitteln: Gehstöcke diverser Sorten, teils mit geschnitzten Holzgriffen, und zwei-, drei- oder vierrädrige Rollatoren, einige mit Beinen, die in gelben Tennisbällen steckten. Durch das große Fenster war im Innenhof eine ganze Welt von Seniorengefährten zu sehen: mit oder ohne Überdachung, Einzelsitz oder Bank, Räder in unterschiedlicher Anzahl und Größe, mit Steuerrad oder Lenker, eine Palette von Farben. *Blade Runner* in Altersheimversion. Die Infotafel mir gegenüber verkündete das Kulturevent zum Wochenende: ein Vortrag über Marokko »von Batja Elkajams Sohn«.

Nach einigen Versuchen gab Bar es auf. »Da springt immer sofort die Mailbox an.«

Er wartete ein paar Minuten und probierte es noch einmal, wobei er aufstand und grübelnd in der Ecke hinter dem Billardtisch hin und her ging. »Gut, die haben geschlampt, ganz klar. Garantiert muss hier ein Arzt sein, oder nicht?«

Ich gab keine Antwort. Bar fuhr fort: »Also, es ist klar, dass quasi keiner hingeschaut hat und dass kein Mensch kapiert hat, dass die Tote, die sie aus dem Zimmer von Lotta abgeholt haben, nicht die Leiche von Lotta war. Aber ich habe nicht den Eindruck, als ob das Absicht war, bloß die reine Schlamperei.« Er schüttelte den Kopf. »Das hilft uns nicht, herauszukriegen, wer die Leiche ist.«

Ein paar Minuten darauf versuchte er es wieder. »Jetzt aber!«, sagte er aufgebracht. »Wo ist die denn! Zuerst unterschreibt sie den Identifizierungswisch, dann ist die Leiche nicht ihre Großmutter, und jetzt antwortet sie nicht. Das geht zu weit.«

»Es ist nicht sicher, dass sie unterschrieben hat«, wandte ich ein. Das passte gar nicht zu ihm. Normalerweise war ich der Emotionale, Impulsive von uns beiden und er der gelassene Verstandesmensch.

Er warf mir einen Blick zu, stand auf und marschierte an die Theke zu Schiri: »Sagen Sie mal, kann es sein, dass Ihnen gestern eine Bewohnerin abhandengekommen ist?«

»Was? Welche Bewohnerin?« Er stand da und schaute sie nur an. Die Baseballkappe von Arsenal saß unverrückbar auf seinem Kopf, seine Beine trugen nachlässig seinen Oberkörper. Schiri fragte nach: »Eine Bewohnerin, die was? Ich versteh nicht.« Ihre geschminkten Augen wirkten verwirrt. Der Sicherheitsmann, der neben ihr stand, wandte Bar seinen trägen Blick zu. Bar machte kehrt und kam zu dem Sessel in der Ecke zurück, setzte sich mir gegenüber, zog das Telefon heraus und versuchte erneut, Nogga anzurufen.

»Komm«, seufzte er schließlich. »Hat keinen Sinn. Gehen wir nach Hause.«

»Gut«, nickte ich. »Aber wir haben ihre Telefonnummer, wir wissen, dass sie Nogga Dickson heißt und dass sie die Leiche hier nicht identifiziert haben. Das ist doch was. Wir machen Fortschritte.«

»Du mit deinem halbvollen Glas«, knurrte er.

Als wir im Taxi saßen und ich gerade den Motor anließ, hörten wir plötzlich ein heftiges Klopfen an der Heckscheibe. »Hallo, hallo, was soll das werden? Passen Sie auf!«, schrie ich. Ich schaltete auf P und stieg aus. »Was ist denn los? Was wollen Sie?«

Ein alter Mann stand mit dem erhobenen Gehstock da, mit dem er vermutlich gegen das Rückfenster geschlagen hatte. Sein Gesicht war bleich, fast grau. Um die misstrauischen Augen herum zogen sich tief eingekerbte Furchen. Die Lippen waren kaum zu sehen, und seinem Mümmeln nach verbarg sich dahinter ein Gebiss. Der Adamsapfel stach scharf heraus und hopste auf und ab wie ein Schiff im Sturmwind. Gefütterte schwarze Wollhandschuhe bedeckten seine Hände. Bar stieg gerade auf der anderen Wagenseite aus, als der Mann mit heiserer Stimme krächzte: »Ihr habt dort nach Lotta Perl gefragt.«

»Ja«, sagte Bar und trat zu ihm. Ich näherte meine Nase der Stelle, wo er auf die Scheibe geklopft hatte, untersuchte sie von nahem und wischte dann leicht mit dem Handballen darüber. Als ich ihm meinen Blick wieder zuwandte, entdeckte ich in seinen Augen einen Funken von Durchtriebenheit. Bar fuhr fort: »Was ist mit Lotta?«

»Tot, sagen die«, antwortete der Alte.

»Sagen die?«, wiederholte Bar. »Und wer sind Sie?«

»Ich wohne hier. Ich bin Meir.«

»Sehr erfreut, Meir. Wollen Sie uns etwas über Lotta erzählen? Oder schlagen Sie einfach bloß gern mit dem Gehstock auf Autos ein?«

Meir lachte laut und entblößte das künstliche Gebiss in seiner vollen Pracht.

»Sprechen Sie mit James Wilshere. Er ist in einer Suite im Hotel Hascharon ... nein, es heißt nicht mehr so, vielleicht Accadia? Nein, Daniel. Accadia. Hascharon. Wo auch immer ...« Er deutete mit seinem Stock in die allgemeine Richtung des Meeres.

»Woher wissen Sie das? Kennen Sie ihn?«, erkundigte sich Bar.

»Wilshere und Lotta waren viel zusammen. Versuchten das zu verstecken. Aber Meir sieht es.« Die Durchtriebenheit in seinen Augen verstärkte sich, überlagerte die Furcht, die darin lag. »Meir weiß, was Wilshere und Lotta hinter seinem Rücken gemacht haben! Einmal sogar ein Kuss!«

Sein Lachen kratzte wie Kreide auf einer Schiefertafel, und das Gebiss dehnte die lose graue Haut. Er krächzte noch ein bisschen, und dann winkte er zum Abschied mit seinem Gehstock, drehte sich um und ging. Wilshere und Lotta hatten sich geküsst? Das konnte nicht sein. Sie hatte nur von Eddie O'Leary geredet, sie trauerte um ihn.

Genau in diesem Moment zirpte Bars Telefon. Wir hatten uns erst gestern nach langer Funkstille zum ersten Mal wieder getroffen, aber den Ton, der bei ihm den Eingang einer Mail signalisierte, erkannte ich bereits. Er schaute auf das Display und flüsterte: »Das'n Ding.«

Wir stiegen ins Taxi ein. »Was ist?«, fragte ich.

»Das ist der Sekretär vom Veteranenverband der Palästina-Polizei. Er gibt hier alle Daten von Wilshere an – Telefon, E-Mail, was du nur willst. Und schreibt auch noch, dass er jetzt in Israel ist, in einer Suite im Hotel Daniel.«

5. Was quält Wilshere?

»Jizchak Schamir? Das hat Ihnen Lotta erzählt? Dass ich
was mit Jizchak Schamir zu tun hatte?« Er dachte kurz
nach und fragte dann: »Wer zum Teufel ist Jizchak Schamir?«

»Er war Ministerpräsident von Israel«, erklärte Bar.

»Jizchak Sch... Moment mal, Sie meinen nicht etwa den
Zwerg von der Stern-Bande... meinen Sie den? Mit den
Augenbrauen?«

»Er hatte sicher einen anderen Namen damals.« Bar
tippte auf seinem Mobiltelefon herum. »Hier, Jazernicki.«

Wilsheres Augen wurden groß, und er lenkte den Rollstuhl näher, um einen Blick auf das Bild des jungen Schamir im Display von Bars Telefon zu werfen. Dann machte
er kehrt und fuhr mit dem Rollstuhl an das große Fenster
der Suite, das aufs Meer hinausschaute. Er wirkte viel be-
weglicher als beim Begräbnis von O'Leary. Vielleicht weil
da die Filipina den Rollstuhl geschoben hatte und er passi-
ver, in sich gekehrt war. Aber vielleicht ließ ihn auch sein
britisches Englisch weniger elend erscheinen, als ich ihn in
Erinnerung hatte.

»Sie sagte, es sei eine romantische Geschichte, dass es

ihm zu verdanken ist, dass Sie und Ruti Spielberg sich kennengelernt haben. Kann das sein?«

Wilshere lächelte. »Das hat Lotta gesagt? Na ja, man könnte es so sagen, wenn man eine romantische Seele hat wie Lotta…« Er deutete auf Bars Telefon. »Er war einer der Großen auf der Fahndungsliste. Es war ein verrückter Frühling, 1946. Die ganze Zeit Angriffe, Tote. Ich entsinne mich, dass ich dachte, was für ein grauenhafter Ort, dieses Palästina. Gott weiß, wer es am Ende bekommen wird, aber wer es auch immer sein wird, ich beneide ihn nicht darum… Bei Rechovot sprengten sie den Zug von Kairo nach Haifa in die Luft. Die Stern-Bande übernahm die Verantwortung. Ich war Geheimpolizist bei der Palästina-Polizei.« Seine Augen hinter den dicken Brillengläsern unter der breiten Stirn wandten sich uns zu.

»Das wissen wir. Der Sekretär des Veteranenverbands der Palästina-Polizei hat es mir in einer Mail geschrieben«, warf Bar ein.

»Sie schickten mich nach Rechovot, um die Zugexplosion zu untersuchen. Nein… Moment. Ich bin mir nicht sicher.« Er senkte den Kopf, aber nach ein paar Sekunden hob er ihn wieder, und seine Augen leuchteten auf. »Der Polizeikommandeur von Haifa, Newton-Bond, wurde ermordet. Wieder erklärte sich die Stern-Bande verantwortlich. Er war ein Stück Scheiße, Newton-Bond, aber immerhin britischer Polizeioffizier, und meine Aufgabe war es, die Verantwortlichen zu finden.«

»Was ist die Stern-Bande?«, flüsterte ich Bar zu.

»Die Lechi, eine Untergrundorganisation.«

»Ja, die Lechi«, sagte Wilshere mit keiner üblen Aussprache, kehrte aber wieder zum Englischen zurück. »Der

Zwerg mit den Augenbrauen wurde zu einem der Anführer dort, nachdem es uns gelungen war, Abraham Stern selbst zu liquidieren, 42, glaube ich.«

Bar schenkte sich und Wilshere noch einen Whisky ein. Die Flasche schwebte auch über meinem Glas, doch ich bedeutete ihm, mich auszulassen. Ich hatte vor, nachmittags zu arbeiten. Von Whisky bekam ich grauenhaftes Sodbrennen – je höher seine Qualität bewertet wurde, desto schlimmer.

»Sie waren gewalttätig. Sie sprengten Brücken. Wir erhielten Befehle, hart durchzugreifen. Einen Monat davor hatten wir die Operation Agatha durchgeführt, eine Menge Waffen beschlagnahmt und Verhaftungen vorgenommen ...«

»Agatha!«, rief ich aufgeregt. »Hast du das gehört, Bar? Agatha!«

»Ja, ja«, sagte Bar. »Black Sabbath.«

»Ja, der schwarze Schabbat«, wiederholte der Alte im Rollstuhl auf Hebräisch mit britischer Aussprache, wobei er die Wörter falsch betonte. »Aber danach kam die Operation Haifisch, die auf die Stern-Bande abzielte. Ich als Geheimpolizist, der ihre Aktionen verfolgte, war dafür verantwortlich, die Anführer vor Gericht zu bringen. Ich hatte geheime Information erhalten, dass man Jazernicki, den Zwerg, in einem Café am Masarykplatz in Tel Aviv gesehen habe. Also setzte ich mich dort auf eine Bank und wartete. Ich las Zeitung und rauchte Zigaretten. Mit einer Pistole nahe am Herzen in der Innentasche des Jacketts. Tagelang saß ich dort, bis ich ihn schließlich sichtete. Er kam an und ging in ein Gebäude, Masaryk zwölf, oberstes Stockwerk. Sie hatten gute Arbeit geleistet – er war als

Orthodoxer verkleidet mit einem Hut aus Biberfell, Bart, Schläfenlocken und einem schwarzen Seidenkaftan. Mitten im Sommer. Er hatte eine Frau dabei, ebenfalls als Orthodoxe verkleidet, mit Kopfbedeckung und allem Zubehör.«

»Sonja?«, fragte ich.

»Sonja war die von Peres, du Trottel«, korrigierte mich Bar. »Schulamith. Schulamith Schamir. Aber warum soll sie das damals gewesen sein? Er war fast noch ein Junge. Sie haben ihm bestimmt ein Mädchen zur Tarnung verpasst.«

Wilshere lachte. Er war ziemlich dick, und seine Wangen und sein Kinn wackelten. Im Gegensatz zu dem künstlichen Gebiss des Altersheimbewohners Meir sahen Wilsheres Zähne echt aus.

»Vielleicht war er bereits verheiratet, aber ich erinnere mich nicht, wer diese Frau war, die an jenem Tag dabei war. Auf alle Fälle, die Verkleidung war gut, außer zwei kritischen Punkten, die ihn verrieten.«

»Die Größe und die Augenbrauen«, grinste Bar.

»Exakt! Die Größe, oder besser gesagt, die mangelnde Größe. Und die Brauen. Ich weiß nicht, was sie da hätten machen können. Vielleicht erhöhte Schuhe? Und die zusammengewachsenen Augenbrauen bei einer Kosmetikerin zupfen lassen? Heute gibt es an jeder Ecke Kosmetikerinnen…« Er ließ seinen Blick nachdenklich zwischen uns hin und her gehen. »Jedenfalls, ich erkannte ihn ziemlich leicht. Dann rief ich, eine Sekunde bevor er das Gebäude betrat, als sie mir den Rücken zuwandten, ›Michael!‹, was sein Deckname im Untergrund war, nach Michael Collins, dem Anführer der Iren im Kampf gegen die Briten. Er erstarrte eindeutig für einen Moment, ging dann aber weiter. Die Frau drehte sich um und sah mich an. Das genügte mir.«

»Ich verstehe aber immer noch nicht, was das mit Romantik oder mit Ruti Spielberg zu tun hat«, warf ich ein.

»Ich komme gleich dazu, Geduld«, schmunzelte Wilshere. Er war gut gelaunt. Es sah nicht so aus, als ob ihn unser Überraschungsbesuch wirklich überrascht hätte oder stören würde. Im Gegenteil.

»Ich hatte einen jungen Soldaten dabei, Martin, ein siebzehnjähriger Junge. Ich war zwischen zwanzig und einundzwanzig, schon etliche Jahre bei der Geheimpolizei. Ich sagte zu Martin, lauf zum Hauptquartier in Jaffa und hol Verstärkung, damit wir ihn festnehmen, bevor er die Wohnung verlassen kann. Ich blieb dort und passte auf, dass uns Jazernicki nicht entwischte. Aber Sie wissen ja, manchmal ereilt einen der Ruf der Natur, wenn man es nicht erwartet.«

»Sie mussten kacken?«, fragte ich.

Er sah mich etwas irritiert an, doch dann lächelte er breit. »Ja. Und ich sagte mir, dass es eine Weile dauern würde, bis der Junge in Jaffa ankommen und mit der Verstärkung zurück sein würde. Ich hoffte, Jazernicki würde nicht gleich herauskommen, er war schließlich nach Tagen gerade erst zu Hause eingetroffen. Also ging ich in ein Café und ließ mir Zeit. Was ich nicht wusste, war, dass sich auf Grund der Operation Haifisch eine Einheit von Fallschirmspringern am Masarykplatz postiert hatte. Martin traf auf die Fallschirmspringer und kehrte schon innerhalb weniger Minuten zurück, während ich seelenruhig auf dem Klo saß. Sie warteten kurz, aber der Kommandeur der Einheit verlor die Geduld, übernahm den Befehl, und sie gingen zu der

Wohnung hinauf. Dort zeigte Martin auf Jazernicki, und sie nahmen ihn fest. Er wurde in ein Zwangslager in Afrika geschickt und belästigte uns nicht mehr.«

Bar war damit beschäftigt, mit seinem iPhone zu googeln, um die Angaben zu verifizieren und zu ergänzen. »Schamir kam erst nach der Staatsgründung zurück«, bestätigte er.

»Ich suche immer noch die Romantik. Vielleicht liegt es nur an mir, aber auf dem Klo in einem Café zu kacken hört sich für mich nicht so wahnsinnig romantisch an«, beschwerte ich mich.

»Hahaha, Lotta hat mir gesagt, Sie seien lustig«, grinste Wilshere, doch dann verschwand das Lächeln aus seinem Gesicht. »Nach einem Monat, nein zwei Monaten … Augenblick …« Er senkte wieder den Kopf, hatte offenbar eine Gedächtnislücke. Einen kurzen Moment darauf hob er ihn und fuhr fort: »Nach einiger Zeit wurde der arme Martin in Haifa getötet, erschossen, als er mit einem Kameraden Tennis spielte. Zwei Leute von der Bande gaben vor, auf dem Platz daneben Tennis zu spielen, eröffneten das Feuer und töteten ihn auf der Stelle. Noch bestürzender war die Tatsache, dass ich mich an jenem Tag auch in Haifa aufhielt und man mich losschickte, um den Mord an Martin zu untersuchen. Der entsetzte Junge, der mit ihm Tennis gespielt hatte, übergab mir das Blatt Papier, das die beiden Gangster dort hinterließen, bevor sie flüchteten. Die Seite war mit einer Schreibmaschine geschrieben, und darauf stand, dass sie ihn als Rache dafür ermordet hatten, dass er Jazernicki identifiziert und dessen Deportation nach Afrika verursacht hatte.«

Bar teilte aus seinem iPhone mit: »Martin wurde von zwei Mitgliedern der Lechi ermordet, die sich als Tennis-

spieler ausgaben.« Er hob den Blick zu Wilshere: »Irre!«
Wilshere nahm sein Whiskyglas und nickte. Er drehte sich
mit seinem Rollstuhl wieder um und lenkte ihn zum Fenster, um aufs Meer hinauszuschauen.

Er redete weiter, aber mit anderer Stimme, sprach von
seinem Rollstuhl aus, während er auf die Wellen hinausstarrte und unsere Existenz kaum mehr wahrnahm. Er
habe gute Erinnerungen, sagte er, aus seiner Zeit bei der
Geheimpolizei, in Jerusalem, Jaffa und Haifa. Habe viel
von der Gegend und der Bevölkerung gelernt, war fest entschlossen gewesen, von der Erfahrung zu profitieren. Er
liebte die Lebensart und die Gastfreundschaft der Araber,
bewunderte die gewaltige Energie und den Schwung der
Juden. Aber es gab eine Menge unangenehmer Personen,
es herrschten Unbehagen und Gefahr. »Was mich wahnsinnig machte und immer noch macht, ist die Undankbarkeit
von euch Juden. Es genügte nicht, dass wir gegen die Deutschen gekämpft haben – wobei es keine Rolle spielt, ob das
für euch oder für uns oder für die gesamte freie Welt war.
Tatsache ist, dass wir in diesem Krieg auf der richtigen
Seite kämpften und dass wir sie besiegten – wir, die Briten, haben sie mehr als alle anderen am Ende aufgehalten.
Wir kamen hierher und errichteten für euch die Grundlage für alles, was ihr hier aufgebaut habt. Ihr könnt euch
bis übermorgen beschweren, aber das hier ist ein moderner,
westlicher, demokratischer Staat mit einer starken Wirtschaft – was zum großen Teil unser Verdienst ist. Wie viel
Energie, Zeit und Geld haben wir im Lauf der Jahre inves-
tiert. Hier gab es nichts! Wir haben Straßen gebaut. Kana-
lisationssysteme gegraben. Brunnen gebohrt. Wir haben
zerstörte Bahngleise und Stellwerke wiederhergestellt. Wir

haben Medikamente und Nahrungsmittel gebracht, das lokale Währungssystem begründet. Die Gerichte etabliert. Das Land kartographiert. Schulen und Kliniken eingerichtet. Eure schönsten Gebäude haben wir gebaut. Ohne uns hättet ihr all das nicht gehabt! Aber ihr wolltet immer nur mehr. Ihr habt ›English bastards‹ und ›Nazis‹ geschrien. Stern und der Zwerg und ihre Kameraden, die Terroristen und die Gangster – sie haben so viele von uns getötet. Welch eine dreiste Undankbarkeit! Ihr habt uns das Leben vergällt, und das hatten wir nicht verdient, sogar Churchill sagte das. Auch heute haben wir mehr Dankbarkeit verdient, als ihr uns gebt.«

Am Schluss schrie er fast, bevor er kapitulierend wieder die Stimme senkte. Wir schwiegen. Er drehte sich mit dem Rollstuhl um und betrachtete uns. Bar blickte auf die Uhr. Ich wusste, dass er nach Hause musste, um das Abendessen zu machen und die Kleinen ins Bett zu bringen. Ich hoffte immer noch, dass ich am Abend zum Arbeiten kommen würde, aber wir hatten von Wilshere noch nichts gehört, was uns weitergebracht hätte. Nichts über die Gegenwart, über Lotta, über die Leiche. Bar und ich schauten uns verzweifelt an.

Wilshere redete weiter. Er hatte nun wieder eine andere Phase. Er stand mit dem Rollstuhl vor uns, Blick und Stimme gesenkt.

»An jenem Abend, als diese Schufte Martin umgebracht hatten, ging ich in … nu, zum Teufel! Es war eine Bar in Haifa, in der viele Soldaten tranken.«

»Nelson?«, schlug Bar vor.

»Nelson, ja! Wie haben Sie das gewusst?«

»Wir haben davon gehört«, gab Bar zurück.

»Ich ging also in diese Bar, allein. Sie hatten eine Dartscheibe, und ich warf Pfeile. Ich war Meister im Dart, bin es immer noch, denn der Rollstuhl gibt dem Körper noch mehr Stabilität. Dann trank ich ein Glas Rotwein. Und dann noch eines. Hinter der Bar stand ein hübsches Mädchen. Sie störte mich nicht. Sie sah, dass ich in Gedanken versunken war. Als sie mir das zweite Glas brachte, legte sie eine Hand auf meinen Arm und sagte mit einer reizenden Stimme: ›Are you okay?‹ Ich sah, dass in ihren Augen ehrliche Sorge stand. ›Ja‹, sagte ich und trank das zweite Glas. Aber ich fing an, auf sie zu achten. Wie sie sich bewegte, wenn sie die Teller servierte. Wie sie mit dem Koch lachte. Wie sie mich ab und zu anlächelte, ein kleines, interessiertes Lächeln, teilnahmsvoll. Ein aufmerksames Lächeln. Man sieht es mir nicht an«, sagte der große, dicke Mann mit dem schütteren Haar und den dicken Brillengläsern, der im Rollstuhl saß, »aber ich war einmal jung. Ich war ein hübscher Bursche. So wahr ich lebe.«

»Wir haben's gesehen«, bestätigte Bar, »auf der Homepage der Veteranen der Palästina-Polizei.«

»Sie hatten einen Schnurrbart«, warf ich ein.

Er lächelte bitter. »Beim dritten Glas fing ich ihren Blick ein und signalisierte ihr, zu mir zu kommen. Sie lächelte, und als sie sich näherte, überschritt sie irgendwie die Grenze, die übliche Distanz zwischen Bedienung und Gast, stellte sich ganz dicht neben mich, und ihre Nähe elektrisierte mich. Später sagte sie mir, dass auch sie das gespürt hatte. Sie hatte so ein fragendes, süßes Lächeln, und ich sagte: ›Kann ich noch ein Glas haben?‹, und sie erwiderte: ›Sicher‹, drehte sich um und schwenkte ihren Körper für mich. Dann drehte sie den Kopf zu mir und lachte. Das Glas servierte sie nicht über die Bar, sondern sie ging außen herum und kam mir wieder ganz nah, während sie sagte: ›Du bist ein besonderer Soldat, du trinkst kein Bier wie die anderen.‹ Dann legte sie ihre Hand auf meinen Arm, streichelte mich ein paar Sekunden und sagte: ›Du schaust ein bisschen traurig aus.‹ Ich erwiderte: ›Heute hat man mir mein Leben geschenkt‹, und plötzlich verstand ich etwas.« Wilshere hob die Augen und ließ sie zwischen Bar und mir hin und her wandern. »Als ich diesen Satz zu ihr gesagt hatte, sagte etwas in meinem Inneren zu mir, James, dieses Geschenk hast du erhalten, um mit diesem Mädchen zusammen zu sein. Das ist der Grund, weshalb du am Leben geblieben bist. Kennen Sie das in der Liebe, dass man manchmal spürt, dass man für diese Augenblicke lebt, dass man dafür auf die Welt gekommen ist – um mit dieser Frau zusammen zu sein, um das Leben mit ihr zu teilen?« Ich nickte automatisch, Bar dachte offenbar nach. »Dann stellen Sie sich einmal vor, wie es ist, genau dieses Gefühl an dem Tag zu haben, an dem Sie eigentlich ermordet werden sollten, an dem ein anderer mit Kugeln getötet wurde, die für Sie bestimmt waren, für eine Tat, für die Sie verantwortlich waren.«

Er verstummte, und plötzlich fingen seine Schultern an zu zucken. Er legte eine Hand über seine Augen, sein ganzer massiger Körper erzitterte in großen Wellen, und dann begann er laut zu schluchzen. Dazwischen stieß er verschiedene Worte hervor, vor allem aber »Ruti«. Er wiederholte den Namen wieder und wieder, einmal aufheulend, einmal murmelnd, bis die Filipina, die er uns vorher als Lucy vorgestellt hatte, ins Zimmer kam und zu ihm ging. Sie blickte uns an und sagte: »Man muss jetzt gehen.«

»Augenblick«, widersprach Bar, »wir sind noch nicht …«

Lucy ließ nicht mit sich reden. »Jetzt gehen. Langer Tag. Viel müde. Vielleicht morgen.«

»Wilshere?« Bar versuchte es trotzdem. »Wissen Sie, wo Lotta ist? Haben Sie sie in letzter Zeit gesehen?«

Wilshere schluchzte weiter: »Meine Ruti … ich wollte das nicht … du hast mir keine Wahl gelassen … wir hätten zusammen sein sollen … Ruti!« Er schrie jetzt und fuchtelte mit den Händen, bis Lucy ihn mit Gewalt festhielt und er sich ihrem Griff ergab, wimmernd den Kopf senkte.

»Jetzt gehen«, befahl sie und schenkte uns einen finsteren Blick, während sie seinen Nacken streichelte.

»Was war das denn?«, sagte Bar, als wir wieder im Taxi saßen.

Ich zuckte mit den Achseln. »Es ist schon dunkel, ich muss ein bisschen arbeiten«, sagte ich.

»Das war zwecklos«, stellte Bar fest. »Wir müssen in der Früh wiederkommen und ihn in die Gegenwart zurückholen. Ich verstehe überhaupt nicht, was Wilshere jetzt in Israel macht. Ist er zum Begräbnis von O'Leary gekommen? War er ein Freund von ihm?«

»Lotta hat erzählt, dass sie Freunde waren. Aber Wilshere war bei der Geheimpolizei und O'Leary Lastwagenfahrer. Also haben sie nicht zusammen gedient«, erwiderte ich.

»Haifa ist ein kleiner Ort. Nelson, Soldaten und so was. Nehmen wir mal an, er ist zum Begräbnis von seinem Freund gekommen. Warum ist er dageblieben? Das ist schon drei Wochen her. Und was war zwischen ihm und Lotta? Dieser Krückstockalte im Altersheim …«

»Meir«, ergänzte ich.

»Meir. Er hat gesagt, zwischen den beiden war was, oder? Ein Kuss? Aber wo ist Ruti Spielberg, in die er dermaßen verliebt ist?«

Wir fuhren nach Tel Aviv hinein. »Ich mache die Taxi-App an«, informierte ich ihn.

»Was ich immer noch nicht verstehe«, fuhr Bar einfach fort, »ist, warum er sich gefreut hat, dass wir gekommen sind. Ist dir aufgefallen, wie gut gelaunt er am Anfang war? Kein Misstrauen, keine Frage. Vielleicht brauchte er was von uns. Vielleicht sucht er Lotta selber und hat gehofft, dass wir was wissen.«

»Warum hat er dann nicht gefragt?«

»Er ist zusammengeklappt, bevor er's geschafft hat.«

»Und wie er zusammengeklappt ist«, stimmte ich zu. Die App-Box piepste. Ich nahm die Fahrt an und steuerte ins Zentrum, zum Sderot Schaul Hamelech. »Das ist nur ein Freund, den ich zu Hause absetze«, erklärte ich dem Fahrgast Bars Anwesenheit auf dem Vordersitz. »Ich bin nur ein Freund«, bestätigte Bar.

»Kein Problem, er kann gern mitfahren«, sagte der Mann, »nur ums Eck, zum Masarykplatz.«

Bar und ich tauschten ein Grinsen.

»Wissen Sie, wer Masaryk war?« Ich suchte im Rückspiegel den Blick des Fahrgasts.

»Nein. Sollte ich das?«, erwiderte er.

»Der erste Präsident der Tschechoslowakei, die am Ende des Ersten Weltkriegs auf den Trümmern des österreichisch-ungarischen Kaiserreichs errichtet wurde. Er hasste Antisemitismus und war ein Freund der Juden.«

»Woher weißt du das?«, fragte Bar skeptisch. Ich öffnete

das Handschuhfach und deutete auf den Straßennamen-führer.

Als der Fahrgast ausgestiegen war, versuchte Bar noch einmal, Lottas Enkelin zu erreichen, hatte jedoch wieder kein Glück.

»Ich probier's weiter«, versprach er. »Was ist mit dir? Was Interessantes heut Abend?« Ich scheuchte ihn hinaus und fuhr zum nächsten Ruf.

Als ich Morris vorschlug, am Abend mit den Schecks bei ihm vorbeizukommen, war er gerade mit seinem Taxi zu einer Runde aufgebrochen. Er arbeitete nur, wenn er Lust hatte, wenn ihm langweilig war und er Menschen sehen wollte. Er brauchte es nicht zum Lebensunterhalt – dafür hatte er seine achtzehn vermieteten Taxis.

»Tut mir leid wegen vorher, ich war ein bisschen be-schäftigt«, sagte ich zu ihm.

»Kein Stress, ich weiß, dass du mir nicht davonläufst«, gab er zurück. »Ich hoffe, es war was Spannendes! Amüsier dich für mich mit, Mann!«

»Nicht das, was du denkst«, entgegnete ich. Auch Morris war ständig an meinen vermeintlichen Abenteuern als Ge-schiedener in der Großstadt interessiert.

»Ja, ja, ich weiß schon, es ist nie das, was ich denke. Aber hör auf mich, Krokodil, hör auf einen, der älter und klüger ist als du: Eine Nacht, die vergeht, kommt nicht zurück. Nütz jede Nacht aus. Sex geht vor. Verzichte auf keine Ein-zige. Alles kann warten, Vögeln nicht.«

Ich war ein Instrument, ein Instrument der Phantasie. Ein Ventil, über das alle, die sich zu alt, zu verheiratet, zu hässlich, zu schüchtern oder wer weiß was fühlten, ihre sämtlichen wildesten Phantasien freisetzen konnten. Bar und Morris waren die Letzten, aber sie waren nicht die Einzigen. Seit Dutschy und ich uns getrennt hatten, hörte ich von verheirateten Männern nichts anderes. Ich spürte den Neid. Aber was war mit den einsamen Nächten? Mit den ermüdenden, erniedrigenden Spielchen und Fehlschlägen am Fleischmarkt? Und mit der regelmäßigen, mühelosen Versorgung mit Sex auf ihrer Seite? Davon hörte ich nichts. Auch wenn ich mich selber mit übertriebenen Phantasien von Nachbars Garten versündigt hatte, wusste ich aus Erfahrung, dass die Realisierung nicht so einfach war.

Ich holte drei afrikanische Arbeiter auf Rechnung des Hotels in der Jarkonstraße ab und verteilte sie im Süden der Stadt.

Ich las ein niedliches lesbisches Hipsterpärchen im Florentinviertel auf und brachte es zum Tel Aviver Hafen.

Dort nahm ich einen Prolo mit, der mit seinem Freund Touristinnen am Strand hatte abschleppen wollen – der Freund war erfolgreich, blieb mit einer Holländerin dort, während er nicht den Nerv hatte, die zweite Geige zu spielen –, und fuhr ihn nach Hause, nach Bat Jam. Er gab ein hübsches Trinkgeld, rundete die 41 Schekel auf 50 auf, ebenso wie die beiden jungen Männer, die anschließend mit ähnlichem Vorhaben in die entgegengesetzte Richtung einstiegen: »Nimm, nimm das ganze Blechzeug, das liegt mir nur schwer in der Tasche, Bruder.«

Es war ruhig in der Stadt, die Fahrten flossen ungehindert dahin, die Luft war mild, und so machte ich bis eins oder zwei in der Nacht weiter, hielt nur ein paarmal, um auszutreten, einen Espresso zu trinken oder mich mit gesalzenen Erdnüssen zu versorgen. Die verschwundene Lotta, die nicht identifizierte Leiche, der aufgewühlte Wilshere – sie gingen mir ab und zu durch den Kopf, vor allem als ich eine alte Frau, die ihre Enkel besucht hatte, nach Hause nach Ramat Aviv fuhr und sie fast gefragt hätte, woran sie sich aus der Mandatszeit erinnerte. Aber ich verdrängte diese Gedanken; es war besser, sie beiseitezuschieben und morgen zusammen mit Bar mit frischer Energie wieder in Angriff zu nehmen.

Bar hatte keine Zeit. Seine Tochter hatte Fieber, und der Arzt sagte, es sei eine Halsentzündung. Nirit hatte den ganzen Vormittag über Termine mit dem Minister im Landwirtschaftsministerium in Jerusalem.

»Aber du kannst hingehen«, sagte er zu mir.

»Was, allein?«, fragte ich.

»Muss ich dir vielleicht Händchen halten?«, grinste er.

»Gut, dass Sie allein gekommen sind«, sagte Wilshere. Lucy, die Filipina, warf mir einen misstrauischen Blick zu, als ob ich für den gestrigen Gefühlsausbruch ihres Arbeitgebers verantwortlich gewesen sei. »Ihr Freund, der jeden Satz von mir in Wikipedia verifizieren muss, ging mir auf die Nerven.«

»Es ist nicht so, dass wir es nicht glauben würden«, verteidigte ich Bar.

Doch Wilshere winkte ab: »Egal, egal. Kommen Sie, möchten Sie einen Kaffee?«

Wir hatten uns unten, auf der Strandpromenade von Herzlija, getroffen. Es war ein schöner Tag, und Wilshere wollte draußen spazieren fahren.

Er schien sich erholt zu haben. »Ein herrlicher Tag«,

sagte er, und nachdem wir uns Kaffee in Pappbechern besorgt hatten und die Promenade entlangwanderten – er im Rollstuhl, geschoben von Lucys zäher Muskelkraft, und ich zu Fuß –, kam er umgehend zum Thema.

»Was haben Sie zu berichten? Haben Sie Lotta gesehen? Gestern kam ich nicht einmal dazu, Sie zu fragen.« In seinem Blick lag Neugier, vielleicht eine Spur Gespanntheit. Als ich unterwegs mit Bar telefonierte, hatten wir geschwankt, was wir ihm alles erzählen sollten. Die Geschichte mit der Leiche? Oder das, was der alte Meir aus dem Altersheim behauptet hatte? Wir kamen überein, es laufen zu lassen, je nachdem, wie es sich entwickelte. Bar wollte Antworten – warum Wilshere in Israel war, wo Lotta und Ruti sich aufhielten und was in der Vergangenheit passiert war. »Klar, dass alles dort begraben liegt«, erklärte er. »Wir wissen nicht mal, ob Wilshere und O'Leary Freunde waren. Shit.«

Ich trank meinen Milchkaffee durch den kleinen Schlitz im Plastikdeckel.

»Ich habe Lotta seit einigen Tagen nicht mehr gesehen«, antwortete ich Wilshere, »und ehrlich gesagt wollte ich Ihnen die gleiche Frage stellen. Und noch ein paar dazu.«

Er lachte: »Fragen Sie.«

»Wo Ruti ist, zum Beispiel.« Versteifte sich sein Nacken für eine Sekunde wie der von Jizchak Schamir vor über sechzig Jahren, als Wilshere »Michael« gerufen hatte, oder bildete ich mir das nur ein? »Und dann noch«, fuhr ich fort, »warum sind Sie in Israel? Und warum sind Sie schon mindestens drei Wochen hier? Ich erinnere mich, dass Sie beim Begräbnis von O'Leary waren.«

»Ausgezeichnete Fragen, mein Freund«, antwortete

Wilshere. Er bat Lucy, stehen zu bleiben, und nahm einen Schluck Kaffee. »Kommen Sie her«, sagte er liebenswürdig zu mir, »stellen Sie sich mir gegenüber, damit ich Sie sehe.«

Ich kam seiner Bitte nach, lehnte mich ans Geländer der Promenade mit dem Rücken zum Meer. Er lächelte, aber ich konnte seine abrupten Stimmungsschwankungen nicht einordnen.

»Ich dachte, Sie wüssten, wo Lotta ist«, sagte er. »Sie standen sich nahe in den letzten Wochen. Worüber haben Sie die ganze Zeit in Ihrem Taxi geredet? Über O'Leary? Über mich und Ruti? Jeden Tag zu Eddies Grab, hin und zurück. Was wissen Sie?«

Ich blickte ihn schweigend an. Ich hatte Bar versprochen, es laufen zu lassen und je nach Gesprächsverlauf zu improvisieren, doch schon jetzt war ich ratlos. Wieso wurde plötzlich ich zum Befragten, vom Ermittler zum Verhörten? Ich dachte, weiß er von der unbekannten Leiche, die sie für Lotta halten? Und woher weiß er von unseren Taxifahrten und dass wir uns nahestanden?

Solange er nichts preisgab, sollte auch ich mich zurückhalten. Aber ich hatte das Gefühl, dass mir die Zeit davonlief.

Wilsheres Frage stand noch immer im Raum, also antwortete ich schließlich: »Ich weiß gar nichts.«

»Gut. Hören Sie zu.« Er sah mich mit dem Blick einer Bulldogge an, die Lippen nach unten gezogen, mit dunklen, müden Augen. »Lassen Sie uns übereinkommen, dass wir ab diesem Moment mit dem Bullshit aufhören und offen miteinander sprechen. Ich weiß, dass Sie Lotta gernhaben. Auch ich habe sie gern. Es liegt in unser beiderseitigem Interesse, dass wir uns gegenseitig helfen. Und für den Anfang wäre es im Interesse von uns beiden, diese Schlampe, Lottas Enkelin, zu finden.«

Ich versuchte, noch einen Schluck Kaffee aus dem Becher zu schlürfen, doch er war leer. Ich saugte nur noch Schaum. Ich warf ihn in einen Mülleimer. Wie sollte ich wissen, dass wir das gleiche Interesse verfolgten? Woher konnte ich wissen, ob er Lotta wirklich gernhatte? Ich hatte immer noch keine Strategie.

»Woher weiß ich, dass wir das gleiche Interesse haben?«, fragte ich.

Er breitete seine erhobenen Hände aus: »Sie werden mir glauben müssen.«

Ich betrachtete ihn. Sein Kiefer und seine Zähne waren starr geschlossen. Ich beschloss, ins kalte Wasser zu springen. »Am Freitagvormittag«, sagte ich, »ist sie nicht gekommen, obwohl sie davor immer an der gleichen Stelle auf mich gewartet hat, jeden Tag, wochenlang. Ich bin zu ihrem Zimmer raufgegangen, um nachzuschauen, was los ist.«

Wilshere regte sich nicht, doch er lauschte jedem einzelnen Wort.

»In ihrem Zimmer war eine Tote. Eine alte Frau. Wir dachten, es sei Lotta, sie lag auf dem Bauch. Eine Ambulanz hat sie ins Krankenhaus transportiert. Ich bin dort hingegangen, um die Leiche zu sehen. Es war nicht Lotta. Ich weiß nicht, wer es war, aber Lotta war es nicht. Ich weiß nicht, wo Lotta ist. Ich habe nichts von ihr gehört.«

Seine Hände umklammerten krampfhaft die Armstützen seines Rollstuhls.

»Es war nicht Lotta?«, fragte er leise, während er mich anblickte. »Sie haben den Leichnam einer alten Frau ge-

sehen. In Lottas Zimmer. Am Freitag. Und es war nicht
Lotta?«

Ich nickte und runzelte die Stirn.

Wilshere begann unvermittelt wieder zu schluchzen, wie
gestern – die zuckenden massigen Schultern, das Schnie-
fen, die Tränen, das geschüttelte Aufheulen, der Kontroll-
verlust. Ich starrte ihn perplex an. Lucy bedachte mich mit
einem mörderischen Blick. Zwischen den Schluchzern gelang es mir, den Namen auszumachen, den Wilshere immer
wieder hervorstieß: »Ruti... meine Ruti...«

»Ruti?«, fragte ich. Er nickte unter Tränen. »Was ist mit
Ruti passiert?«, versuchte ich zu fragen, doch er gab keine
Antwort. James Wilshere war wieder in sein Kummerloch
gefallen.

»Meine Ruti... es tut mir so leid... dass ich nicht auf
dich aufgepasst habe... verzeih mir, Ruti... dass ich sie
ließ...«, schluchzte er immer wieder.

»Was ließ? Wen haben Sie gelassen? Und was? James?«
Aber es bestand keine Chance, mehr zu erfahren, es war
nicht mehr mit ihm zu reden. Schließlich machte mir Lucy
ein Zeichen. Ich drehte mich um und ging, während er laut
weiterheulte.

6. Die Leiche

Ich stieg ins Taxi, schaltete Motor und Heizung ein und blieb im Wagen sitzen, ohne loszufahren. Nach zwei Minuten rief ich Bar an. Er hatte mich den ganzen Vormittag mit SMS bombardiert, aber auf die meisten hatte ich nicht geantwortet. Jetzt versuchte ich, für ihn die Befragung von Wilshere kurz zusammenzufassen. Ich ließ den Anfang aus, als Wilshere gesagt hatte, er sei froh, dass ich allein gekommen war.

Bar schwieg einen Moment. »Verzeih mir, Ruti, dass ich sie ließ?«, fragte er schließlich.

»So was Ähnliches.« Ich konnte sein Hirn rattern hören.

»Interessant«, kommentierte er.

Ich stimmte ihm zu.

»Wir müssen weiter mit ihm reden. Er soll aufhören rumzuheulen wie eine alte Schwuchtel. Er muss uns erklären, was 46 zwischen ihnen gelaufen ist, warum er in Israel ist und was zwischen ihm und Lotta läuft.«

»Das habe ich ihn alles gefragt.«

»Und was hat er gesagt?«

»Dass das ausgezeichnete Fragen sind.«

»Wichser. Man muss noch mal mit ihm reden. Vielleicht heute noch.«

»Lucy ist schon wütend auf uns«, wandte ich ein.

Bar kicherte kurz und fragte anschließend: »Bist du noch in Herzlija?«

Ich sah aufs Meer hinaus. Leute gingen mit Hunden spazieren, andere joggten. Wilshere und Lucy waren nirgendwo zu sehen. »Ja, warum?«

»Ich würde gern wissen, was mit der Leiche passiert ist. Gab es irgendwelche Informationen über das Begräbnis? Wer hat das überhaupt alles organisiert? Ich werde versuchen, das rauszukriegen.«

»Möchtest du, dass ich dort vorbeischaue? Ich bin in der Nähe.«

»Ja, geh schnüffeln.«

»Da sind Sie ja!«, rief die hübsche Rezeptionistin, als sie ihren Blick vom Bildschirm hob. »Da ist er!«

Sie deutete auf mich, an einen Polizisten gewandt, der schlaff am Eingang des Krankenhauses stand und in das Notizbuch in seiner Hand starrte, als versuchte er zu begreifen, was er geschrieben hatte. Er hob den Kopf, marschierte dann entschlossen auf mich zu, stoppte jedoch mittendrin, drehte sich zu der Angestellten um und fragte: »Hier ist wer?«

»Der eine. Der, der nach der Leiche gefragt hat, am Freitag.«

Er wandte sich an mich: »Sie haben nach der Leiche gefragt? Sie kennen sie?«

Der Polizist war blutjung. Sein hellbraunes Haar war in der Mitte gescheitelt. Er musterte mich interessiert mit seinen hellen Augen über der großen Nase. Die blaue Polizeiuniform saß passend auf seinem dünnen Körper, sauber und gebügelt in Erwartung einer weiteren Arbeitswoche.

»Welche Leiche?«, täuschte ich Verwunderung vor.

»Lotta Perl«, rief die Angestellte von der Theke.

»Lotta Perl«, echote der Polizist.

»Sagen Sie's ihm, sagen Sie's ihm«, rief die Angestellte, aber ich begriff nicht, zu wem sie sagte, er solle es sagen und was. So wie es aussah, wusste es auch der Polizist nicht. Auf der silbernen Plakette auf seiner Hemdtasche stand: Dvir Ben Amoz.

»Ich bin Dvir Ben Amoz«, sagte er prompt, »von der Polizei Herzlija.« Er zückte einen Bleistift über seinem Notizbuch und fragte: »Name?«

»Eitan«, erwiderte ich. »Aber Moment mal, warum fragen Sie, hab ich was angestellt?« Dvir zögerte, und ich ging um ihn herum zur Rezeption. »Was gibt's? Was ist hier los? Warum ist die Polizei da? Sollte heute nicht das Begräbnis sein?« Plötzlich sah die Angestellte nicht mehr so hübsch aus, wie ich sie in Erinnerung hatte.

»Man findet die Familie nicht. Das Identifikationsformular gilt nicht, weil die Unterschrift unleserlich ist und es keine Angaben zu der Person gibt, die sie identifiziert hat. Die Bestattungsgesellschaft will den Leichnam beerdigen, aber sie brauchen eine Identifizierung, und dafür ist die Polizei verantwortlich. Haben Sie mit der Enkelin gesprochen? Sie antwortet nicht am Telefon und ist nicht in ihrer Wohnung. Man hat einen Streifenwagen zu ihr geschickt ...«

»Verzeihung, meine Dame, lassen Sie mich hier die Angelegenheiten regeln«, war Dvirs Stimme hinter mir zu vernehmen.

Ich drehte mich um und schaute ihn an.

Ich gab ihm meine Personalien, Name, Adresse und Arbeitsplatz.

»Warum sind Sie am Freitag hergekommen?«

»Um mich von meiner Freundin zu verabschieden.«

»Lotta Perl?«

»Ja.«

»Ihre Freundin?«, fragte er nach.

»Gute Bekannte. Ja.«

»Haben Sie die Leiche am Freitag als Lotta Perl identifiziert?«

»Ist das meine Aufgabe, eine Leiche zu identifizieren?«, wich ich aus.

Die hübsche Angestellte, die schon etwas weniger hübsch aussah, mischte sich ein: »Ein Verwandter oder ein Arzt. Normalerweise treffen Leichen hier mit Papieren ein, die vom Arzt unterschrieben sind. Aber weil es Freitag war und kein Arzt im Altersheim, fand keine Identifizierung durch einen Arzt statt.«

»Aber jemand hat sie doch identifiziert, oder?«, fragte ich. »Es stand schließlich eine Unterschrift auf dem Formular.«

»Ja. Aber ich habe schon gesagt, sie ist untauglich. Man kann die Unterschrift nicht lesen. Es ist einfach nur Gekritzel.«

»Was machen wir?«, fragte ich Dvir, der sehr viel verwirrter schien als ich. »Wer hat Sie geholt?«

»Wir haben die Polizei gerufen«, erklärte die Angestellte. »Die Bestattungsgesellschaft hat es verlangt. Sie sind in der Früh gekommen, um die Leiche zum Begräbnis abzuholen, und dann haben sie entdeckt, dass die Formulare nicht gültig sind. Und dann war die Familie verschwunden, das heißt, diese Nogga, die Enkelin. Und sonst ist kein Angehöriger auffindbar. Also haben die von der Bestattungsgesellschaft gesagt, man müsse die Polizei rufen, wegen der Identifizierung und der Verschiebung der Beerdigung. Sie haben uns dann einen Polizisten geschickt.«

»Sind Sie von der Familie?«, fragte mich der Polizist.

»Nein.« Ich hoffte im Innersten, die Rezeptionistin würde sich nicht mehr daran erinnern, dass ich am Freitag behauptet hatte, ich gehöre zur Familie.

»In welcher Beziehung stehen Sie dann zu der Verstorbenen?«

»Ich war ein Freund von ihr. Ich habe sie jeden Tag im Taxi gefahren.«

»Ungültig«, stellte die nicht mehr Hübsche fest.

Es herrschte Schweigen.

Die Empfangsdame wandte sich einer Frau zu, die einen Infusionsständer neben sich herrollte und fragte, wo ihr Doktor bleibe.

Ich schickte Bar eine SMS: »Kein Begräbnis vorläufig. Ein Polizist ist hier.«

»Also keine Beerdigung?«, fragte ich den Polizisten.

»Vorerst nicht.« Er schüttelte den Kopf. »Ich brauche eine Identifizierung.«

»Was wollen Sie machen?«

»Der Arzt vom Altersheim sollte zur Identifizierung kommen. Er hätte eigentlich schon hier sein sollen...«, er warf einen Blick auf seine große Uhr, »seit einer Stunde. Sagen Sie, wo bleibt denn der Arzt vom Altersheim?«

»Sekunde, mein Junge«, wehrte die Angestellte ihn ab.

Ich setzte mich auf einen Stuhl. Bar schrieb zurück: »Polizist???!« Ich war kurz versucht, ihn anzurufen, doch ich wollte nicht, dass Dvir mithörte. Bar simste nun pausenlos. Ich schrieb, ich würde ihn in ein paar Minuten anrufen. Ob ich dem Polizisten hätte sagen sollen, dass es nicht Lottas Leiche war? Er hatte aber nicht gefragt. Ich hatte nur das beantwortet, wonach er gefragt hatte. Wenn er nicht die richtigen Fragen stellte, beschloss ich, war das sein Problem.

Die Tür ging auf, und ein hochgewachsener, bebrillter Mann kam in die Lobby, der einen dünnen braunen Pullover über einem blauen Rollkragen trug. Ich wusste auf der Stelle, wer das war. Er ging direkt auf Dvir, den Polizisten, zu und sagte: »Ich bin der Arzt aus Lotta Perls Altersheim.«

»Ah, gut, dass Sie kommen«, Dvir atmete auf. »Sagen Sie, wo ist der Knabe von der Beerdigungsgesellschaft?« Das galt der Rezeptionistin.

»Woher soll ich das wissen?«, entgegnete sie, doch exakt in diesem Moment betrat ein bärtiger Orthodoxer die Lobby. »Da ist er!«, lächelte sie. »Warten Sie kurz, ich rufe den Pfleger, er soll Sie hinbringen.«

Der Polizist Dvir Ben Amoz lächelte den Rabbiner an. »Perfektes Timing. Der Arzt wird die Leiche identifizieren, und wir können das Kapitel abschließen.« Er klatschte mit der flachen Hand auf das Notizbuch, das er in der anderen hielt. Ich stand auf und mischte mich ganz beiläufig unter das kleine Grüppchen von Männern, das zum Leichenschauraum zog.

Walid, der Pfleger, traf ein. Die Hübsche zeigte auf uns.

»Was, diese Leiche ist immer noch nicht freigegeben?«, fragte er.

»Frag bloß nicht«, erwiderte sie und verdrehte die Augen.

Wie ein Déjà-vu, wie ein sonderbarer Traum, wiederholte sich das Schauspiel von vor weniger als achtundvierzig Stunden. Nur dass diesmal nicht Bar und ich an der Leichenbahre standen, sondern der Polizist Dvir Ben Amoz, der Arzt aus dem Altersheim, der Vertreter der Bestattungsgesellschaft, ich und Walid, der beschlossen hatte, ebenfalls dazubleiben, sicher anlässlich der ehrwürdigen Delegation.

»Was haben Sie gesagt?«, fragte der Polizist entsetzt.

»Das ist nicht Lotta Perl«, wiederholte der Arzt und sah ihm ins Gesicht. »Sie ähnelt ihr nicht einmal.« Er senkte den Blick wieder auf die Leiche: »Vielleicht die Haarfarbe, ein bisschen. Sie sind sicher mehr oder weniger gleichaltrig. Wer weiß, das hängt von den Genen ab, körperliche Tauglichkeit, Metabolismus ...«

»Das ist nicht Lotta Perl?«, fragte der Polizist noch einmal und spähte in sein Notizbuch, als erwartete er, vielleicht dort Hilfe zu finden.

»Nein.«

»Wer ist das dann?«

Ich trat behutsam einen Schritt rückwärts. Ich wollte nicht, dass sich jemand erinnerte, dass ich am Freitag da gewesen war.

»Ich habe keine Ahnung.« Der Arzt zuckte die Schultern.

»Vielleicht eine andere Bewohnerin aus dem Altersheim?«, schlug der Polizist hoffnungsvoll vor.

»Nein. Ich habe sie nie gesehen.«

»Moment, Moment, Moment«, mischte sich plötzlich der bärtige Rabbiner ein. »Das verstehe ich nicht. Was heißt hier, das ist nicht Lotta Perl. Das ist nicht Lotta Perl?«

»Nein, das ist nicht Lotta Perl«, wiederholte der Arzt geduldig.

»Wer ist es dann?«

»Ich sagte schon, ich habe keine Ahnung.«

»Was heißt, Sie haben keine Ahnung, ich verstehe nicht…« Der Orthodoxe hob die Karte hoch, die am großen Zeh der Leiche hing. »Hier steht doch, Lotta Perl, sehen Sie«, beharrte er.

»Meine Herren, meine Herren«, versuchte der Polizist Dvir die Lage zu beruhigen.

Der Pfleger Walid erhielt einen Ruf über das Funkgerät, das an seinem Kittelaufschlag befestigt war. »Kann ich sie wieder zurückbringen? Haben Sie Ihre Angelegenheiten hier erledigt?«

»Meine Herren«, meldete sich der Polizist wieder zu Wort, »kommen Sie, gehen wir einen Moment hinaus.«

Walid deckte die Leiche zu und rollte die Bahre weg. Im Warteraum entschuldigte er sich und ging seines Weges, während er in sein Gerät flüsterte.

»Also gut«, sagte der Arzt, »ich bin etwas in Eile. Auf Wiedersehen.«

»Einen Moment«, sagte der Polizist.

»Wieso? Ich habe meinen Part erledigt, oder nicht?«

Der Polizist zog sein Notizbuch heraus. »Warum waren Sie am Freitag nicht da? Sie hätten uns dieses ganze Schlamassel ersparen können.«

»Lassen Sie das mal einen Augenblick beiseite«, warf der Mann von der Bestattungsgesellschaft wieder ein, »wir müssen herausfinden, wessen Leiche das ist. Weiß es jemand? Wissen Sie es?« Er wandte sich an mich.

»Ich weiß es nicht«, antwortete ich schnell. Der Polizist blickte mich an, und ich sah, dass für einen Moment Erstaunen in ihm aufflackerte.

Der Rabbiner rieb sich den Bart und traf eine Entscheidung: »Gut. Unterschreiben Sie mir eine Verfügung zur Verschiebung des Begräbnisses auf Dienstag. Bis dahin identifizieren Sie die Leiche und bringen die Familie her. Ich bin dann weg.«

Dvir Ben Amoz fuhr mit mir im Aufzug nach oben, und wir gingen gemeinsam hinaus. Die Rezeptionistin war von Patienten umringt und gleichzeitig am Telefon.

»Was nun?«, fragte er mich, als wir draußen waren. Er zündete sich eine Zigarette an und machte einen kleinen Zug, wie ein Mädchen.

»Das fragen Sie mich?«, gab ich zurück. Er machte noch einen Zug und antwortete nicht. »Vielleicht könnten Sie Fotos veröffentlichen…«, schlug ich vor. »Aber muss eigentlich ich der Polizei sagen, was sie tun soll? Ich habe heute schon genug Arbeit verpasst.« Ich schaute auf die Uhr und stieg rasch in mein Taxi ein.

Während der ganzen Fahrt nach Tel Aviv setzte mir Bar am Telefon zu. Er wollte handeln, zu Wilshere zurückkehren, eine Besprechung abhalten und die nächsten Schritte beschließen. Man müsse Lotta Perl und ihre Enkelin Nogga suchen, denn: »Es kann ja wohl nicht sein, dass sie einfach so vom Erdboden verschwinden.« Seine Frau Nirit würde gleich aus Jerusalem zurückkommen und sich um die kranke Tochter kümmern, dann habe er Zeit.

Aber ich hatte keine Energie mehr. Ich musste den Kopf frei bekommen. Ich wollte arbeiten, mich mit Fahrgästen über ganz andere Dinge unterhalten, in der Stadt herumfahren, mich vielleicht für ein Stündchen aufs Ohr legen. Ich wartete schon auf das Boxtraining am Abend. Und vor allem wollte ich jetzt am liebsten mit Noga zusammen sein. Ich hatte Lust darauf, dass sie mir einen Cappuccino mit zu viel Milch machte, eine unverzichtbare Zeremonie zwischen uns. Und während ich ihn dann trank, würde sie mir erzählen, was sie tagsüber in der Schule mit ihren Freundinnen und am Wochenende mit ihrer Mutter gemacht hatte.

Ich informierte Bar über die Ereignisse im Krankenhaus. Er hörte geduldig zu und sagte dann: »Kommst du mich abholen, und wir fahren zu Wilshere?«

»Er ist nicht in der Verfassung, Bar«, wandte ich ein, »lass ihn ausschnaufen.«

»Ich weiß nicht, ob wir uns das erlauben können. Er ist der Einzige, der uns im Moment weiterbringen kann. Nur er kann uns erklären, was damals passiert ist und was in den letzten Wochen in dieser Altenclique los war. Und bloß er kann uns zu Lotta führen«, beharrte Bar.

»In Ordnung. Aber lass ihm Luft zum Atmen, damit er uns keinen kompletten Nervenzusammenbruch kriegt und uns dann gar nicht mehr weiterhelfen kann. Außerdem, weißt du was? Ich bin auch nicht in der richtigen Verfassung. Ich brauche ein bisschen Ruhe. Und arbeiten muss ich außerdem. Ich kann nicht einfach ganze Tage vergeuden.«

»Dann am Abend?«

»Am Abend habe ich Boxen.«

Er schwieg. Ich spürte, dass ihm auf der Zunge lag, mich darum zu bitten, das Boxen einmal ausfallen zu lassen. Aber anscheinend kam er zu dem Schluss, dass es besser war, mich nicht unter Druck zu setzen.

»Du hast gesagt, alte Leute interessieren nicht«, erinnerte ich ihn, »dass sie ohnehin in den nächsten fünf Minuten sterben würden und es keine Rolle spielt, ob sie sich gegenseitig umbringen oder an einem Herzinfarkt sterben.«

Er schwieg noch ein Weilchen. Dann sagte er: »Ich hab mich getäuscht.«

Ich setzte die App-Box in Betrieb. Ein Ruf vom Museum der Jüdischen Diaspora ging ein, und ich brachte zwei ältere Argentinier von dort zum Bahnhof. Anschließend stieg ein junges Mädchen ein, das mit dem Zug vom Flughafen angekommen war und zu seiner Wohnung in der Arba-Arazot-Straße wollte. »Wissen Sie, woher der Name ›Arba Arazot‹ kommt, was diese ›vier Länder‹ waren?«, begann ich.

»Nein, was denn?«, erkundigte sie sich.

»Es gibt zwei Versionen«, antwortete ich. »Eine bezieht sich auf die vier heiligen Städte – Jerusalem, Hebron, Zefat und Tiberias. Und die andere auf den Vier-Länder-Rat, den das polnische Judentum im siebzehnten Jahrhundert leitete. Die Länder sind eigentlich Polen ...«

»Gerade bin ich aus Polen gelandet!«, rief sie überrascht. »Und ich habe nicht gewusst, dass ich in so einer polnischen Straße wohne. Was für ein Ding.«

Nachdem sie ausgestiegen war, drehte ich ein paar Runden durch die Gegend, verpasste aber aus irgendeinem Grund jeden Kunden, der ein Taxi rief und bei dem ich mich meldete. Offenbar waren im Moment eine Menge Taxis auf der Straße, harte Konkurrenz. Ich parkte und ging in die Krone des Orients zum Essen.

Ich liebe Schawarma. Und ich liebe die Großzügigkeit der Krone. Zur Stoßzeit, am Mittag, ist es meistens zu voll, aber jetzt, ein bisschen nach der Rushhour, konnte man gemütlich dort sitzen. Mein Telefon klingelte, als ich gerade einen Bissen im Mund hatte. Es war Dutschys Nummer.

»Papa«, sagte die süßeste Stimme der Welt.

»Ja, mein Liebling, meine Schöne?«

»Wo bist du?«

»Ich esse Schawarma.« Ich schaute auf die belebte, schmutzige Ibn-Gvirol-Straße hinaus. Man konnte den Dreck, die Abgase und den Lärm des Verkehrs förmlich schmecken. Es brauchte schon ein megageiles Schawarma, um diesen Bedingungen zu trotzen, aber mein Schawarma *war* megageil. Ich legte es auf dem Teller ab und fischte mir ein paar Oliven heraus.

»Schawarma?«

»Ja, es schmeckt gut! Was gibt's? Wie war es heute in der Schule?«

»Guten Appetit, Papa.« Ich hörte, wie sie zu Dutschy sagte: »Mama, er isst Schawarma.« Mir fiel ein, dass Noga in letzter Zeit aufgehört hatte, Fleisch zu essen. Ich ignorierte es. Dutschy war natürlich beunruhigt.

Meine Tochter wollte sich vergewissern, dass ich nicht vergessen hatte, sie morgen von der Schule abzuholen. »Aber klar, wie könnte ich so was vergessen?«, rief ich. »Ich brenne schon vor Sehnsucht!«

»Okay«, sagte sie. Danach übernahm Dutschy das Telefon, und plötzlich kam mir unser Vögeln vor vier Tagen wieder in den Sinn. Es war mir völlig entfallen.

Das war exakt das Problem. Dutschy versuchte, sich locker anzuhören, aber ich kannte sie zu gut, um nicht sofort mitzukriegen, dass sie gereizt war. »Gevögelt und tschüs«, sagte sie schließlich. »Du hättest am nächsten Tag mal anrufen können und sagen, dass es dir gefallen hat.«

»Klar hat es mir gefallen. Du bist reine Seide …«

Sie wartete zwei Sekunden gespannt und sagte dann: »Warum hast du dann nicht angerufen?«

»Und warum nicht du?«, gab ich zurück, aber ich merkte sofort, dass das nicht die richtige Reaktion war, und verbesserte mich schnell: »Aber du hast recht. Ich bin mit dem Kopf woanders, eine Stammkundin ist verschwunden.«

»Eine Stammkundin?«

»Nicht was du denkst. Sie ist fünfundachtzig. Ich erzähl's dir noch. Und bei dir?«

»Wie üblich. Der Irrsinn in der Arbeit. Auch deine Tochter macht einen etwas wahnsinnig, aber momentan ist sie zufällig reizend, was mein Glück ist.« Sie lachte. Die Erwähnung der Fünfundachtzigjährigen hatte sie beruhigt, ich wusste, wie ihr Kopf funktionierte. Manchmal begriff ich nicht, warum ich auch mit ihr ein sensibles Beziehungssystem unterhalten musste. Wir waren doch nicht mehr zusammen, oder? Aber ehrlich gesagt, normalerweise war sie in Ordnung. Solange sie mit Arbeit eingedeckt war, ließ sie mich auch in Ruhe. Dutschy war Rechtsanwältin, spezialisiert auf Familienrecht, eine hübsche Umschreibung für Scheidungen. Sie war die perfekte – oder die schlimmste – Kandidatin dafür. Sie war eine Kanone, ich liebte es, wie sie beschissene Typen aus Gerechtigkeitsgefühl heraus fertigmachte. Manchmal auch miese Frauen. Aber viel öfter beschissene Männer.

Emil empfing mich mit seinem schiefen Lächeln. »Ah, Krokodil, was macht Lippen?«

Ich hob einen Finger vorsichtig an die Lippe, die beim letzten Training aufgeplatzt war. »In Ordnung. Hab's schon vergessen.«

»Ich nicht«, grinste er. »Heute arbeitest du allein an Bewegungen.«

Nach dem Aufwärmen, das der kleine Anton anführte – im Kreis um die kleine Matratzenfläche herumrennen, dazu Rotationsbewegungen: Faust hoch, Haken abwärts, Fersen ans Gesäß, Knie hoch, Körperdrehungen zur Verteidigung nach beiden Seiten, Slalom zwischen den schweren Sandsäcken –, verbannte mich Emil zusammen mit dem verletzten Stess und Juval Gabbai, dem jemenitischen Bankangestellten, in eine vom Ring entfernte Ecke. Dort befahl er uns, ein ums andere Mal die Grundtechniken zu wiederholen, und zwar jeder für sich allein. »Gerader Schlag. Up. Upper cut. Körper. Schulter. Links. Rechts. Fester Stand. Gewicht. Schlag. Finger schließen. Hoch. Neunzig Grad. Kraft aus den Beinen. Drehung. Auf die Zehenspitzen stellen. Kinn runter. Rückhand dicht am Kinn. Vordere Hand schützt knapp davor. Beide Arme senkrecht. Führhand. Schutzhand.« Das Ganze im Vorwärtsgehen, Schritt für Schritt, bis zur gegenüberliegenden Wand, und dann wieder im Rückwärtsgehen, wobei Emil immer die Schläge zählte und jedes Mal, Sklave seines Aberglaubens, die Zahl Sieben übersprang.

Die monotone Sisyphusarbeit beruhigte mich und leerte meinen Kopf von den Ereignissen des Tages. Ein nettes Mädchen, mit dem ich ausgegangen war, nachdem Dutschy und ich geschieden waren, erzählte mir einmal, so etwas wie den Kopf leermachen gebe es nicht. Er würde sich nie leeren. Sie war Hebamme und leitete die Gebärenden, mit denen sie arbeitete, an, wie man meditierte, machte diese Meditation auch selber, die sich Mindfulness nannte. Sie erklärte, dass Mindfulness das Bewusstsein schärfe, am Anfang die Bewusstheit des Atmens und der Körperbewegungen und danach auch der Gedanken, so dass man, statt die Gedanken hinauszudrängen, sie für einen Moment von außen betrachten und sich auf sie konzentrieren könne. Vielleicht war es das, was mit mir beim Boxen passierte, keine wirkliche Entleerung des Hirns, sondern ein Verdrängen des unendlichen Gedankenstrudels, der mich tagsüber im Griff hatte, zugunsten einer Konzentration auf den Körper, seine Bewegungen und seine Atemzüge, um dann bewusster und konzentrierter an der Stelle zu landen, zu der das Gehirn zu wandern beschloss. Ich konnte beinahe sehen, wie die Gedanken kamen, zart und luftig wie Seidenschals, und an diesem Tag beschäftigten sie sich nicht nur mit Wilshere, Lotta und Eddie, sondern auch mit der Erinnerung, die jahrzehntelang in uns ruht und ab und zu aus irgendwelchen Gründen auftaucht, durch einen Neuronenreiz im Gehirn, wieder in Löchern verschwindet und aus unerwarteten Nischen zurückkehrt. Immer mehr Überlegungen tauchten auf: Wie sich Kränkungen und Verbitterungen, gegenwärtig und unvergänglich bis zum Tod, verbergen konnten, aber ebenso eine ungeheuer starke Liebe, die über sechzig Jahre in ihren eigenen

Nischen überlebte – hatte auch ich so eine oder würde sie je erleben? Wann hatte ich zum letzten Mal eine solche Intensität von Gefühlen gegenüber jemandem verspürt, eine Kraft, die mich umarmte, gefangen nahm, mich beherrschte…

»Krokodil! Konzentration!« Emil, auf der anderen Seite des Rings, schien zu riechen, wie meine Gedanken davontrieben. Er ließ die Boxenden im Stich, kam zu mir herüber und brüllte mich mit sprühenden Augen an: »Nicht so! Finger geschlossen! Neunzig Grad! Kraft aus den Beinen! Kinn runter. Führhand. Jetzt mit Gewichten!«

Schließlich verordnete er uns Seilspringen und dann, gegen Ende des Trainings, sollten wir die Handschuhe anziehen. In der modrigen Höhle in den Eingeweiden des Dizengoff-Centers gab es keinen Umkleideraum. Auch keine Klos oder Entlüftungsschächte, bloß drei lange Bänke in einer Ecke des Schutzraums. Dort umwickelten wir die Finger mit den Bandagen, stülpten die Handschuhe über, setzten den Zahnschutz ein und kehrten in den Ring zurück, um zu kämpfen. Jetzt war ich scharf konzentriert, mit guter Verteidigungshaltung, richtigem Angriff. Es hing natürlich davon ab, wer einem gegenüberstand. Diesmal war es Stess, der zwar stark war, aber eine Verletzung und auch keine besonders entwickelte Technik hatte. Ich traf ihn sogar zweimal an der Wange und entlockte Emil ein befriedigtes: »Sehr schön, Krokodil.«

In den letzten zehn Minuten, den Minuten der Dehnungen, schloss ich die Augen. Ich überließ es den Muskeln, den Körper bis an die Grenze des Möglichen zu dehnen. Ich sog tief die Luft durch den Mund ein und blies sie durch die Nase aus, ließ den Atem sich verlangsamen und die Gedanken sich ordnen. Morgen würde ich Noga sehen, ich sehnte mich schon wie ein Verrückter nach ihr. Ich lächelte.

Siebzehn Nachrichten von Bar zeigte das Mobiltelefon an. Nicht umsonst hatte ich das Trainingsende hinausgezögert, die Dehnübungen verlängert, bis die Taekwondo-Schüler auf die Matratzen stiegen. Langsam schälte ich mich aus den Handschuhen, den Bandagen und der Sportkleidung und stand dann in der Unterhose da. Ich trocknete mich gründlich mit meinem Handtuch ab, wischte den Schweiß von allen kritischen Stellen. Schließlich plauderte ich noch ein bisschen mit Emil, der immer sehr an meiner Taxifahrerarbeit interessiert war. Wie üblich schloss ich: »Fahr mal mit, eines Tages, dann siehst du's«, und er erwiderte: »Wann bist du nächste Woche frei?«, worauf ich wie gewöhnlich zurückgab: »Wann immer du sagst«, womit wieder er an der Reihe war: »Ich ruf dich an, Kamerad.« Ich mochte Emil, die wachsartige Biegsamkeit seiner unzählige Male gebrochenen Nase, die ungeheure Kraft, die in seinem kompakten Körper steckte, und das spitzbübische Lächeln, das wie zum Nachtisch den Abschluss jedes Wutausbruchs über einen der Jungen krönte: »Antonka! Ilinka!«, begleitet von einem undefinierbaren Gebell in Russisch. Den Gerüchten nach war er in den Neunzigerjahren ein Boxchampion im Leichtgewicht in Aserbaidschan gewesen und hätte für seinen Staat bei der Olympiade in Barcelona antreten sollen, doch am Ende schickten die Aserbaidschaner keine eigene Auswahlmannschaft, sondern beteiligten sich an der vereinigten Mannschaft von zwölf Staaten der ehemaligen Sowjetunion, und er fand sich draußen. Als Aserbaidschan 1996 die erste unabhängige Mannschaft in seiner

Geschichte zur nächsten Olympiade in Atlanta schickte, war Emil bereits nicht mehr der Boxchampion seines Landes. Sein erbitterter Rivale, Ilham Karimov, der mit ihm im Boxclub von Baku am Kaspischen Meer aufgewachsen war, fuhr nach Atlanta und verlor in der ersten Runde.

Nach der Unterhaltung mit Emil, als der Körper ausgeschwitzt und getrocknet war, benutzte ich einen Deoroller, besprühte mich mit Parfüm und zog langsam meine Werktagskleidung an. Ich packte die verschwitzten Sportsachen und die Boxausrüstung in die Tasche, nahm den Ausgang durch die unterirdischen Hohlräume zum Parkhaus unter dem Einkaufszentrum und ging entspannt zum Taxi, während meine Muskeln von eineinhalb Stunden angestrengter Betätigung noch vibrierten.

Ich zog den Schlüssel heraus und drückte auf die Fernbedienung. Mein Kia Soul – den ich Kia-Seele nenne – hieß mich mit Flackern und Pfeifen willkommen. Ich setzte mich hinein, und erst dann holte ich das Telefon aus einem Seitenfach der Sporttasche.

Siebzehn Nachrichten von Bar. Ich öffnete sie nicht, ich wollte noch ein bisschen Ruhe. Ich startete und fuhr aus dem Parkhaus, und in dem Moment, in dem der Kia sich die Seele aus dem Leib hechelte, um die steile Auffahrt zur Dizengoffstraße zu bewältigen, streckte ich automatisch die Hand aus und schaltete die Taxi-App ein.

Es war ein Irrtum. Ein Reflex. Nach dem Boxtraining fuhr ich immer nach Hause, um mich zu duschen, und arbeitete nicht mehr. Aber ich war so daran gewöhnt, zu Beginn jeder Fahrt die App-Box einzuschalten.

Als ich gerade Bars Nummer wählen wollte, statt die siebzehn Nachrichten zu lesen, piepste die App-Box. Mein

Finger verharrte, und ich wandte ihr einen überraschten Blick zu.

Ich registrierte, dass ein Fahrgast Ecke Bar-Kochba-Straße, nur eine Ampel weiter, wartete, ein paar Dutzend Meter von mir entfernt.

Und dann sah ich den Namen.

Eine Kundin.

Lotta Perl.

Ein Gedankenexpress ratterte in der einen Minute zwischen Ampel und Straßenecke durch mein Hirn.

Der erste Gedanke war: Jemand hat Lottas Telefon gefunden!

Der zweite: Jemand hat das Telefon von Lotta geklaut!

Der dritte: Das ist sicher diese miese Enkelin von Lotta!

Und der vierte Gedanke, als ich mich der Gestalt, die mir an der Ecke Bar-Kochba zuwinkte, näherte: Nein ... das gibt es nicht ... das kann nicht sein ... Großer Gott!

Es war Lotta Perl.

7. Ein Sommer von Gewalt und Liebe

Wir fuhren stumm. Sie saß hinten auf ihrem Stammplatz. Es war dunkel, und ich konnte nicht viel sehen, aber es kam mir vor, als sei sie blasser denn je. Ich wusste nicht, ob der Lippenstift an seiner Stelle, auf ihren Lippen war, aber ihr Duft erfüllte wieder das Taxi. Ich fuhr die Dizengoffstraße nach Norden. Schließlich sagte ich, in etwas distanziertem Ton: »Sie haben mir fast einen Herzinfarkt beschert.«

»Gut, dass Sie noch leben, Eitan, ich hätte nicht für Ihren Tod verantwortlich sein wollen. Es gibt bereits genug Tote in dieser Geschichte.« Ich versuchte es, aber es gelang mir nicht, ein Lächeln zu unterdrücken. Sie wusste, wie sie mich erweichen konnte, die Schurkin.

Als wir am Ende der Dizengoffstraße angelangt waren, fragte ich: »Wohin fahren wir?«

»Fahren Sie einfach«, erwiderte sie, und ich bog nach links ab und fing an, die Ben-Jehuda-Straße nach Süden zu fahren.

»Wie ist es Ihnen gelungen, mein Taxi zu finden?«, fragte ich.

»Das war die leichtere Übung«, lachte sie. »Ich erinnerte mich, dass Sie sonntags und mittwochs im Dizengoff-

Center boxen und um halb zehn Uhr fertig sind. Also stellte ich mich draußen hin und bestellte ein Taxi über die App. Es hat lange gedauert, ich hatte es fast schon aufgegeben. Ich habe drei Taxis vor Ihnen storniert, bevor Sie kamen.«

»Passen Sie auf, zu viele Stornierungen, und man wirft Sie aus dem System.«

»Ich weiß!« Sie lachte wieder.

Dann sagten wir eine Weile nichts.

»Soll ich weiterfahren?«, erkundigte ich mich, als ich das Ende der Ben-Jehuda-Straße erreicht hatte.

»Fahren Sie weiter«, erwiderte sie.

»Das kostet«, warnte ich sie. »Ich muss das nachher abrechnen, bei der Einkommensteuer und …«

»Dann kostet es eben«, unterbrach sie mich.

»Okay«, sagte ich.

»Wie war das Training?«

»Super«, antwortete ich. »Ein bisschen langweilig. Aber im guten Sinn.«

Sie lachte wieder. Wenn sie in meinem Taxi war, herrschte eine angenehme Atmosphäre. Nicht nur ihr guter, frischer Duft, etwas zwischen uns war von Anfang an ruhig und harmonisch gewesen. Auch wenn es Fragen gab, auf die die Antworten nicht einfach waren.

»Es war Ruti Spielberg, die Leiche«, sprang ich schließlich ins kalte Wasser.

Sie antwortete nicht.

Ich spähte in den Rückspiegel, um mich zu vergewissern, dass sie noch da war, und fragte: »Was ist ihr passiert?«

»Er hat sie getötet.«

»Wer?«

»Sie wissen, wer. Wilshere.«

Ich verstand gar nichts mehr. Ich hatte gedacht, Ruti Spielberg sei die Liebe von Wilsheres Leben gewesen. Er hatte auch, als er vor mir zusammengebrochen war, gesagt: »Verzeih mir, dass ich nicht auf dich aufgepasst habe …« Er hätte das doch nicht gesagt, wenn er sie selbst umgebracht hätte, oder? Die Melodie der Fernsehserie *The A-Team* erfüllte den Raum des Taxis, und aus lauter Verwirrung drückte ich auf die Annahmetaste.

»Krokodil.«

Es war Bar, natürlich.

Ich schoss hastig einen Blick auf Lotta auf dem Rücksitz ab, und ich weiß nicht, warum, aber ich legte einen Finger auf die Lippen, um ihr zu bedeuten, still zu sein. Ich sagte ihm nicht, dass sie bei mir war und zuhörte, und ich stoppte ihn nicht.

»Wo bist du denn? Ich such dich seit Stunden. Egal, ich bin auf dem Rückweg. Willst du dich mit mir treffen? Hör zu, Ruti Spielberg …« Er hielt für einen Moment inne. Ich hatte immer noch nichts gesagt. »Er sagt, dass Lotta sie ermordet hat und geflüchtet ist. Zusammen mit ihrer Enkelin. Er sagt, dass die Enkelin überhaupt an dem Ganzen schuld ist, dass sie Lotta angestiftet und versucht hat, Geld von O'Leary und ihm zu erpressen.«

»Nogga?« Das war alles, was ich sagen konnte. Ich spürte Lottas Anspannung hinter mir. Ab und zu warf ich einen Blick in den Spiegel, und einmal, als ich an einer roten Ampel hielt, drehte ich mich um, doch es war zu dunkel, um ihren Gesichtsausdruck erkennen zu können.

»*Aiwa.* Nogga, die Enkelin. Ich hab ihn gefragt, warum er gesagt hat: ›Verzeih mir, Ruti.‹ Er hat gesagt, er hat sie um Verzeihung gebeten, weil er es nicht geschafft hat, Lotta aufzuhalten. Und hör mal, du wirst es nicht glauben, er hat mir die ganze Geschichte erzählt. 1946 und das alles. Ich muss es dir erzählen. Du fällst tot um. Wo bist du? Ich komm gleich zu dir.«

»Äh … ich kann jetzt nicht.«

»Was, du kannst nicht? Bist du beim Fahren? Ich hab gedacht, nach dem Boxen arbeitest du nicht? Arbeitest du?«

»Äh … so ungefähr«, wand ich mich. Das war eine exakte Beschreibung der Situation. Ich arbeitete so ungefähr. Ich erreichte jetzt wieder den nördlichen Teil der Stadt und fuhr auf den Sderot Rokach. Der Zähler überschritt die Hundert.

»Wie ungefähr?« Ich wusste, was jetzt kommen würde, ich konnte bei ihm regelrecht den Groschen fallen hören. »Ach sooo!«

»Nein, du Idiot! Nicht, was du denkst.«

»Aha! Warum hast du denn nichts gesagt? Gut, das ändert das Bild. Hmmm … aber wir müssen uns treffen. Wir haben nicht viel Zeit. Er hat Angst, er glaubt, sie will ihn auch umbringen und … na gut, eine lange Geschichte, ich muss dir das persönlich erklären. Aber in Ordnung, wenn du … pfff … he, du Panther! Krokodil, du Panther, du … bist du allein? Kann ich reden oder ist …?« Er brach ab.

»Am besten ist, ich ruf dich nachher an, in Ordnung, Mann?«

»Ups, bin schon im Bilde. Gut, lass dich von mir nicht stören. Du Panther, du. Aber vergiss mich nicht. Ruf heute Nacht an. Es ist wichtig. Und wir machen was aus für morgen früh. Wir müssen reden. Ich denk inzwischen drüber nach, wie wir am besten vorgehen.«

»*Sababa*, geht in Ordnung.«

»Aber nur dass du's weißt, ein echter Durchbruch. Es war eine glänzende Idee, zu ihm zu gehen. Aber okay, mach nur. Ihr Geschiedenen, ein Leben habt ihr. Das ist nicht fair, also echt, die Welt ist ungerecht.« Ich stimmte ihm zu. »Bye, Panther.«

Er legte endlich auf.

Vom Rücksitz drang unterdrücktes Lachen. »Was lachen Sie?« Ich lächelte. Sie brach in offenes Gelächter aus, das gegen die Fenster schallte. »Was ist denn?« Ich fing auch an zu lachen. »Was ist so lustig?« Wir platzten vor Lachen, beide.

»Also, was«, sagte Bar in der Frühe zu mir, während er an dem aufklappbaren Griff seines Coffee-to-go-Bechers kratzte. »Sie hat bei dir geschlafen?« Der Ansatz eines Lächelns stahl sich in seine Mundwinkel.

»Äh… um ehrlich zu sein, ja«, gestand ich.

»Gut. Ich will nachher alle Details hören, und zwar alle! Du musst übrigens zum Haareschneiden.«

Ich fuhr mir mit der Hand durch die Haare. Die verschlissene Baseballkappe von Arsenal bedeckte die etwa zwei Tage alten rötlichen Haarstoppeln auf Bars Kopf. Furchen hatten sich in seine Mundwinkel und auf seiner Stirn eingegraben, aber seine strahlend blauen Augen lächelten wie immer mit babyhafter Durchtriebenheit. Seine lose Kleidung, an der Grenze zur Schäbigkeit – ein großes Sweatshirt und helle Stoffhosen –, minderte sein Alter um ein paar Jahre. Wir saßen am Rabinplatz, ein idealer Kompromiss zwischen seiner Stadtmitte und meinem alten Norden – dem Zentrum ohne Parkplätze (aus meiner Sicht) und dem Norden ohne Seele (aus seiner Sicht). Es war ein Morgen mit lächelnder Sonne und trägen Tauben, und die breiten Bänke standen zu unserer Verfügung.

Er trank einen Schluck Kaffee, und dann berichtete er. Wilshere war in den letzten Jahren der Mandatsperiode bei der britischen Geheimpolizei gewesen, hauptsächlich in Jerusalem, aber auch in Jaffa und ein bisschen in Haifa, und dort – wie wir bereits wussten – hatte er Ruti Spielberg im Nelson getroffen. Er wusste, dass sie ein wildes Mädchen war. Genau das war es, was ihn magnetisch anzog. Auch sie verliebte sich. Es war eine Liebe, wie sie nur einmal im Leben vorkommt. Die Liebe eines Mannes zu einer Frau. Nicht zwischen einem Soldaten und einem jungen Mädchen, einem Briten und einer Jüdin. Es war eine Liebe, so groß, dass man verstand, warum man auf diesem beschissenen Planeten, in dieser dreckigen und gewalttätigen Ecke der Welt gelandet war.

Am Anfang kam er jeden Abend ins Nelson, spielte Dart, trank, redete mit ihr, wenn sie ein paar Minuten Zeit hatte. Später hörte er auf damit, denn es fiel ihm schwer, mit anzusehen, wie sie andere Männer anlächelte, obwohl sie ihm versicherte, dass es nur wegen der Trinkgelder sei. Sie verdiente mehr als er. Er überredete sie, bei ihm einzuziehen, mit ihm zusammen in der Basis im Hadar-Hakarmel-Viertel zu wohnen. Es war verboten, Einheimische in den Armeebasen unterzubringen, aber sein Vorgesetzter drückte ein Auge zu und benutzte im Gegenzug Wilsheres Zimmer am Vormittag für seine jeweiligen Zusammenkünfte mit einer Auswahl an Jüdinnen und Britinnen, die nicht seine Frau waren. Es war eine ziemlich wilde Zeit, das ganze Empire war in Aufruhr, doch Wilshere interessierte sich nur für Ruti und sie, so glaubte er, nur für ihn. Was liebte er an ihr? Sie hatte eine grenzenlose Unschuld an sich und gleichzeitig die beeindruckende Reife von jemandem, der allein überlebt hatte, ohne Eltern und Familie. Er liebte auch ihre Schönheit, den schlanken Körper, die glatte Elfenbeinhaut und den dreisten Blick, wenn sie die Augenbrauen zusammenzog. Sie gingen in der Nacht oft am Karmel spazieren, schlenderten am Strand entlang und wanderten im Schuk in der Altstadt umher. Er kaufte ihr, was sie wollte, und auch Dinge, um die sie ihn nicht gebeten hatte: ein Perlenarmband, warme Stiefel; sie schenkte ihm ein ledergebundenes Tagebuch oder einen dünnen Schal.

»Das ist nicht gespielt. Du siehst es an seinen Augen und hörst es an der Stimme«, sagte Bar. »Der Mann ist immer noch verliebt, fürs ganze Leben.«

Ich versuchte, die Beschreibung der jungen Ruti mit dem welken Leichnam in der Klinik zusammenzubringen. Es war ein schwieriges Unterfangen.

Eddie O'Leary und Lotta Perl begegneten sie im Nelson. Außer der Tatsache, dass der Lastwagenfahrer O'Leary und er in Haifa stationiert waren, gab es keine Verbindung zwischen ihnen. Aber die Mädchen waren befreundet. Sie wurden ein Kleeblatt. Es war bequem, in Gesellschaft eines ähnlichen Paares – ein britischer Soldat und eine Jüdin – zu sein, denn nicht wenige Leute rümpften die Nase und hatten etwas gegen solche Liaisons. Die offizielle Direktive der britischen Armee lautete, sich nicht mit der lokalen Bevölkerung einzulassen. Andererseits, es waren junge Männer, fern von zu Hause. Die jüdischen Mädchen waren hübsch und direkt, und die Soldaten boten die Möglichkeit einer Zukunft, die jenseits des Meeres winkte.

Manchmal gingen sie aus, aber die schiefen Blicke und

das heisere Geflüster trieben sie nach drinnen. Wilshere arbeitete hart bei der Geheimpolizei – Haifa wurde wegen des Hafens, der Militärbasen und der riesigen Industrie, die die Raffinerien und zahlreiche Energiequellen des Landes beinhaltete, zum Fokus der Untergrundaktionen. Die Stadt wurde auch zur blutigen und symbolträchtigen Arena der Kämpfe um die Herrschaft zwischen Juden und Arabern. Wilshere verließ die Basis und mietete eine kleine Wohnung in der Unterstadt. Ruti zog zu ihm, und die vier trafen sich häufig, spielten Karten, kochten und aßen zusammen, und manchmal machten sie mit Eddies Lastwagen Ausflüge in die Wälder am Karmel.

Von außen schienen Eddie und Lotta verliebt. Lotta war scharfsinnig, brillant und sehr attraktiv, aber Wilshere kannte die beiden nicht wirklich. Er war mehr auf Ruti konzentriert, und zudem färbte auch alles, was danach passierte, die Erinnerung …

»Das ist vielleicht ein Ding«, sagte Bar. »Er kann dir beschreiben, was sie ihm 1946 im Basar gekauft hat, aber was vor einem Monat passiert ist, daran erinnert er sich nicht, behauptet er.« Weder bestätigte noch leugnete er eindeutig die Affäre, die er mit Lotta in den letzten Wochen hatte oder auch nicht. Er wiederholte bloß, dass er sie jetzt nicht ausstehen könne, doch Bar hatte das Gefühl, dass vielleicht doch etwas zwischen den beiden lief, und dachte, das sei vielleicht einer der Gründe, warum Wilshere in Israel geblieben war. Aber über die Gegenwart ließ er sich nicht weiter aus.

»Du fährst voll auf ihn ab, was?«, bemerkte ich zu Bar. »Er war Geheimdetektiv. Und du bist ein Sucker von Detektiven.«

Seine Augen lächelten. »Ich mag ihn, ja. Aber lass mich weitermachen. Jetzt fängt es an, interessant zu werden – ich hab inzwischen selber recherchiert.«

Ich warf einen Blick auf die Uhr. »Ich möchte ein bisschen arbeiten, bevor ich Noga abhole. Und ich hab dir auch noch was zu erzählen.«

Er schaute mich an.

»Na gut, mach noch kurz weiter«, gab ich nach. Drei Radfahrer auf den grünen Rädern von Tel-O-Fun strampelten an uns vorbei. Alle drei hatten Sonnenbrillen auf.

»Also zuerst mal die Mandatszeit. Erinnerst du dich in groben Zügen? Großbritannien hat angefangen, gegen Ende des Ersten Weltkriegs, 1917, in Palästina zu regieren, nachdem die Gegend Hunderte von Jahren vom Osmanischen Reich beherrscht worden ist. Die Briten waren einunddreißig Jahre hier, bis zur Staatsgründung 1948. Sie schwankten die ganze Zeit, ob sie den Juden helfen sollten, eine nationale Heimstätte zu errichten, und sie ins Land kommen lassen, oder ob sie die Interessen der Araber, die schon vorher da waren, wahrnehmen sollten. Nach dem Zweiten Weltkrieg erreichte der Druck seinen Höhepunkt: Die Juden flüchteten aus Europa und viele versuchten hierherzukommen, die Araber fühlten sich bedroht und fürchteten, dass man ihnen den Staat wegnehmen würde, die Briten versuchten, in der Mitte zu stehen, aber alles, was sie machten, ärgerte irgendjemand … 1946 war das Jahr, in dem der jüdische Terror gegen die Briten einen Zahn zulegte. Auch der arabische Terror – sie versuchten, es den Juden nachzumachen, von ihnen zu lernen, aber ihre Aktionen waren nicht so mörderisch.«

»Sie wollten die Unabhängigkeit«, sagte ich. Mein Straßenführer war voll von Andenken an die Briten.

»Beide Seiten wollten die britischen Besatzer loswerden. Aber die Juden, meint Wilshere, bewiesen eine Scheinheiligkeit, die man sich kaum vorstellen kann. ›Welche andere Großmacht hat euch einen Staat gegeben?‹, hat er mich gefragt. ›Von allen anderen Großmächten, in all den Jahren, Amerika und Russland, Deutschland und China, alle eure Freunde, wer hat etwas für euch getan? Niemand und nichts. Was haben die Briten getan? Alles! Und als Antwort darauf haben die Juden verleumdet, bombardiert, getötet und erniedrigt, und 1946 mehr denn je.‹«

»Ja, das hat er zu mir auch gesagt«, warf ich ein.

»Es gab eine Menge Gewalt in diesem Jahr. Tote Briten. Tote Juden. Explosionen, Drohungen, Schüsse, Raubüberfälle. Für einige von den jungen Briten, die die berühmten Schlachten des Ersten Weltkriegs – die Gelegenheit, es den Deutschen zu zeigen und ihren Fingerabdruck in dem größten historischen Ereignis zu hinterlassen, das die Welt kannte – nur knapp versäumt hatten, war diese Aktion eine Art Entschädigung. Weniger historisch, aber ganz entschieden ›action‹: Krieg, Leben oder Tod, Intrigen.

Der Auslöser, der die Ereigniskette in Bewegung gesetzt hat, die unsere vier Helden betrifft, war offenbar der Raubüberfall auf eine Karawane aus dem Libanon. Die finanzielle Lage der jüdischen Untergrundgruppen, der Lechi und der Etzel, war verzweifelt. Sie versuchten, die Briten zu bekämpfen, aber die Briten reagierten mit Razzien, beschlagnahmten Waffen und verhafteten Untergrundkämpfer, was sie hart traf. Deswegen suchten sie nach Wegen, Geld zu beschaffen. Es ging das Gerücht, dass eine große Summe

Bargeld von den Brüdern Safra in Beirut über Metulla und Haifa für eine Gruppe Geldwechsler in Jerusalem eintreffen sollte. Sechzehntausend Goldlira und außerdem fünftausend französische Francs. Die Etzel plante einen groß angelegten Hinterhalt bei Chadera. Ein paar harte Burschen mit Waffen in der Uniform irischer Soldaten warteten an der Kreuzung auf das vorgesehene Fuhrwerk. Zwei Kameraden standen auf Posten, zwei hielten die Pferde an, und zwei stiegen mit gezückten Gewehren auf das Fuhrwerk.«

Bar pausierte einen Moment, während er sich seine Bartstoppeln rieb, um die Dramatik zu steigern. Ich hatte keine Geduld dafür. »Nu?«, drängte ich.

»Es war eine der entsetzlichsten Katastrophen in der ganzen Geschichte des Untergrunds. In dem Fuhrwerk waren bloß erbärmliche tausend Goldlira. Anscheinend hat jemand die Brüder Safra gewarnt, und sie beschlossen, das Geld zu einem anderen Zeitpunkt zu transportieren, in einem geschützten Fahrzeug mit bewaffneten Wächtern. Aber bei dem Angriff auf den vermeintlichen Geldtransport ist ein Kämpfer der Etzel verletzt worden. Als die britische Polizeitruppe vor Ort eintraf, haben sie ihn bewusstlos auf dem Boden des Fuhrwerks gefunden, anscheinend hatte er versehentlich einen Schlag auf den Kopf abgekriegt. Seine Kameraden waren geflüchtet. Der Untergrundkämpfer wurde von Wilshere und seinen Kollegen in Haifa verhört und dazu überredet, gegen einen großzügigen Lohn Doppelagent zu werden. Als er nach Tel Aviv zurückkehrte, erzählte er seinen Befehlshabern bei der Etzel, er hätte es geschafft, sich unbemerkt aus dem Fuhrwerk zurückzuziehen und sich zum Strand zu schleichen, sei die ganze Nacht, neuneinhalb Stunden, nach Süden gegangen und habe einen ganzen Tag in der Wohnung seiner Eltern geschlafen. Wilshere nannte ihn den ›Doppelagenten Double-u‹.

Einer der Tipps, die Double-u seinen britischen Auftraggebern lieferte, war der Banküberfall in Jaffa im September 46. Der Überfall war wieder ein Versuch, etwas Geld in die leere Kasse der siechenden Etzel fließen zu lassen. Die Ottomanische Bank am Jerusalemboulevard sollte ein leichtes Ziel sein. Die Untergrundleute kannten die Betriebszeiten und die Wächter, und ein Bankangestellter wurde im Voraus bestochen. Aber Double-u verriet den Briten den Zeitpunkt, und als Folge davon wurde ein britisches Polizeiaufgebot zu der Bank geschickt, es kam zu einer Schießerei, und fünf Gangster von der Etzel wurden gefasst – so haben die Briten die Untergrundkämpfer genannt, Gangster. Bei dem Vorfall wurden ein arabischer Polizist und zwei Zivilisten getötet und elf verletzt.«

»Bar«, seufzte ich. »Das ist interessant. Wirklich. Und es ist nett hier auf dem Platz, es ist hübsch, hier in der Sonne Kaffee zu trinken. Aber ich hab nicht den ganzen Tag Zeit. Hat das irgendwas mit Wilshere und Lotta zu tun?«

»Ich komme gleich darauf. In dem Sommer hat die Liebe der zwei Paare angefangen, und im Herbst war sie voll erblüht. Wilshere und Ruti teilten sich die Wohnung in der Unterstadt, und O'Leary und Lotta lungerten ein paarmal in der Woche bei ihnen herum. Manchmal blieben sie auch zusammen über Nacht dort – wenn Lotta von ihren Eltern die Erlaubnis bekam, bei Ruti zu schlafen.

Weil es Verwundete bei dem Banküberfall gab und weil

die britische Bürokratie langsam arbeitete, wurden die fünf Bankräuber von der Etzel erst drei Monate nach dem Überfall, im Dezember 46, ein besonders gewalttätiger Monat, vor Gericht gestellt. Die Anklageschrift umfasste Schusswaffengebrauch, Bombenbesitz, Tötungsdelikt, bewaffneten Raub und Verwundung des stellvertretenden Bankdirektors. Drei der Angeklagten wurden zum Tod durch Erhängen verurteilt, einer wurde freigesprochen, und der fünfte, ein sechzehnjähriger Minderjähriger, der Benjamin in der Truppe, der zufällig tatsächlich auch Benjamin hieß, wurde zu achtzehn Jahren Gefängnis und achtzehn Hieben mit der Peitsche verurteilt.«

»Achtzehn Hiebe?« Ich fuhr in die Höhe.

»Achtzehn Peitschenschläge«, antwortete er und ließ seinen Blick auf mir ruhen.

»Wo ist der Zusammenhang? Ich meine, warum die Peitschenschläge?«

»Das hab ich mich auch gefragt. Es hat sich herausgestellt, dass das im britischen Königreich eine übliche Strafe war. Wenn der Angeklagte minderjährig war, durfte man ihn nicht zum Tode verurteilen. Das war der Ersatz, zusammen mit der Gefängnishaft.«

»Achtzehn Hiebe«, sagte ich.

»Achtzehn Hiebe«, wiederholte Bar.

»Auf den Hintern?«, fragte ich.

»Auf den Hintern«, nickte Bar. »Vielleicht auf den Rücken. Aber auf den Hintern klingt besser.«

»Allah bewahre uns«, sagte ich.

»Allah bewahre uns«, stimmte er mir zu. »Aber hast du gemerkt, was in dir vorgegangen ist, als ich dir das erzählt habe?«

Ich zog die Augenbrauen hoch und musterte seine rötlichen Stoppeln.

»Als ich gesagt habe, dass drei zum Tod durch Erhängen verurteilt worden sind, ist das wie Öl auf Wasser an dir vorbeigeflutscht. Du hast nicht mal gezwinkert. Drei Menschen werden zum Tod verurteilt, für einen Bankraub! Nicht mal Mord!«

»Du hast aber gesagt, dass Leute getötet wurden«, wandte ich ein.

»Sie sind getötet, aber nicht vorsätzlich ermordet worden. Das Verbrechen war ein Banküberfall, in dessen Verlauf ein Schussgefecht entstanden ist und Leute getötet wurden. Strafwürdig, aber Todesurteil? Aber als ich dir das erzählt habe, klang das ganz natürlich für dich. Mandat, Untergrund, Briten, Erhängen – die Geschichte ist bei uns schon im Hirn einprogrammiert, und wir reagieren darauf mit Gleichmut. Wir wissen, dass die Dinge damals so funktioniert haben. Aber Peitschenschläge auf den Hintern – da hat's dich gleich gerissen. Auch ich bin hochgeschossen. Und was am verblüffendsten ist, auch die von der Etzel hat's gerissen.

Menachem Begin ist ausgerastet. Das störte ihn viel mehr als das Aufhängen oder die Gefängnisjahre. Erhängen konnte man verstehen – der Tod ist die übliche Münze in Kriegen. Ein Kämpfer ist bereit, sein Leben auf dem Altar der Befreiung seiner Heimat aus den Händen des erbitterten Feindes zu opfern. Aber seinen Hintern? Zu erniedrigend für Juden! In der Folge des Urteils gab die Etzel Pamphlete heraus, die überall in der Stadt aufgehängt wurden.« Bar fand es mit flinken Fingern in seinem Telefon und zeigte es mir:

*Ein hebräischer Soldat, der in die Gefangenschaft
des Feindes gefallen ist, wurde von einem »Gericht«
der britischen Besatzungsarmee zu Peitschenhieben
»verurteilt«.
Wir warnen die Unterdrückerregierung vor der
Ausführung dieser erniedrigenden Strafe.
Wenn sie ausgeführt wird, werden die Offiziere der
britischen Armee die gleiche Strafe erleiden. Jeder
von ihnen könnte 18 Hiebe erhalten.
Die nationale Militärorganisation in Erez Israel.*

»Wallah?«, fragte ich.

»Wallah«, er wedelte mit dem Telefon vor mir, das eine
Wikipediaseite zeigte.

»Und die Story?«

»Ich bin heute früh ins Ariela-Haus gegangen, um
Hamered, ›Der Aufstand‹, zu lesen, das Buch, das Begin
geschrieben hat. Da gibt es ein ganzes Kapitel nur über die
Schläge der Briten. Begin hatte da ein persönliches Ding
mit Schlägen. Er hat in seiner Stadt in Polen Auspeitschun-
gen von Juden mitangesehen, als er sieben Jahre alt war.
Und danach hat noch eine Geschichte starken Eindruck
auf ihn gemacht, von einem Juden, der einen Anschlag auf
einen russischen Gouverneur verübt hat, der befohlen hat,
Juden zu prügeln.«

Ich schloss die Augen in der warmen Sonne und dachte
einen Moment nach. Schließlich sagte ich: »Gut, schau
mal … ich hab dir schon gesagt, das ist alles hochinteres-
sant, nur habe ich leider immer noch keine Ahnung, wie
das mit dem Mord an der fünfundachtzigjährigen Ruti
Spielberg durch die fünfundachtzigjährige Lotta Perl zu-

sammenhängt, nach Behauptung des fünfundachtzigjährigen James Wilshere …«

»Achtundachtzig«, verbesserte mich Bar.

»Achtundachtzig?«

Bar nickte. »Wilshere ist achtundachtzig. Die andern
drei sind fünfundachtzig, sie waren 1946 siebzehn, er war
zwanzig.«

»Und was haben die Schläge auf den Hintern mit ihnen
zu tun?«

»Warte.«

Ich sah auf die Uhr. »Ich warte wirklich. Ich muss mich
ein bisschen um meinen Lebensunterhalt kümmern, bevor
ich Noga abhole. Willst du heute Abend bei mir vorbei-
schauen, wenn die Kinder im Bett sind? So um halb zehn?«

»Hast du keine fünf Minuten mehr, nur um das Ende
der Geschichte zu hören?«, flehte Bar.

»Ich habe genau drei Minuten«, erwiderte ich. »Und in
diesen drei Minuten werde ich dir was erzählen, das ich dir
seit gestern Abend zu erzählen versuche und wozu du mir
keine Gelegenheit gegeben hast.«

Er bedachte mich mit seinem durchtriebenen Blick.
»Nicht dass mich deine Vögeleien nicht interessieren, das
weißt du, Bruder. Ich bin ganz wild auf alle Details. Aber
erzähl's mir am Abend, und lass mir jetzt die drei Minuten, um die Geschichte mit Wilshere zu Ende zu bringen.«

»Es bleiben noch zwei Minuten. Und es geht nicht ums
Vögeln. Es gab keinen Sex. Hör eine Sekunde zu. Lotta ist
zurückgekommen.«

Das Lächeln erstarrte in seinen Mundwinkeln: »Was?«

»Lotta, sie ist zurückgekommen.«

»Was heißt das? Woher? Wo hast du sie getroffen?«

»Sie ist in mein Taxi eingestiegen, gestern Abend.«

»Gestern Abend? Seit gestern Abend erzählst du mir so was nicht?«, erboste er sich.

»Du lässt einen ja zu keinem einzigen Wort kommen! Egal, ich hab keine Zeit jetzt, wir reden heut Abend. Sag es nicht Wilshere und auch sonst niemandem. Sie ist an einem sicheren Ort. Versprichst du, es nicht Wilshere zu sagen?« Ich gab ihm einen offenen Schlag mit der Hand und drehte mich um, um zum Taxi zu sprinten.

»Moment!«, rief er.

Ich drehte mich um. »Was?«

»Was hat sie gesagt?«, bettelte er. »Mach eine Ansage.«

»Dass Wilshere Ruti Spielberg ermordet hat. Und dass sie einen Beweis hat.«

Da stand er, neben dem Wasserbecken am Rabinplatz mit seinen orangefarbenen Fischen und den Seerosen in ihren ausladenden Blättern, mit offener Kinnlade, die Hände in den Taschen des Sweatshirts, und schaute ein bisschen traurig drein. Ich wandte mich ab und ging weiter. Aber dann hörte ich von hinten wieder seine Stimme: »Einen Moment, Krokodil!«

»Was denn?« Ich drehte mich wieder um, ließ den Schlüsselring des Taxis am Finger kreisen.

Er näherte sich einen Schritt und senkte ein wenig die Stimme. »Du hast also gar nicht gevögelt?«, fragte er, und die Enttäuschung sprach ihm aus den Augen.

»Was soll ich denn gevögelt haben«, entgegnete ich und drehte mich endgültig um.

8. Die Auspeitschung

Eine Mutter und ihre Tochter vom Sderot Chen zum Kinderyoga Dyada am alten Tel Aviver Hafen. Eine Angestellte von dort zu Dyada am Sderot Ben-Gurion. Ein vollkommen gesichtsloser Mann, der kein einziges Wort, nicht einmal »Schalom«, von sich gab, vom Ben-Gurion, Ecke Dizengoff, hinauf zur Allenby, Ecke Hessstraße. Ein heruntergekommenes junges Mädchen mit einem Nasenring, das mit reizendem Lächeln fragte: »Geht es auch mit Hund?« Als ich zurückgab: »Warum nicht?«, stieg sie mit ihm ein und sagte keinen Ton mehr, von der Bograschov bis zur Berdyczewskistraße.

»Wissen Sie, wer Berdyczewski war?«, machte ich einen Versuch, als wir das Bima-Theater passierten.

»Nein«, antwortete sie und simste weiter.

Anschließend fuhr ich die Jehuda-Halevi entlang nach Süden, und da für ein paar Minuten kein Ruf hereinkam, aß ich im Torek Lahmajun in Nachalat Binjamin Schawarma. Ich teile wirklich nicht die weitverbreitete Meinung, dass es dort das beste Schawarma in Tel Aviv gibt, aber es ist ganz ordentlich, und ich war in der Gegend, ein Taxiparkplatz wurde gerade daneben frei, und ich hatte immer noch keinen Auftrag, also debattierte ich nicht lange mit Gott.

Als ich fertig gegessen hatte, fuhr ich nach Jaffa, bog dort in den Jerusalemboulevard ein und versuchte das Gebäude zu finden, in dem die Ottomanische Bank gewesen war, die die Etzel 1946 überfallen hatte. Ich fand es nicht, aber es kam ein Ruf. Von der Jehuda-Hajamit zum Kikar Hamedina, ein redseliger Typ mit Brille und silbernem Haar, der mir irgendwie bekannt vorkam. Ich wollte ihn gerade fragen, aber er kam mir zuvor. »Sagen Sie mal«, bemerkte er, »kann es sein, dass Sie mir bekannt vorkommen?« Ich hatte keinen Nerv dazu, weshalb ich erwiderte: »Ich? Ich bin meiner Ex und meiner Tochter bekannt. Aber Sie kommen mir bekannt vor, oder?«

»Vielleicht haben Sie mich im Fernsehen gesehen«, erwiderte er. »Wie heißen Sie?«, fragte ich. »Kobi.« Ich nickte, aber ich war nicht sicher. Von dem riesigen kreisrunden Platz fuhr ich die Jabotinsky zur Ibn-Gvirol und dann langsam nach Norden, und auf der Brücke über den Jarkon kam ein Ruf vom Hafen, den ich mir schnappte. Es waren wieder die Mutter und ihre Tochter, die von der Yogastunde für Kinder zurück zum Sderot Chen wollten.

»Hi, Sie sind das«, lächelte die Mutter, und auch die Tochter lächelte. Ich fragte: »Wie war's im Yoga?«, und die Tochter antwortete: »Macht Spaß«, worauf ich sagte:

»Wie ist das, wenn man einen Privatchauffeur hat?«, und das Mädchen lachte und sagte wieder: »Macht Spaß!«

»Mir macht es auch Spaß«, lächelte ich, »und weißt du, warum?«

»Warum?«

»Weil ich jetzt, wenn ich euch abgesetzt habe, meine

Tochter von der Schule abhole, um ein bisschen mit ihr zusammen zu sein, denn ich habe Sehnsucht nach ihr, ich habe sie seit ein paar Tagen nicht gesehen.«

»Warum haben Sie sie denn seit ein paar Tagen nicht gesehen?«, fragte das Mädchen, aber da mischte sich die Mutter ein: »Ariela, das geht dich nichts an.« Ich fragte: »Ariela, in welcher Klasse bist du?«, und sie antwortete: »In der zweiten«, worauf ich sagte: »Meine Noga ist in der ersten.«

»Aber wo war sie? Warum haben Sie sie nicht gesehen?«, fragte Ariela.

»Sie war bei ihrer Mutter. Wir sind geschieden«, erklärte ich mit größtmöglicher Freundlichkeit. Ariela sagte: »Ach so«, und dann waren wir da.

An den Eisenabsperrungen vor dem Schulgebäude stieß ich auf Daphna, die reizende, immer flirtende Mutter von Daniela, Nogas Freundin. Ich bin mir nie sicher, was sich hinter dem Flirten von Frauen verbirgt, und im Fall von Daphna gab es einige Landminen, die mich abschreckten: Erstens war sie die Mutter einer Klassenfreundin Nogas, ich hatte Angst, dass Noga es bemerken und böse auf mich würde. Zweitens war sie über die Freundschaft der Mädchen, die gegenseitigen Besuche der beiden, mit Dutschy gut bekannt. Nummer drei: Sie war verheiratet. Das ist eine Fähigkeit, die ich in den letzten Jahren entwickelt habe – ich identifiziere verheiratete Frauen, die verführt werden wollen, die sich im richtigen Timing für ein Abenteuer befinden. Ich habe gelernt, die Zeichen zu erkennen – eine gewisse sensible Empfänglichkeit, Zerbrechlichkeit, gespaltene Schönheit. Dieser verborgene Teil, der nach etwas Aufmerksamkeit, Zuwendung, Anziehung und Berührung dürstet. Jemand, der in ihnen etwas sieht, das ihre Ehemänner nicht mehr sehen, denn nach Jahren kann man das nicht mehr, weder er in ihr noch sie in ihm, das ist der Lauf der Natur. Ich hatte in einem Artikel in *Globes* gelesen, das sei eine chemische Reaktion von Hormonen, die im Gehirn ausgeschüttet werden und nach ein paar Jahren nicht mehr existent sind. Man sieht die atemberaubende Schönheit nicht mehr, diese unendliche erotische Ausstrahlung, diesen ganz besonderen, wilden, faszinierenden Geist – all das, was jeder Einzelne zu haben glaubt, es aber auch von jemand anders bestätigt braucht.

Die vierte Mine war, dass sie liebenswert war, und ich wollte in nichts hineingezogen werden, was bedeutete, Feuer zu fangen, mich zu verlieben, denn das hieß enttäuscht werden. Ich hatte keine Kraft dazu, ganz sicher nicht mit ihr. Seit der Scheidung vor drei Jahren hatte ich nichts Ernsthaftes gehabt, und ich suchte auch nicht danach. Dutschy und ich hatten uns gegenseitig zermürbt, wir verletzten uns und wurden verletzt, kratzten und streichelten, aber wegen Noga konnten wir nicht einfach den Schlussstrich ziehen und den Kontakt abbrechen. Irgendwo, glaube ich, hielt mich das davon ab, etwas Ernstes anzufangen. Ich hatte Angst um mich, hütete mein Herz, ging nie zu weit. Das einzige Mal, als ich es wagte, mit Schuli in Jerusalem, explodierte es mir mitten ins Gesicht, und zwar ganz real – wir gerieten dort in einen Anschlag, und ich verlor sie –, und diese Erfahrung verstärkte das Zurückscheuen, verfestigte das Trauma.

Mein Problem war, dass ich mit Leichtigkeit in dieses Minenfeld stolpern konnte. Meine moralischen Prinzipien waren nicht stark genug, um zu sagen: Darauf lasse ich mich nicht ein, ich mische mich nicht in das Leben von Menschen ein, ich verletze keine Familien. Nein. Ich war davon angezogen. Wollte der sein, der die Zuwendung schenkte, die von demjenigen, der sie eigentlich geben sollte, nicht mehr kam. Wollte der sein, der berührt, wenn derjenige, der berühren sollte, aufgehört hatte. Der Retter sein. Das kleine Geheimnis. Doch gleichzeitig waren in mir offenbar noch ein Funke Moral und ein Tropfen Angst zurückgeblieben, denn ich wollte die gute Ordnung nicht erschüttern. Es war ein Kampf. Bei Daphna, die mich jeden Montag und Donnerstag mit einem reizenden strahlenden Lächeln begrüßte, hielt ich mich ganz gut in diesem Kampf.

»Hi!«, rief sie mit ihrem herzlichen Lächeln. »Wie steht's, Eitan?«

»Alles paletti.«

»Sag mal«, fuhr sie fort, »wie kommt es, dass du mir nie gesagt hast, dass du das Krokodil der Attentate bist?«

Ich schaute sie an. Was hatte ich heute an mir, das an den Mann vor einem Jahrzehnt erinnerte? Auch der Silberhaarige aus Jaffa hatte vorhin danach gefragt. Normalerweise tauchten diese Fragen nur einmal alle paar Wochen auf.

»Was gibt's da zu sagen? Das ist lange her, wen interessiert das noch?«

»Moment mal, das bist wirklich du?«

»Ich kann's nicht ändern«, lächelte ich bescheiden. Keine echte Bescheidenheit. Echte Bescheidenheit hatte ich bei dem Silberhaarigen geübt, dem ich auswich und sagte, er würde mich nicht wirklich kennen. Doch bei ihr gab ich es sofort zu. Warum? Weil ich Eindruck schinden wollte. Und warum wollte ich das? Weil sie eine Frau war und sexy. Und was war mit den Minen? Genau.

»Wow, wieso hast du mir das nie erzählt? Ich erinnere mich daran, was für ein Irrsinn das war, eh? Du bist aus diesen ganzen Anschlägen heil rausgekommen und warst im Fernsehen. In dieser Sendung von Tommy Museri, oder? Wow, ich war süchtig nach dieser Sendung. Der Arme, was dem passiert ist ...« Sie sah eine Sekunde betrübt aus, aber dann fuhr sie fort: »Was für eine wahnsinnige Zeit, das vergesse ich nie. Aber du magst es sicher nicht, dass man dich daran erinnert, stimmt's? Also vergiss es, ich versiegle meinen Mund.« Sie machte eine Handbewegung, als würde sie einen Reißverschluss über ihren Lippen zuziehen, mit glänzend bordeauxroten Fingernägeln.

»Die Farbe von dem Lack gefällt mir«, sagte ich und verpasste mir innerlich wieder einen Tritt ans Bein. Hör auf zu flirten!

»Danke!«, jubelte sie. »Den hat Dani mir draufgemacht. Dieser Lack heißt An Affair on Red Square.« Dani war Daniela, ihre Tochter. Der Vater hatte mir einmal erzählt, sämtliche Namen in der ganzen Familie würden mit D anfangen.

»*Wallah?* Sie ist professionell.« Ich ignorierte den Namen des Nagellacks.

»Speaking of the devil.« Daphna rollte die Augen angesichts einer stürmischen Horde kleiner Mädchen, die, wie immer zu leicht angezogen, durchs Tor gerannt kamen und mit der obligatorischen Frage empfangen wurden: »Wo ist dein Sweatshirt?«

»Hi, Papa.« Eine Umarmung. Ich atmete tief ihren biegsamen Körper in mich ein, aber sie löste sich schnell.

»Wo ist dein Sweatshirt?« Ich versuchte, es normal zu sagen, ohne den beschuldigenden, fast hysterischen Ton, zu dem ein Teil der Mütter neigte.

»Noga?«, hörte ich Daphna hinter mir. »Frag sie, Dani«, drängte sie ihre Tochter.

»Noga, kann ich am Donnerstag zu dir kommen?«

Noga runzelte die blasse Stirn. »Donnerstag«, murmelte sie, und dann ging ihr auf, dass das mein Tag war. »Äh, Papa – geht das?«

Ich zuckte mit den Achseln und nickte. »Juhu!«, jubelten die beiden Mädchen, und Daphna sagte lächelnd zu mir: »Ich ruf dich am Mittwochabend zur Erinnerung an, gut?«

Ich nickte wieder. Es war mir nicht entgangen, dass der vorgesehene Tag für den Besuch mein Tag war. Und mir war auch nicht entgangen, dass Dani zu Noga kommen wollte, das heißt zu mir, und sie nicht zu sich eingeladen hatte. Ich winkte zum Abschied und verdrängte die Mine, die in drei Tagen bei mir zu Hause landen würde – wenn wir die Brücke erreichten, würden wir sie überqueren. Natürlich, insgeheim liebte ich diesen Flirt, ich mochte Daphna, sie war feminin, vital und hübsch, mein Ego beschwerte sich nicht. Aber war es wünschenswert? Darüber würde ich am Donnerstag nachdenken.

»Wie war es in der Schule, Nogalein?«

»Lustig.«

»Wunderbar. Was willst du machen?«

»Kann ich ein Eis haben?« Sie sagte das mit dümmlicher Kleinmädchenstimme, während sie ihre zwei glatten Zahnreihen aufeinandersetzte. Sie wusste, dass ich dem nicht widerstehen konnte. »Bidde, bidde, bidde!«

Ich musste laut lachen. Als ob es mir in den Sinn gekommen wäre, nein zu sagen.

»Na los, komm.«

»Daschischgud«, zischelte sie in der gleichen Tonlage und gab mir ihre Hand.

»Papa, du schaust heute komisch aus«, sagte Noga mitten unterm Abendessen. Ich sah in den Spiegel.

»Oi, stimmt, ich habe vergessen, mich zu rasieren.«

»Papa, also echt«, rügte sie mich.

»Ich rasiere mich sonst immer am Montag und am Donnerstag. Heute hab ich's vergessen.«

»Für mich?«

»Nein«, lächelte ich. »Ich rasiere mich schon seit Jahren immer Montag und Donnerstag. Sogar schon bevor ich Mama geheiratet habe. Ganz lange bevor die Montage und Donnerstage unsere Tage geworden sind.«

Sie sah enttäuscht aus.

»Aber jetzt, wo das unsere Tage zusammen sind, mache ich das für dich, natürlich dir zu Ehren.«

Sie lächelte und stach mit der Gabel in die Nudeln. Dann fragte sie, wo ich heute hingefahren war. Ich erzählte von der Mutter und der Tochter, die zum Yogastudio am alten Hafen und zufällig mit mir auch wieder nach Hause gefahren waren.

»Was ist mit Mama?«

»Sie hat sich von Gadi getrennt… Papa, hast du nicht gesagt, dass irgendeine Tante bei dir zu Hause ist?«

Ich warf einen Blick ins Schlafzimmer. Lotta war nicht in der Wohnung gewesen, als wir angekommen waren.

»Sie ist anscheinend woanders hingegangen. Vielleicht

zu ihrer Enkelin. Macht nichts. Hauptsache, wir sind hier.« Ich machte mir ein bisschen Sorgen, denn im Prinzip hatte ich mit Lotta, als sie in der Früh gegangen war, ausgemacht, dass sie wieder zu mir zurückkommen würde. Aber sie hatte auch gesagt, dass sie mit ihrer Enkelin reden wollte, und versprochen, sich am Abend mit mir in Verbindung zu setzen. Wie auch immer, wenn Noga bei mir war, war die Welt rundherum, ob Arbeit, Liebe oder Ermittlung in einem oder zwei Mordfällen, weniger wichtig. »Los, wir machen jetzt ein Bad und ziehen den Eulenschlafanzug an, dann ein bisschen fernsehen, eine Geschichte vorlesen und schlafen?« Sie nickte kauend.

»Schschsch …« Ich legte einen Finger auf die Lippen, als ich Bar in die Wohnung ließ.

»Wo ist sie?«, flüsterte er.

»In ihrem Zimmer.« Ich deutete in die Richtung. »Willst du einen Kaffee? Meine Eltern haben mir eine Espressomaschine zum Geburtstag geschenkt.«

»Doch nicht Noga, du Blödmann. Ja, gib mir einen Espresso.«

»Ach, Lotta? Ich weiß nicht, sie ist in der Früh weggegangen und hat gesagt, dass sie zurückkommt.«

Wir ließen uns mit dem Kaffee nieder, und ich erklärte Bar die Situation. Nachdem er mich über sämtliche Einzelheiten von gestern Nacht, als Lotta plötzlich auftauchte, ausgefragt hatte – was sie gesagt und warum sie bei mir geschlafen hatte, wieso ich keine Angst hatte, denn sie war möglicherweise eine Mörderin, und warum sie jetzt nicht hier war und wann sie wiederkommen würde –, beschlossen wir, dass Bar die Geschichte von Wilshere ab der Stelle, an der wir am Nachmittag unterbrochen hatten, weitererzählen sollte.

Er erinnerte mich noch einmal an das Gerichtsurteil mit den Peitschenhieben und die Pamphlete der Etzel, die den Briten als Reaktion darauf ebenfalls Schläge angedroht hatte. Dann fuhr er fort: »Die Briten regten sich über die Drohungen der Terroristen nicht weiter auf. Die zum Strang Verurteilten wurden ins Gefängnis von Akko überführt, und es vergingen einige Monate, bevor das Urteil vollstreckt wurde – das ist eine andere Geschichte, die nichts mit unserem Thema zu tun hat. Der junge Benjamin blieb am Russenplatz in Jerusalem in Haft. Ein paar Tage lang passierte gar nichts. Aber am letzten Freitag im Dezember 1946 wurde das Urteil vollzogen. Benjamin erhielt achtzehn Peitschenhiebe.

Zwei Tage später, am Sonntag, machte das Kleeblatt – Lotta, Eddie, James und Ruti – einen Ausflug. Die Männer hatten frei, und Eddie stellte seinen Lastwagen zur Verfügung. Der Plan war, am Karmel spazieren zu gehen, dann zum Mittagessen nach Daliat el-Karmel hinunterzufahren und am Nachmittag weiter nach Netanja, an den Strand und vielleicht in irgendeinen Nachtclub.«

»Netanja?«, fragte ich. Wir hatten ausgemacht, dass ich nicht dazwischenreden würde, aber ich konnte mich nicht beherrschen.

»Wir haben gesagt, dass du nicht störst«, erinnerte mich Bar. »Netanja war damals eine boomende Stadt, wie sich herausgestellt hat. Nachtleben. Diamantenindustrie. Die Briten liebten es, dort auszugehen und sich zu amüsieren. Ich glaube, sie hatten ein paar ihrer Militärlager in der Umgebung.

Es war ein schöner Tag. Mitten im Winter, Ende Dezember, einer von diesen israelischen Wintertagen, wo die Sonne strahlt und die Kiefern einen feuchten, angenehmen Duft verströmen. Sie hielten mit dem Lastwagen ein paarmal unterwegs, sind am Karmel spazieren gegangen, haben eine Rast eingelegt und ein Picknick mit Keksen, Früchten und Tee aus der Thermoskanne gemacht, haben geredet, gelacht. Die Welt war schön. Die Sorgen über Kampf und Terror waren in Haifa zurückgeblieben. Nach dem Picknick lehnte sich Ruti an Wilsheres Knie, und Eddie und Lotta lagen dicht beieinander auf der anderen Seite der Decke. Sie dösten eine Weile, hörten nur das Zwitschern der Vögel und das Wispern der Baumnadeln im leichten Wind, und dann wachten sie auf, kletterten wieder in den Lastwagen und fuhren weiter nach Daliat el-Karmel, wo sie ein erlesenes Mittagessen einnahmen mit Makluba, Mograbia, gefülltem Hühnchen und einem Tisch voller Salate. Sie waren restlos satt, nachdem sie zum Nachtisch Baklava und schwarzen Kaffee in kleinen Gläsern ...«

»Sag mal, Bar ...« Ich konnte mich nicht zurückhalten.

»Was«, knurrte er grollend.

»Das hat er dir alles erzählt? Makluba? Wispernde Nadeln? Der feuchte Geruch der Kiefern? Willst du mich auf den Arm nehmen?«

Er kratzte an seinen Bartstoppeln: »Vielleicht hab ich mir ein bisschen künstlerische Freiheit erlaubt, ja und?«

»Am Anfang hast du gesagt, dass alte Leute uninteressant sind, und jetzt kriegst du den Mund nicht mehr zu!«

Er warf mir einen ungeduldigen Blick zu. Ich winkte ihm fortzufahren.

»Nach dem Essen kehrten sie zum Lastwagen zurück und

fuhren an den Strand von Netanja. Dort schlummerten sie auf einer Decke in friedlicher Ruhe beim Raunen der Wellen im streichelnden Wind. In dem Jahr damals wütete in England der kälteste und stürmischste Winter, an den man sich erinnern konnte, und von zu Hause trafen Nachrichten ein, dass der Zugverkehr komplett eingestellt worden war, Industriebetriebe zugemacht hatten, schwere Schneemassen das Land paralysierten und die Wirtschaft zum Erliegen brachten. Zudem hatte man in London beschlossen, sich aus Indien zurückzuziehen, was die Nation, ihre imperialistischen Außenstellen und Sicherheitskräfte beutelte, die in aller Welt verstreut waren. Während sie, O'Leary und Wilshere, mit zwei hübschen, wagemutigen Jüdinnen in aller Ruhe am Strand von Netanja in der sanften Brise lagen und sich von der Nachmittagssonne verwöhnen ließen. Sie fühlten sich einmalig, unbesiegbar. Die Beschwernisse und das Böse, die anscheinend die meisten Menschen und Völker um sie herum ereilt hatten, konnten ihnen nichts anhaben.

Nach einem lodernden, hypnotischen Sonnenuntergang, der die euphorischen Empfindungen des Tages zu verkörpern schien, schlug Lotta vor, ein bisschen unter Leute zu gehen, Wein zu trinken, vielleicht Karten zu spielen. Ihre Freunde waren begeistert, und sie erzählte, sie habe von einem Hotel Metropol gehört, wo es eine lebhafte Bar mit Briten und Juden gebe, fröhliche Musik und Trubel. Sie zogen sich an, räumten alles zusammen und stiegen in den Lastwagen, den Eddie zur Hotelmeile in einer Parallelstraße zum Strand lenkte.

Und so gingen sie in die Bar, in den späten Abendstunden, tranken Whisky und Wein, spielten Whist und Dart – Wilshere war ein Zauberkünstler darin – und tanzten zu

Perry Como und Frank Sinatra. Sie waren schwindlig vor Glück und all der Sonne, Zigaretten und Alkohol, aber vor allem vor Liebe, wie sich nur siebzehn- oder zwanzigjährige Kinder, fern von zu Hause und den Sittenwächtern, bis in die tiefste Seele berauschen können. Es war der schönste Abend in ihrem ganzen Leben.

Als der Tanz endete, sagte Eddie: ›Ich geh mal austreten, Freunde‹, und James legte ihm die Hand auf die Schulter und erklärte: ›Ich werd dich nicht allein lassen, comrade.‹ Beide schwankten von der Bar zum Klo in der Hotellobby. Und dort – und jetzt hör gut zu – wurden sie plötzlich von hinten gepackt und gefesselt, man knebelte sie mit einer Gummikugel, verband ihnen den Mund, stülpte ihnen einen Sack über den Kopf, zerrte sie mit starken Armen, mit roher Vehemenz, nach draußen, stieß sie in ein Auto und transportierte sie zu einem offenen Feld. Die Fahrt dauerte nicht lange, nur zu den umliegenden Feldern von Netanja, doch sie konnten kaum atmen, die Angst lähmte sie. Angesichts der Wellen von Feindschaft und Rache, die sich in jenen Wochen im ganzen Land ausbreiteten, erwarteten Wilshere und O'Leary mit hämmernden Herzen und schweißgebadet ihren Tod, beteten nur, dass man sie nicht foltern würde, dass es schnell zu Ende wäre, hofften vielleicht auf die winzige Chance, dass eine britische Patrouille vorbeikäme, dass sich ihre Entführer erbarmen würden, wenn sie sahen, wie sie um ihre Eltern, Geschwister und ihre Heimat weinten, und auch um ihre Liebsten, mit denen sie einen glücklichen Tag verbracht hatten.

Das Auto hielt im offenen Gelände bei Netanja. Die Entführer zerrten die beiden gewaltsam hinaus und stießen sie an die vordere Stoßstange des Wagens, Eddie und

James stöhnten, versuchten sich zu bewegen, Widerstand zu leisten, und sei es nur, damit in ihren Köpfen in den Tagen, Monaten, Jahren und Jahrzehnten, die noch kommen würden, für immer eingraviert stünde, dass sie sich ihrem Schicksal nicht kampflos ergeben hätten. Doch sie hatten keine Chance.

Sie pressten sie mit Brust und Bauch auf die warme Motorhaube, verschiedene Hände banden sie dort fest. Dann zog man ihnen die Säcke vom Kopf, und im Licht der funkelnden Sterne konnten sie Eukalyptusbäume erkennen und ihren Duft riechen.

Was war los? Sie begriffen es nicht. Wenn ihre Entführer sie liquidieren wollten, hätten sie das bereits tun können. Wenn sie sie als Geiseln festhalten wollten, um sie gegen Gefangene auszutauschen, hätten sie sie zu einem Versteck fahren können, nicht aufs freie Feld. Es musste etwas anderes dahinterstecken.

Sie spürten noch mehr Hände, die über ihr Gesäß glitten, an ihren Hosenknöpfen fingerten, sie samt dem Gürtel öffneten und dann die Hosenränder packten und sie herunterzerrten, danach die Unterhosen, bis sie an ihren Knöcheln hingen.

Nur die Sterne – denn der Mond war eine hauchdünne Sichel – beleuchteten im Geheimen ein Auto und zwei Männer, halb darauf liegend, Gesicht, Brust und Bauch an die Motorhaube gedrückt, und wer weiß, wie viele schweigende Männer, die um sie herumstanden, rauchend, die Waffe im Anschlag, wachsam im Dunkeln Ausschau haltend.

Stille, nächtliche Geräusche, Zikadenkreischen. Die beiden Briten hatten es aufgegeben, sich zu wehren. Die

Gangster schnauften, redeten aber nicht. Wahrscheinlich verständigten sie sich mit Gesten. Und mitten durch die Stille drang nun ein Laut.

Ein Sausen.

Lederriemen durchschneiden die kühle, mürbe Luft.

Waschschsch.

Die Peitsche.

Schneidet durch die Luft und trifft auf den entblößten Hintern, auf das bleiche Fleisch, gesprenkelt mit kleinen, rosa entzündeten Poren und widerborstigen Haaren.

Die Peitsche saust herunter, klatscht wieder gewaltsam auf.

Ein Schrei drängt zur Gummikugel, die mit dem straffen Band im Mund festgehalten wird, bricht sich an ihr und wird zu einem Röcheln.

Und wieder packt die Hand den Stock, an dem die Lederriemen mit den hartgepressten Lederkugeln an den Spitzen befestigt sind, das Handgelenk schwingt aus, der ganze Arm hebt sich, und damit der Stock, die Riemen, die Kugeln, hinauf in leichtem Schwung und hinunter mit aller Kraft.

Und dann wieder.

Und zum fünften Mal.

Der Schmerz spaltet das weiche Fleisch und schießt in alle Ecken des Körpers, Rücken, Beine, Gehirn, und im Zentrum brennt das Gesäß, die Tränen strömen, die Augen schließen und öffnen sich, Schleim rinnt aus der Nase.

Waschschsch.

Diese Art Peitsche nennt man ›die neunschwänzige Katze‹.

Waschschsch.

Sie diente zur Bestrafung auf den Schiffen der britischen Flotte.

Die Riemen reißen die Haut auf, und die Kugeln schlagen Krater. Die Muskeln im unteren Rückenbereich verkrampfen sich in instinktiver, aussichtsloser Gegenwehr, und der Schmerz der zusammengezogenen Muskeln wetteifert mit dem des Fleisches.

Und wieder. Bei jedem Schlag treffen die Lederriemen der Peitsche in anderer Verteilung auf, entdecken neue, jungfräuliche Stellen auf der bleichen Haut. Jeder Peitschenhieb verursacht doppelten und dreifachen Schmerz.

Noch einer. Und dann Pause. Aber es ist nur der Auspeitscher, der ermüdet ist, und sein Kamerad fordert ihn mit einer Schulterberührung auf, sich an der Peitsche ablösen zu lassen. Und nicht nur hat der Neue frische Kraft, sondern er scheint stärker zu sein als sein Vorgänger, vielleicht ist er wütender als Letzterer, vielleicht nimmt er Rache für einen Kameraden, der getötet oder verletzt worden ist, und er schlägt erbarmungslos zu.

Sofort erhebt er den Stock mit den Lederriemen wie ein Pferd, das sich wiehernd auf die Hinterbeine bäumt und dann mit den Hufen aufstampft.

Hinauf – niederstampfen.

Hinauf – niederstampfen.

Der weiße Hintern ist ein roter Brei von Blut, Fleisch und Schmerz.

Und der physische Schmerz kämpft in dem jungen Körper mit dem Schmerz der Erniedrigung.

Der Rohling lässt die Peitsche zum dreizehnten Mal hinuntersausen. In bestimmten Kulturen, wenn auch nicht in der jüdischen, ist die Dreizehn eine Zahl, die Unglück symbolisiert, doch an diesem Abend bringt jede Zahl von eins bis achtzehn Unglück.

Und er peitscht.

Und er brandmarkt.

Und er drischt.

Und wieder saust die Peitsche, blitzartig, hinauf, Luft, Himmel, und hinab, Hintern, und wieder entweicht ein Stöhnen, stürzen Tränen aus den Augen und tropft der Schleim.

Eine kleine Stille. Und dann: waschschsch.

Und dann wechseln sie zu seinem Freund über, der die ganze Zeit, mit entblößtem Gesäß wie er, direkt neben ihm gelegen und mit wachsender Angst auf seinen Moment gewartet hat, Hieb um Hieb, Stöhnen um Stöhnen gehört hat, und dessen mörderische Angst sich mit jedem weiteren Schlag erneut gesteigert hat. Jetzt ist er an der Reihe.

Und während er seine achtzehn Hiebe erleidet, während er die genießerische Peitsche zu spüren kriegt, während sein blasser Hintern aufgerissen, zerfetzt und blutig wird; während die kleinen Lederkugeln Schmerzschauer aussenden, wie er sie in seinen bisherigen siebzehn Lebensjahren nie gekannt hat und in den sechsundsechzig kommenden nie empfinden wird; während er von der Bande Unmenschen, die ihn gefangen genommen hat, geschunden und gedemütigt wird, hört er seinen verletzten Freund, dicht neben ihm, Kopf an Kopf, wie er weint und weint und weint.«

»Mach mir noch einen«, sagte Bar und hielt die kleine Espressotasse hoch.

»Bist du sicher? Es ist schon spät«, erwiderte ich, stand aber auf, um noch eine Espressokapsel zu suchen.

Die Maschine ratterte, brummte und spuckte die braune Flüssigkeit in einem dünnen Strahl aus. Ich sagte zu Bar: »Okay. Sie haben Peitschenschläge auf den Hintern abgekriegt. Beide. Vor sechzig Jahren.«

»Siebenundsechzig ... sechsundsechzig und ein bisschen, genau genommen.«

»Vor sechsundsechzig Jahren. Was, zum Teufel, bringt sie nach sechsundsechzig Jahren wieder nach Israel zurück, warum fangen alle an, jetzt zu sterben, und warum beschuldigen sie sich alle gegenseitig?«

Ich stellte die Tasse vor Bar ab. Er blickte mich ein paar Sekunden an, um die Dramatik zu unterstreichen.

»Lotta hat sie verraten. Sie hat sie ausgeliefert. Ich glaube, dass sie irgendwie schuld daran war, dass sie ausgepeitscht wurden. Ihre Enkelin ist nach London gefahren, um sich in ihrem Namen zu entschuldigen und O'Leary das Ganze zu erzählen.«

»Was? Ich verstehe gar nichts mehr. Die Enkelin, das ist Nogga? Warum hat sie ...«

»Ich hab's auch nur schwer kapiert. An der Stelle der Geschichte hat Wilshere gebrüllt, Lotta sei ein verlogenes Drecksstück, und ihre Enkelin sei noch schlimmer als sie und an allem schuld ... Sie ist vor kurzem nach London gefahren und hat erzählt, dass sich Lotta entschuldigen möchte, und da sind Wilshere und Eddie nach Israel gekommen.«

»Lotta hat alle verraten?«, fragte ich ungläubig.

»Lotta hat alle verraten, damals, mit den Peitschenschlägen, und jetzt auch. Sie hat Eddie O'Leary vor einem Monat umgebracht und Ruti Spielberg letzte Woche, und jetzt stirbt Wilshere vor Angst, denn er ist sicher, dass er als Nächster dran ist.«

Einen Moment war es still, und dann hörten wir eine Stimme hinter uns.

»Gut, dass er Ihnen nicht gesagt hat, dass ich auch Sie beide töten werde.«

Wir hatten nicht gehört, dass die Wohnungstür geöffnet worden war! Die Stimme war etwas heiser, leicht kratzig. Eine Stimme, die im Laufe der Jahre viel gesagt hatte, eine Stimme, die das Leben kannte. Es war eine Stimme, die ich liebte.

Bar und ich auf dem Sofa drehten ganz langsam unsere Köpfe nach hinten, dem schmalen Eingangsbereich zu.

»Lotta, was machen Sie da?«, rief ich entsetzt und sprang mit einer Drehung auf. Bar stand erschrocken auf, die Espressotasse kippte um und fiel zu Boden, das dickwandige Glas schlug auf, tanzte auf den Korkfliesen, bis es zur Ruhe kam, hinterließ schlammbraune Spritzer.

Lotta stand im Eingang, ihre roten Lippen lächelten breit. Sie hielt eine Pistole in der Hand, die auf uns gerichtet war.

Eine Sekunde verstrich. Wir drei machten einen Atemzug.

»Papa?«

Ich wandte den Blick rasch zur anderen Seite, zum Korridor, der zum Schlafzimmer führte, und sah meine kleine Tochter, meine Noga, in ihrem Eulenschlafanzug mit verdrücktem Gesicht und schlafverquollenen tatarischen Augen, die sie mit einer Hand vor dem Licht schützte.

»Papa, ich muss Pipi«, sagte sie.

9. Sünde und Bestrafung

Am Morgen erinnerte sich Noga an nichts. Weder an das Pipi noch an Bar oder an die alte Tante, die eine Pistole in der Hand hatte. Auch nicht an das wilde Gelächter, das die alte Dame schüttelte, nicht, dass sie atemlos japste, während ihr vor Lachen die Tränen herunterliefen, dass sie mit den Händen wedelte und mit dem Kopf wackelte und zu husten begann.

Als ich aus Nogas Zimmer zurückkam, nachdem ich sie zur Toilette und wieder ins Bett gebracht hatte, stand ich da und betrachtete die lachende Lotta, bis ich mich schließlich nicht mehr beherrschen konnte und ebenfalls lachen musste. Sie war ansteckend.

Bar wirkte nicht amüsiert. Er saß mit angespanntem Gesicht da, und seine Kiefermuskeln zuckten rhythmisch. In seinen Augen stand noch die Angst.

Ich blickte zu Lotta und wies mit den Augen auf Bar. Ihr Gelächter mäßigte sich zu einem zinnoberroten Lächeln.

»Oi, nu, aber wirklich. Untersuchen Sie die Pistole. Es ist keine Munition drin. Sie haben doch nicht wirklich geglaubt... Überhaupt gehört sie Wilshere, Ihrem Freund, der Ihnen einige spaßige Dinge erzählt hat und dabei ein paar andere, weniger lustige, vergessen hat.«

Bar wirkte immer noch nicht heiterer. Er ließ seinen Blick von ihr zu ihrer Tasche wandern, die in einer Ecke des Zimmers lag und auf der die Pistole ruhte. Jetzt wippte auch sein Knie nervös. »Ich verstehe nicht, was daran lustig sein soll. Warum bedrohen Sie uns mit einer Pistole? Ist das vielleicht lustig? Woher haben Sie eine Pistole?«

»Ich sagte es Ihnen schon, von Wilshere. Ich habe sie mir von ihm geholt, zur Sicherheit. Damit sie nicht bei ihm ist, er ist nicht stabil«, lächelte Lotta.

»Woher hat er eine Pistole? Hat er sie aus England mitgebracht? Im Flugzeug? Null Chance.«

»Ach, fragen Sie ihn. Er ist sehr stolz darauf. Das ist eine Pistole, die man, in Kleinteile zerlegt, in den Rahmen seines Rollstuhls einpassen kann, nicht aufzuspüren. Das ist höchst ausgetüftelt, man kann die Detektoren an den Flughäfen damit täuschen. Sie haben das eigens für ihn entworfen, vor Jahren. Schon in seiner Zeit bei der Geheimpolizei hat er sich mit seiner Pistole gebrüstet. Mit der Pistole und den Pfeiltreffern. Auch davon hat er Ihnen nichts erzählt? Der Dart-Champion des Altersheims …«

»Hat er, hat er erzählt«, unterbrach ich Lotta. Aber mich brachte die Pistole weniger aus der Fassung als Bar. Ich kannte ihren Humor sowie ihr unvermitteltes Schweigen. »Wo waren Sie den ganzen Tag, Lotta?«, fragte ich.

»Mit Nogga zusammen. Wir waren unterwegs.«

»Und weshalb sind Sie nicht bei ihr geblieben?«

»Ich habe Ihnen versprochen, dass ich zurückkomme, oder nicht? Und wir beide dachten auch, es sei für mich hier, bei Ihnen, sicherer. Wilshere könnte zu Noggas Wohnung kommen. Oder die Polizei – gestern haben sie einen Streifenwagen geschickt. Auch das Krankenhaus und das Altersheim haben bei ihr angerufen. Wir dachten, es sei besser, wenn ich nicht dort bin.«

»Sie wollen nicht, dass Sie jemand findet, Lotta?«, fragte Bar. Der kühle Blick seiner blauen Augen gab klar zu verstehen, dass er ihr kein Wort glaubte und immer noch von der Nummer mit der Pistole geschockt war, überhaupt nicht überzeugt davon, dass es nur ein Spiel gewesen war.

Sie gab ihm den Blick zurück. »Ich möchte nicht, dass man mich findet. Aber das besagt nicht, dass ich an irgendetwas Schuld habe, es heißt nur, dass ich es vorziehe, in Ruhe gelassen zu werden.«

»Was verbergen Sie?«, fragte Bar misstrauisch.

»Ich verberge gar nichts. Aber ich weiß, dass er eine Schlange ist. Er ist klug. Ich sehe, dass er Sie einer Gehirnwäsche unterzogen hat. Er kann das auch mit anderen machen. Es hat hier zwei Morde gegeben. Das muss an die Öffentlichkeit kommen und untersucht werden, und der Mörder muss gefasst werden, damit er zu töten aufhört, denn ich bin als Nächste an der Reihe. Aber ich weiß, dass er versucht, mich zu belasten, also weshalb sollte man ihm dabei helfen? Wenn ich weiß, dass man meine Enkelin sucht, ziehe ich es vor, nicht bei ihr zu schlafen.«

»Sie werden das nicht mehr lange rausziehen können«, entgegnete Bar. »Die Leiche muss beerdigt werden. Wenn sie nicht identifiziert werden kann, wird man sie zur Obduktion schicken. Es wird eine offizielle Ermittlung geben, der Sie nicht auskommen, denn die Leiche lag in Ihrem Zimmer. Und das Altersheim wird die Polizei benachrichtigen, dass Sie abgängig sind, wenn es nicht schon geschehen ist.«

»Damit haben Sie völlig recht«, stimmte ihm Lotta zu. Ich war mir nicht sicher, ob sie ängstlich aussah. »Hören Sie«, wandte sie sich an Bar im Versuch, ihn zu versöhnen, »ich hatte nicht die Absicht, jemanden zu erschrecken. Ich kam in die Wohnung und hörte, was Sie erzählten, dass Wilshere mich verleumdete, und das machte mich furchtbar wütend, also wollte ich Ihnen einen kleinen Schreck einjagen. Es war übertrieben. Und töricht. Ich hätte die Pistole nicht herausholen sollen. Es tut mir leid.«

Es herrschte Schweigen, und mittendrin drang plötzlich ein schnarchendes Gemurmel aus Nogas Zimmer. Wir spitzten alle drei die Ohren, und ich schlich auf Zehenspitzen zu ihrer Tür und spähte von der Schwelle aus hinein. Sie schlief wie ein Engel. Ich kehrte zurück und nickte zum Zeichen, dass alles in Ordnung war.

Bar sagte zu Lotta: »Warum gehen Sie eigentlich nicht hin und identifizieren die Leiche?«

»Die Identifizierung der Leiche ist nicht meine Aufgabe«, antwortete sie. »Ich habe nichts mit Rutis Tod zu tun, ich habe sie seit Wochen nicht mehr gesehen, und ich fürchte Wilsheres Manipulationen. Aber ich habe eine andere Idee.«

Wir setzten Noga an der Schule ab. Bar saß neben mir, und auf dem Rücksitz, auf ihrem Stammplatz, saß Lotta mit ihrer großen Sonnenbrille. Wir fuhren zum Parkplatz des Hotels Daniel in Herzlija, und dort warteten wir. »Wie viel Uhr ist es?«, fragte Lotta.

Bar antwortete: »Genau neun.«

»Sie werden sehen, gleich kommt sie heraus«, versprach sie.

»Da kommt niemand raus«, knurrte Bar.

Sie schwieg und blickte geradeaus.

Vor uns lag die sonnenüberflutete Lobby des Hotels an einem Dienstagmorgen. Ich dachte daran, dass ich Noga zweieinhalb Tage nicht sehen würde, was mich deprimierte. Doch dann fiel mir ein, dass sie danach das Wochenende bei mir verbringen würde, und ich lächelte wieder.

»Da«, sagte Lotta. Aus dem Hoteleingang trat Wilsheres philippinische Pflegerin mit energischem Schritt.

»Was sollen wir machen?«, fragte ich Lotta.

»Warten Sie«, erklärte Lotta. »Wenn sie ein Taxi nimmt, fahren Sie ihr nach. Wenn sie zu Fuß geht, fahren Sie langsam hinterher. Sie ist auf dem Weg zum Geschäftszentrum.«

Lucy umrundete die Ecke und ging zu Fuß weiter. Ich fing an, in sicherer Entfernung, langsam gleitend, hinter ihr herzufahren. Die kräftige, energische Filipina marschierte entschlossen am Rand der Straße entlang, parallel zum Strand. Ein Wagen blendete hinter mir auf.

»Das geht so nicht«, protestierte ich. »Ich kann hier nicht im Schritttempo fahren.«

»Halt an der Seite, und lass ihn vorbei«, verlangte Bar ungeduldig. Er hatte den Kopf halb seitlich in Lottas Richtung gedreht, schaute aber weiter geradeaus auf das breite, energisch ausschwingende Hinterteil der Fremdarbeiterin. »Woher wussten Sie, dass Sie um neun Uhr runterkommt?« Er hörte sich fast enttäuscht an, dass sich Lottas Versprechen erfüllt hatte.

»Wilshere und ich waren in Kontakt... Jeden Morgen um neun Uhr, nach dem Aufstehen, Waschen, Anziehen und Frühstück, bekommt sie zwei Stunden frei, und dann trifft sie sich mit anderen philippinischen Pflegerinnen, die sie hier kennt ... sie treffen sich im Geschäftszentrum. Ein Teil kommt mit den Alten, ein Teil ohne sie.«

»Und warum meinen Sie, dass die Filipina von Ruti Spielberg heute kommt? Ruti ist tot.«

»Der Filipino. Ruti ist verschwunden, also arbeitet er nicht. Das sind seine Freunde dort. Ich vermute, dass er kommen wird. Vielleicht schickt ihn sogar Rutis Familie hin, um zu fragen, ob jemand etwas gehört oder gesehen hat. Es würde mich nicht wundern.«

»Aber Ruti hat doch nicht im Altersheim gewohnt, oder? Hat sie in Herzlija gewohnt?«

»In einem Kibbuz nicht weit weg von hier. Die Kibbuzniks und ihre Filipinos kommen hierher, um einzukaufen, Freunde zu treffen ... die große Stadt.« Ihr Kichern hörte sich wie ein Husten an.

Lucy hatte jetzt das Krankenhaus passiert und ging weiter die Straße entlang. Ich fuhr wieder langsam hinter ihr her.

»Was genau lief zwischen Ihnen und Wilshere, können Sie mir das erklären? Ist das was Neues oder ist das noch von damals?« Ich warf Bar einen Blick zu. Auch ich dachte daran, was der stammelnde Meir vom Altersheim gesagt hatte. Bar fügte hinzu: »Warum ist er in Israel und warum ...«

»Schschsch ... nicht jetzt. Da, sie geht zum Platz. Ich wusste es. Parken Sie hier, wir steigen aus und beobachten sie.«

Lucy überquerte die Straße und betrat den Hauptplatz des Ladenzentrums. Wir stiegen aus und folgten ihr in sicherem Abstand. In dem Moment, in dem wir den Platz erreichten, sahen wir sie: eine ganze Gruppe von Filipinas und Filipinos, die teils standen, teils auf den Bänken saßen, sich unterhielten, lachten, aßen. Neben ihnen, dem Sonnenlicht zugewandt wie Sonnenblumen, standen Rollstühle mit alten Leuten.

Lotta musste nicht auf ihn deuten. Es gab einen jungen Mann, der die anderen um einen Kopf überragte. Als er Lucy näher kommen sah, wurde sein Gesicht ernst. Als sie ihn erreicht hatte, sagte er etwas zu ihr. Sie schüttelte den Kopf.

»Jetzt kommt«, sagte Bar entschlossen und marschierte, ohne zu zögern, auf die Gruppe zu.

»Moment mal, lass uns eine Sekunde überlegen, wie wir das ...«, wandte ich ein.

»Da gibt's nichts zu überlegen«, fiel mir Bar ins Wort. »Wir haben nichts zu verheimlichen. Das ist supereinfach. Lotta, wie heißt er?«

»Mir scheint, Sylvester«, sagte sie. Lotta und ich blieben zurück. Sie wusste, Lucy und Sylvester würden sie erkennen, was sie lieber vermeiden wollte. Ich blieb an ihrer Seite.

»Sylvester!«

Er hob die Augen. Panik lag in seinem Blick.

»Was bist du so gestresst, Mann, ich will doch nur ... kannst du Hebräisch?«

Sylvester nickte stumm. Alle Filipinos schwiegen jetzt und betrachteten Bar mit einer Mischung aus Neugier und Beunruhigung. Es war gut möglich, dass aus ihrer Perspektive jedes Zusammentreffen mit einem weißen Mann, der Autorität und Selbstsicherheit demonstrierte, ein potenzielles Problem bergen konnte. Sylvesters Adamsapfel wanderte auf und ab.

»Hast du dich um Ruti Spielberg gekümmert?«

Sylvester nickte.

»Dann komm«, fuhr Bar fort, »ich will, dass du mitkommst und die Leiche deiner Chefin identifizierst.«

Sylvester sah ihn misstrauisch an: »Leiche? Sie ist tot?«

»So sagt man. Aber bis nicht irgendjemand die Identifizierung bestätigt hat, wissen wir das nicht.«

Zum dritten Mal innerhalb von vier Tagen sah ich die Leiche der alten Frau. Diesmal würde sie endlich identifiziert werden. Zumindest schien es so.

Lotta wartete im Taxi. Sie wollte bei dem Akt nicht dabei sein, damit sie nicht gesehen wurde oder ihre Unterschrift irgendwo auftauchte. Ich ging hinter Bar und Sylvester. Das war nicht mehr der Bar, den tote alte Leute langweilten. Bei ihm war der Groschen gefallen. Eine Ermittlung in einem Mordfall. Die Gelegenheit würde er sich nicht entgehen lassen. Er würde herausfinden, was da passiert war.

»Das ist sie«, sagte Sylvester zum Pfleger Walid und brach in Tränen aus. Walid verstaute die Leiche wieder, und wir wurden gebeten, im Vorraum auf einen Polizisten zu warten.

Sylvester saß auf der Bank und weinte bitterlich. Bar flüsterte mir zu, er hoffe, alles würde glattgehen: die Identifizierung gegenüber dem Polizisten, ein schnelles Begräbnis, Lotta würde ins Altersheim zurückkehren, die Polizei wäre raus aus der Geschichte, und dann könnten wir ermitteln.

Anschließend setzte sich Bar zu Sylvester und legte ihm eine Hand auf die Schulter. Als er sich etwas beruhigt hatte, fragte ihn Bar: »Was hat Ruti zu dir gesagt, als du sie zum letzten Mal gesehen hast?«

»Gesagt?« Er schaute verwirrt drein. »Sie hat viele Sachen gesagt.«

»Warum war sie im Altersheim in Herzlija? Bist du mit ihr dorthin?«

Sylvester schüttelte den Kopf. »Es gibt freie Tag. Manchmal hat sie gesagt, man muss nicht arbeiten.«

Bar versuchte es geduldig weiter, ließ seine Hand tröstend auf der Schulter des Filipino liegen, doch es brachte nichts. Sie hatte sich nicht komisch benommen und auch nichts Ungewöhnliches gesagt. Ja, er war manchmal mit ihr in Herzlija gewesen. Heute war er allein hergekommen, er hatte Freunde hier und war mit dem Autobus vom Kibbuz hergefahren, und die Familie hatte ihn gebeten herumzufragen, ob jemand Ruti gesehen hätte. Lucy? Hatte nichts Interessantes gesagt. War mit ihrem Boss vor einem Monat aus England gekommen, und eine Filipina, die im Hotel arbeitete, hatte sie zu dem Platz eingeladen.

»Hast du die Namen Lotta Perl, James Wilshere, Eddie O'Leary schon mal gehört?«, versuchte es Bar.

»Ah«, sagte Sylvester.

»Ah?«

Er wischte sich noch eine Träne weg und stützte das Kinn nachdenklich in seine Faust. »O'Leary?«

»O'Leary«, wiederholte Bar und schaute dabei zu mir. »Hat sie diesen Namen mal gesagt?«

»Ja … sie hat etwas auf Jiddisch am Telefon gesagt. Ein paarmal. Ich hab mora funem jungen Aliri.«

»Hä?«, machte Bar. Sylvester wiederholte es Wort für Wort.

Bar schaute mich mit verständnislosem Blick an. »Schreib das auf, hoffen wir, dass Lotta das kapiert.«

»Ich verstehe es«, erklärte Sylvester. »Das heißt so was wie: ›Ich hab Angst vor dem jungen O'Leary.‹«

Bar sprang von der Bank auf: »Sylvester, du kannst auch Jiddisch?«

»Ein bisschen. Ich arbeite hier mit den Alten seit drei Jahren«, murmelte er, während ihm wieder die Tränen in die Augen traten.

»Ich habe Angst vor dem jungen O'Leary«, wiederholte Bar. »In den letzten Tagen?« Er blickte bedeutungsvoll mich und dann Sylvester an, der nickte. »Der junge? Bist du sicher bei dem Wort ›junge‹?«

Der Philippine war sich sicher.

»O'Leary war nicht jung. Er ist vor fast einem Monat gestorben«, entgegnete Bar. Sylvester verzog das Gesicht.

»Hat sie letzte Woche gesagt. Vielleicht einen Tag, bevor sie verschwunden ist«, beharrte er.

»Ich habe Angst vor dem jungen O'Leary«, murmelte Bar.

Der Filipino nickte.

»Schon wieder Sie?«, rief Dvir Ben Amoz aus. Seine Uniform war auch dieses Mal sauber gebügelt und das Notizbuch in seiner Hand. Der Orthodoxe von der Bestattungsgesellschaft war zusammen mit ihm eingetroffen.

»Ah ja, Dvir«, sagte ich.

»Vorwärts, ich habe schon zu viel Zeit mit diesem Unfug vergeudet. Wo ist der Zeuge?«

Bar klopfte Sylvester auf die Schulter, und er erhob sich.

»Das ist der Zeuge?«, fragte Dvir Ben Amoz.

»Ja.«

Dvir betrachtete ihn. »Ich glaube nicht, dass das gilt. Ist das gültig?«, wandte er sich an den bärtigen Bestatter.

»Ich denke nicht, dass das gültig ist«, antwortete dieser.

»Warum nicht? Wo ist das Problem?«, erkundigte sich Bar.

»Hat er einen Ausweis? Ist er legal da? Arbeitsgenehmigung?«

Der Blick in Sylvesters Augen war Antwort genug.

»Was spielt die Arbeitserlaubnis jetzt für eine Rolle?«, fragte ich dazwischen. »Man muss eine Leiche identifizieren, nicht Einkommensteuer zahlen.«

Dvir Ben Amoz sah mich an. Und dann auf die Uhr. Er schüttelte den Kopf. »Holen Sie die Leiche«, befahl er Walid. Er holte sie heraus.

»Wer ist das?«, fragte der Polizist. Sylvester nannte den Namen. Dvir schrieb ihn in sein Notizbuch und rief dann mit seinem Telefon die Polizeistation an. Walid brachte die Leiche zurück und verschwand. Sylvester schien einen Schock zu haben. Bar versuchte, Dvir zu belauschen. »Himmelarsch noch mal, kein Empfang hier. Warten Sie hier.« Er ging zum Aufzug und fuhr hinauf. Bar legte seine Hand zur Beruhigung auf Sylvesters Knie. »Wird alles gut, Bruder, keine Sorge«, sagte er.

Dvir kam zurück. »Ungültig«, informierte er Bar und mich, und dann wandte er sich an Sylvester: »Schau, dass du schleunigst hier wegkommst, bevor ich die Beamten vom Innenministerium rufe.« Danach blickte er den Rabbiner von der Bestattungsgesellschaft an. »Ich muss die Leiche zur Obduktion nach Abu Kabir schicken und die Akte der Ermittlungsabteilung überstellen.« Er seufzte schwer. Der Rabbiner fasste sich mit beiden Händen den Kopf.

»Moment mal, eine Sekunde«, ließ sich Bar vernehmen.

»Was?«, sagte Dvir. Er wäre um jeden Rettungsstrick froh gewesen. Bar schaute zu mir und gab mir einen Wink mit den Augen.

Walid wurde wieder von irgendwoher gerufen und rollte die Leiche heraus. Wieder wurde der Reißverschluss geöffnet und entblößte das graue Haar, die verdorrte, graue Haut und die schrumpligen Lippen.

»Das ist Ruti Spielberg.«

»Woher kennen Sie sie?«

»Vom Palmach«, kicherte sie.

Als ich ins Taxi stieg und Lotta das Problem erklärte, willigte sie ein mitzukommen. Ich sagte ihr, dass die Identifizierung durch den Filipino nicht gelte und dass alles, was der Polizist wollte, war, die Leiche zu identifizieren, sie für die Beerdigung freizugeben und sich aus dem Staub zu machen. Sie begriff, dass sie keine andere Wahl hatte, oder richtiger gesagt, dass die Alternative – Ermittlungen, Obduktionen, Untersuchungen, die Tatsache, dass sich die Leiche bei ihr im Zimmer befunden hatte, die Verwechslung der Identitäten und die irreführende Unterschrift auf dem Formular, die Lotta als die Verblichene auswies – weitaus weniger gut war.

»Haben Sie einen Ausweis?«, vergewisserte sich Dvir.

»Nein, ich bin Sudan-Flüchtling.«

Ben Amoz atmete tief ein, füllte seine Lungen mit Luft und stieß sie in gemessenen Etappen wieder aus. Als er ihren Ausweis überprüfte, hielt er eine Sekunde inne und starrte sie an: »Augenblick, sind Sie nicht die, die…«

»Ja, es hat eine Verwechslung gegeben, ich weiß nicht,

wem das passiert ist und weshalb«, erwiderte Lotta, wobei sie ihm direkt in die Augen sah. Er bedachte sie mit einem ungeduldigen Blick, trommelte mit seinem Stift auf die Formulare, und dann beugte er seinen Kopf wieder darüber. Alle schwiegen, bis er die Prozedur beendet hatte.

»Los jetzt, Mann, bringen Sie sie ins Grab, aber schnell«, sagte er zu dem Bärtigen von der Bestattungsgesellschaft, der sich sofort nach oben entfernte, um seine Mitarbeiter anzurufen. Lotta unterzeichnete die Formulare, und danach unterschrieb Dvir, der dann seine Mütze aufsetzte, eine Zigarette herausholte und sie anzündete, während er zum Ausgang, an die frische Luft, strebte und sagte: »Danke, Leute. Passt auf euch auf und haltet das Gesetz ein.«

Nachdem wir Lotta ins Altersheim zurückgebracht hatten und ihr alle aufgeregt in die Arme fielen, erzählte sie ihnen, dass sie alles in allem nur ein verlängertes Wochenende bei ihrer Enkelin in Tel Aviv verbracht habe. Wir gingen in ihr Zimmer, wo sie kontrollierte, ob alles noch am Platz war, und danach in den Innenhof, um Tee zu trinken. Dort kamen weitere Freundinnen und Freunde auf sie zu, manche mit Rollator, manche mit Krücken und manche mit Perlenketten, und erzählten ihr, welche Sorgen sie sich gemacht hatten, fragten, was das denn für eine Geschichte mit der Leiche sei, sie hatten gedacht, sie sei schon in den großen Freezer im Himmel gewandert – so nannte das einer der Alten. Nachdem Lotta alle um ein wenig Ruhe gebeten hatte, weil sie »mit den beiden jungen Männern, die sich so wunderbar meiner angenommen haben«, sprechen müsse, nachdem man uns Limonade und noch ein Kännchen Tee gebracht hatte und sie mir ins Ohr flüsterte, dass sie diesen Ort nicht ausstehen könne, weil er voller alter Leute sei, kam Bar zur Sache.

»Lotta, Wilshere hat erzählt, dass Sie ihn und O'Leary in der Nacht der Peitschenhiebe verraten haben, dass Sie die beiden ausgeliefert haben. Irgendwie sind angeblich Sie schuld daran, dass sie am Abend des Tages, an dem Sie zu viert am Karmel und in Netanja waren, ausgepeitscht worden sind. Was haben Sie dazu zu sagen?«

Lotta trug zwar ihre Sonnenbrille, aber auch ohne sie zu sehen, konnte man spüren, wie sich ihre Augen lodernd direkt in die von Bar bohrten. Sie maß ihn ein paar Sekunden mit ihrem Blick, ihre Lippen zu einem schmalen Lächeln geteilt. Dann nahm sie die Sonnenbrille ab, offenbarte ihre blitzenden braunen, immerwährend schelmischen Augen und sagte: »Sagen Sie mir, hat Ihnen dieser ausgestopfte Strohkopf auf zwei Rädern zufällig auch erzählt, dass der liebste Eddie und die süße Ruti in der reizenden Wohnung von Wilshere in der Unterstadt hinter unserem Rücken miteinander gevögelt haben?«

Bar lächelte irritiert, starrte dann auf einen fernen Punkt am Horizont und trank einen Schluck Limonade. »O…kay«, sagte er dann, nicht sicher, was er mit dieser Information anfangen sollte, nicht sicher, wo der Zusammenhang war. Das war nicht die Antwort, die er erhofft hatte. Auch ich wandte ihr einen neugierigen Blick zu.

»Wir waren viel zusammen, wir zwei Paare. Wilshere und Ruti zogen in eine kleine Wohnung in der Unterstadt, und wir amüsierten uns dort. Haifa war eine relativ offene Stadt, aber trotzdem hatten es gemischte Paare nicht leicht. Es gab Aufrufe, man suchte nach Jüdinnen, die mit Briten ausgingen, es gab dieses extremistische Grüppchen der

›Bnei Pinchas‹, die wirklich Böses im Schilde führten und uns zu jagen versuchten, Auseinandersetzungen mit gemischten Paaren fingen an, und es waren sogar Geschichten von Mädchen in Umlauf, die vor diesem Hintergrund ermordet worden waren. Selbst wenn es nicht zu Gewalttätigkeiten kam, es gab unangenehme Blicke. Die Leute verstummten erst, dann tuschelten sie. Fast immer erregten wir Aufmerksamkeit, und auch wenn wir jung waren und es uns egal war und wir zu viert waren, leugnen konnten wir es nicht. Natürlich waren Ruti und ich sehr stolz. Wir liebten unsere Dreistigkeit, wir liebten es, gegen den Strom zu schwimmen, wer liebt das nicht mit siebzehn? Wir träumten von einem zivilisierten, kultivierten Land jenseits des Meeres. Die Unseren waren Grobiane – aber die Briten, welche Gentlemen! Wir liebten sie. Eddie erzählte mir von seinem Dorf in Irland, vom Regen, von den Seen, Wäldern und einem wohlig flackernden Kaminfeuer. Ich bewunderte ihn, er war im Krieg bei den Fallschirmspringern gewesen, hatte die Deutschen geschlagen, in der Normandie gekämpft, Freunde verloren.«

»Ein Lastwagenfahrer, oder?«, bemerkte Bar. »Der sich verirrt hat und der Schlacht ausgewichen ist?«

»Ja und?« Lotta deutete auf mich. »Ist er kein Fahrer? Ist das nicht gut genug? Eitan ist viel höflicher und klüger als Sie«, stichelte sie. Bar lächelte nur.

»Ja«, fuhr sie fort, »ein Lastwagenfahrer in der 6. Luftlandedivision der britischen Armee, die die Deutschen in der Normandie schlug. Jedenfalls, wir hielten uns viel zusammen in der Wohnung auf. Manchmal blieben Eddie und ich über Nacht dort, wenn meine Eltern einverstanden waren. Manchmal schlief nur Eddie bei ihnen. In diesen Nächten fingen sie mit ihrem Blödsinn an, während Wilshere schlief. Die Wohnung war winzig, ein Schlafzimmer und mit Mühe eine Art Wohnzimmer. Eines Nachts, als alle schon schliefen, wachte Ruti auf und ging auf die Toilette. Wilsheres Schnarchen zerriss die Luft, er hatte an dem Abend viel getrunken, sie tranken alle viel in diesen Nächten, und auf dem Weg fiel sie über Eddies Bein und in sein Bett, und so ist es irgendwie passiert – so lautete Eddies Version. Sie schliefen jedes Mal miteinander, wenn Eddie dort übernachtete und ich nicht. Wochen, Monate sogar, Eddie blieb häufiger, sie füllten Wilshere mit Alkohol ab, warteten, bis er schnarchte, und dann kam das Flittchen zu Eddie. Aber diese Dummköpfe waren so begeistert über sich selbst, so erregt von dem Risiko und dem Abenteuer, dass sie es einmal taten, als ich auch dort schlief. Ich hatte getrunken, vielleicht schnarchte auch ich ein wenig. Aber ich spürte die Bewegungen. Hörte das Rascheln der Bettlaken, das Getuschel, das Schnaufen. Ich öffnete die Augen einen Spalt und sah sie auf ihm.«

Bar und ich schauten uns an.

»Die Erinnerung ist ein seltsames Wesen«, fuhr Lotta fort. »Es gibt Monate, Jahre vielleicht, die völlig ausgelöscht sind, schwarze Löcher, und dann gibt es Szenen, an die ich mich mein Leben lang erinnere, als wäre es vor einer Sekunde gewesen. Ich habe den Geruch in der Nase, höre die Geräusche, ein bestimmter Anblick steht mir gestochen klar vor Augen. Das war so ein Fall. Ruti war ein Prachtweib, mein Gott, das muss ich ihr lassen. Und sie war auch erfahren. Eddie und ich, wir waren Jungfrauen, die Ersten füreinander. Aber Ruti war wild. Ich beneidete sie ... Jedenfalls waren sie völlig darin vertieft, sie ritt auf ihm, die Finger ihrer einen Hand tief in seine Schulter gegraben, die zweite zur Faust geballt in ihrem Mund, um jeden Laut zu ersticken. Aber ich bin auch nicht gerade von gestern. Ich ließ sie richtig zur Sache kommen, wartete auf meinen Moment, und als ich beschlossen hatte, dass er gekommen war, streckte ich eine Hand nach seinen Eiern aus und drückte kräftig zu, und ihr steckte ich einen Finger in das Loch in ihrem Hintern, die beiden schmerzhaftesten, sensibelsten Stellen, beides in bequemer Reichweite für mich, ich lag ja daneben. Es war hinreißend, beide schrien wie am Spieß vor Entsetzen, Schmerz und Scham, und die Hure stand sofort auf und flüchtete.«

Bar und ich machten tellerrunde Augen. Ich glaube, Bar verzog auch leicht das Gesicht. Ich vielleicht auch.

»Der törichte Wilshere hörte nicht einmal zu schnarchen auf«, sagte Lotta ungerührt. »Und ich war entsetzlich verletzt. In meinem Kopf jagten sich eine Million Gedanken, auch Rachepläne. Nach außen hin sagte ich nichts. Das Thema kam nicht zur Sprache, als ob es nie wirklich passiert wäre, als wäre es nur ein Traum mitten in der Nacht gewesen, den wir zu dritt geträumt hatten und der zu peinlich war, um erwähnt zu werden. Sie dachten, ich hätte mich schon gerächt, und ich machte einfach weiter. Jedes Mal, wenn Eddie mich mit einem Blick ansah, bei dem ich wusste, dass sich irgendeine Frage oder elendigliche Entschuldigung dahinter verbarg, wandte ich die Augen ab und redete von etwas anderem. Er schloss daraus, dass ich beschlossen hatte, die Geschichte hinter mir zu lassen. Natürlich wagten sie nicht, die kommenden Nächte, die wir in der Wohnung verbrachten, irgendetwas zu machen. Ich blieb wach, um sicherzugehen. Zu Wilshere sagte ich nichts, er war kein Freund. Und sie, diese Hure, schor ich nicht kahl. Ich sprach nicht mehr mit ihr, außer wenn ich musste, damit es nicht zu offensichtlich wurde, zum Beispiel auf dem Ausflug nach Netanja. Ich beneidete sie, der Neid der Betrogenen. Eine große Einsamkeit. Ich dachte unaufhörlich an sie, als Teufel, als bösartige, blutdürstende Schlange, die dir deinen Gefährten zu stehlen versucht. Auch wenn du weißt, dass sie letztlich ganz in Ordnung war und du sie sogar gernhattest und sie weiter gernhaben könntest ...«

Bar trank wieder ein bisschen Limonade und dachte nach. Er wusste, dass der Schlüssel in der Vergangenheit verborgen lag. Wie oft hatten wir in den letzten Tagen das Versprechen gehört, sowohl von Lotta als auch von Wilshere, die »ganze Geschichte« zu erfahren, und jedes Mal war es uns irgendwie nicht geglückt. Bar wartete ab, bis ein greises Paar mit identischen dreirädrigen Wägelchen Lotta überschwänglich begrüßt hatte, und dann fragte er: »Also, was haben Sie gemacht? Was war mit dem Auspeitschen?«

Sie lächelte. »Das Timing war hervorragend. Die Kameraden von der Etzel versprachen mir, niemanden zu töten, nur Peitschenschläge auf den Hintern, so wie es auf ihren Plakaten geschrieben stand. Das hörte sich für mich nach einer perfekten Strafe an. Nicht töten, sondern erniedrigen. Nicht direkt von mir, aber mit meiner Hilfe. Stimmt, ich war eine Heuchlerin. Von dem Moment an, als die von der Etzel mich fragten, ob ich britische Soldaten für sie lokalisieren könnte, und mir ein Datum nannten, plante ich diesen ganzen Tag in allen Einzelheiten. Ich führte Eddie und James direkt in die Falle, und ich habe es ihnen nie erzählt. Bis vor zwei Monaten.«

»Dann haben Sie die ganze Zeit, als Sie mit Eddie ausgegangen sind, für die Etzel gearbeitet?«

»Nein, nein, ich war kein Mitglied der Etzel. Vielleicht war ich eine Heuchlerin, aber nicht so weit, dass ich bei der Etzel gewesen wäre, während ich mit einem Briten ausging, man muss nichts übertreiben. Hin und wieder redeten sie mit uns, mit mir und Ruti und anderen Mädchen, die mit Briten zusammen waren. Es gab einen Jungen, der mit Wilshere bei der britischen Geheimpolizei arbeitete und Informationen an die Untergrundbewegungen weitergab. Er versuchte die ganze Zeit, uns zu rekrutieren. Aber das interessierte mich nicht, ich wollte die Liebe nicht beschmutzen, wirklich, es war eine reine Liebe, über all dem Dreck. Dieser ganze Nationalismus, dieser ständige Kampf, das interessierte mich nicht im Geringsten. Ich dachte: Von mir aus wird kein Staat gegründet, und die Briten ziehen nie ab, Hauptsache, ich kann mit meinem Geliebten zusammenbleiben. Doch als ich ihn bestrafen wollte, war das die Gelegenheit. Der Junge erzählte mir, dass sie bei der Etzel Briten suchten, um sie auszupeitschen, und fragte, ob ich ihm helfen könne, und ich wusste sofort, dass ich ihnen Eddie bringen würde. Genau das habe ich getan.«

Bar sagte: »Aber warum haben Sie auch Wilshere bestraft? Er hat sie nicht betrogen.«

»Wilshere hätte nicht dort sein sollen. Das war nicht geplant. Aber er beharrte darauf, mit Eddie auf die Toilette zu gehen.«

»Und warum haben Sie es ihnen die ganzen Jahre nie erzählt?«

»Wie ich schon sagte, ich war eine Heuchlerin – ich wollte meine Beziehungen mit Eddie nicht einstellen, denn ihm verzieh ich, aber ihr – nein. Ich bestrafte ihn, übernahm aber nicht die Verantwortung.«

»Warum haben Sie ihm verziehen?«, erkundigte ich mich neugierig.

Sie sah mich ein paar Sekunden an. »Ich habe ihn geliebt, Eitan. Mein ganzes Leben lang. Ich war furchtbar wütend, aber Männer sind nun mal Männer. Mit einem hübschen Mädchen werden sie es immer irgendwann treiben. Das hatte nichts mit seiner Liebe zu mir zu tun. In meinem Herzen beschuldigte ich stets sie. Das ist scheinheilig, ich weiß, vielleicht sogar chauvinistisch. Aber so musste ich es mir erzählen. Und heute weiß ich, dass ich recht hatte. Wahre Liebe zerbricht nicht wegen kleinen, bedeutungslosen Störungen. Sie ist immer da, und sie kann sich immer verwirklichen. Das Schiff segelte, auch wenn es einen leichten Schlag vor den Bug erhalten hatte…« Sie hielt inne, und dann verzog sie das Gesicht. »Von einem kleinen Fisch«, schnaubte sie verächtlich.

Wieder kam jemand auf Lotta zu, um sich zu erkundigen, was passiert war. Bar stand auf und sagte: »Ich gehe mal aufs Klo. Wartet auf mich, falls es weitere Enthüllungen gibt.«

Er schlurfte mit seinem schlampigen Gang zur Terrassentür, und wir sahen ihm beide nach, wie er im Gebäude verschwand. Im Hof saßen noch ein paar Senioren um die Tische herum, spielten Karten, stocherten in Salaten, lasen ein Buch in der Sonne. Schließlich sagte Lotta: »Ich erinnere mich, dass Sie mir von Bar erzählt haben – von der Ermittlung wegen dem Jerusalemer, der bei einem Anschlag in Tel Aviv getötet wurde. Und später engagierte er Sie als Detektiv.«

»Stimmt. Das war immer sein Traum.«

Sie lächelte. Ich lächelte auch. »Er versucht, hart zu wirken«, sagte sie. Ihr Telefon klingelte. Sie sprach mit gedämpfter Stimme und ernstem Gesichtsausdruck. Ich trank Limonade und überprüfte meine Nachrichten im Telefon. Als sie geendet hatte, hob sie den Blick und sagte: »Rutis Sohn. Fragte, was passiert ist. Ich habe der Familie aus ganzem Herzen mein Beileid ausrichten lassen.«

Bar kam zurück, näherte sich mit der gleichen nachlässig schleppenden Langsamkeit, mit der er sich vorher entfernt hatte.

»Ich werde Ihnen sagen, was ich mir auf dem Klo gedacht habe«, wandte er sich sofort an Lotta. »Wenn Sie Ruti dermaßen hassen und ihr die ganzen Jahre nicht verziehen haben, warum sollen wir Ihnen dann glauben, dass Sie sie nicht umgebracht haben? Es gibt ein Motiv. Die Leiche war in Ihrem Zimmer. Was braucht es noch?«

Bar hatte mich ein paarmal im Laufe des Tages abgepasst, um mir zu sagen, dass er ihr nicht traue, dass er sogar Angst vor ihr habe nach dem Ding mit der Pistole und dem, was Wilshere erzählt hatte. Jedes Mal hatte ich ihn überzeugt, dass wir bei ihr bleiben, mit ihr reden mussten, dass sie harmlos war und das mit der Pistole wirklich ein Scherz.

Sie lächelte Bar an. »Siebzig Jahre lang hasse ich sie schon, und ausgerechnet jetzt soll ich sie ermorden?«

»Man kann das Gleiche von Wilshere sagen. Sie hat auch ihn betrogen.«

»O nein!« Sie schüttelte den Kopf. »Er hat sie nicht all die Jahre gehasst. Er wusste nicht, dass sie ihn betrogen hatte! Diese Dinge sind erst in der letzten Zeit herausgekommen, und er fing an, verrückt zu spielen.«

Bar wandte mir den Blick zu. Er schien skeptisch. »Was hatte sie in Ihrem Zimmer zu suchen?«, wollte er wissen.

»Ich habe keine Ahnung. Ich habe sie überhaupt nicht gesehen, seit Wochen. Kommen Sie, ich will Ihnen etwas zeigen.«

Wir standen auf und folgten ihr zu ihrem Zimmer. Für eine Fünfundachtzigjährige, die in den letzten Tagen einiges ausgestanden hatte – in verschiedenen Betten geschlafen, von Ort zu Ort gefahren, die Leiche ihrer Jugendfreundin identifiziert und lange Erklärungen abgegeben –, hatte sie noch eine Menge Energie und Lebensfreude, so wie ich es bei ihr von den Taxifahrten her kannte. Ich fühlte mich müder als sie. Sie öffnete den kleinen Kühlschrank in der Küchennische und holte ein weißes Plastikfläschchen heraus, ein Medikament.

»Digoxin. Verursacht Herzrhythmusstörungen und führt zum Tod. Googeln Sie's nach. Eddie nahm Medikamente zur Herz-Kreislauf- und Blutdruck-Stabilisierung ein. Man musste sie nur austauschen und die Dosis verstärken. Das lässt sich bei einer Obduktion unmöglich nachweisen.«

Bar zuckte mit den Achseln und ließ einen belustigten Blick zwischen uns hin und her gehen. »Machen Sie Witze? Was genau beweist das? Das war bei Ihnen im Kühlschrank. Sie haben die Flasche jetzt sogar eigenhändig herausgeholt, also werden Sie nicht behaupten können, dass Ihre Fingerabdrücke nicht drauf sind.«

»Schauen Sie, was da steht. Aus England. Wer ist von dort gekommen? Und wer war jahrelang Apotheker? Verfolgen Sie die Kette von Händen, die das passiert hat, das ist nicht so schwierig, und Sie werden einen Beweis haben.«

Bar schüttelte den Kopf: »Wie soll ich das jetzt nach-prüfen? Und wenn Wilshere Apotheker war, beweist das irgendwas? Nu, also echt, das kann nicht Ihr Ernst sein, tut mir leid.« Er begann mit seinem Mobiltelefon zu spielen, wahrscheinlich googelte er's nach. Doch plötzlich hob er den Kopf. »Können Sie Jiddisch?«

»Ja. Weshalb?«

»Der Filipino von Ruti hat behauptet, dass sie in der letz-ten Woche, bevor sie verschwand, zu einer Freundin gesagt hat .. was war das, Krokodil?«

»Ich hab mora funem jungen Aliri«, sagte ich sofort. Ich hatte ein gutes Gedächtnis für solche Sachen.

Lotta wiederholte den jiddischen Satz. »Das heißt: ›Ich habe Angst vor dem jungen O'Leary.‹« Sie dachte kurz darüber nach und schnitt dann eine Grimasse. »Ich weiß nicht, was diese Frau ... aber sehen Sie? Sie hatte vor je-mand anderem Angst, nicht vor mir.«

Ihr Telefon klingelte, und sie nahm es an, brachte Bar mit einer Handbewegung zum Schweigen. Sie lauschte, antwortete mit ein paar kurzen Worten, fragte nach und trennte dann die Verbindung. Wir sahen sie neugierig an, worauf sie lächelte. »Wieder Ruti Spielbergs Sohn. Die Be-erdigung findet um fünf Uhr auf dem Friedhof in Ramat Hakovesch statt.«

Ich blickte auf die Uhr und dann zu ihr. »Wollen Sie hin-gehen?«, fragte ich.

»Was für eine Frage.« Das Lächeln wich nicht von ihren roten Lippen.

10. Was mir gehört, gehört wieder mir!

Im Gegensatz zum ersten Begräbnis gab es beim zweiten keine Regenschirme, sondern Sonnenbrillen, und es fand auch nicht in Tel Aviv statt, sondern in der Scharonebene. Im Gegensatz zum ersten war hier kein fremder Mann nötig, um die Personenzahl zum Minjan vollzumachen, denn der Friedhof gehörte zu einem Kibbuz, und trotz der knappen Vorankündigung trafen Dutzende von Kibbuzmitgliedern ein, alles Bekannte und Familienangehörige von Ruti Spielberg.

Wie beim ersten Begräbnis fuhr ich Lotta Perl in meinem Taxi zum Friedhof. »Sie sollten aufhören, mich zu Beerdigungen zu fahren«, grinste sie unterwegs.

Wie beim ersten Mal war James Wilshere anwesend, dessen Rollstuhl von Lucys starker Hand geschoben wurde.

Und wie damals war auch diesmal Lottas Enkelin, die hübsche Nogga, dabei.

Zwei ähnliche Szenen, im Abstand von fast einem Monat. Dieses Mal kannte ich die Figuren. Sogar die Verstorbene hatte ich gesehen, wenn auch tot, dafür gleich ein paarmal. Aber immer noch verstanden Bar und ich die Zusammenhänge nicht.

Wie bei jeder Beerdigung schritten die Leute in einer leise murmelnden Prozession bis zu der Parzelle, zu der sie der Rabbiner von der Bestattungsgesellschaft führte. Hinter ihm auf einer Bahre, getragen von zwei Söhnen und zwei weiteren Familienangehörigen, lag eingehüllt die Verstorbene. Ihre Familie hatte einige nervenaufreibende Tage hinter sich, in denen sie nicht gewusst hatte, wo sie war und was geschehen war. Sie hatten ihr Verschwinden erst am Tag davor auf der Polizeistation von Tel Mond gemeldet und am Morgen des Begräbnisses die Nachricht von der Identifizierung der Leiche erhalten. Nach ihnen schritten die betagten Kibbuzmitglieder hinter der Bahre her, Sylvester, der philippinische Pfleger, und zum Schluss Bar und ich.

Der Rabbiner eröffnete das Gebet. Nach ihm las Rutis ältester Sohn, ein dicklicher Herr um die sechzig mit silbergrauem, gelichtetem Haar, das Kaddisch, und anschließend trug sein kleiner Bruder, ebenfalls grauhaarig, aber schlanker, einen Sermon über seine Mutter vor, die »als Waise aus der Hölle« in Israel angelangt war und »dieses Land mit eigenen Händen aufbaute«, »an den großen Kämpfen der Entstehung des Staates teilnahm«, »eine Familie zur Zierde Israels« gründete und – hier brach seine Stimme – »beispielhafte Ehefrau und Mutter über ein halbes Jahrhundert hindurch war«, »die Englischlehrerin und geliebte Erzieherin aller Kinder im Kibbuz, die uns allen unschätzbare Werte vermittelte ...«

»Meinst du«, flüsterte mir Bar zu, »dass er erzählt, wie seine Mutter Englisch gelernt hat?« Er unterdrückte ein Kichern, ebenso wie ich, und fuhr fort: »Das ist also Nogga? Ich hab dir gesagt, dass du ein bisschen übertrieben hast.«

»Mach sie nicht madig. Sie ist hübsch«, flüsterte ich. Mein Telefon vibrierte. Ich schaute auf das Display. Dutschy. Ich entfernte mich ein paar Schritte zur Seite, postierte mich zwischen zwei Gräbern und antwortete leise: »Was gibt's, Dutschy? Wie geht es unserem Schmuckstück?«

»Das Schmuckstück erzählt, dass irgendeine ›Tante Lotta‹ heute früh da war? Krokodil, wir haben darüber geredet. Und waren uns einig. Nicht vor dem Kind. Du kannst ausgehen, mit wem du willst, und ich, mit wem ich will, und man kann es ihr auch erzählen. Aber wir haben ausgemacht, dass zumindest in diesem Stadium – bis einer von uns eine ernsthafte Beziehung hat, was ich dir total gönnen würde, wenn das passiert, und erwarte, dass du mir das gönnst – an den Tagen, an denen Noga bei uns schläft, keine anderen Leute über Nacht dableiben. Was bei dir, nebenbei bemerkt, ohnehin weniger Nächte in der Woche sind, also versteh ich nicht, warum es so schwierig für dich sein sollte, dich zu beherrschen. Und was heißt hier ›Lotta‹? Nicht irgendeine russische Nutte, hoffe ich.«

»Dutschy, das ist nicht …«

»Ganz zu schweigen davon, dass du mir überhaupt nichts von dieser Lotta erzählt hast, als du mich vor ein paar Tagen flachgelegt hast. Ich meine, Krokodil, hast du nicht einen Funken … mein Gott. Diese Abmachung zwischen uns ist das ABC. Das ist die grundlegendste Regel bei fast jedem Sorgerechtsabkommen, das über meinen Schreibtisch geht, und dann soll es mir bei meiner eigenen Scheidung nicht gelingen, das zu erzwingen? Du lachst mir einfach mitten ins …«

Ich schaute zum Begräbnis hinüber. Der jüngere Sohn redete immer noch über seine Mutter. »Dutschy, hör mal, ich kann jetzt nicht, ich bin bei einem Begräbnis. Ich rede nachher mit dir, gut? Es ist wirklich nicht so, wie du denkst.«

»Begräbnis? Von wem? Ist mit deinen Eltern alles in Ordnung?«

»Ja, ja, es ist nicht …«

Aus den Augenwinkeln nahm ich eine schnelle, unnatürliche Bewegung wahr. Als ich genauer hinschaute, sah ich, wie Wilshere mit seinem Rollstuhl auf Lotta zusteuerte und etwas schrie, und dann, wie Nogga, Lottas Enkelin, die neben ihrer Großmutter stand, Lottas Handtasche erhob und ihm damit auf den Kopf schlug, während sie etwas zurückbrüllte. Alles, was ich verstehen konnte, war: »Dreckskerl! Dreckskerl!«

»Hallo, hallo, Bar!«, schrie ich. »Pass auf, was da läuft, halt sie auf, he!« Bar wandte den Kopf und bahnte sich einen Weg in den Aufruhr. Der jüngere Sohn von Ruti Spielberg hatte seinen Nachruf unterbrochen und starrte ungläubig auf die Szene, und auch die anderen gafften. Wilshere schrie Nogga auf Englisch an: »You bloody cow! You bloody fucking cow!«, und Lucy versuchte ihn zu beruhigen, während Nogga wieder etwas zurückschrie und sich nun auch Lotta an dem Geschrei und Geschubse beteiligte. Nogga fuhr fort, Wilshere mit Lottas Handtasche auf den Kopf zu schlagen, während dieser sich brüllend und fluchend mit einer Hand zu schützen und mit der anderen um die Filipina herum seine Angreiferin zu treffen versuchte, dann aber auf einmal mit beiden Händen die Handtasche packte, die gerade wieder auf ihn niedergehen wollte, und sie an sich riss. Nogga schrie: »Lass die Tasche los!«, und etwas, das sich anhörte wie »Dreckiger Wichser!«, und wollte sich die Tasche zurückholen, aber er umklammerte sie eisern – er hatte starke Hände, wie von jemandem zu erwarten, der sich mit der Kraft seiner Hände fortbewegte – und goss noch einen Schwall von englischen Flüchen über sie aus.

»Dutschy«, sagte ich ins Telefon, während ich mit beschleunigtem Schritt auf den Ort der Auseinandersetzung zustrebte, »tut mir leid, hier ist Chaos. Ich ruf dich nachher an... in Ordnung?«

Es gelang mir noch zu hören, wie sie sagte: »Bar? Wieso Bar? Wo kommt der auf einmal her?« Während ich lief, fiel mir ein, dass Dutschy Bar noch nie gemocht hatte. Nun brüllte Wilshere: »Was mir gehört, gehört wieder mir!«, ließ plötzlich die Tasche los und schnaufte schwer, während ein winziges Lächeln über sein Gesicht huschte; die wutentbrannte Nogga riss die Handtasche an sich, und die Streitparteien zogen sich zum Ausgangspunkt zurück.

Die Kibbuzniks verließen ganz langsam den Friedhof. Wenig junge Leute, ein paar Ältere und hauptsächlich Alte. Eine Minderheit in Arbeitskleidung, ein paar Filipinos. Sie sahen nicht aus wie die Kibbuzniks in früheren Zeiten. Auch bei Ruti, obwohl ich nicht viel von ihr gesehen hatte, hätte ich nicht vermutet, dass sie seit »über einem halben Jahrhundert«, wie ihr Sohn gesagt hatte, eine Kibbuznik war.

Der Mann von der Bestattungsgesellschaft nickte uns zu, als er ging, und als Letzte verließen Rutis Söhne den Ort, mit schwerem Schritt. Der Jüngere, der wie fünfzig plus aussah, wurde langsamer, als er uns, die Gruppe, die mitten in der Beerdigung gestört hatte, passierte. Es schien, als überlegte er, ein Gespräch anzufangen, zu klären, was, zum Teufel, da los war, wer diese Leute eigentlich waren, der alte Engländer im Rollstuhl und die Junge, die plötzlich angefangen hatten zu schreien und tätlich zu werden. Was hatten sie mit seiner Mutter zu tun? Doch noch während er verlangsamte, schien er seine Meinung zu ändern. Das war nicht der Zeitpunkt dafür. Er begnügte sich damit, geistesabwesend »Schalom« in unsere allgemeine Richtung zu murmeln, und ging weiter, begleitet von seinem Bruder, zwei Frauen und Sylvester, der beim Begräbnis mehr als die anderen geweint hatte und immer noch weinte.

Wir blieben zu sechst zurück. An einem Eck saß Wilshere, keuchend und schwitzend, seine funkensprühenden Augen auf Lotta fokussiert. Hinter ihm stand Lucy an den Griffen des Rollstuhls. Auf der anderen Seite war Lotta, die auf einem Eckgrab, geschmückt mit einer Vase mit verwelkten Blumen, saß und besorgte Blicke zwischen Wilshere und ihrer Enkelin hin und her wandern ließ. Auch Nogga neben ihr wirkte nicht entspannt, immer noch erregt von der Schlacht, die gerade stattgefunden hatte. In der Mitte dazwischen standen Bar, mit seiner verschlissenen Baseballkappe von Arsenal, und ich. Über uns hatten sich ein paar Wolken versammelt, als ob sie als Zeugen dienen wollten. Rings um den bescheidenen Kibbuzfriedhof erstreckten sich dichte, grünblättrige Orangen- und Zitronenhaine, die einen intensiven Wohlgeruch verströmten.

Seufzend übernahm Bar die Rolle des Moderators. »Versucht mal einen Moment, euch wie zivilisierte Menschen zu benehmen, in Ordnung? Ihr seid keine Kinder mehr, wir sind auf einem Friedhof, haben gerade eure Freundin begraben, also ein bisschen Respekt. Lotta, wenn Sie behaupten, dass Wilshere O'Leary und Ruti ermordet hat, und Angst haben, dass er Sie auch ermordet, warum gehen Sie dann nicht zur Polizei?«

»Vielleicht hätte ich das tun sollen«, stieß sie hervor. Wir schauten sie alle an. Sie wirkte ängstlich, was überhaupt nicht zu dem Bild passte, das ich von ihr hatte. Wilshere regte sich in seinem Rollstuhl, als wollte er etwas sagen, doch sie kam ihm zuvor. »Aber was würde die Polizei unternehmen? Seht ihn euch an. Der Mann sitzt im Rollstuhl und ist seinem Lebensende nahe. Allein der Gedanke daran, eine Zeugenaussage zu machen. Mit solch einem dummen Gerichtsverfahren etwas zu tun zu haben. Die Zeit, die Energie und das Herumrennen. Allein nur hinzugehen und Anzeige zu erstatten. Was hat das für einen Sinn?«

»Oder du gehst nicht zur Polizei, weil du weißt, dass sie dir innerhalb von fünf Minuten hinter deine Lügen kommen.« Wilshere redete Englisch, aber er verstand, was in Hebräisch gesagt wurde. »In fünf Minuten hätten sie dich für den Doppelmord ver ...«

»Schweig!«, kreischte Lotta plötzlich mit schneidender Stimme. »Shut up!«, schloss sich ihre Enkelin in Englisch an. Nogga hatte eine sexy Stimme – streichelnd glatt. Ihre Augenbrauen waren äußerst ästhetisch, fiel mir mit einem Mal auf. »Hat dich irgendjemand gefragt?«, schrie Lotta auf Hebräisch, und ihre Enkelin sofort hinterher, mit einer Art Übersetzung: »Who gives a fuck what you have to say?« Ihre englische Aussprache war, im Gegensatz zum Inhalt ihrer Worte, hübsch und sauber. Ich schaute kurz zu Bar, der sie beeindruckt anstarrte.

Wilshere murmelte zornig etwas, das keiner verstand.

Bar fragte: »James, Sie schieben die Schuld auf Lotta und behaupten, Sie haben Angst, dass sie Sie umbringt. Warum gehen Sie nicht zur Polizei?« Bar war tief in die Rolle des Moderators einer Talkshow geschlüpft. Das Stadium der identischen Frage.

»Nu, also wirklich. In Israel? Wer soll einem Engländer glauben, der in der Mandatszeit bei der britischen Geheimpolizei war? Gegenüber der Version einer alteingesessenen Israelin? Sie machen mir Spaß. Diese Heuchler sind nicht fähig, sich beim Empire zu bedanken, dass es ihnen einen florierenden Staat aufgebaut und auf dem Tablett überreicht hat nach Jahrhunderten der Vernachlässigung und Primitivität, und da soll ich zur Po...«

»Ja, ja, dein Empire, wir haben's gehört! Verschone uns mit diesem Quatsch!«, schrie Lotta.

»Lotta, einen Moment«, versuchte Bar dazwischenzugehen.

»Wie habt ihr uns denn genau geholfen?«, fuhr sie fort. »Indem ihr das Land vor den Flüchtlingen verschlossen habt, die aus dem Holocaust kamen? Indem ihr sie zurück in die Lager nach Deutschland geschickt habt?«

»Nicht nach Deutschland...«

»Auch nach Deutschland! Habt ihr uns damit geholfen, dass ihr uns verfolgt und eingesperrt und die Waffen beschlagnahmt habt, die zu unserer Verteidigung bestimmt waren, damit sie uns nicht wieder abschlachten konnten? War das eure Art zu helfen? Mit eurer widerlichen Überheblichkeit? Ihr habt euch ja wirklich aufopfernd um uns gekümmert, was? Euer ganzes Empire war nur ein einziges großes Projekt, um den Schwachen und Armen auf der ganzen Welt zu helfen. Wirklich vielen Dank! Bis heute müssen wir mit dem leben, was ihr uns eingebrockt habt. Pardon, dass wir nicht auf die Knie fallen und eure gelähmten Füße küssen!«

»Waffen zu eurer Verteidigung? Was du nicht sagst! Ihr Armen! Opfer! Ihr seid dermaßen harmlos und nett, und den ganzen lieben langen Tag will man euch nur ausrotten, stimmt's? Ihr habt keine Kinder getötet? Ich habe es mit eigenen Augen gesehen. Kinder. Unschuldige Soldaten, die gekommen sind, um Ordnung zu schaffen, zwischen euch und euren Nachbarn zu schlichten. Ja, um euch zu helfen. Ohne uns hätten sie euch nämlich abgeschlachtet!« Seine Worte überschlugen sich in einem schrillen Kreischen. Seine Stimme versagte. Er bat Lucy um Wasser und saugte geräuschvoll am Mundstück der Flasche wie ein ausgehungerter Säugling.

»Diese Arroganz«, sagte Lotta wieder. »So etwas von widerlich. Die politische Auseinandersetzung, in Ordnung, jeder hat seine Meinungen und Begründungen, und wenn ich ehrlich bin, interessiert mich das nicht wirklich. Aber nach all den Jahren ist das geblieben – die Arroganz. Deshalb waren diese Peitschenhiebe so genial. Die Erniedrigung. Das war unser Weg, euch zu demütigen, und es ist uns gelungen!«

Ich dachte im Stillen, da haben sich zwei Völker gefunden, um das Spiel der Erniedrigung zu spielen: das auserwählte Volk und das britische Volk auf dem Gipfel des Imperiums.

Etwas in Wilsheres Augen veränderte sich. Er wedelte mit der Hand. »Denkt, was ihr wollt. Schreibt die Geschichte, wie ihr Lust habt. Ihr werdet weit damit kommen, ihr kommt bereits weit damit. Euer Staat ist auf dem

Weg zu herrlichen Gefilden, zweifellos. Macht weiter so. Lasst euch von mir nicht stören, in den Untergang zu galoppieren. Aber du« – er deutete auf Lotta, die sich in diesem Moment von dem Grabstein erhob, als fühlte sie sich bedroht –, »du mit deinen Lügen und deinem Verrat. Die Briten waren böse? Arrogant? Okay, in Ordnung. Aber ich? Wilshere? Auch deine persönliche Geschichte willst du umschreiben? Bist du so stolz darauf? Es war genial, zu demütigen? Ich habe tief in deine Seele geblickt, Lotta Perl, in deine rabenschwarze Seele. Du kennst die Wahrheit. Ich und O'Leary waren schlecht zu dir? Überheblich? O'Leary, dein Geliebter? Haben er und Ruti es verdient, dass du sie kaltblütig ermordest? Du brauchst mir nicht zu antworten. Antworte dir selbst darauf.«

Sie gab keine Antwort, sah ihn nur an. Bar sagte nichts. Auch Nogga schwieg. Ich räusperte mich, aber nur weil die Stille mich verlegen machte. Schließlich sagte Lotta: »Wie habe ich sie denn ermordet, wenn sie an einem Medikament gestorben sind, das keine Spuren hinterlässt, dieses Digoxin, das du aus England mitgebracht hast. Dieses Medikament ist in England leicht erhältlich. Das Fläschchen ist bei mir. Ich kann es jedem, der es sehen will, zeigen.«

Zu Anfang der Beerdigung hatte Wilshere traurig ausgesehen, danach wütend. Jetzt lächelte er. »Zuerst einmal, um zu beweisen, dass sie an diesem Medikament gestorben sind, musst du die beiden wieder ausgraben. Zweitens, du hast gesagt, dass das Medikament keine Spuren hinterlässt, also würde dir auch das Ausgraben nichts nützen. Drittens, auch wenn du sie ausgraben und beweisen würdest, dass sie an diesem Medikament gestorben sind, müsstest du beweisen, dass ich es mitgebracht habe. Weil ich vor Jahren Apotheker war? Weil ich aus England gekommen bin? Moment, wer kam noch aus England genau zur gleichen Zeit?« Er lächelte nicht mehr. Die Wut kehrte zurück. »Wer ist aus England gekommen? Wer hat mit dem Ganzen angefangen?« Er zeigte auf Nogga. »Wer ist die Schlampe, die ungebeten nach England gekommen ist und alle bösen Geister, die seit über sechzig Jahren selig schliefen, aufgeweckt hat? Vielleicht hat sie das Zeug mitgebracht? Und vielleicht ist es an der Zeit, darüber zu reden, was hier tatsächlich passiert ist?«

Alle Blicke richteten sich auf Nogga. Sie legte zwei Finger an ihre Halskuhle, wie um zu sagen: »Ich?« Sie schien zu schlucken.

Bar sagte: »Nogga?«

»Was?«

»Warst du vor kurzem in England?«

»Ist es verboten, nach England zu fahren?«

»Weich nicht aus«, mischte sich Wilshere ein. »Sag ihm, warum du gefahren bist. Erzähl ihm, dass du zu Eddie gefahren bist. Dass du das alles aufgerührt hast. Sag ihm, dass Eddie wegen dir jetzt tot ist. Und wegen dir ist Ruti jetzt tot. Und wegen dir … Ruti …« Er begann zu weinen. Wieder erlitt er einen dieser Anfälle, die wir inzwischen kannten, bei denen er anfing, mit den Händen herumzufuchteln und zu blöken wie ein Kalb. Ein unangenehmes Schauspiel. Bar und ich schauten uns an.

»Aber du weißt, dass du dich irrst!«, rief Lotta. »Und fang jetzt nicht mit diesem Geheule an, damit man dir nicht mehr antworten kann. Dieser Trick zieht bei keinem mehr!« Sie entfernte sich von dem Grab, auf dem sie gesessen hatte, und näherte sich Wilshere. Plötzlich hatte sie Mut gefasst. Nogga hielt sich dicht hinter ihr. Lotta wedelte mit einem Finger vor der Nase des schluchzenden Wilshere. »Vielleicht erzählst du uns mal, warum du mit Eddie mitkommen musstest? Wer hat dich überhaupt gebeten, dich einzumischen?« Sie schrie jetzt so laut, dass ich sicher war, sie würde jeden Moment ihre Stimme verlieren. Nogga stand bleich neben ihr und versuchte, ihr beruhigend die Hand auf den Arm zu legen, doch Lotta war wie in Trance und stieß ihre Hand weg. »Sie ist zu Eddie gefahren, ja und? Wer hat dich gebeten, dich einzumischen? Wer hat dich gebeten zu kommen? Missgeburt!«

»Eddie!«, blökte er zwischen seinen Schluchzern. »Eddie hat mich gebeten!« Jetzt brach er völlig zusammen. Lucy versuchte, ihm die Tränen abzuwischen, ihn zu beruhigen, bot ihm wieder die Wasserflasche an. Lotta versuchte, noch näher an ihn heranzukommen, doch Lucy und Nogga packten sie fest am Arm und drängten sie zurück.

Bar schaute mich verzweifelt an. »Ich verstehe gar nichts mehr«, sagte er zu mir.

Und dann traf noch ein Besucher zur Beerdigung ein, mit einer Stunde Verspätung.

Er erblickte uns, nickte uns mit ernstem Gesicht zu und wartete.

Die sechs Anwesenden sahen ihn überrascht an. Er nickte wieder, spähte auf seine Uhr, strich sein graues Anzugjackett glatt, verschränkte die Finger und dehnte die Hände. Er warf noch einen Blick auf die Uhr und schaute wieder uns an, die wir alle wie paralysiert darauf warteten, was er tun würde.

Nach einer kurzen Weile erregte etwas in den Augenwinkeln seine Aufmerksamkeit. Er schaute dorthin und
sah das neue Grab. Er hob eine Augenbraue, trat näher, bis
zu dem frischen Erdhaufen, beugte sich nach vorn, um das
provisorische Schild zu lesen, und richtete sich mit einer
abrupten Bewegung wieder auf. Er warf einen Blick nach
hinten in unsere Richtung. Wir beobachteten ihn alle interessiert. Er richtete seinen Blick wieder auf das Grab, umrundete es vorsichtig, und dann drehte er sich um und
wandte sich uns zu, während er ein weiteres Mal auf seine
Uhr sah. Es war eine große Herrenuhr, wie man sie in Wer-
bungen und Luxusmagazinen aus dem Ausland mit Leo-
nardo DiCaprio sieht. Sein Haar war glattgegelt. Er sah
irgendwie geschniegelt aus, und da fiel mir ein, dass ich
ihn schon einmal gesehen hatte. Das war der Krawatten-
träger von Eddies Begräbnis, der Lotta die Taxitür aufgemacht und mich gebeten hatte, den Minjan vollzumachen.
Mit verkehrter Betonung der hebräischen Wörter.

Er ließ seinen Blick über uns alle gleiten und sagte in
Englisch mit ausgesprochen britischem Akzent: »Ist das das
Grab von Ruti Spielberg?«

»Ja«, sagte Bar.

»Sollte das Begräbnis nicht um sechs sein?«

»Fünf.«

Er blickte wieder auf seine Uhr, als würde das etwas
ändern.

»Wer sind Sie?«, fragte Bar.

Der Geschniegelte bedachte Bar mit einem Blick, den
ich nicht anders als arrogant beschreiben konnte. Er drehte
sich um und kehrte an Rutis Grab zurück. Sein Anzug
raschelte glänzend im Licht der untergehenden Sonne.

Ich fragte mich, ob er aus Seide war. Als er das Grab erreicht hatte, ließ er sich vor dem Erdhäufchen plötzlich auf ein Knie hinunter und streckte seine manikürte Hand nach dem provisorischen Schild aus, auf dem handschriftlich »Ruti Spielberg« stand, mit einem Schreibfehler. Wir, die sechs Zurückgebliebenen, schauten den Mann in seiner merkwürdigen Pose an. Es waren einige Minuten vergangen, seit er den Friedhof betreten hatte, und wir hatten fast kein Wort mehr geäußert. Irgendwo begrüßten wir seine Ankunft, denn er hatte uns allen eine Pause in dem zermürbenden Duell zwischen Lotta und Wilshere verschafft.

Er erhob sich. Schüttelte den Staub von seiner schönen Hose, blieb noch einen Moment vor dem Grab stehen, drehte sich dann um und kehrte zu uns zurück.

»Eine schöne Zeremonie?«, fragte er. Keiner antwortete. Er ließ den Blick über die Zitronen- und Orangenhaine ringsherum schweifen. »Schöner Ort für die letzte Ruhe. Herrlicher Duft.«

Ich betrachtete die Obstbäume, die den Friedhof von Ramat Hakovesch auf allen Seiten umgaben.

»Wer hat gesprochen? Ihre Söhne? Die Enkel? War man gerührt? Wurden Tränen vergossen?«

Bar entschloss sich zu reden. »Ihr jüngerer Sohn hat geredet. Hat schön gesprochen.«

»Was hat er gesagt?«, fragte der junge Engländer und strich sich mit der Hand über sein gepflegtes Haar.

»Kam aus dem Holocaust. Hat das Land aufgebaut. Generationen von Kindern im Kibbuz erzogen, Englisch unterrichtet.«

Er nickte und steckte die Hände in die Hosentaschen. Sein Blick wandte sich Wilshere zu, er neigte leicht den

Kopf und sagte: »James.« Wilshere hob die Augen, die auf seine Knie geheftet waren, und nickte dem jungen Mann ebenfalls zu. Sie kannten sich. Als der Blick des Geschniegelten auf Nogga fiel, huschte ein Schatten über seine Augen. Dann wanderte er zu Lotta. »Lotta«, sagte er weich.

Auch sie kannte er, und auch sie nickte. Ihre Wimpern flatterten leicht, was mich ein wenig überraschte. Wie es schien, hatten beide ihre gewöhnliche Sicherheit und ihr Charisma verloren. Er blickte sie lange an und nickte dann wieder. »Wie geht es Ihnen?« Er vergaß auch Lucy nicht. Ein englischer Gentleman. Sie antwortete, und er nickte.

Schließlich wandte er sich unserer Abteilung zu.

»Ich bin Bar, sehr erfreut.«

»Hi, Bar.«

»Eitan.«

»Schalom, Eitan. Wir haben uns beim vorigen Begräbnis getroffen.«

Wir warteten. Wilshere atmete schwer. Der geschniegelte junge Engländer schaute uns alle an. Er drehte sich ein letztes Mal um, überflog das Grab mit einem Blick und stieß ein verärgertes kleines Lachen aus. »Bin ich also zu spät gekommen«, sagte er. »Hier.« Er zog eine schlanke Brieftasche aus der Innentasche seines Jacketts, entnahm ihr ein paar Visitenkarten und verteilte sie einzeln an jeden der Anwesenden. Dann sagte er: »Auf Wiedersehen«, winkte kurz und ging zu dem Auto, das vor dem Friedhof auf ihn wartete. Ich betrachtete den Wagen interessiert, ein BMW 635i Coupé – ein Schlitten, der mindestens eine halbe Million Schekel wert war. Ein Fahrer stieg aus, in einer eigenen, vornehmen Uniform, und ging um den Wagen herum, um dem Geschniegelten die Tür zu öffnen.

Mit Fahrer machte das sogar sicher über eine halbe Million.

Ich senkte den Blick auf die Karte zwischen meinen Fingern, näherte sie meinen Augen, bis ich sie entziffern konnte. In silbernen Buchstaben, in Englisch, auf angerautem Pergament, stand da: David O'Leary. Diamanten-Broker. Adresse, Telefonnummer, E-Mail und Webseite waren alle in Englisch. Der Firmenname lautete »O'Leary & Sons«.

Als ich meinen Blick wieder hob, zwinkerten mir schon die eleganten Rücklichter des BMW leuchtend rot in der einbrechenden Dunkelheit zu.

»Der junge O'Leary«, sagte ich zu Bar.

11. Die Fragen, die offen blieben

In den ersten Minuten der Fahrt taten Bar und ich nichts anderes, als Erdnüsse zu zermalmen. Dieser Tag hatte uns erschöpft.

Meine Eltern riefen an, und ich telefonierte mit ihnen über die Freisprechanlage. Sie fragten, ob Noga dieses Wochenende bei mir sei. Ich lächelte und sagte ja. Sie fragten, ob wir Freitagabend zum Essen kommen würden. Ich überlegte kurz und sagte, warum nicht. Noga liebte die Wohnung ihrer Großeltern in Jerusalem. Ich sagte, wir würden vielleicht über Nacht bleiben. Als ich aufgelegt hatte, nahm ich mir noch eine Handvoll Erdnüsse. Bar kaute an seinen. Ich sagte ihm, dass ich daran dachte, ein bisschen zu arbeiten. Er signalisierte mit den Fingern »Moment noch«. Ich sagte zu ihm: »Hab ich dir mal erzählt, dass dieses Zeichen für ›Moment noch‹ in Italien ›vaffanculo‹ bedeutet – die schlimmste Geste bei den Italienern?«

»Das hast du mir schon ungefähr tausendmal erzählt«, erwiderte er, »aber inzwischen hab ich entdeckt, dass das gar nicht stimmt. Das ist anscheinend eine israelische Interpretation. Die echte Bedeutung dieser Geste in Italien ist ›okay‹.«

Ich warf mir noch zwei Erdnüsse in den Mund und grinste.

»Ist das dein Ernst? Du schmeißt mir hier eine jahrelange Gedankenspur durcheinander.«

»Das ist deine Schuld, Krokodil! Du hast uns jahrelang getäuscht!«

»Was du nicht sagst! Du checkst doch alles immer auf Wikipedia, was ist diesmal passiert, bist du auf deinem Posten eingeschlafen?«

Er schaute mich an. »Gut, lass uns lieber mal einen Moment nachdenken, wo wir stehen und wie wir vorwärtskommen.«

Ich machte eine Geste mit der Hand, er solle fortfahren. Einen Augenblick erwog ich, vorher die Bewegung für *vaffanculo* zu machen. Auch wenn sie nicht wirklich diese Bedeutung hatte.

»Zuerst einmal ist mir unsere Position nicht klar. Wir untersuchen diese zwei Mordfälle, oder? Wenn ja, dann im Auftrag von wem? Und wenn nicht, was zum Teufel machen wir dann?«

»Das fällt dir jetzt ein?«, grinste ich. »Hör mal, Lotta hat mir schon vor längerem gesagt, sie glaubt, dass O'Leary ermordet worden ist, und sie hat Angst, dass man sie auch ermordet, und sie hat mir vorgeschlagen, das zu untersuchen, gegen Bezahlung.«

»Ich erinnere mich. Aber ich erinnere mich nicht, ob du ja gesagt hast.«

»Ich habe gesagt, ich würde darüber nachdenken und ihr Bescheid geben.«

»Und, hast du?«

»Ich habe ihr nicht bloß nicht Bescheid gesagt, ich habe

auch nicht darüber nachgedacht. Ich hab's nicht geschafft. Alles ist zu schnell passiert. Sie ist verschwunden, die Leiche, Wilshere, das Begräbnis, eins hat zum andern geführt.«

»Dann müssen wir mit ihr reden und herausfinden, ob das Angebot noch auf dem Tisch ist und zu welchen Bedingungen. Nicht dass ich das Geld brauche, aber ich will wissen, wie sehr sie bei der Sache ist, wie weit sie sich reinhängt.«

»Weil du immer noch Wilshere glaubst, dass sie es war.«

»Das hab ich nicht gesagt«, entgegnete Bar und fügte hinzu: »Aber diese Frau hat uns mit einer Pistole bedroht.«

»Hast du Lust auf Schawarma?«, fragte ich. Wir befanden uns in Nachalat Jizchak. Schawarma Nachalat Jizchak war mein Favorit auf dieser Seite des Ajalon und vielleicht überhaupt.

»Klar«, gab er zurück.

Ich parkte, und die nächsten Minuten verbrachten wir in der Schlange, danach mit der Aufzählung, was wir alles wollten, und damit, Schälchen mit Salaten zu füllen – Kraut, sauer Eingelegtes, Blumenkohl, Rote Beete. Bar las den Wirtschaftsteil. »Also echt, die Preise für Strom und Benzin, verreckte Kacke«, sagte er. Ich las den Sportteil, Meisterschaftsliga. Ich verstehe nicht, weshalb sie in diesem Land ein solches Riesentheater um Barcelona machen.

»Also, wir haben gesagt, wir müssen rausbringen, wo Lotta steht. Aber noch wichtiger ist, die ganzen offenen Fragen durchzugehen.« Bar nahm einen großen Bissen von dem Schawarma, während er mit der anderen Hand ein paar Schälchen und Flaschen wegschob, die die vorigen Gäste auf dem Resopaltisch stehen gelassen hatten.

Ich sagte: »Moment mal, Bar. Vorher... Da ist ein Mörder. Oder eine Mörderin. Und zwei Leute behaupten, dass der Mörder oder die Mörderin noch einen Mord plant. Und wir mischen mittendrin mit... Nicht wirklich professionell oder erfahren... vielleicht sollten wir damit trotzdem lieber zur Polizei gehen?«

»Zu wem? Zu Dvir Ben Amoz? Findest du echt?«

»Dann eben zu jemand, den man ernster nehmen kann.«

»Kannst du vergessen. Alte Leute. Niemand wird das ernst nehmen. Und keiner wird mit ihnen kooperieren. Da kommt nichts dabei raus. Ich notiere mal die offenen Fragen.« Bar öffnete eine App für Listen in seinem Mobiltelefon und begann einzutippen:

»Wer hat O'Leary ermordet, falls er ermordet worden ist?

Wer hat Ruti Spielberg ermordet, falls sie ermordet worden ist?

Warum sind Wilshere und O'Leary vor einem Monat nach Israel gekommen?«

Ich warf ein: »Wilshere sagt, dass Nogga zu O'Leary nach England gefahren ist und die ganzen bösen Geister aus der Vergangenheit wachgerufen hat. Nogga hat es nicht abgestritten.«

»Stimmt. Also heißt es:

Warum ist Nogga nach England gefahren?

Wie hat sie die bösen Geister aus der Vergangenheit geweckt?

Was waren das für Geister aus der Vergangenheit?«

Er hob den Finger vom Display des Telefons und wandte sich mir zu. »Ich nehme an, dass alles mit den zwei jungen Paaren aus dem Jahr 1946 begann, damit, dass Ruti und O'Leary ihre Partner Wilshere und Lotta betrogen haben. Aber« – er begann wieder zu tippen – »wie ist das damals ausgegangen, nach den Peitschenschlägen? Haben die Paare sich getrennt, oder sind sie zusammengeblieben … sag mal, hat sie dir das alles nicht erzählt? Drei Wochen fährt sie Tag für Tag Taxi mit dir, ich hab gedacht, ihr seid die dicksten Freunde?«

Ich zuckte die Achseln. Sie hatte nicht davon geredet.

»Vielleicht ist Nogga die Enkelin von den beiden? Auch der junge O'Leary ist wahrscheinlich sein Enkel. Auch ihrer? Welche Verbindung besteht zwischen ihnen?«

»Stimmt. Nogga hat eine perfekte englische Aussprache. Und David O'Leary ist auf beiden Begräbnissen aufgetaucht, ist Engländer und Diamantenhändler.«

»Den Filipino von Ruti dürfen wir nicht vergessen. Er hat behauptet, dass Ruti gesagt hat, sie hätte Angst vor dem jungen O'Leary.«

Ich bedeutete ihm, einen Augenblick zu warten, ging zu dem Kühlschrank in der Ecke und holte eine Glasflasche Coca-Cola heraus. Er signalisierte mir, für ihn auch eine mitzubringen. Ich machte beide Flaschen mit dem Öffner auf, der am Kühlschrankgriff baumelte, und kehrte an den Tisch zurück. Ich trank genussvoll.

Bar war in Fahrt: »Wie ist die Familienbeziehung zwischen den beiden O'Learys genau? Warum ist der junge nach Israel gekommen? Ist er zwischen den Beerdigungen dageblieben, oder ist er zweimal gekommen? Ist er der Erbe seines Opas? Ein Haufen Geld, oder?«

Wir wechselten einen Blick. Der junge, geschniegelte O'Leary. Wenigstens über ihn bestand Einigkeit: Wir mochten ihn beide nicht.

Ich fuhr fort: »Und warum ist Wilshere dageblieben? Und was hat die Affäre zwischen Wilshere und Lotta in den letzten Wochen zu bedeuten? Das ist absolut seltsam.«

Bar nickte. »Jetzt hassen sie sich total.«

Er konzentrierte sich einen Moment auf sein Schawarma. Ich wusste, was er dachte. Zu viele Fragen. Trotzdem stellte er die nächste Frage: »Was ist das für ein Ding mit der Pistole – warum und wie hat Wilshere sie mitgebracht, warum ist sie zu Lotta gewandert und warum hat sie uns bedroht? Willst du mir im Ernst sagen, dass du dich nach dieser Story nicht vor ihr fürchtest?«

»Sie hat einen Teil dieser Fragen beantwortet«, entgegnete ich und fügte hinzu: »Wenn ich überhaupt vor irgendwas Angst habe, dann vor Wilshere, er ist völlig unberechenbar. Es würde mich interessieren, warum er behauptet, dass Nogga an allem schuld ist.« Im Stillen dachte ich, wenn wir beide Angst hatten, sollte man nicht vielleicht doch zur Polizei gehen? Aber ich sprach es nicht laut aus.

»Das haben wir schon gesagt«, stellte Bar fest, nachdem er im Display des Telefons geblättert hatte.

»Haben wir schon?«

»Mehr oder weniger.« Er trank von der Cola. Die Mitarbeiter in der Küche des Lokals schrien und sangen Lieder. »Was noch?«

»Warum war Rutis Leiche in Lottas Zimmer?«, sagte ich. Bar nickte und tippte. »Warum hat jemand die Leiche von Ruti als Lotta identifiziert?« Nicken und Tippen.

»Ich dachte, das war vielleicht Nogga«, sagte Bar, während er tippte.

»Aber wir haben keinen Beweis dafür«, gab ich schnell zurück.

»Was ist mit den Diamanten?«, fügte Bar hinzu, und nachdem ich ein dummes Gesicht machte, erklärte er: »Die O'Learys arbeiten mit Diamanten. Ich weiß nicht, ob das was damit zu tun hat…«

»Das erinnert mich an einen Kunden, für den ich immer Diamanten im Taxi transportiert habe«, sagte ich. »Er hat mir eine Menge Arbeit verschafft, jeden Tag musste er Diamanten irgendwo hinbringen, und statt Brink's zu beauftragen, hat er mich genommen, aus allen möglichen Erwägungen heraus. Es gab eine Phase, da hab ich mit ihm gut fünfzig Prozent meiner Tageseinnahmen gemacht.«

»Ist er immer mitgefahren?«

»Er war nie im Taxi dabei. Nur seine Diamanten. Haufenweise. Von Schleifereien im Süden zur Börse in Ramat Gan. Einmal bin ich für ihn mit einer halben Million Dollar an Diamanten ins Ausland gefahren, nach Antwerpen.«

»Wie ist er auf dich gekommen? Du fährst doch noch gar nicht so lang?«

»Eine Erbschaft von Morris… shit! Morris! Oje! Die Schecks!!!«

»Wieso denn jetzt Morris? Lass mich mit Morris in Ruhe! Was hat Morris damit zu tun?«

Ich gab keine Antwort. Ich schaute das Pita an und biss ab. »Lotta hat gesagt, dass Wilshere die ganzen sechsundsechzig Jahre nicht gewusst hat, dass O'Leary und Ruti miteinander gevögelt und ihn betrogen haben«, kehrte ich zum Thema zurück. »Vielleicht hat die Entdeckung Wilshere dazu gebracht, sich an beiden zu rächen?«

»Vielleicht. Aber wie ist er draufgekommen? Und was hat er gemeint, heute auf dem Friedhof, als er geschrien hat: ›Was mir gehört, gehört wieder mir‹?«

Richtig. Ich ging Servietten holen. Dieses Schawarma war verteufelt gut. Haargenau richtig. Ich warf Bar ein paar Servietten zu, trank die Colaflasche leer und verschluckte einen Rülpser.

»Wohl bekomm's«, sagte Bar, wischte sich verschmiertes Tahina vom Mund und warf die zerknüllte Serviette in den Mülleimer in der Ecke.

Wir waren die letzten Kunden, draußen herrschte bereits Dunkelheit, und das Personal machte uns Zeichen, dass sie gleich schließen würden. Aber sie vertrieben uns nicht, also blieben wir noch ein paar Minuten in Ruhe sitzen. Bar wählte eine Nummer und drückte auf die Lautsprechertaste.

»Hallo?«

»Hallo, Nogga? Ich glaub's nicht, du bist dran! Hier ist Bar, mit Krokodil, wir würden gern kommen und mit dir und deiner Großmutter reden.« Sie murmelte etwas, und dann hörte man im Hintergrund eine gedämpfte Stimme. Es war Lotta.

»Meinetwegen, kommt vorbei«, sagte Nogga und gab uns die Adresse.

Bar grinste breit, hob die Hand mit gespreizten Fingern und klatschte sie gegen meine.

»Die Peitschenhiebe demütigten die Engländer mehr als alles andere, was das Empire bis dahin erlebt hatte«, sagte Lotta. »Sie waren zutiefst erschüttert. In England wurden Leitartikel geschrieben, die dazu aufriefen, es den Juden heimzuzahlen oder abzuziehen und sie allein verrotten zu lassen. Churchill hielt seine berühmte Rede über das undankbare Heilige Land. In einer französischen Zeitung wurde die Karikatur eines britischen Soldaten abgebildet, der seinen Hintern mit einem Stahlhelm schützt. Britische Soldaten schrieben im ganzen Land Graffiti, man solle nicht vergessen, auch ihren Sergeants die Peitsche zu verabreichen, und gaben Namen und Personalien an. Die Engländer wurden dank der Tat einiger weniger Juden zum Witz, und ich war eine von ihnen. Es gab manche, die sagten, das sei der Anfang vom Ende des britischen Empire gewesen. Das ist wohl etwas übertrieben, aber bedenken Sie das Gefühl, einer dieser Einzelnen zu sein, die das im Namen des Empire erlitten. Die Schande, die Erniedrigung. James Wilshere und O'Leary waren diese Menschen im Fokus. Die Wirkung kam umgehend. Mit diesem Tag hörten die Briten auf, Juden auszupeitschen.«

»Ich sehe hier das Pamphlet von der Etzel«, sagte Bar und las von seinem Telefon ab:

Trotz unserer öffentlichen Warnung bestätigte der britische Nazigeneral Barker die erniedrigende Strafe der Auspeitschung, die einem hebräischen Soldaten vom ungesetzlichen britischen »Gericht« auferlegt wurde.

Am Freitag, den 27. Dezember 1946, wurde der junge Soldat im Zentralgefängnis in Jerusalem ausgepeitscht.

Entsprechend unseren Warnungen und als Reaktion auf die barbarische Tat der Sklavenhalter wurden am Sonntag Offiziere der britischen Armee in Netanja – dem Ort des letzten britischen Pogroms –, Tel Aviv und Jaffa ausgepeitscht.

Ein britischer Major und drei Sergeants erhielten

jeder 18 Hiebe, entsprechend der Anzahl der Hiebe,
die der gefangene hebräische Soldat erhielt.
Hiermit warnen wir:
Wenn die Sklavenhalter es in Zukunft wagen soll-
ten, Leib und menschliche wie nationale Ehre von
jungen Hebräern zu verletzen, werden wir nicht
mehr mit der Peitsche reagieren: Wir werden mit
Feuer antworten.
Die Ehre Israels im Lande Israel wird nicht er-
niedrigt werden!
Die Ehre des hebräischen Soldaten wird nicht
erniedrigt werden!
Schafft die britische Barbarei im Heiligen Land ab!

»Diese Bekanntmachung ist eine satte Triumphrunde für die Etzel«, sagte ich.

Bar wiederholte mit dramatischer Stimme: »›Schafft die britische Barbarei ab!‹ Das klingt fast wie Sie, Lotta, auf dem Friedhof heute!«

Lotta schlug die Hände zusammen und lachte. Auch Nogga lächelte. »Wissen Sie«, sagte Lotta dann, »Begin hat sich auch geirrt, in der Art der Peitsche und der Art der Schläge. Die Briten hatten etwas weniger Schmerzhaftes, sie benutzten einen biegsamen Bambusstock. Und die Etzel schlug mit einer Lederpeitsche, was viel grausamer ist. Aber so war es nun mal. Sie fühlten sich stark bei uns, hatten das Gefühl, wir hätten diejenigen besiegt, die die Nazis besiegt hatten. Und die Briten wagten es tatsächlich nicht mehr, Leute auspeitschen zu lassen, so schockiert waren sie. ›Die Sklavenhalter‹, ha ...« Lotta schwieg einen Moment und starrte aus dem Fenster ins Leere, bis das Lächeln von ihren Lippen verschwand. »Aber wissen Sie«, sagte sie leise, »mich haben diese ganzen nationalen Echos nicht interessiert. Von meiner Warte aus war es persönliche Rache, die zufällig mit nationalen Mitteln umgesetzt wurde.«

Noggas Wohnung befand sich in der Liebermannstraße, Rücken an Rücken mit der rumänischen Botschaft. Eine geräumige Wohnung mit Parkettboden, sauberen Wänden und kluger Einrichtung. Lotta saß in einem großen Sessel, in der eleganten cremefarbenen Bluse mit dem breiten Kragen, die sie bei der Beerdigung getragen hatte. Nogga hatte sich umgezogen – sie glitt in Fellhausschuhen übers Parkett, trug graue, perfekt sitzende Trainingshosen und darüber eine dünne langärmlige, violett gestreifte Baumwollbluse. Sie war beschäftigt – machte Kaffee, servierte Kuchen, brachte ihrer Großmutter einen Pullover, öffnete ein Fenster zum Lüften, beantwortete einen Anruf. Ich genoss es, ihr zuzuschauen. Sie war jedes Mal ein hübscher Anblick, und in legerer Kleidung sah sie sogar noch besser aus. Die Haare hatte sie hoch oben zu einem Büschel zusammengefasst, was man Bluff-Kuku nannte, wie ich von meiner Tatarin wusste. Die Frisur brachte den langen Hals, die widerspenstigen Löckchen und hübschen Ohren zur Geltung.

»Also, was ist dann passiert?«, fragte Bar. »Zwischen Ihnen vier, nach den Schlägen?«

»Es waren ein paar verrückte Tage. Die Briten tobten, verhafteten, bestraften. Ruti und ich hielten uns fern – ich hauptsächlich zu Hause und Ruti im Nelson. Die Jungen lagen im Krankenhaus. Nach einigen Wochen kehrten sie zurück, und wir versuchten da weiterzumachen, wo wir aufgehört hatten. Eddie und mir glückte es nicht. Ich liebte ihn immer noch, und er liebte mich, aber wir trennten uns.«

»Warum?«, fragte Bar. Ich betrachtete Nogga, die sich neben ihre Großmutter gesetzt hatte und zuhörte.

»Er ging nach Jerusalem, und ich blieb in Haifa. Die Spannung und die Aktionen steigerten sich noch. Die Briten zogen überall Stacheldraht, verboten den Soldaten offiziell, Beziehungen zu Jüdinnen anzuknüpfen oder in jüdische Geschäfte zu gehen. Sie versuchten, den Geldbeutel zu treffen. Das Nelson zum Beispiel wurde geschlossen, weil es den britischen Soldaten untersagt war, dort hineinzugehen, und ohne sie kein Geschäft mehr lief.«

»Sind Wilshere und Ruti zusammengeblieben?«

»Ich habe Ruti nicht mehr gesehen. Von anderen hörte ich, dass die beiden nach einiger Zeit, nach einem Jahr oder mehr, wieder zusammenkamen ... dass sie nach Mandatsende zu ihm nach England fuhr und bei ihm blieb, bis sie aufgab und zurückkehrte. Ich denke nicht, dass es dort für Jüdinnen einfach war. Die Briten sind nicht besonders gastfreundlich. Und sicher war ihr kalt, der verwöhnten Dame. Sie hatte zwar Mut und kam allein zurecht, gleichzeitig ließ sie sich jedoch auch gern treiben, wie so viele Juden, die sich nirgendwo zu Hause fühlten ... Er war bis über beide Ohren verliebt, und sie wusste das zu schätzen, außerdem gefiel ihr die Idee eines englischen Bräutigams. Aber es war schwierig für gemischte Paare. Am Ende kehrte sie zurück und heiratete einen Jungen aus Ramat Hakovesch. Der arme Wilshere kam anscheinend nie darüber hinweg. Er gehört zu der Sorte Männer, denen das Herz in der Jugend gebrochen wurde, und aus lauter Angst, es könnte wieder brechen, gestatten sie es sich nicht, sich noch einmal zu verlieben.«

Ich zog eine Augenbraue hoch. War das etwa eine Anspielung auf mich? Ich hatte lange mit ihr über Dutschy und mein Liebesleben geredet. Ihr Blick glitt zu mir, und es war klar – ja, das galt mir. Vielleicht eine Warnung.

»Dann haben Sie sich seitdem nicht mehr getroffen? Sechzig Jahre lang? Sie haben es nicht noch einmal versucht?«, fragte Bar. Nogga hielt die Hand ihrer Großmutter; ich musste sie immer wieder verstohlen ansehen.

»Ich wollte, und wie sich herausstellte, wollte auch er es. Wir hatten nicht aufgehört, uns zu lieben. Aber damals gab es kein Facebook.« Lotta lachte müde. »Hin und wieder drangen Gerüchte zu mir. Von hier und dort. Ich wusste, was er arbeitete. Dass er geheiratet hatte, Kinder ... ich wollte nicht stören. Herzchen, bring uns doch ein paar Pistazien. Eitan liebt Pistazien, stimmt's? Er hat immer welche im Taxi.«

»Erdnüsse«, korrigierte ich.

»Ach, wirklich? Was ist schlecht an Pistazien?«

»Pistazien schmecken wirklich gut«, antwortete ich, »genauso gut wie Erdnüsse, aber beim Fahren sind sie umständlicher zu handhaben.«

»Sie wollten sich treffen?«, unterbrach Bar. »Obwohl sie heute Wilshere angeschrien haben, dass die Briten arrogant und widerlich seien?«

Sie starrte ein Bild an der Wand an, versuchte, den Faden wiederaufzunehmen. »Nun ja, lässt sich über Liebe streiten? Ich habe Ihnen schon gesagt, dass mir das Persönliche wichtiger war als alles Nationale und dass ich von meiner Warte aus zugunsten der Liebe auf die Staatsgründung verzichtet und bis heute unter britischem Mandat gelebt hätte. Außerdem war Eddie Ire, was etwas vollkommen anderes ist.« Sie streckte die Hand aus und trank aus ihrer Teetasse. »Ich hatte ein tiefes Loch im Herzen. Ich sehnte mich nach ihm, und inzwischen weiß ich, dass er sich auch nach mir sehnte. Ich träumte von seinem Dorf in Irland, von dem er mir so viel erzählt hatte, obwohl er inzwischen nach London gezogen war und an der Diamantenbörse zu arbeiten begonnen hatte. Ein südafrikanischer Bekannter, ein Jude, der mit ihm in dem Lastwagen in der Normandie gewesen war, als Eddie die Richtung zum Schlachtfeld verlor, verschaffte ihm eine Arbeit als leitender Broker für die Zuteilung von Rohdiamanten im Auftrag des südafrikanischen Diamantensyndikats.«

»Warum haben Sie ihn nicht gesucht? Es hat auch vor Facebook Methoden gegeben.«

»Es hätte nicht funktioniert. Wir waren zu jung, um das, was passiert war, zu bewältigen. Ich hätte die Gewissensbisse wegen meines Verrats nicht ausgehalten, aber ich hätte es auch nicht zu beichten gewagt. Auch er hatte mich betrogen, mit meiner besten Freundin, und das quälte ihn. Wir mussten all diese Jahre vorübergehen lassen.«

»Sie haben also verzichtet.«

»Ja und nein. Er blieb in meinem Herzen, blieb immer die Liebe meines Lebens und nach dem, was er mir in seinen letzten Tagen erzählte, ich auch die seine. Und es ist ja nicht so, dass ich auf das Leben verzichtet hätte. Ich habe geheiratet, und wir bekamen eine Tochter, die Mutter dieses hübschen Mädchens und von drei weiteren Enkeln.« Sie streichelte Noggas Hand. »Meine Tochter hat, von allen Männern auf der Welt, ausgerechnet einen Engländer geheiratet, Dickson. Ist das zu glauben? Und ich habe ihr nie erzählt, dass ich eine Liebesgeschichte mit einem Briten hatte! Ich wollte nicht, dass sie im Namen ihres Vaters gekränkt wäre, wenn sie begriffen hätte, dass er nicht meine große Liebe war. Mein Mann ist vor über dreißig Jahren gestorben, und seitdem bin ich allein, lebe in Tel Aviv.« Sie lächelte uns müde zu. »Ich habe nicht wieder geheiratet. Einmal hat mir genügt.«

Ich sagte: »Ich glaub es nicht. Drei Wochen sind wir jeden Tag zusammen im Taxi gefahren. Ich dachte, wir sind Freunde. Und das alles haben Sie vor mir verheimlicht?«

»Über fünfundachtzig Lebensjahre lässt sich viel erzählen. Ich habe Ihnen nicht wenig erzählt. Und ich höre auch sehr gern zu. Ich weiß von Ihrer Tochter, Ihrer Geschiedenen und Ihren Taxifahrten.« Sie trank noch einen Schluck Tee. »Außerdem wussten Sie, dass Sie mich jeden Tag zum Grab meines Liebsten fahren. Eddie war meine erste Liebe. Die wahre Liebe meines Lebens. Schlussendlich ist nur das wichtig, wie ich Ihnen schon sagte.«

Sie wurde müde. Es war ein langer Tag gewesen. Ihr taten die Knie weh. Ihre Tabletten waren im Altersheim, und sie wollte in ihrem Bett schlafen. Bar räusperte sich und meinte, das Ende der Geschichte stehe aber noch aus – wie es kam, dass sich die beiden britischen Soldaten und die zwei jüdischen Mädchen im Jahr 2013 wiedervereinten, sechsundsechzig Jahre nachdem sie sich getrennt hatten, fünfundsechzig Jahre nach Ende der Mandatszeit.

Lotta hatte eine Idee. »Fahren wir doch alle zusammen ins Altersheim. Und auf der Rückfahrt kann Nogga Ihnen erzählen, wie es dazu kam. Es hat nämlich wirklich mit ihrer Reise zu Eddie angefangen. Sie muss diesen Teil der Geschichte erzählen, nicht ich.«

Bar blickte mich an. »Super Idee«, sagte er, »aber ich muss nach Hause. Nirit bringt mich sonst um. Ich bin den ganzen Tag verschwunden gewesen. Sie war einverstanden, mich morgen Nachmittag wieder losziehen zu lassen, aber jetzt braucht sie mich. Kommst du klar?«

»Sicher«, erwiderte ich, fast zu schnell. Die Vorstellung, mit Nogga von Herzlija zurückzufahren und ihre Geschichte zu hören, war attraktiv.

»Nur noch eine Sache«, fing Bar wieder an. Ich verdrehte die Augen. Immer hatte er nur noch eine letzte Sache. Die beiden Frauen blieben vor der Wohnungstür stehen und blickten ihn an.

»Was hat Wilshere gemeint, als er heute am Friedhof gebrüllt hat: ›Was mir gehört, gehört wieder mir!‹?«

Nogga sah ihre Großmutter an, die ihr den Blick zurückgab und dann die Lippen zu einem müden Lächeln kräuselte. »Seine Pistole«, sagte sie.

»Was?«

»Erinnern Sie sich an die Pistole?«, fragte Lotta.

»Nu, aber ja, klar. Sie haben gesagt, sie gehört ihm.«

»Er wusste ja, dass ich die Pistole habe, vielleicht hat er vermutet, dass sie sich in meiner Tasche befindet, und als Nogga anfing, mit der Tasche auf ihn einzuschlagen, hat er sie an sich gerissen und sie durchwühlt in dem ganzen Aufruhr. Und dann hörte ich den Schrei. Als ich nachher meine Tasche wiederhatte, habe ich nachgesehen. Die Pistole war nicht mehr drin.«

»Das ist meine Schuld«, sagte Nogga, »ich bin so blöd, dass ich ihm die Tasche ...«

»Nein, nein«, unterbrach sie Lotta und legte beruhigend die Hand auf den Arm ihrer Enkelin. »Es war wirklich seine«, lächelte sie. Aber dann erlosch ihr Lächeln. »Nur dass ich jetzt noch mehr Angst habe, dass er sie gegen mich verwenden wird.« Sie blickte zu Bar und dann zu mir. »Sie müssen ihn aufhalten.«

»Moment, Moment«, sagte Bar. »Helfen Sie mir auf die Sprünge? Woher ist diese Pistole? Wie ist sie…«

»Das hat sie schon erzählt«, erinnerte ich ihn. »Die Pistole ist in Teile zerlegt worden, die genau in den Rahmen des Rollstuhls passen und die Detektoren am Flughafen linken. James Wilshere Bond«, sagte ich. Bar grinste.

»Richtig«, sagte Lotta. »In den Tagen, in denen ich mit ihm in Kontakt war, ist es mir gelungen, sie ihm abzunehmen. Ich hatte ein besseres Gefühl, wenn sie nicht in seinen Händen war. Aber er wollte sie zurück, belästigte mich… ›Was mir gehört, gehört wieder mir‹, ha. Das kann man von vielen Dingen sagen.«

»Los, Oma«, sagte Nogga, »es wird spät.«

Wir stiegen alle vier ins Taxi ein, setzten Bar zu Hause ab und fuhren Richtung Herzlija.

»Wie immer«, sagte Lotta. »Tel Aviv – Herzlija in Eitans Taxi. Schade, dass ich Eddies Grab schon so lange nicht mehr besucht habe. Wir müssen wieder zur alten Ordnung zurückkehren.« Ihr kleines Kichern hörte sich erschöpft an.

Nogga sagte nur: »Oma, du redest jetzt nichts mehr. Ruh dich aus.«

Lotta schwieg während der weiteren Fahrt. Vielleicht war sie eingeschlafen. Auch Nogga sagte nichts. Wir fuhren stumm durch die Dunkelheit. Davor, in der Wohnung, hatten Bar und ich noch mal nachgefragt, ob es Lotta ernst meinte mit ihrem Auftrag. Ja, lautete ihre Antwort, sie wollte, dass wir weiter nachforschten. Ja, sie würde uns bezahlen. Ja, sie habe immer noch ganz entschieden Angst vor Wilshere und wäre froh, wenn er sich dank unserer Ermittlung von ihr fernhalten würde, sich zurück nach England verziehen und aufhören würde, Nogga und sie zu verleumden und vor allem sie zu beschuldigen, die Liebe ihres Lebens getötet zu haben.

Ich wartete im Taxi, während Lotta von Nogga zu ihrem Zimmer begleitet wurde. Meine Erdnüsse waren aus. Ich schaltete das Radio ein. »I want to know what love is« von Foreigner. Ich saß im Dunkeln und summte die Zeile mit. »In my life there's been heartache and pain, I don't know if I can face it again.«

Nogga setzte sich neben mich. »Willst du am Meer entlangfahren?«, fragte ich sie. Sie nickte, und ich lenkte das Taxi zur Marina von Herzlija und von dort zu der Sandstraße, die sie mit dem Hotel Mandarin verbindet. Die meiste Zeit sah sie aufs Meer hinaus und schwieg, und wie vorher in der Wohnung fand ich es schön, meinen Blick auf ihr ruhen zu lassen. Sie lachte.

»Was ist komisch?«, fragte ich.

»Schau auf die Straße«, erwiderte sie.

Ich sagte: »Weißt du, dass meine Tochter so heißt wie du?«

»Ja, meine Großmutter hat es mir gesagt.«

»Aber mit einem g geschrieben.«

»Das hat sie mir nicht gesagt.«

»Ich weiß.«

»Und wie heißt deine Frau?«

Ich sah sie an. »Ich habe keine Frau.«

Sie warf mir einen prüfenden Blick zu.

»Die Mutter von Noga? Wir sind geschieden. Schon seit drei Jahren. Wow, wie die Zeit rast.«

Sie sagte nichts.

»Und du?«

»Und ich was?«

»Ich habe in deiner Wohnung Spuren von einem Mann gesehen. Große Hausschuhe. Männerhemden. Im Bad zwei Zahnbürsten, Rasierschaum.«

»Auch Frauen rasieren sich, weißt du.«

»Ja, aber sie haben Rasiersachen für Frauen, die sich normalerweise in der Dusche befinden. Ich habe in der Dusche nachgeschaut. Dort waren eine Rasierklinge und Rasierschaum für Frauen. Venus. Und neben dem Waschbecken stand Rasierschaum für Männer.«

»Ein echter Detektiv!«

»Warum war er nicht zu Hause?«

Sie zuckte die Achseln.

Ich sah zu ihr hinüber. »Wir müssen miteinander reden«, sagte ich.

»Über was?« Sie klang leicht belustigt.

»Darüber, dass du die ganze Geschichte mit diesen Alten wieder neu entzündet hast. Und warum das zu dermaßen hohen Flammen geführt hat. Wilshere hat dich beschuldigt, und auch Lotta hat erzählt, dass du zu Eddie nach London gefahren bist. Warum? Wie ist der Kontakt zustande gekommen?«

»Willst du dich irgendwo reinsetzen?«

»Klar.«

Sie dirigierte mich zur Imperial Cocktail Bar, die ich nicht kannte, in der Jarkonstraße. »Es sieht ein bisschen nach Fünfzigerjahre aus«, lächelte sie, »passend zur Geschichte.« Ich schaute mich um. Tatsächlich ein Ort, der einen um Jahrzehnte zurückversetzte. Wir gingen an die Bar. Ich war ein sehr dürftiger Trinker, von Whisky bekam ich Sodbrennen, und Bier war mir zu bitter, doch ich wollte sie beeindrucken, also bestellte ich Whisky. Sie nahm das Gleiche. »Die Bar ist berühmt für ihre Cocktails, aber die sind für Mädels. Das ist das Getränk, das ich am meisten liebe«, sagte sie, »weil es ehrlich ist. Es gibt Alkohol, der betrügt, sich von hinten anschleicht und plötzlich zuschlägt, so wie diese Cocktails oder auch Sake. Aber Whisky sagt, was er will, und kriegt es.« Sie schaute mich an, während sie diesen Satz sagte, und ich spürte, dass mir der Hals eng wurde.

»Wie lange bist du schon mit deinem Freund zusammen?«, brachte ich heraus, wobei ich hoffte, dass meine Stimme nicht zu piepsig und flatterig klang.

Sie betrachtete mich mit einem halben Lächeln. »Was spielt das für eine Rolle?«

Ich konzentrierte mich ein paar Sekunden auf das Glas in meiner Hand.

»Also, was wolltest du wissen?«, fragte sie. Bevor wir ihre Wohnung verlassen hatten, hatte sie sich umgezogen und dabei die Schlafzimmertür einen Spalt offen gelassen. Jetzt an der Bar, als sich ihr Rock über die Leggins spannte, dachte ich, vielleicht hatte sie, schon als sie sich umzog, geplant, etwas trinken zu gehen.

»Das weißt du doch – warum du zu Eddie O'Leary gefahren bist und warum es eine solche Riesenaffäre war und wie das zu dem ganzen Schlamassel geführt hat.«

Sie lächelte wieder ihr halbes Lächeln, wobei sich nur eine Seite der Lippen hob, beugte sich dann ein bisschen vor und winkte mir mit dem Finger, näher heranzukommen, als wollte sie mir etwas zuflüstern. Ich neigte den Kopf zu ihr, und sie sagte zu mir, ganz dicht an meinem Ohr: »Gib mir einen Kuss.« Ich hob überrascht den Blick, und da drückte sie ihre Lippen auf meine. Ich küsste sie zurück und hörte die kleinen Atemzüge aus ihrer Nase, klitzekleine Seufzer und Laute, und spürte eine wunderbare Weichheit und den bitteren Geschmack des Whiskys.

12. Die Geister, die sie rief

Wie ich es liebte, sie zu küssen. Ich kehrte immer wieder an den Tatort zurück – die weichen, wohlschmeckenden Lippen –, kämpfte mit ihrem süßen Eigensinn. Es war nicht so, dass sie es nicht mochte, zu küssen und zu streicheln, zu lecken und geleckt zu werden, zu saugen und gesaugt zu werden, aber vor allem wollte sie die Sache an sich. Mehr als Vor- oder Nachspiel wollte sie das Spiel selbst. Ich blieb ebenso beharrlich, kämpfte darum, sie zu streicheln, langsam auszuziehen, in die süße Mitte hinunterzugleiten, mit dem Finger die feuchten Falten zu streifen, mit meiner Zunge die Umgebung und das Dazwischen zu erkunden, auf ihnen und in ihnen. Es war so schön dort, schmeckte so gut, längliche Brustwarzen mit Karamellgeschmack, straffe Haut, die erst seit dreiundzwanzig Jahren existierte, doch sie wiederholte, »Ich will dich in mir«, worauf ich als Kompromiss den Finger nahm, der ganz glatt und nass war, als ich ihn herauszog. Die winzigen Seufzer, fast zwitschernd, die Schönheit, die ich mit den Augen verschlingen wollte, ich wollte in ihr Gesicht mit den geschlossenen Augen schauen, die Konzentrationsfalte zwischen ihren Augenbrauen sehen, und wieder hinuntergleiten, schmecken, mit einem Finger hineinfühlen und noch einem.

Ich streichelte ihre Wangen, küsste die Nasenspitze, berührte die Lippen. Mit der zweiten Hand rieb ich mein Glied von unten nach oben, an ihrer Öffnung, zwischen den flehentlich gespreizten Beinen. Doch der Bastard war nicht hart genug. Ich küsste eine Karamellbrustwarze, leckte, rieb wieder auf und ab, doch verfluchte Kacke, er stand nur auf Halbmast. Sie stöhnte mit ihrem erotischen Zwitschern, flüsterte drängend, sie wolle mich in sich, also versuchte ich so, in halberigiertem Zustand, in sie einzudringen. Irgendwie gelang es mir, und ich machte ein paar konzentrierte Bewegungen rein und raus, überzeugt, dass er in der Wärme und Feuchtigkeit, in diesem vollkommenen Genuss jetzt wachsen würde, er musste doch steif werden, aber nein. Ich versuchte es weiter, küsste sie, meine Bewegungen waren weniger elegant, fast entschuldigend, bis ich einfach aufhörte und auf ihr liegen blieb, während sie mich umarmte.

»Mach ich dich nicht an?«, fragte sie, leicht scherzhaft, aber nur ein bisschen.

»Du begreifst gar nicht, wie«, sagte ich zu ihr. »Er braucht Zeit, um sich daran zu gewöhnen.«

»Kann ich dir irgendwas Gutes tun? Sag mir, was ich machen soll.«

»Nein, du machst alles super ...« Ich rollte mich von ihr herunter und streckte mich neben ihr auf dem Rücken aus. Ich legte die Hand auf ihren Bauch, ließ sie abwärtswandern und berührte ihre überfließende Feuchtigkeit. »Wow, bist du nass«, sagte ich. »Wegen dir«, erwiderte sie. Ich drehte mich auf die Seite und betrachtete sie. Sie sagte:

»Ich liebe es, wie du mich anschaust. Das hat es bei mir ausgelöst, vom ersten Moment an, schon bei Eddies Begräbnis.«

Meine Hand wanderte wieder den Bauch hinauf, fand eine Brustwarze und streichelte sie. »In meinem Alter geht das nicht mehr automatisch«, sagte ich.

»Wie alt bist du denn?« Sie streichelte meine Bartstoppeln.

»Vierundvierzigeinviertel.«

»Das ist mir noch nie im Leben passiert«, sagte sie.

»Warst du schon mal mit jemand in meinem Alter zusammen?«

Sie lachte. »Hast du Viagra probiert?« Ich interpretierte das für mich: Ich war mit jemandem in deinem Alter zusammen, und der hat Viagra genommen.

»Nein, es war nie nötig.« Erst als der Satz aus meinem Mund gekommen war, begriff ich, dass ich ihn nicht hätte sagen sollen. Ich fügte schnell hinzu: »Ich sollte es mal versuchen. Alle meine Freunde benutzen es.« Wir berührten uns mit den Fingerspitzen. »Ich glaube«, sagte ich, »dass ich es zu stark will, das ist das Problem. Du schaust zu gut aus. Das bringt einen in Stress.« Sie kicherte. Ich fragte sie: »Willst du ihn ein bisschen lutschen?« »Klar«, erwiderte sie und legte sich zurecht. Ich hoffte, das würde es bringen.

»Ahhh …« Sie wusste, was sie tat. Ich streichelte ihren schönen Po, schloss die Augen, stellte mir ihre Lippen vor, wie sie auf und ab glitten, während sie das tatsächlich machten. Ich spürte, dass er sich aufzurichten begann. Er sollte bloß nicht auf andere Ideen kommen in dem Moment, in dem sie aufhören würde. Ich motivierte sie, indem ich ihren Hintern streichelte, und sie reagierte genussvoll, befriedigt, dass sie die gewünschte Wirkung erzielte. Ein halbgarer Ständer verletzt das Ego beider Seiten. Jeder verbeißt sich im Bemühen, ruhig zu bleiben, sich nicht zu stressen, keinen Druck zu machen, den anderen zu beruhigen, dass alles in Ordnung ist, nicht seine Schuld. Ich schloss die Augen. Sie machte mit der Hand weiter, wodurch ihr Mund frei wurde, und sagte: »Gib mir einen Schlag.«

»Hä?« Ich öffnete die Augen und schaute sie an, die Hand, die auf und ab rieb, das hübsche Gesicht, erhellt vom Licht der Straßenlaterne, das durchs Fenster fiel, den Mund, der wieder flüsterte: »Gib mir einen Schlag auf den Po.« Ich sagte nichts, machte die Augen zu, wandte das Gesicht wieder zur Decke, spürte, wie ihr Mund mich wieder aufnahm, hob die Hand und schlug auf ihren Po. Es war ein schwacher Klaps, also gab ich ihr noch einen, stärker diesmal. Sie saugte mit verdoppelter Leidenschaft, und das Glied reagierte mit eigener Begeisterung, also holte ich aus und klatschte mit der flachen Hand ein drittes Mal, noch stärker, darauf, und sie gab ein Stöhnen von sich, das ich vorher nicht von ihr gehört hatte.

Nun fühlte ich mich sicher genug, setzte mich auf, ging auf die Knie und zog sie auf die ihren mit dem Hintern zu mir, dieser Hintern mit den rötlichen Abdrücken meiner Finger, der erhoben vor mir winkte, sie senkte den Kopf auf das Laken, ich packte ihre Hüften und stieß zu, fast groß, fast hart, stieß hinein, und jetzt hörte ich sie.

Ich umklammerte ihre wunderbar gerundeten Hüften. Sie war nicht schlank, sondern genau richtig gepolstert für meinen Geschmack, und ich glitt hinein und hinaus, schaute mir selbst dabei zu, versuchte, in einen Rhythmus zu kommen, schaffte es zu funktionieren, segelte aber immer noch nicht auf der richtigen Höhe, versuchte, die Gedanken abzuschalten und auf Automatik zu agieren. Der Schatten der Erschlaffung schwebte weiter über mir. Sie streckte eine Hand nach hinten aus, legte die gespreizten Finger auf ihren Po, und ich verstand den Wink, erhob die Hand und schlug zu, am Anfang wieder schwach, stärker beim zweiten Mal und einen vollen Schlag beim dritten Mal, fünf Finger mit dem Klang einer Ohrfeige, die Handfläche klatschte auf den Hintern, und ich hörte sie, wie sie stöhnte und dann flüsterte: »Gib's mir, gib's mir, ich will dich spüren.« Ich gab es ihr. Und noch einmal. Und wieder. Meine Fingerabdrücke verdunkelten die weiße Haut. Doch es nützte nichts, wieder war ich nicht hart genug. Sie half sich selbst, ich fügte zwei Schläge hinzu, und der halbe Ständer versuchte noch, sich weiter hinein und hinaus zu bewegen kraft der Trägheit der Masse, doch nicht lange, bis ich über ihr zusammenbrach, meine Brust auf ihrem Rücken, das rutschige Glied über dem rötlichen Hintern.

Keuchend küsste ich ihr Ohr und flüsterte: »Wow.«

»Du bist nicht gekommen«, stellte sie fest.

»Nein«, sagte ich. »Und du?«

»Nein.«

Ich blieb so auf ihr, bis ich mich herunterrollte und neben sie legte. Fremdheit stand zwischen uns, die Fremdheit danach.

Es hatte mit einem Geschichtsseminar an der Universität angefangen, erzählte sie, über die Untergrundbewegungen vor der Staatsgründung. Sie hatte ihre Großmutter beim Schabbatessen danach gefragt, und Lotta hatte gesagt, natürlich könne sie etwas dazu erzählen. Sehr rasch führte das über das Studiengebiet hinaus. Großmutter und Enkelin hingen aneinander, seit Nogga ein Säugling war, und nun begann Lotta, ihre Geschichten aus der Mandatszeit zu erzählen. Die britische Verbindung interessierte Nogga natürlich: Ihr Vater war Brite, über ihn hatte sie englische Großeltern, Onkel und Cousins und sogar einen englischen Pass. Sie war ihr ganzes Leben in den Ferien nach England gefahren und erwog, ihr Studium dort fortzusetzen. Lotta hatte ihr gebeichtet, dass ihre Jugendliebe ein Ire war, Eddie O'Leary. Nogga war fasziniert. Sie hatte nichts gewusst. Vor allem verblüffte es sie, dass Lotta ihrer Tochter, Noggas Mutter, nie von ihrer Liebe und ihrem Leben in den Tagen des Mandats erzählt hatte, auch nachdem ihre Tochter einen Briten geheiratet hatte. Jetzt – spät in ihrem Leben, verwitwet, versöhnt mit sich selbst und ihrer Geschichte – nahm sie ihre interessierte Enkelin zum Anlass, die längst vergangenen Ereignisse heraufzubeschwören. Sie brauchte das. Sie erzählte von O'Leary, von ihrer Verliebtheit, von der tiefen Bindung zwischen ihnen, der Gefahr, die eine solche Beziehung im damaligen Palästina dargestellt hatte, und wie sie ihre Liebe vor den Eltern, den Behörden und den feindseligen Untergrundkreisen verheimlichen mussten. Sie erzählte von Wilshere und Ruti, von den Nächten, und auch von dem Verrat. Sie erzählte, zum ersten Mal in ihrem Leben, von ihrer Beteiligung an der Auspeitschung, die ihren Geliebten traf. Sie erzählte von der Reue und dem Schmerz, von den Echos, die diese Hiebe auslösten, und ihrem Einfluss auf die Beendigung des Mandats. Nogga war erstaunt, dass Lotta nie darüber geredet hatte. Sie ging in ein Seminar über Untergrundbewegungen, und auf einmal stellte sich per Zufall heraus, dass ihre Großmutter in ein Ereignis verwickelt gewesen war, das die Geschichte verändert hatte. Nogga war frustriert, dass niemand davon wusste, dass Lotta nicht die gebührende Ehre zuteilgeworden war. Lotta selbst interessierte das alles nicht, sie redete nur von Eddie, von der Sehnsucht, von dem missglückten Versuch, wieder zusammenzufinden, von dem Geheimnis, das sie all die Jahre schon vor ihm hütete, ohne sich dazu durchringen zu können, es zu enthüllen, und das sie immer noch quälte.

Das alles erzählte Nogga, auf ihren Ellbogen gestützt, über den ihre widerspenstigen Locken baumelten, ihre schönen Brüste nackt, ihre Karamellbrustwarzen steif aufgerichtet. Ich lag dicht neben ihr, streichelte manchmal ihre Rückenwölbungen, ab und zu streckte sie die Hand aus und streichelte mein schlaffes Glied. »Am Anfang versuchte ich Oma beizubringen, Facebook zu benutzen, um die Freunde von früher und besonders Eddie zu suchen. Wir legten ihr einen Account an, aber sie hasste es. Wir suchten, aber es gab Dutzende Eddie O'Learys, und keiner von ihnen war er. Bald darauf wollte ich nach England fahren, zu einer Familienfeier, und sagte zu Lotta: ›Ich könnte Eddie doch besuchen. Ich möchte ihn kennenlernen und mit ihm reden. Euch versöhnen. Ihr habt beide das Leben hinter euch, habt Familien gegründet, Kinder, Enkel. Diese Geschichte ist bei dir ungelöst, das quält dich, warum soll ich es ihm nicht erzählen? Was du gemacht hast, dass du es bereust und dass du den Kreis endlich schließen willst.‹«

»Willst du einen Espresso? Ich habe eine neue Maschine«, sagte ich zu ihr.

»Nein, aber bring mir Wasser.«

»Rotwein? Ich habe ihn von einem Kunden gekriegt, der eine Kelterei hat. Hat eine Medaille gewonnen.«

»Wasser.«

Ich küsste sie auf die Lippen und stand auf, um ihr ein Glas Wasser zu holen.

»Danke.« Sie war durstig. »Kurz gesagt, es war meine Idee. Eine absolut grässliche Idee, wie wir jetzt alle wissen. Es gibt Dinge, die muss man ruhen lassen. Ich weiß nicht, warum ich gedacht habe, ich muss die Welt retten, sogar die verlorene Seele meiner Großmutter. Sie war am Anfang nicht damit einverstanden, sagte, sie seien so lange nicht in Kontakt gewesen, sie wisse gar nicht, ob er überhaupt noch lebte, und auch wenn, er hätte bestimmt sein eigenes Leben, und wozu sollte man die Vergangenheit aufwühlen. Aber die Idee ließ mich nicht mehr los, und ich bohrte immer wieder nach, bis sie schließlich zu mir sagte: ›Na gut, mach, was du willst, du bist ein großes Mädchen.‹ Ich glaube, sie hatte wirklich das Gefühl, dass sie vor ihrem Lebensende um Verzeihung bitten müsste.«

»Dann bist du zu ihm gefahren.«

»Ich habe ihn überrascht. Ich fand die Adresse des richtigen Edward O'Leary. Im Westen von London. Ich wollte mich nicht mit ihm verabreden – noch ein Fehler. Ich hatte Angst, er würde was dagegen haben und verschwinden. Du bist süß«, sagte sie übergangslos und streichelte meine Wange.

Ich schaute sie an, und Schmetterlinge flatterten in meinem ganzen Körper. Die Süße sagt zu mir, ich sei süß? Dieses dreiundzwanzigjährige Mädchen? Warum? Was findet sie an mir?

Als ob sie mich gehört hätte, sagte sie: »Du bist sexy. Du hast starke Arme.«

Ich überfiel sie mit einem langen Kuss. Dann stützte ich mich wieder ihr gegenüber auf den Ellbogen.

»Du bist also zu ihm gegangen.«

»Ich bin hingegangen. Drückte auf die Klingel. Er hat die Tür aufgemacht, und in dem Moment, in dem er mich sah, fing er an zu weinen. Er schaute bloß und weinte. Ich dachte, er sei ein bisschen gaga, es war beängstigend, aber ich blieb wie angenagelt stehen. Er bedeutete mir mit den Händen, ich solle hereinkommen und mich aufs Sofa setzen. Er setzte sich mir gegenüber auf einen Sessel und weinte weiter. Als er sich dann endlich beruhigt hatte, sagte er, es sei ihm so vorgekommen, als wäre er gestorben und ins Paradies gekommen und hätte sich endlich mit seiner Jugendliebe vereint. Hör zu, es war wie in einem schlechten Film, er dachte, ich sei Lotta, von damals. Wie aus dem Gesicht geschnitten. Man hat mir das schon öfter gesagt, ich habe auch Fotos gesehen. Er hat gesagt, mein Anblick, so unerwartet, habe ihm einen Schock versetzt, er habe sich gefühlt wie vom Blitz getroffen.

Am Ende überzeugte er sich, dass er noch nicht im Paradies war, dass ich nicht die Lotta von 1946, sondern Nogga von 2013 war. Er fing an zu erzählen. Seine jüdische Mutter. Seine Kinder. Die Diamanten. Der Krieg in der Normandie und Palästina … Hast du das mit der Normandie gehört?«

»Dass er mit dem Lastwagen die falsche Richtung eingeschlagen hat, nachdem sie ihn abgesetzt hatten, und die Schlacht verpasste?«

»Ja. Und die drei Soldaten, die mit ihm zusammen waren, verehrten ihn danach ihr Leben lang. So hat er die Arbeit mit den Diamanten bekommen, einer von ihnen war aus einer Familie in Südafrika, die im Diamantengeschäft tätig war. Juden natürlich.«

»Er war wirklich reich?«

»Er wohnte in einem sehr hübschen Viertel, hatte ein schönes Haus, aber er machte keine allzu großen Sprünge, er sagte, er brauche nicht mehr, als er habe. Er war süß, mit seinem irischen Akzent. Er war zweimal verheiratet, von seiner ersten Frau hatte er sich scheiden lassen, die zweite war gestorben, er hatte Kinder und Enkel, aber meine Großmutter hat er nie vergessen. Er dachte immer, dass ihnen das Leben keine echte Chance gelassen hätte, denn obwohl sie fast noch Kinder waren, bestand zwischen ihnen eine besondere Verbindung, die er mit niemand anders jemals hatte. Das nagte sein ganzes Leben lang an ihm. Sogar in den Tagen, bevor ich gekommen bin, hatte ihn das beschäftigt, denn er traf ein paar Kameraden aus seiner alten Division. Und dann bin ich aufgetaucht. Nach dem ersten Schock und den Tränen, nachdem ich ihm erklärt habe, warum ich gekommen bin, war er begeistert. Ja, er wollte sie treffen. Ja, er würde nach Israel kommen. Ganz klar.«

»Und hast du ihm von den Peitschenhieben erzählt? Dass Lotta beschlossen hat, ihm endlich zu beichten, dass sie das Ganze geplant hatte?«

Nogga beugte sich vor und küsste mich auf die Nasenspitze. »Hab ich dir schon gesagt, dass du süß bist?« Sie kletterte auf mich, begann sich an mir zu reiben und küsste mich. Aber mein Glied verweigerte die Reaktion. »Was ist los mit ihm?«, fragte sie.

»Ich bin schon alt, Nogga«, sagte ich.

»Beim nächsten Mal Viagra«, sagte sie.

»Ich hab's nie probiert.« Sie schaute mich nur an und lächelte. »Ich kümmere mich morgen darum«, versprach ich.

Sie gab mir einen Kuss. »Wehe, wenn nicht«, sagte sie.

Trotz der kurzen Nacht stand ich früh auf, um Taxi zu fahren. Ich hatte schon zu viel Arbeit versäumt wegen dieser Sache. Lotta hatte zwar versprochen, uns zu bezahlen, was eine gewisse Entschädigung darstellte, aber trotzdem wollte ich die Straße nicht an all die jungen Taxifahrer verlieren. Ich hatte ein Kind zu ernähren.

Im Taxi ist der Morgen die uninteressantere Zeit des Tages: Staus und noch mal Staus. Leute auf dem Weg ins Büro. In den Norden nach Ramat Hachajal. Ins Zentrum zur Achad-Ha'am-Straße. Die Börse in Ramat Gan, wieder rauf. Hotels an der Jarkonstraße südlich der Marina. Französische Touristen. Ein paar Russen. Amerikaner zum Flughafen. Und wieder von vorn.

Ich hielt auf einen Espresso. Bevor ich aus meiner Kia-Seele stieg, öffnete ich das Handschuhfach und holte die Schachtel mit den Visitenkarten heraus, die ich für einen Regentag aufbewahrt hatte. Ich fing zu blättern an.

Dr. Dani Nof. Spezialist für Haut- und Geschlechtskrankheiten. Wir hatten eine lange Unterhaltung zum Thema Erektion gehabt, als er mit mir gefahren war. Ich brüstete mich, dass ich auf dem Gebiet noch nie ein Problem gehabt hätte. Prahlte, dass ich voll potent sei, dass das Boxen meine Muskeln und meinen Körper fit halte. Er sagte zu mir: »Nehmen Sie meine Karte, nur für den Fall.«

Das war vor einem Jahr und einem Monat – ich notiere immer das Datum auf der Karte.

Natürlich erinnerte er sich an mich. Es war ein Tag gewesen, an dem es wie verrückt geschüttet hatte, ich hatte ihn quasi vor dem Ertrinken gerettet, ich war so schnell gekommen, dass er es kaum glauben konnte. Ich sagte damals zu ihm, ebenso wie ein Jahr und einen Monat später, das sei Glückssache. Wo er sich in der Sekunde befinde, in der er auf die Taxibestellung drücke, und wo ich war, wohin mich die letzte Fahrt geführt hatte. Nein, sagte er. Er glaube nur bis zu einer gewissen Grenze an Zufälle. Ich erklärte, weshalb ich anrief, und er sagte, ich solle kommen, und für den Anfang würde er mir eine Pille gratis geben. Zur Probe. Und danach würden wir uns schon einigen.

Ich orderte noch einen Espresso. Normalerweise trank ich nicht zwei hintereinander, aber ich hatte diese Nacht nur drei Stunden geschlafen. Nogga war vor mir aufgestanden, hatte sich geduscht, sich neben mich auf das Bett gesetzt und mir mit den Fingern durch die Haare gestrichen. »Du fängst an, grau zu werden«, sagte sie. »Das ist sexy.«

Ich öffnete meine Augen einen Spalt und sagte: »Bloß ein bisschen, hauptsächlich bin ich noch schwarz, oder?« Nachher studierte ich mich eingehend im Spiegel. Mehr Grau als beim letzten Mal, als ich nachgeschaut hatte, aber noch nicht zu dominierend. Hoffte ich.

Während ich auf den zweiten Espresso wartete, blätterte ich weiter die Visitenkarten durch. Oben auf dem Päckchen, als letzte Karte, die ich bekommen hatte, lag das Prachtstück von David O'Leary, dem geschniegelten Diamanten-Broker, der auf beiden Beerdigungen gewesen war. Ganz zuunterst in dem Häufchen eine der ältesten, eine beschichtete, an den Rändern leicht vergilbte Karte, die Visitenkarte von Greenberg, jenem Diamantenhändler, für den ich vor zwei Jahren regelmäßig Diamanten transportiert hatte. Ein Diamantenhändler am Anfang wie am Ende des Häufchens. Mir fiel etwas ein, das mir Dutschy vor langer Zeit gesagt hatte, kurz bevor wir heirateten, vor Jahren. »Diamanten sind für die Ewigkeit, also kauf mir keinen Diamantring.« Das war eine Prophezeiung, die im Scherz gesagt wurde, doch sie erfüllte sich.

Ich hatte Dutschy nicht angerufen!

Sie war beschäftigt und konnte nicht reden, also schrieb ich ihr eine SMS: »Es ist nicht, was du denkst. Tante Lotta ist eine fünfundachtzigjährige Frau, die ich in der Nacht bei mir unterbringen musste. Keine Angst. Kein Sex.« Ich schickte sie ab, schloss die Augen und lächelte. Wow, dafür hatte ich heute Nacht Sex gehabt. Eigentlich keinen besonders guten, aber was für ein Mädchen!

Ich erwog einen dritten Espresso, beschloss dann aber, das sei übertrieben. Ich zog Greenbergs Visitenkarte heraus. Wir waren damals gute Freunde gewesen. Er war gezwungen, auf Brink's umzusteigen, nachdem seiner Versicherungsfirma aufgefallen war, dass er einen ungeschützten Taxifahrer für den Diamantentransport beschäftigte, aber er hatte immer gesagt, ich könne ihn jederzeit anrufen.

»Wie steht's, Krokodil?«

»Alles paletti, Mann, wie geht's?«

Nach dem Smalltalk sagte ich zu ihm, dass ich im Taxi einen Diamanten-Broker gefahren hätte, über den ich gern Genaueres wissen würde. Er erwiderte, er würde das mit

Freuden für mich klären. Ich gab ihm alle Angaben, die auf der Visitenkarte von David O'Leary verzeichnet waren.

»Eh, Bruder, wie lang dauert denn das?«

Ein bekiffter Fahrgast um zehn Uhr morgens war keine frohe Botschaft. Im Prinzip galt das natürlich für ihn, aber potenziell auch für mich. Morris hatte mir erzählt, dass ihm einmal einer ins Auto gekotzt hatte, und sosehr er auch schrubbte, der Geruch ging nicht mehr raus. Er verkaufte den Wagen nach zwei Wochen und besorgte sich ein neues Taxi.

»Was, wie lang? Wohin müssen Sie?«

»Wie lang du gebraucht hast zu kommen. Auf dem Schirm hab ich dich ungefähr eine Stunde an der Ampel stehen sehen.«

»Das war keine Stunde«, erwiderte ich. Ich hasse Übertreibungen, und ich weise darauf hin, auch wenn das als unfreundlicher Service galt. »Vielleicht ist die App steckengeblieben. Die Computer.«

Er war jung, mit Brille, kratzte sich, war gereizt – bekifft. Ich lud ihn am Court Standards House, diesem siebzehnstöckigen Bürogebäude, am Sderot Schaul Hamelech aus. Weiß der Teufel, warum. Normalerweise frage ich die Leute, und die meisten erzählen mir auch, was Ziel und Zweck der Fahrt ist. Aber manchmal weiß man echt nicht, was das soll.

Nicht dass es mir was ausgemacht hätte. Bestimmt nicht an einem Tag, an dem ich selbst schwebte, berauscht, aber nicht von Drogen, betrunken, aber nicht von Wein. Verliebt? Ich wusste nicht, ob das das Wort dafür war, aber Nogga ging mir nicht aus dem Kopf. Ich ertappte mich ein paarmal dabei, wie ich an einer Ampel verträumt lächelte. Einmal kam sogar ein Lied im Radio, wieder von Foreigner, diesmal »I've been waiting for a girl like you«. Als ob mich diese Band seit den Achtzigern verfolgte und mir Botschaften überbrachte. Ich war angetörnt, ich war weggetreten – spielte das Wort eine Rolle? Vor allem aber hatte ich einen Schock, dass es passiert war. Und die Schlappe, die mir Mister Penis bereitet hatte, aber vielleicht hatten wir gerade deswegen mehr geredet, uns mehr umarmt und mehr geküsst. Vielleicht würde ich mich noch bei ihm bedanken. Vielleicht wollte der Körper – ziemlich ungeschickt, zugegeben – signalisieren, dass es mehr als Sex war?

Ob so oder so, eine Schlappe war eine Schlappe, und nachdem der Bekiffte ausgestiegen war, fuhr ich zu Dr. Dani Nof, Spezialist für Haut- und Geschlechtskrankheiten, und holte mir eine kleine blaue Pille in einem durchsichtigen Zellophantütchen ab, das ich, wie er mich anwies, in das Münzfach meiner Geldbörse stecken sollte. »Viel Erfolg!«, wünschte er mir von hinten, als ich hinausging. »Besser für Sie, es wird einer!«, erwiderte ich lächelnd.

Ich dachte an die Nacht mit Nogga und worüber wir geredet hatten. Am Schluss, weil ich darauf beharrte, hatte sie von dem Treffen mit O'Leary weitererzählt.

Nachdem er sich von dem Schock erholt und ihr Tee angeboten hatte, erkundigte er sich nach Lotta, und sie erzählte ihm, dass sie gekommen war, um ihm eine Botschaft zu überbringen.

Er blickte sie an, wärmte seine Hände an der Tasse und wartete darauf, dass sie weitersprach.

Sie erzählte, dass ihre Großmutter all die Jahre an ihn gedacht habe. Und jetzt, wo sie beide schon alt seien, wolle sie reinen Tisch machen. Es gebe da noch eine offene Geschichte. Eine Wunde, über die sie im Laufe der ganzen Jahre nie hinweggekommen sei. Lotta habe gesagt, erzählte die Enkelin, dass sie die Welt nicht verlassen wolle, solange diese Angelegenheit noch zwischen ihnen stehe und sie nicht im Reinen mit sich selbst und ihrem Leben sein lasse. Sie hatte etwas getan, das sie bereute; und nun, aus der Distanz der Jahre und der Qualen, wusste sie, dass sie es nicht hätte tun sollen.

O'Leary schaute sie interessiert an. Seine Augen waren die eines Mannes, der viel gesehen hat, der Kriege kannte, Geschäfte, Familiendramen und Schmerz, ein Mann, der die menschliche Rasse und das Leid kannte, das sie verursachen konnte. Es war der Blick eines Mannes, sagte Nogga, der bereit ist zuzuhören und sich auszusöhnen, die Vergangenheit zurückzulassen und das Leben ruhigen Herzens zu beenden. Er forderte sie auf, weiterzusprechen.

Sie fragte ihn, ob er sich an jenen Sonntag im Dezember erinnere. Er nickte. Natürlich erinnerte er sich daran, wie sollte er diesen Tag je vergessen?

Ob er sich erinnere, fragte sie, wie sie, ein paar Nächte davor, zu viert in der Wohnung in Haifa geschlafen hatten? Er nickte. Wie hätte er das vergessen können. Er fragte, ob Lotta in die Einzelheiten gegangen sei. Sie erwiderte, Lotta habe ihr alles erzählt, und fragte, ob er sich daran erinnere, was genau mitten in der Nacht passiert war. Er erinnere sich an jede Sekunde, betonte er, würde es nie vergessen.

Sein Blick veränderte sich, als ihm dämmerte, was sie ihm sagen wollte. »Aber ich habe sie immer wieder danach gefragt«, protestierte er. »Meinst du, dieser Gedanke sei mir nicht durch den Kopf gegangen? Dass ich nicht nach dem Grund für die ganze Geschichte gesucht hätte, nach dem Auslöser?«

»Doch«, nickte Nogga, »meine Großmutter hat mir erzählt, dass ihr oft darüber gesprochen habt und dass sie jedes Mal jeden Zusammenhang leugnete und behauptete, es sei einfach Pech gewesen. Die Leute von der Etzel seien auf die Suche gegangen und fündig geworden, es mangelte an diesem Abend ja nicht gerade an britischen Soldaten in Palästina. Aber in Wirklichkeit war es nicht so. Sie hatte diesen ganzen Tag so geplant, dass er genau dahin führte, wo er endete. Und sie bereute es, ihr Leben lang hat es ihr leidgetan«, sagte Nogga zu O'Leary. »Sie war wütend. Sie wollte Sie bestrafen. Jahre später hat sie begriffen, dass es ein Fehler war. Jetzt möchte sie reden. Und sie würde sich freuen, Sie zu treffen, um das alles hinter sich zu lassen und sich aufrichtig und endgültig zu versöhnen.«

Edward O'Leary blickte Nogga an, und die Tränen strömten ihm unaufhaltsam aus den Augen.

13. Ein Grund zu leben

Bar wartete am Sderot Ben Zion auf mich, und als er einstieg, sagte er scherzhaft: »Hotel Daniel, Herzlija, bitte.«

»Im Ernst?«, seufzte ich. »Zurück zu Wilshere?«

»Haben wir eine Wahl? Nachdem wir das Bild von Lottas Seite aus vervollständigt haben, und ich hoffe, du hast den Rest von Nogga erfahren – du kannst mich gleich auf den neuesten Stand bringen –, müssen wir das Ganze mit seiner Version abrunden, und dann wissen wir, wie wir weitermachen.«

Nach ein paar Stunden Arbeit am Vormittag hatte ich Bars Drängen nachgegeben und zugestimmt, den Nachmittag der Ermittlung zu widmen. »Heute Abend bist du beim Boxen«, hatte er gemault, »und morgen kommt Noga fürs Wochenende zu dir, du kannst mich nicht abwimmeln.«

Ich fürchtete, er würde mich fragen, ob ich mit Nogga gevögelt hatte, doch ganz gegen seine Art wollte er nur wissen, was sie gesagt hatte. Ausgerechnet er, der mir sonst keine Ruhe ließ mit seinen frustrierten Ehemannphantasien über die zügellosen Ausschweifungen eines Geschiedenen, schwieg sich jetzt aus. Er kam wahrscheinlich gar nicht auf die Idee, dass eine so junge Frau wie sie mir näherkommen wollte. Das war wohl unfassbar in seinen Augen, lohnte nicht einmal einen Witz.

Ich beschwerte mich nicht. Ich erstattete ihm Bericht.

Lucy empfing uns ungeduldig. James Wilshere sah schlecht aus. Sein schütteres Haar war wirr und struppig, seine Brille wirkte wie beschlagen und der Blick in seinen Augen – geschlagen. Seine Hände lagen schlaff und ergeben auf den Armstützen seines Rollstuhls. Als wir ihn damit konfrontierten, was Nogga erzählt hatte, ertönte aus seinem Mund das Getöse eines zersplitternden Bretterturms. Lachen konnte er nicht mehr, aber das kam, in seiner Verfassung, dem wohl am nächsten.

»Das hat sie erzählt?«, sagte er dann. »Glauben Sie diesem hässlichen Ferkel kein einziges Wort!«

Ich blickte ihn bestürzt an. Diese Kreatur sprach von jenem süßen Mädchen – okay, hasse sie, sei mit ihr nicht einverstanden, sag, sie ist verlogen, ausbeuterisch und die ganzen Sachen, die du gleich sagen wirst – aber hässliches Ferkel?

Ich glaube, mir blieb wirklich der Mund offen stehen.

»Sie ist mit einem einzigen Ziel dort hingefahren, nämlich um Geld aus ihm herauszuschlagen. Sie dachte, sie könnte Millionen abmelken. Also versuchte sie, ihm das Herz zu brechen. Sie wusste ganz genau, wie er reagieren würde, wenn er sie sah. Sie hoffte, er wäre senil genug zu glauben, sie sei Lotta, und sie könnte ihn um den kleinen Finger wickeln. Das Geheimnis zu enthüllen war Teil der Taktik: ihn schocken. Das Drama vertiefen, emotionale Überflutung und dann den Joker der Entschuldigung und Versöhnung rausziehen... die dumme Kuh! Dachte sie wirklich, wir würden der Hündin verzeihen, dass sie uns in aller Welt zum Witz gemacht hat?«

Seine Lippen zitterten, als er schrie, aber diesmal brach er nicht zusammen und fing nicht zu blöken und zu heulen an.

»Eddie war ein guter und feiner Kerl. Aber warum sollte er einem Mädchen Geld geben, das nichts mit ihm zu tun hatte? Ich bin mir nicht sicher, ob er Lotta wirklich verziehen hat, aber auch wenn, auch wenn er für sie beide eine gemeinsame Grabparzelle gekauft hat und sich erneut in sie verliebte, hätte er garantiert nicht sein Testament geändert und sein Geld einer fünfundachtzigjährigen Frau gegeben, damit es bei einer Familie landet, die nicht seine war. Wo wäre die Logik? In dem Moment, in dem Nogga das begriff, wollte sie ihn töten, und sie zog ihre Großmutter mit hinein. Das ist es, was passiert ist. Sie haben ihn umgebracht. Und bei allem, was sie Ihnen sagt, wird sie versuchen, es irgendwie so hinzudrehen, dass ich ihn getötet hätte. Aber welchen Grund hätte ich denn?«

»Hat er mit Ihnen Kontakt aufgenommen, nachdem Nogga bei ihm in London war?« Bar versuchte, auf die Entwicklung der Dinge zurückzukommen.

»Der Narr hat mich sofort angerufen, nachdem die Nutte sein Haus verlassen hatte.«

»Sie sind die ganzen Jahre in Kontakt geblieben?«

»Was?« Er hob abrupt den Kopf, als sei die Frage völlig überraschend gekommen. »Was? Nein, wieso denn Kontakt? Meinen Sie vielleicht, man will mit jemandem in Kontakt bleiben, mit dem man den erniedrigendsten Augenblick seines Lebens geteilt hat?«

»Aber was ist mit Ruti?« Bar blieb beharrlich. »Mit

ihr haben Sie die Verbindung doch wiederaufgenommen, oder? Und sie hat auch …«

»Das ist nicht das Gleiche«, schnitt ihn Wilshere ab. »Ist sie mit mir ausgepeitscht worden? Im Gegenteil. Sie hat mir dabei geholfen, das Ganze zu vergessen, soweit möglich. Hören Sie auf, Blödsinn zu reden. Lucy – Wasser!«

Sie brachte ihm Wasser und sagte ihm, er solle sich beruhigen, leiser sprechen. Dann fragte sie uns, ob es möglich sei, ein andermal weiterzumachen, er sei zu erregt. Man hatte von der Hotelrezeption angerufen, dass sich Gäste über das Geschrei beschwerten …

Doch Wilshere wedelte mit der Hand, um sie zum Schweigen zu bringen, und fuhr in herabgesetzter Lautstärke fort: »Es gab Jungs, die den Kontakt aufrechterhielten. Telefonnummern. Jährliche Treffen. Es gab auch gute Erinnerungen. Nicht nur von Palästina. Auch von davor und danach. Glaubt ihr, wir waren nur bei euch? Alle paar Jahre also kam es vor, dass Eddie und ich miteinander sprachen.«

Ich wechselte einen Blick mit Bar. Wilsheres Geschichte strotzte vor Widersprüchen, Löchern und – meinem Empfinden nach – auch vor Lügen. Aber ich wusste nicht, ob das beabsichtigt war, ob er überhaupt wusste, was er uns zu sagen versuchte.

Wilshere führte uns vor, wie er nach einem Telefonhörer griff, und änderte Tonfall und Akzent: »»Wilshere, hier ist Eddie O'Leary, du glaubst nicht, wer gerade hier war.‹ Er sagte: ›Die Enkelin von Lotta Perl war hier bei mir zu Hause. Sie gleicht Lotta, wie du sie von damals in Erinnerung hast, aufs Haar.‹ Er sagte: ›Du wirst nicht glauben, was dieses Mädchen mir jetzt gesagt hat.‹ Natürlich hat er es mir erzählt. Wir haben das gemeinsam erlebt. Mit den Mädchen, den Jüdinnen, in diesem verfluchten Haifa, in dieser Bar, nu…« Er schüttelte den Kopf. »Wer erinnert sich schon … Das Hirn ist voller Löcher.«

»Nelson«, sagte ich. Das war nicht das erste Mal, dass ich ihn erinnerte.

»Nelson…? Sind Sie sicher? Na gut, Nelson also… Dann sagte er: ›Wilshere, sitzt du gut? Lotta hat das Ganze geplant. Ihre Enkelin hat erzählt, dass es sie quält, dass sie um Verzeihung bittet. Sie hat alles geplant. Sie hat es der Untergrundorganisation gesagt, sie hat uns nach Netanja in das Hotel gelotst.‹

Ich sagte nur: ›Was?‹ Nach sechsundsechzig Jahren holte mich ein Anruf aus dem Nirgendwo auf dieses Feld, zu diesem Augenblick zurück. ›Wie bitte?‹, sagte ich zu ihm. Ich glaubte es nicht.

Und dann hat er mich um Verzeihung gebeten… hat mir gebeichtet… Auch bei ihm stand noch etwas offen. Er sagte: ›Sie wollte mich bestrafen, weil ich sie betrogen habe. Weil ich mit, wieheißtsiegleichnochmal, geschlafen habe.‹ Anfangs dachte ich, er hätte einen akuten Anfall von Senilität. Bei uns, es gibt da Dinge, die wir vergessen, und welche, die wir nicht vergessen. Die Hiebe werden wir nie vergessen. Aber dann fingen die Rädchen in meinem Hirn sich zu drehen an. Wieheißtsiegleichnochmal? Mit wem hätte er damals denn schlafen können, um Lotta so wütend zu machen? Ich sagte zu ihm: ›Wer? Ruti?‹«

Wilshere schlürfte geräuschvoll einen Schluck Wasser. Er stellte die Flasche ab und legte die Hände auf die Armstützen seines Rollstuhls.

»Er schwieg. Und dann sagte er: ›Verzeihung.‹ Ich habe

aufgelegt.« Wilshere schloss die Augen. Seine Schultern begannen zu beben. Er weinte wieder. Bar und ich sagten kein Wort. Auch Lucy nicht.

Bar befürchtete offenbar, dass das Gespräch für diesen Tag mit dem üblichen Zusammenbruch enden würde. Also wechselte er abrupt den Kurs.

»Was war eigentlich Ihre Arbeit als Geheimpolizist? Was haben Sie ermittelt?« In der Armee war Bar beim Nachrichtendienst gewesen. Er hörte alle möglichen Sendungen in Arabisch mit, was wahrscheinlich dem am nächsten kam, was die israelische Verteidigungsarmee in den Neunzigerjahren an Detektivarbeit zu bieten hatte. Hätte es eine Geheimpolizei gegeben, wäre er sicher glücklich gewesen, seine Militärzeit dort zu verbringen und sich regulär zu verpflichten.

Es schien zu funktionieren. Wilshere straffte die Schultern, sein Blick wurde klar, und er hörte zu zittern auf. »Die meisten Ermittlungen waren langweilig«, sagte er. »Diebstähle und so etwas. Die Spielregeln waren ziemlich einfach und haben sich sicher bis heute nicht geändert: Wenn sie klug waren, fanden wir sie nicht. Waren sie dumm, fanden wir sie. Im Allgemeinen lässt sich das damit zusammenfassen.«

Bar lachte. Das gefiel ihm.

»Sie wollen sicher, dass ich Ihnen Tipps für die Ermittlung gebe, die Sie jetzt durchführen«, sagte Wilshere plötzlich, und es sah so aus, als stehle sich der Anflug eines Lächelns in seine Mundwinkel, zum ersten Mal an diesem Tag.

»Hätten Sie denn welche?«, forderte ihn Bar heraus.

»Ich will es mal so sagen: Ich bin klug.« Jetzt lächelte er ohne Zweifel. »Aber auch Sie sind klug«, fuhr er fort. »Hören Sie auf, sich von dieser Großmutter und ihrer bösartigen Enkelin manipulieren zu lassen. Dieses Weibsstück macht Ihnen sicher schöne Augen und alle möglichen Angebote, oder? Sagen Sie die Wahrheit.« Er wandte den Kopf und rief: »Lucy! Wein!« Dann drehte er sich zu uns und fragte: »Trinken Sie ein Glas mit mir?«

»Nein«, sagte Bar, womit er beide Fragen in einem Wort beantwortete. Von seiner Seite aus hatte er die Wahrheit gesagt. Ich schluckte. Fragte mich, wie klug dieser Bastard wirklich war.

Ich sah, dass Bar mit sich kämpfte. Er wollte den günstigen Moment von Wilsheres guter Laune nicht verderben und liebte es außerdem, über dieses Thema zu sprechen. Auf der anderen Seite hatte Wilshere jetzt gerade Lotta und Nogga und ihre Manipulationen erwähnt, was ein gutes Timing war, um weiter nachzufragen. Er zögerte eine Sekunde und stürzte sich dann ins kalte Wasser.

»Aber Sie selber haben ... ich meine ... zwischen Ihnen und Lotta ... war da was ...?«

Wenn Wilshere Zensuren für detektivische Befähigung hätte ausstellen müssen, hätte Bar jetzt eine strenge Rüge und ein Nichtbestanden erhalten.

»Genau deswegen habe ich Ihnen gesagt, glauben Sie ihren Lügen nicht. Keine Bange, junger Mann, in diese Falle bin ich nicht getappt! Ich kehrte die Manipulation, an der sie sich versuchte, gegen sie selbst! Haha! Wie beim Judo, man nutzt den Schwung des Gegners, um ihn zu Boden zu werfen.«

Er hatte seine gehobene Stimmung beibehalten. Bar warf

mir verstohlen einen erleichterten Blick zu. »Also, was war da? Wollen Sie uns das vielleicht erklären?«, fragte er.

»Was da war?« Wilshere trank von dem Wein, den ihm Lucy serviert hatte, und musterte Bar.

»Ja, was ist passiert? Bis vor einem Monat haben Sie Lotta sechzig und noch was Jahre nicht gesehen«, sagte Bar, »und vor einem Monat haben Sie plötzlich entdeckt, dass sie für die schreckliche, erniedrigende Auspeitschung verantwortlich war. Und Sie erfuhren, dass Ruti Sie damals betrogen hat, mit Eddie, das heißt, auch er hat Sie betrogen. Aber trotzdem sind Sie mit Eddie zusammen nach Israel gekommen. Und dann ist er tot. Und Sie und Lotta… war da etwas zwischen Ihnen? Und jetzt hassen Sie sie und behaupten, dass sie Eddie und Ruti ermordet hat. Mir fehlt da der Zusammenhang.«

Wilshere blickte Bar an. »Nach diesem Telefongespräch, bei dem mir klar wurde, dass ich vor sechsundsechzig Jahren von meinen drei Freunden betrogen wurde, habe ich etwas begriffen: Ja, Ruti und Eddie haben mich verletzt. Über sechsundsechzig Jahre lang war ich der Einzige von uns vieren, der nichts von diesem Betrug wusste. Aber letztendlich war das eine persönliche Angelegenheit, Liebe. Während Lotta… Lotta hat uns alle getroffen, unser Volk verletzt. Ich und Eddie erhielten die Peitschenhiebe, aber ganz Großbritannien wurde gedemütigt. Das ist viel schlimmer! Also ja, Lotta hasse ich am meisten. Nicht nur jetzt, immer schon! Doch nachdem Eddie gestorben ist, hat sie mich hineingezogen. Log mich an. Versuchte mir weiszumachen, dass wir im gleichen Boot säßen. Die Betrogenen. Sie spielte ein schmutziges Spiel.«

Bar überlegte. »Kommen Sie, lassen Sie uns einen Moment zurückgehen. Eddie hat also angerufen. Und was dann? Wie sind Sie zusammen nach Israel gelangt?«

»Tja …«, murmelte Wilshere und sah nachdenklich aus dem Fenster, in sich selbst versunken.

Bar schaute mich an, kratzte sich den Kahlkopf unter der Baseballkappe und dann die Stoppeln auf seiner Wange. Ich verstand nicht, weshalb er Wilshere in dem Moment unterbrochen hatte, als er anfing, von Lotta und sich zu erzählen. Aber ich mischte mich nicht ein, Bar wusste, was er tat. Meistens. Ich beobachtete den Engländer.

»Folgendes«, er drehte seinen Rollstuhl mit gekonntem Schwung wieder zu uns herum. In seinem Blick lag neue Spannung. »Du bist achtundachtzig. Du weißt nicht, wie viel Zeit dir noch bleibt. Jeder Tag kann der letzte sein, und es vergeht kein Tag, an dem du nicht beim Aufwachen daran denkst. Du bist halbgelähmt, im Rollstuhl, erschöpft, von einer Filipina abhängig. Wohnst in einem Altersheim im Norden von London zusammen mit anderen Tattergreisen. Gute Menschen, aber die Routine ist tödlich. Essen. Kartenspielen. Dart. Fernsehen. Spaziergang mit Lucy im Park. Aber was gibt dir das? Was du brauchst, ist kein Altersheim, sondern ein Grund zu leben.

Du hast Geld, aber du weißt nicht mehr, wofür du es ausgeben sollst. Du hast keine Familie. Du hast zweimal in deinem Leben geheiratet, kurze und enttäuschende Ehen, kinderlos – Frauen haben dich geliebt, aber es hatte nie Bestand, und wenn du so im Altersheim sitzt, kannst du nicht umhin zurückzudenken.«

Bar und ich gaben keinen Laut von uns. Auch Lucy schaute nur. Es schien, als käme endlich etwas Echtes heraus, als würden wir nun tatsächlich Wilshere pur bekom-

men, als wäre das die vielleicht unwiederbringliche Gelegenheit, von ihm alles zu hören. Vielleicht wusste Bar ja
wirklich, was er tat.

»Du suchst nach den großen Ereignissen in deinem Leben. Die Jugend ist die Zeit, in der man geformt wird, neue
Entdeckungen macht. Und die Karten, die das Schicksal
unserer Generation austeilte, hielten extreme Abenteuer
für uns bereit – Weltkrieg, lokale Kriegsherde, ein gewal-
tiges Imperium, eine prachtvolle Armee. Und dann gab es
die Liebe, Sensationen… wahrhaftige Augenblicke. Du
kehrst immer wieder zu Mythen zurück, zu den Gefühlen
und dem Adrenalin…

Ruti war meine erste Liebe. Es war eine chancenlose
Liebe, deshalb war sie so stark und bedeutsam. Du kannst
nicht umhin zu denken, dass sie die Liebe deines Lebens
war, dass du wegen ihr nie ernstlich eine andere hattest.
Immer hast du die Tiefe der Gefühle verglichen, und nie
war es auch nur annähernd wie damals, also hast du es
nicht gewagt, dich wieder ernsthaft zu verlieben…« Er
blickte uns an. »Ich bin nicht sicher, ob das stimmt, ja? Ich
bin alt genug, um zu wissen, dass es ein Leichtes ist, fast
jede Situation in nahezu jede Theorie zu kleiden. Es könnte
viele Gründe geben: Timing, Glück… In meinem Alter ist
man in der Lage zu sehen, wie zufällig der Strom des Lebens ist und wie es an vielen Kreuzungen ganz leicht hätte
anders laufen können. Aber trotzdem. Gestalten tauchen
in Gedanken auf, und Ereignisse erhalten eine besondere
Stellung in deiner persönlichen Geschichte… Ich würde
die Zeit in Palästina um nichts auf der Welt missen wollen. Mit all der Angst, dem Tod und dem Hass – wie viel
Hass auf jedem Quadratmeter! Und noch dazu gegen uns.

Warum? Obwohl wir Ordnung geschaffen, alles aufgebaut und euch geholfen haben, einen Staat zu erringen? Obwohl wir diejenigen waren, die die Deutschen besiegt haben?... Und die Peitschenhiebe, sie sind natürlich ein grundlegender Meilenstein in deiner Geschichte... Heutzutage gibt es kaum noch einen Briten, der die Geschichte kennt, vielleicht erinnert sich eine Handvoll Menschen aus jener Zeit daran, aber es war ein berüchtigter Augenblick in der Mandatszeit. Er schlug Wellen im Parlament und in der Presse. Churchill sagte darüber: ›Der Weg zur Niederlage ist schmählich.‹ In den Zeitungen gab es Karikaturen. Es beeinflusste die Politik, man fasste den Beschluss, Frauen und Kinder aus Palästina zu evakuieren. Mag sein, dass dieser Moment die Entscheidung beeinflusst hat, das Mandat aufzugeben, als Teil der Entscheidung, das gesamte imperialistische Projekt aufzugeben. Und du – du warst der Mensch unter der Peitsche, mit dem das begonnen hat...«

Er nickte mit etwas traurigem Blick. Ich wusste nicht, worauf er die Geschichte hinauslaufen lassen wollte und was wir davon halten sollten. Aber ich glaubte ihm, ich konnte verstehen, was er durchgemacht hatte. Ich begriff, weshalb Bar ihn mochte. Er konnte Empathie auslösen. Trotz der Gedächtnislücken, der sprunghaften Themenwechsel und der abgehackten Gedankengänge – sein Puzzle klang logisch. Er hörte sich seltsamerweise wahrer an als Lotta.

»Und da kam O'Learys Anruf. Wir waren keine engen Freunde, nicht einmal damals in Haifa, mit den Mädchen. Sie waren Freundinnen, wir waren der Anhang. Nachdem wir nach England zurückgekehrt waren, blieben wir nicht in Verbindung, jeder ging seiner Wege, aber ich dachte mir immer, dass Eddie ein guter Kerl sei, einer der wenigen, mit denen man reden konnte. Und dann ruft er an und erzählt mir nach über sechsundsechzig Jahren ein paar Neuigkeiten: Lotta hat uns ausgeliefert, und Ruti hat mich betrogen. Sind Sie sicher, dass Sie nichts trinken wollen?«

Wir schüttelten beide verneinend den Kopf.

»Ihr Juden wart immer schon klägliche Trinker«, grinste er und leerte mit einem Schluck den restlichen Wein in seinem Glas.

»Wie hat die Enkelin gesagt?«, fuhr Wilshere fort, darauf bedacht, Nogga auf keinen Fall bei ihrem Namen zu nennen, was mich etwas erboste. »Lotta wolle den Kreis schließen, wiedergutmachen, bevor sie ihre Tage auf Erden beendete und das alles? Und auch Eddie bat um Verzeihung. Obwohl mir also sofort klar war, dass sie versuchte, Geld aus Eddie herauszupressen, konnte ich den Gedanken, vor dem Ende etwas reparieren zu wollen, nachvollziehen, das Bedürfnis, die offenen Rechnungen zu begleichen. Auch ich wollte das – hier war ein Grund zu leben! Nach Eddies Telefonat wirbelte mir die ganze Nacht lang alles im Kopf herum. Die Gedanken, die Wut, die Emotionen von damals, alles tanzte auf und ab. Jahrelang hatte ich gedacht, wegen der Geschichte mit Martin und Jizchak Rabin, dass mir das Leben geschenkt worden sei. Doch in dieser Nacht dachte ich mir, Geschenk hin oder her, aber es gibt Taten, für die muss man bezahlen. Am Morgen rief ich Eddie an und sagte: ›Lass uns fahren.‹ Wir besprachen nichts weiter, machten keine Pläne. Wir fuhren einfach.«

Bar und ich saßen im Geschäftszentrum von Herzlija Pituach, dort, wo wir Sylvester, den Filipino von Ruti, gefunden hatten. Diesmal waren weder Filipinos noch pflegebedürftige Senioren da. Die Sonne wärmte, ohne zu brennen, und wir aßen Schawarma am Hauptplatz-Falafel-Schawarma-Stand, der zwar nicht besonders attraktiv aussah, dort aber die einzige Imbissbude war.

Lucy hatte uns wegen Wilsheres strikter Zeitplanung in die Mittagspause geschickt: tägliche Massage zur Linderung der Druckstellen vom langen Sitzen im Rollstuhl und anschließend eine leichte Mahlzeit. Bevor wir hinausgingen, hatte Bar gesagt: »James, wenn wir zurückkommen, müssen Sie diese Geschichte zu Ende bringen und uns erzählen, wie Lotta die zwei getötet hat. Sie kommen nie zum Ende!«

»Sicher, muss ich«, lächelte er und dann die Überraschung: »Denn morgen fliege ich nach England zurück.« Bar machte tellergroße Augen.

Während Bar sein Schawarma in Angriff nahm, sagte er: »Wenn er nach England zurückfliegt, was hat die Ermittlung dann für einen Sinn? Diese Clowns, Wilshere und Lotta, ich weiß echt nicht, was da für eine Story läuft zwischen den beiden und was sie ausbrüten, aber wenn er wegfährt, dann hat sich die Befürchtung von einem weiteren Mord erledigt.«

»Ehrlich gesagt ist das ein kluger Schritt«, bemerkte ich, »er fliegt dorthin zurück, und Friede über Israel.«

»Allerdings hatte sie noch andere Gründe für den Auftrag, nicht nur die Angst vor ihm«, widerlegte Bar seine Schlussfolgerung sofort. »Sie will wissen, was Eddie passiert ist, und ihren Namen reinwaschen.«

Ich nickte. Auch ich konnte mich jetzt nicht einfach von dem Fall verabschieden, auch wenn der Grund bei mir, im

Gegensatz zu Bar, nicht die Geilheit war, ein Mordrätsel zu lösen, sondern eher die Geilheit auf Nogga.

Er sog am Strohhalm seiner Saftflasche. Mein Telefon klingelte. Ich schaute auf das Display. »Ah, Greenberg ruft mich zurück«, sagte ich.

»Wer ist Greenberg?«

Bar runzelte die Stirn, aber ich antwortete bereits: »Ja, Greenberg, wie geht's?«

»Krokodil, ich habe ein paar Anrufe getätigt in der Sache von diesem O'Leary. Ich habe mit Freunden an der Diamantenbörse in London gesprochen, die in meinem Alter sind und seit über dreißig Jahren dort arbeiten ...«

»Und was sagen sie?«

»Man kennt den Namen. Sein Großvater, Edward O'Leary, ist seit vielen Jahren eine bekannte Figur in dem Sektor. Eine lange Karriere. Enge Kontakte mit dem größten Diamantenproduzenten De Beers in Südafrika, Konzession zum Handel en Gros, Verkauf von Rohdiamanten in London ... kurz gesagt, ein bekannter und erfolgreicher Mann ...«

»Und was ist mit dem Enkel?« Mir fiel auf, dass Greenberg die Tatsache nicht erwähnte, dass O'Leary tot war. Vielleicht waren seine Quellen in London nicht auf dem neuesten Stand. Vielleicht sagte das etwas über die Verlässlichkeit der Information aus.

»Ihn kennen sie auch. Ein junger Bursche. Fängt an, sich einen eigenen Namen zu machen. Er musste seine Laufbahn ja nicht gerade auf einem Misthaufen aufbauen, ja? Aber trotzdem, man muss auf Zack sein, um mit der neuen Realität zurechtzukommen. Es ist eine schwierige Zeit für Diamanten, es gibt einen scharfen Einbruch in den Verkäufen, neue Beschränkungen, neue beinharte Spieler … in Israel spüren wir das stark, aber auch in London und Antwerpen leiden sie darunter. Die Zentren verlagern sich nach Afrika, die Schleifereien und Broker …«

Bar machte mir ein Zeichen, dass wir aufbrechen sollten. Das Schawarma hatten wir vertilgt. Ich hatte schon bessere gegessen.

»Okay Greenberg, danke. Das ist super. Sie haben mir …«

»Moment, Moment«, fiel er mir ins Wort, »warten Sie. Man hat mir noch etwas Interessantes erzählt.«

Ich signalisierte Bar mit rollenden Augen, sich noch eine Minute zu gedulden. »Ja, was denn?«, fragte ich, bemüht, meine Ungeduld zu kaschieren.

»Der alte O'Leary – der übrigens vor kurzem verstorben ist, was ich zu erwähnen vergaß – hat zwei Söhne, die mit ihm zusammen in seiner Brokerfirma O'Leary & Sons gearbeitet haben.« Ich schob eine Hand in die linke Gesäßtasche meiner Jeans und strich mit einem Finger über die aufgeprägten silbernen Buchstaben O'Leary & Sons auf der Visitenkarte.

»Nu?«, sagte ich.

»Also, die Sache ist die, dass die beiden Söhne des Alten, einer ist ein Homo wie die halbe Belegschaft in diesem Sektor, Sie können sich gar nicht vorstellen …«

»Nu, Greenberg …«

»Was, nu? Der Alte hat einen homosexuellen Sohn, kinderlos. Heutzutage machen Homos ja Kinder, aber früher war das nicht üblich. Und der zweite Sohn ist geschieden, ebenfalls keine Kinder. Sie haben auch eine Schwester, aber die hat nur Töchter.«

»Nu?« Ich überlegte, wann ich auf offene Ungeduld umschalten sollte. Ich hatte bereits begriffen, dass ich dem gelangweilten Greenberg mit meiner Anfrage den Tag gerettet hatte, aber Bar und ich waren schon ganz nah am Hotel Daniel und hatten keine Zeit mehr für O'Learys Stammbaum.

»Es kursiert da eine Geschichte im Sektor, dass niemand eigentlich genau weiß, wer dieser O'Leary ist. Er wird O'Leary genannt und ist als Enkel von Edward O'Leary bekannt und hat das passende Alter, um sein Enkel zu sein. Aber Edwards Söhne haben keine Kinder, und seine Tochter hat nur Töchter, also wie kann dieser David sein Enkel sein? Woher kommt er plötzlich?«

»Na gut, Greenberg, ich habe jetzt eine Besprechung. Danke, aber ich muss aufhören.« Wir waren in der Hotellobby angelangt.

»Wieso Besprechung? Sie sind Taxifahrer.«

»Ich bin schon im Aufzug, danke, Greenberg, wir reden später weiter.«

In den Aufzug stiegen mit uns zusammen zwei junge Mädchen ein, die größer als wir beide waren, mit dünnen Bademänteln über ihren Bikinis und Schlappen, die ihre lackierten großen Zehennägel freigaben, und ein durchdringender Kokosgeruch von Sonnencreme stieg von ihrer Haut auf. Die Sätze, die Greenberg zuletzt gesagt hatte – Homos? Töchter? Enkel? –, gingen beim anderen Ohr hinaus oder verschwanden in einem Schlupfloch meiner Gehirnfalten, ich war bloß noch auf die beiden Großen konzentriert, die mich an die letzte Nacht erinnerten, und Schauer von Müdigkeit und Hochstimmung durchrieselnten mich.

»Was war das jetzt?«, fragte Bar.

»Ich weiß nicht. Irgendwas mit einem homosexuellen Sohn von Eddie O'Leary. Jedenfalls ist Eddie O'Leary seit vielen Jahren an der Londoner Diamantenbörse bekannt. Und auch David macht sich einen Namen.«

Bar kratzte sich unter seiner Arsenalkappe seinen kahlen Schädel und glotzte die zwei Großen mit seinen wässrig blauen Augen an. Eine der beiden sagte zur anderen einen Satz in einer Sprache, die ich nicht verstand. Die Zweite lachte, und ich sah, dass sie versuchte, uns währenddessen nicht anzuschauen.

Wilshere empfing uns mit einem entspannten Lächeln. Die Massage hatte ihm gutgetan. Für eine halbe Sekunde durchlief mich ein bösartiger Gedanke, und ich warf Lucy einen schrägen Blick zu, verwarf die Idee aber wieder.

Als er jedoch zu reden anfing, klang er wirr. Nein, er habe aus England kein Medikament mitgebracht, sagte er. Später ging er dennoch ausführlich auf das Digoxin ein, ein Medikament zur Herzrhythmusstabilisierung, das zum Tod führen kann. Er habe Eddie davon erzählt, nachdem der ihn um Rat bat, wie man »mit Medikamenten töten kann, ohne erwischt zu werden«. Eddie war erschüttert und aufgewühlt nach dem Besuch der Enkelin, hysterisch und besessen, redete immer wieder von Churchill und Palästina und jener Dezembernacht. An einem Punkt des Gesprächs sagte Wilshere dann, er habe das Medikament für den »Bedarfsfall« mitgenommen, was er Eddie erst auf dem Flug erzählt habe. Als Bar ihn unterbrach: »Moment mal, haben Sie es nun mitgebracht oder nicht? Und wenn ja, auf Eddies Bitte oder um für den Bedarfsfall ausgerüstet zu sein?«, schaute ihn Wilshere ein paar Sekunden leer an und erwiderte: »Ich kann mich nicht erinnern.«

Auch als er von Ruti und dem Grund seines Kommens sprach, schien es, als stolperte er in ein paar ähnlichen Erinnerungslöchern herum – einer Version nach kam er, um den Betrug mit ihr zu klären; der zweiten Version nach kam er, um sich mit ihr, der Liebe seines Lebens, erneut zu vereinen; an anderer Stelle deutete er an, dass er die Hoffnung hegte, die Aufdeckung des Betrugs würde Ruti dazu bringen, sich versöhnen zu wollen, so wie Lotta.

Es war nicht leicht, aber schließlich gelang es uns, den Ablauf der Dinge aus seinem Blickwinkel in etwa nachzuvollziehen: Sie waren in Israel gelandet. Nogga holte sie am Flughafen ab und fuhr sie nach Herzlija, zu Lottas Altersheim, wo die beiden Frauen sie erwarteten. Sie fielen sich in die Arme, ganz einfach. Umarmten sich. Wilsheres Stimme brach, als er das erzählte, und seine Lippen zitterten. Sie blieben so stehen, zehn Minuten, vielleicht auch zwanzig. Zwei Paare, vier Menschen mit über fünfundachtzig, umarmten sich aufgewühlt, mit Tränen in den Augen; seit Jahrzehnten hatten ihre Herzen nicht mehr so wild gepocht.

Sie setzten sich um einen Tisch im Hof des Altersheims und redeten. Langsam. Zögernd. Schüchtern. Sie versuchten, die Lücken von fünfzig, sechzig, fast siebzig Jahren zu schließen, die nicht zu füllen waren.

»Eddie war eine gute Seele. In dem Moment, in dem er Lotta sah, verliebte er sich erneut in sie. Es war klar, er schwebte auf Wolken. Beide waren jetzt verwitwet, und beide hatten plötzlich in der Lotterie das große Los gezogen. Innerhalb eines Tages zog er in ihr Zimmer im Altersheim. Sie schliefen zusammen. Wichen einander nicht von der Seite. Nach zwei Tagen nahm sie ihn schon zu einem Rundgang im Trumpeldorfriedhof mit, um eine Doppelgrabparzelle zu kaufen – damit sie wenigstens nach dem Tod auf ewig vereint wären. Er zückte die Kreditkarte und kaufte das Grab. Nach drei Tagen erzählte ihr der Narr von dem tödlichen Medikament, das ich mitgebracht hatte. Daher wusste sie, wo sie es finden konnte. Eine Woche darauf war er tot.«

»Aber warum?«, wandte Bar ein. »Wozu? Für seinen Betrug hat sie ihn schon bestraft, eine prachtvolle historische Strafe. Er hatte ihr schon verziehen. Sie haben gesagt, die zwei waren verliebt. Also, warum sollte sie ihn jetzt töten?«

»Ich sagte es Ihnen schon, wegen der Enkelin. In dem Moment, in dem das Biest begriff, dass sie kein Geld von ihm bekommen würde, interessierte sie nichts mehr. Sie zerrte Lotta da mit hinein. Vielleicht glaubte Lotta auch nicht, dass er ihr verziehen hatte. Und als sie von dem Medikament hörte, hatte sie Angst vor ihm und wollte handeln, bevor er irgendetwas unternahm.«

Bar schaute mich an. Sein Blick war unzufrieden. Er wirkte nicht überzeugt, und er war enttäuscht, dass es keinen Beweis gab, dass es nur ein Krieg der Versionen zwischen den alten Leuten war; man konnte nie wissen, woran sie sich erinnerten, oder entscheiden, wer nun recht hatte. Aber spielte es überhaupt eine Rolle, wer recht hatte? Wilshere würde morgen abfliegen, zurück nach England, und er und Lotta würden die Jahre, die ihnen noch blieben, weiterleben, jeder in seinem eigenen Land.

»Haben Sie einen Beweis?«, fragte Bar trotzdem. Ich lächelte in mich hinein. Ein Punkt für Bar.

Wilshere breitete die Arme aus: »Das Fläschchen ist bei ihr im Zimmer. Vielleicht kann man es untersuchen? Fingerabdrücke?«

»Das beweist gar nichts in diesem Stadium. Sie selber können uns ja nicht mal sagen, woher die Flasche gekommen ist.«

»Ich weiß es nicht. Sprechen Sie mit Lotta. Sie kann bezaubernd sein, doch ich sage Ihnen, unter diesem Zauber verbirgt sich eine Mörderin. Sie ist gefährlich. Es ist beängstigend, daran zu denken, dass sie ungestraft davonkommt. Und ihre Enkelin auch.«

Ach, Nogga, dachte ich. Wenn die beiden wüssten, wo sie gestern Nacht war und was sie gemacht hat! Ohne es richtig zu merken, zog ich die Geldbörse aus der Brusttasche meines Sweatshirts und öffnete das Münzfach, um nach dem Zellophantütchen zu spähen, das die blaue Pille hütete... Ja, ich würde die Pille schlucken und ihr zeigen, was ich konnte... Wie sie gesagt hatte: »Ich will dich in mir...«

»Beobachten Sie die Enkelin«, fuhr Wilshere fort und riss mich aus den süßen Träumen. »Irgendwann wird sie stolpern und ihre Absichten bloßlegen. Sie wird ihre kleinen Hände auf O'Learys Geld legen, und zwar jetzt, nachdem der Alte tot ist, über den Enkel. Untersuchen Sie das, da gibt es etwas zwischen ihnen, zwischen diesen Kindern, ich habe irgendeine Spannung dort aufgefangen, bei Eddies Begräbnis. Da passiert etwas.«

»Wer ist das eigentlich, dieser Enkel? Kennen Sie ihn?«

Der alte Engländer zuckte die Achseln. »Eddie hat ihn ein paar Tage, nachdem wir hier angekommen waren, nach Israel geholt. Vielleicht brauchte er Schutz, vielleicht war er beunruhigt? Der Enkel führt die Geschäfte in Eddies Firma. Eddie hat ihn mir einmal vorgestellt. Sie müssen verstehen, ich habe Eddie selbst kaum gesehen, nachdem wir hier ankamen. Er war die ganze Zeit mit Lotta zusammen.«

»Er ist übrigens genau genommen nicht sein Enkel«, warf ich ein.

Bar schaute mich mit einem glasigen Blick an. »Moment«, sagte er und wandte sich wieder Wilshere zu. »Sie sagen, dass Eddie und Lotta die ganze Zeit zusammen waren. Schon bei der ersten Begegnung ist alles zwischen ihnen wieder aufgeflammt. Und Sie und Ruti? Wie war das Treffen zwischen Ihnen?«

Ein Muskel zuckte in Wilsheres Kiefer, während er Bar anblickte. Und dann wieder. »Nein«, sagte er dann.

»Was, nein?«

»Es war nichts. Nach der Umarmung und der ersten Begegnung fuhr sie in ihren Kibbuz zurück ... Anscheinend war sie aus Neugier gekommen, vielleicht aus Nostalgie oder Höflichkeit, denn Lotta hatte uns alle eingeladen, und wir kamen von weit her. Aber es hat nicht gefunkt, sie war weit davon entfernt, sie brauchte das nicht. In Ordnung, das ist verständlich, aber sehen Sie, egal, was sie damals gemacht hat oder jetzt machte, ich wäre nicht fähig gewesen, Ruti zu ermorden. Egal, wie sehr Sie mich für ein Ungeheuer halten.«

»Okay. Warum sollte dann Lotta Ruti ermorden wollen?«, beharrte Bar.

»Um ehrlich zu sein, ich bin mir nicht sicher«, sagte Wilshere überraschend. »Zwischen ihnen war so eine ... Ich weiß nicht ...«

Es herrschte Schweigen. In der Küchennische der Suite hörte man Wasser laufen, Lucy spülte Geschirr. Der Muskel in Wilsheres Kieferpartie zuckte immer noch, während er seinen Blick in ein hässliches Bild an der Wand bohrte, irgendwas von Nachum Gutman. Er war nicht mehr heiter und entspannt wie zuvor. In meinen Augen war er immer noch der Hauptverdächtige. Ich glaubte ihm nicht. Es gab zu viele Probleme in seiner Geschichte: Die Widersprüche in Sachen Medikament – hatte er es mitgebracht oder nicht? Die Widersprüche, was Ruti anbelangte – Wut, Liebe oder Enttäuschung? Und die unlogische Idee, dass Lotta Eddie ermordet haben sollte, nachdem sich die beiden neu verliebt hatten und jeden Augenblick zusammen verbrachten. Das war alles nicht stichfest. Und wenn er der Mörder war, waren wir dann hier, in seiner Suite, sicher? Ich stand auf und trat ans Fenster. Der Gischt der Wellen und den gebeugten Palmen nach schien draußen ein starker Wind zu wehen.

»Was war das vorher?«, fragte Bar. Ich stand mit dem Rücken zu ihm und nahm an, dass er zu Wilshere sprach, weshalb ich nicht reagierte. »Krokodil!«

Ich drehte mich um und runzelte die Stirn: »Was?«

»Was du vorher gesagt hast, über den Enkel von O'Leary?«

»Ach so… dass er anscheinend nicht sein Enkel ist.«

»Wie das?«

»Er heißt O'Leary und ist als der Enkel von Edward O'Leary bekannt, und er ist im passenden Alter. Aber es hat sich herausgestellt, dass Eddie O'Leary zwar einen Sohn hatte, der homosexuell ist, und einen, der verheiratet war, aber beide sind kinderlos, und die Tochter hat nur Mädchen. Kein Mensch versteht, wie er der Enkel von O'Leary sein kann.«

Bar schaute mich weiter an. Wilshere wandte ganz langsam seinen Blick von dem hässlichen Bild, bis er bei mir angelangt war, und durchbohrte mich mit brennenden Augen hinter den Brillengläsern.

»Wer hat Ihnen das gesagt?«, fragte er leise.

»Ein befreundeter Diamantenhändler«, antwortete ich, »er hat Erkundigungen bei Kollegen in London für mich eingezogen.«

Lucy kam herein, trocknete sich die Hände an einem Geschirrtuch ab und teilte uns mit, es sei Zeit zu gehen, denn James sei müde und sie müssten sich auf den Flug vorbereiten. Wilshere machte mit einem Mal eine scharfe Kehrtwendung mit dem Rollstuhl und fuhr zu dem Nachtkästchen neben seinem Bett, bückte sich, zog eine Schublade auf, wühlte darin und drehte sich dann zu uns um.

In seinen Händen befanden sich drei kleine Dartpfeile. Und einer davon zielte auf mich.

»Was? Das ist nicht Ihr Ernst«, war alles, was ich in dieser Sekunde herausbringen konnte.

Er sagte: »Was glauben Sie, wer Sie sind, dass Sie so etwas sagen und hier ungeschoren davonkommen können?«

»Was habe ich denn gesagt?«

»Sehen Sie das Bild an der Wand hinter Ihnen?«, fragte Wilshere. Ich drehte mich um. Es war das Bild von Gutman, »Der arabische Reiter auf einem weißen Pferd«. Ich wandte meinen Blick verständnislos wieder Wilshere zu. Wilshere sagte: »Rechtes Auge.«

Er machte eine scharfe Handbewegung – wuschschsch …

Der Pfeil sauste an meinem Ohr vorbei und bohrte sich irgendwo hinter mir hinein. Ich drehte mich wieder zu dem Bild um. Der Pfeil steckte in der rechten Pupille des arabischen Reiters.

»Wilshere, was wollen Sie? Was habe ich gesagt?« Ich ließ meinen Blick zu Bar gleiten, der steif und starr war, wie betäubt, dann zur Tür. Lucy ließ sich nicht blicken.

»Ich habe noch zwei«, sagte Wilshere, überraschend kaltblütig. »Einer wird in Ihrem Auge stecken, noch bevor sie ›Auge‹ ausgesprochen haben. Mit dem zweiten werde ich Ihre Luftröhre durchbohren, und innerhalb von zwei Minuten werden Sie leblos auf dem Boden liegen.«

Meine Hand fuhr automatisch zum Hals, und in meinen Augen stand das blanke Entsetzen. Ich schaffte es nicht, irgendwas zu sagen.

»Aber vielleicht wäre es einfacher, das hier zu benutzen«, fügte er hinzu und fletschte die Zähne.

In seiner Hand befand sich die kleine Pistole. Und sie war auf mich gerichtet.

14. Der Tod wird nicht arbeitslos

Emil hasste es, wenn man zu spät zum Boxen kam. Ich raste mit dem Taxi, übertrat etliche Verkehrsregeln, doch obwohl sogar die Ampeln freundlicherweise auf Grün standen, schaffte ich es nicht rechtzeitig. Ich rannte in den Keller und fing an, mich neben den Bänken in der kleinen Halle umzuziehen, während die Gruppe schon ihre Aufwärmrunden absolvierte, angeführt vom kleinen Anton, mit Verteidigungstechniken, Angriffen und Slaloms zwischen den großen Boxsäcken. Ich wusste, dass Emil meine Anwesenheit in den ersten Minuten nicht zur Kenntnis nehmen würde, so beleidigt war er immer, wenn man zu spät kam, aber diese Trainingsstunde konnte ich nicht auslassen, nicht heute. Es war mein persönliches Havdala-Ritual – allerdings nicht zum Abschluss des Schabbats, sondern umgekehrt, der Übergang vom Profanen zum Heiligen, von der alltäglichen Arbeit im Taxi zu der geheiligten Zeit mit Noga, von Sonntagabend auf Montag und Mittwochabend auf Donnerstag. Außerdem gab es diesmal viel »Profanes« zu bereinigen – ein verrückter Tag, der einer unerwarteten Nacht gefolgt war – und viel an »Heiligem«, auf das ich mich vorzubereiten hatte: ein ganzes Wochenende mit meinem kleinen Schatz, obwohl mich Dutschy gewarnt hatte, dass Noga eine ihrer Launen hatte.

»Bist du sicher, dass du nichts gemacht hast, was sie erschüttert hat, beim letzten Mal?«, lautete ihre SMS. »Du hast es immer noch nicht für nötig befunden, mir genau zu erzählen, wer diese ›Tante Lotta‹ ist, die in der Nacht bei dir war, als Noga bei dir geschlafen hat. Was verheimlichst du, Krokodil?«

Jene Nacht kehrte in Schlaglichtern zu mir zurück: Lotta betritt meine Wohnung mit der Pistole in der Hand, Noga steht auf, um Pipi zu machen, ich bringe sie wieder ins Bett, Lotta schüttelt sich vor Lachen über ihren Witz, in der Früh sagt Noga, dass sie sich an nichts erinnert. Vielleicht hatte sie geschwindelt? War erschrocken und hatte es verdrängt? War geschockt von der fremden Frau, die in unser Territorium eingedrungen war? Und Lotta – hatte sie wirklich gescherzt?

Als ich meine Sportsachen angezogen hatte, drehte ich ein paar Aufwärmrunden. Emil, im gelben Hemd von Maccabi, auf dessen Rücken »Trainer« stand, hatte immer noch kein Wort zu mir gesagt. Allen anderen gab er Anweisungen auf Russisch. Er sagte wütend irgendwas, und plötzlich brachen alle in Lachen aus. Sie ordneten sich paarweise an und begannen mit den Push-pushs, mit wechselnden Seiten. »Krokodil!«, donnerte Emil. »Du ziehst dir die Handschuhe an und gehst an den Sandsack. Nachher machst du mit.«

An dem Sack entlud ich alles, was ich hatte, über meine Fäuste, während im Hintergrund die Schuhe der anderen auf den Matratzen quietschten und die dumpfen Schläge der Boxhandschuhe hämmerten, überlagert vom alles beherrschenden Geruch nach Schweiß. Wie gewöhnlich war es der perfekte Ort, um das aufgewühlte Hirn zum Schweigen zu bringen, es zu entleeren und zu säubern – das Boxen, hatte ich irgendwann einmal begriffen, war mein Gehirnklistier. Und nach der Entleerung, inmitten der Leere, versuchte ich, die Gedanken geordnet aufzubauen.

Rechts – links – rechts – Nogga flüstert, dass sie mich in sich spüren will.

Rechts – links – rechts – er steht mir nicht bei diesem vollkommenen Mädchen.

Rechts – links – rechts – Lotta richtet eine Pistole auf mich und auf Bar.

Rechts – links – rechts – Dutschy ist wieder sauer.

Rechts – links – rechts – Wilshere mit seinen sausenden Dartpfeilen und dann die Pistole, auf mich gerichtet.

Rechts – links – rechts – David O'Leary verteilt Visitenkarten am Friedhof vom Kibbuz Ramat Hakovesch.

Rechts – links – rechts – Nogga, Nogga, Nogga. Sie hat mich den ganzen Tag nicht angerufen. Andererseits, ich sie auch nicht. Ist Liebe oder Lust eine Serie von Selbstbeherrschung, Ausbremsen, Unterdrückung von Befriedigung? Sollte es nicht das Gegenteil sein?

Rechts – links – rechts – wie lieben wir? Haben Menschen wie Lotta, die in der Mandatszeit gelebt haben, anders geliebt als die Menschen heute, zum Beispiel wie ich Dutschy geliebt habe oder was ich glaube, für Nogga zu entwickeln? Erinnern wir uns so? Über das Herz? Ist das im Prinzip, was Geschichte ist – eine Ansammlung von Erinnerungen, die das Herz in uns eingehauen hat, denn das Herz meißelt tiefer als jedes andere Organ?

Rechts – links – rechts – Noggas schöner Körper. Das

Geschenk, das sie mir gemacht hat, allein schon, dass sie mich ihn sehen ließ, gar nicht zu reden vom Berühren. Das ist Geschichte. Die Brüste von Nogga ... Karamell ... sind sie nicht historisch?

»Krokodil?«

Rechts – links – aber Moment ... was ist Geschichte eigentlich? Haben die Peitschenschläge wirklich die Geschichte verändert? Zum Ende des Mandats geführt? Zum Fall des britischen Empire? Und falls das keine Übertreibung ist, hat Lotta Perl die Geschichte verändert? Hat die persönliche Geschichte, die ihr Herz meißelte, die nationale oder gar internationale Geschichte geformt? Wer legt das fest? Wer erzählt das? Wird die Geschichte im Grunde von Privatpersonen gemacht? Nicht Napoleon oder Hitler. Lotta. Ich. Jeder. Was ist unsere Aufgabe in der Geschichte? Was ist unser Platz in der Geschichte? Auch ich war vor elf Jahren ein Teil der Geschichte dieses Orts, ich war in den Nachrichten in der Zeit der Terroranschläge. Hat meine Geschichte die nationale Geschichte gemacht? Habe ich etwas verändert? Welche Erinnerungen hat mein Herz in mich eingemeißelt? Und wenn ...

»Krokodil!!!«, brüllte Emil.

Er schickte mich zur Gruppe. Ich wollte meine Strafe fürs Zuspätkommen. Ich beteiligte mich an der Übung mit wechselnden Partnern – man boxte eine Minute mit jemandem, und dann, auf Emils Pfiff hin, wurde der Partner gewechselt, und so ging man per Express die ganze Arena mit verschiedenen Gegnern durch. Ich hatte einen guten Start mit Sami, aber dann fing ich mir von Ilja einen Volltreffer am Auge ein, als ich einen Moment aus Schlafmangel wegglitt, doch ich verpasste ihm zwei zurück. Bei Stess war ich bereits voll konzentriert. Emil war beeindruckt. Am Ende des Trainings, als wir in Rückenlage Dehnübungen machten und die Taekwondo-Leute schon darauf warteten, in den Ring zu steigen, erzählte Emil von einem internationalen Boxturnier, das am Schabbat in Aschdod stattfand, bei dem er Ringrichter sein würde. Es hätten elf Staaten vertreten sein sollen, aber die meisten hatten wegen dem Schlamassel im Süden abgesagt. Nur die aus Kasachstan, Russland, Weißrussland und Litauen kamen. Und unser Anton würde teilnehmen, wir sollten also alle zur Unterstützung kommen. Nach dem dritten Platz, den er in Sibirien im Fliegengewicht bis sechzehn Jahre gemacht hatte, wäre auch in Aschdod sicher eine Medaille zu erwarten. Aber man bräuchte Ermutigung. In Sibirien war niemand da, der ihn ermutigt hätte. Die krummgeboxte Nase von Emil glänzte unter der Neonbeleuchtung, während er uns in die Tel Aviver Nacht entließ.

Ich öffnete die Fenster meiner Kia-Seele, damit mein Schweißgeruch nicht im Wagen hängenblieb und die Abendluft den feuchten, schmerzenden Körper kühlen konnte. Zu Hause, nach dem Duschen, setzte ich mich aufs Sofa und schaute mein Telefon an. Ich wartete darauf, dass Noggas Name auf dem Display auftauchen würde, während ich eine Miniversion meiner Herzschläge in einer Ader neben dem Auge pulsieren spürte, an der Stelle, an der mir ein Veilchen zu wachsen begann.

Endlich klingelte das Telefon. Es weckte mich. Ich saß immer noch am gleichen Platz auf dem Sofa, es mochte eine Stunde vergangen sein, aber jetzt war ich benommen vom Schlaf, mein Hals war steif, und das Veilchen am Auge hatte zu blühen angefangen – ich spürte es pochen, und als ich einen Finger auf die Stelle legte, war sie empfindlich und brannte.

Ich kannte die Nummer nicht. Undeutliches Geschrei einer Frau war zu hören.

»Was?«, versuchte ich zu fragen. »Wer?«

Die Schreie einer hysterischen Frau. Ich schloss die Augen, was dem einen wehtat, worauf ich versuchte, beide mit einem Ruck aufzureißen, als ob mich die Entschlossenheit wacher machen würde. Es half ein bisschen – ich verstand, dass etwas Englisches geschrien wurde. Ich sagte mit belegter Stimme: »Sekunde, ich versteh nicht. Wer ist dran?«

Die Schreie brachen mit einem Mal ab. Nach einer kleinen Pause sagte die Stimme: »Lucy.«

»Lucy?« Mein Hirn arbeitete nur langsam, aber es gelang dem Zentralprozessor zu entschlüsseln, welche Lucy ich kannte, und die Stimme der energischen Filipina zuzuordnen, die sich um Wilshere kümmerte.

»Ach so! Lucy! Was ist los?«

»Wilshere! Wilshere! He was shot! He was shot!«

Sie wiederholte diese Worte ein paarmal, bevor sie zu mir durchdrangen. Wilshere wurde erschossen. Ich sagte zu ihr, sie solle sich beruhigen, ein Glas Wasser trinken und warten. Wir würden sofort kommen. Sie solle mit niemand anderem reden, auch nicht im Hotel. Ich rief Bar an, ging ins Bad, drehte den Kaltwasserhahn auf und schüttete mir fünf- oder zehnmal mit beiden Händen Wasser ins Gesicht. Als ich mich etwas klarer fühlte, hob ich den Kopf und betrachtete mich im Spiegel. Rings um das rechte Auge war eine dunkle Schwellung. Verrecken sollte er, dieser Ilja.

Als Wilshere an dem Nachmittag mit den Dartpfeilen auf mich gezielt hatte, war ich für einen kurzen Augenblick sicher, dass er sich einen Scherz mit mir erlaubte, aber dann fiel mir vor Entsetzen das Herz in die Hose. Ich begriff gar nichts mehr. Im einen Moment führten wir ein Gespräch, er hatte seine Version der Geschichte erzählt und uns davon zu überzeugen versucht, dass Lotta und Nogga Eddie und Ruti ermordet hatten, und dann sagte ich, was Greenberg mir über den Enkel von O'Leary erzählt hatte, und plötzlich flog ein Pfeil in das Bild von Nachum Gutman, und die nächsten würden mir, seinen Worten nach, gleich ein Auge und den Hals durchbohren. Eine Sekunde darauf, als mir der Schlund der Pistole ins Gesicht gähnte, stockte mir der Atem.

Er hatte gesagt: »Was glauben Sie, wer Sie sind, dass Sie so etwas sagen und hier ungeschoren davonkommen können?«

»Was habe ich denn gesagt«, hatte ich hervorgestoßen.

Obwohl der Pfeil mit schauriger Exaktheit mitten im Auge des Arabers auf dem Bild von Gutman steckte und der Abzug der Pistole auf seinen Einsatz wartete, war Wilshere offenbar – zum Glück – noch nicht fertig: »Meinen Sie, ich bin blöd? Dass ich nicht verstehe, was Sie gesagt haben?« Ich schaute wieder zu Bar, aber Bar starrte auf die Pistole. Er schien zu entsetzt, um ein Wort herauszubringen. Plötzlich begannen Wilsheres massige Schultern zu zittern, und seine Stimme wurde hoch und brüchig. »Auch Eddie wollte mir was sagen«, sagte er, »ich habe gespürt, dass er mir etwas mitteilen will, aber er ist gestorben und kam nicht mehr dazu ...«

Er brach zusammen, die bekannte Nummer, schluchzte,

stöhnte und blökte. Doch diesmal hatte er eine Pistole in der Hand, die auf mich zielte, während er sich nicht unter Kontrolle hatte. In meiner Panik wusste ich nicht, wo ich hinschauen sollte, also machte ich die Augen zu und flehte stumm, er würde sich beruhigen. Als ich sie wieder aufmachte, entdeckte ich Lucy, die sich geräuschlos von hinten näherte und ihm mit einer behutsamen, aber schnellen und geübten Bewegung die Pistole aus der Hand nahm und anschließend auch die zwei übrigen Pfeile, die er in der anderen Hand hielt. Sie bedachte uns mit einem zornigen Blick, der in etwa besagte, ich wusste, dass ihr bloß Ärger macht, also tut mir den Gefallen und geht mir aus den Augen, eure Zeit ist um.

Bar ignorierte sie und fragte Wilshere, was er denn meinte. Wir würden nicht verstehen, was ihn so aus der Fassung gebracht hatte. Aber Wilshere war nicht mehr zugänglich, und Lucys wütender Blick ließ uns keine Wahl. Was mir, ehrlich gesagt, gut passte. Ich wollte weg von der Pistole und den Pfeilen, die sich womöglich bald wieder in den Händen von einem alten Mann befanden, der auf der einen Seite psychisch zerrüttet war und auf der anderen diplomierter Dartchampion. Eine beängstigende Kombination. Außerdem war es Zeit für das Boxtraining, das ich nicht versäumen wollte.

Bar sagte nichts – nicht im Korridor, nicht im Aufzug und nicht auf dem Weg zum Taxi. Er hatte diese Phasen, und wenn ich wusste, dass er versuchte, etwas auf die Reihe zu kriegen, ließ ich ihm normalerweise Zeit. Aber als wir losfuhren, verlor ich die Nerven und sagte zu ihm: »Hast du kapiert, was das für eine Story war?«

»Das versuche ich gerade zu begreifen«, antwortete er.

»Ich versuche zu rekonstruieren, über was wir geredet haben, bevor er die Pfeile und die Pistole rausgeholt hat. Erinnerst du dich dran?«

Es gelang mir nicht. Ich hatte einen Blackout. Ich erinnerte mich nur an seinen angespannten, zuckenden Kiefermuskel.

»Ich habe ihn nach Ruti gefragt, und er hat gesagt, dass zwischen ihnen überhaupt nichts war. Und er hat gesagt, dass er nicht weiß, warum Lotta Ruti umgebracht hat. Und dann hast du von dem Geschniegelten geredet, dem Enkel von O'Leary. Und er hat die Pfeile rausgeholt und gesagt ... was hat er gesagt?«

In meinem Kopf war eine Wolke, nur das Bild des nervösen Kiefermuskels von Wilshere. Ich zuckte die Achseln.

»So was wie: ›Meinen Sie, dass Sie so was sagen können und hier ungeschoren davonkommen?‹«

»Kann sein«, sagte ich.

»Was hast du denn gesagt? Irgendwas über O'Leary?«

»Ich habe gesagt, was Greenberg mir erzählt hat, von dem Homosohn von Eddie und so.«

Bar zog sein Mobiltelefon aus der Tasche und checkte in Wikipedia unter O'Leary. Aber er hatte den Eintrag schon gelesen. Er war kurz und ohne Details über die Familie.

»Glaubst du ihm?«, fragte Bar. »Dass Lotta Eddie getötet hat, obwohl auch Wilshere zugegeben hat, dass sie sich wieder verliebt haben?«

»Du weißt, dass ich Lotta liebe«, antwortete ich, leicht überrascht, dass mir diese Worte herausgerutscht waren. »Es fällt mir schwer, mir vorzustellen, dass sie ihn ermordet hat. Wo bleibt die Logik? Die Liebe blühte, sie waren glücklich wie seit Jahrzehnten nicht mehr, und nach dem, was sie erzählt hat, haben sie die ganze Zeit gelächelt und gelacht, sich berührt, geküsst und getanzt. Er ist bei ihr eingezogen, hat eine gemeinsame Grabstelle gekauft, und dann kriegt sie plötzlich Angst vor ihm und bringt ihn schleunigst um? Das leuchtet mir nicht ein. Und auch nicht, dass ihre Enkelin sie dazu überredet hat. Und entschuldige mal – er hat ein tödliches Medikament ›nur für den Bedarfsfall‹ mitgebracht? Und dann hat es jemand anders benutzt? Also echt.«

»Es gibt einen Haufen Löcher in Wilsheres Darstellung, das stimmt. Warum sollte Lotta Eddie umbringen? Sogar wenn die erneute Verliebtheit nur ein Spiel war, das sie spielte, um an sein Geld heranzukommen, warum sollte sie ihn dann töten? Er war schließlich verliebt. Er gab ihr alles, was sie wollte.«

»Wilshere hat gesagt, dass Eddie sein Testament nicht geändert hat, weil er nicht wollte, dass das Geld bei Nogga landet. Da haben sie sich gerächt«, schlug ich vor.

»Stimmt. Klingt, als ob Eddie vernünftig gehandelt hat. Warum soll ein Mensch sein Vermögen einer fünfundachtzigjährigen Frau vererben, die in ein paar Jahren stirbt, und dann geht das Geld an ihre Erben und nicht an seine? Aber die Schlussfolgerung von Wilshere ist nicht überzeugend – okay, Nogga mag enttäuscht gewesen sein, dass es kein Geld gibt, aber deswegen ein Mord? Was hätte sie davon gehabt?«

»Oder vielleicht«, probierte ich es wieder, wobei ich nicht verstand, warum plötzlich ich Gründe für Wilsheres Version anführte, und etwas überrascht davon war, dass Bar nun auf der Seite von Lotta und Nogga argumentierte, »vielleicht hat er ja das Testament doch zu ihren Gunsten geändert, und dann haben sie ihn umgebracht, um an die Erbschaft zu kommen?«

»Das funktioniert so nicht«, entgegnete Bar. »Wenn jemand stirbt und man entdeckt, dass er kurz vor dem Tod das Testament geändert hat, verdächtigt man doch sofort diejenigen, die von der Änderung profitieren. Wir können versuchen rauszufinden, was in dem Testament steht... vergiss es, es wurde nicht geändert. Keine Chance. Wilshere, der Bastard, hätte das gewusst, er hätte das fröhlich ausgeschlachtet und uns erzählt.« Bar schüttelte den Kopf. »Das ist echt ein einziger Salat. Ehrlich gesagt, ich glaube weder Wilshere noch Lotta. Ich weiß nicht mal, ob sie sich selber, ihrer Erinnerung glauben. Eddie und Ruti durchschau ich sowieso nicht. Und von denen werden wir auch nie mehr was erfahren.« Er lachte.

»Das Einzige, was ich sicher weiß«, sagte ich, »ist, dass ich sie wochenlang Tag für Tag zu seinem Grab gefahren habe. Und jedes Mal, wenn sie zum Taxi zurückkam, war sie in Tränen aufgelöst. Ich glaube, sie hat ihn wirklich geliebt, das war keine Show.«

»Könnte aber auch Reue gewesen sein«, erwiderte Bar. »Oder ein Alibi? Irgendwas an dem, was Wilshere sagt, fühlt sich jedenfalls wahr an. Ich hab manchmal das Gefühl, dass Lotta unter ihrem Charme was verheimlicht.«

Ich dachte an Nogga. Ich fragte mich, ob Bar spürte, dass auch ich etwas verheimlichte. Er fuhr fort: »Hast du gesehen, wie er das rechte Auge von dem Typen auf dem Bild getroffen hat? Das war irre.« Ich blickte ihn an. Es war tatsächlich irre gewesen, doch es fiel mir schwer, begeistert zu sein, wenn so etwas ein paar Zentimeter von meinem Kopf entfernt geschah. Ich sagte nichts.

Bars Blick suchte nach etwas zwischen den Sitzen. »Wie, sind die Erdnüsse alle?«

Als Bar später an diesem Abend, nachdem mich Lucy schreiend alarmiert hatte, in mein Taxi einstieg, hielt er eine Papiertüte mit einem halben Kilo gesalzener Erdnüsse in der Hand, die er an den dafür bestimmten Platz zwischen die Vordersitze legte. »Du bist der Größte!«, rief ich und fummelte sofort mit zwei Fingern die Tüte auf, um ein paar herauszufischen. »Die sind ja noch warm!«

»Was ist denn mit dir passiert?« Er warf mir einen prüfenden Blick zu. Ich schaute in den Spiegel. Das blaue Auge hatte sich hinsichtlich der Schwellung und Farbe weiterentwickelt, und das Halbdunkel im Wagen unterstrich die Verfärbung.

»Ich hab im Training einen Volltreffer abgekriegt. Nichts Ernstes.«

Bar nahm sich ein paar Nüsse und zermahlte sie grinsend. »Also was hat sie gesagt, die Filipina?«

Die Leiche von James Wilshere lag auf seinem Bett in der Suite des Hotels Daniel. Von der Zimmertür aus sah er friedlich aus, so als schliefe er. Sein Rollstuhl stand verwaist und betrübt zu Füßen des Bettes. Lucy wirkte überraschend gefasst, als sie uns die Tür öffnete und zur Leiche führte. Fast wie ein weiterer Besuch bei ihrem Boss. Ohne Geschrei, ohne Tränen spähte sie nur ein paar Sekunden nach meinem geschwollenen Auge, drehte sich dann um und brachte uns mit stummer Effizienz direkt zu dem Bett.

»Gibt's hier Plastikhandschuhe?«, fragte Bar. Lucy überlegte einen Moment, ging in die Küchennische und holte aus dem Schränkchen unter der Spüle ein Paar gelbe Putzhandschuhe aus Gummi heraus. Bar zögerte eine Sekunde, bevor er die Hand danach ausstreckte, streifte sie dann aber achselzuckend über. Er näherte sich der Leiche, und ich folgte ihm vorsichtig.

Ich hatte noch nicht viele Leichen in meinem Leben gesehen. Es hatte diese wahnsinnige Woche gegeben, in der ich hintereinander in drei Terrorattentate geraten war, von der ich nicht viel in Erinnerung hatte, aber dort hatte ich ein paar Tote gesehen. Und dann eine lange Pause bis zum Leichnam von Ruti Spielberg, den aber gleich vier- oder fünfmal. Bars Vorgeschichte auf diesem Gebiet kannte ich nicht, aber er trat mit Ehrfurcht zu der Leiche, mit den gelben Putzhandschuhen, die ihm an den Fingern zu lang und an den Handflächen zu eng waren.

Der große Leichnam lag bis zu den Schultern unter einer Decke. Bar schlug sie zurück und deckte einen gestreiften Flanellschlafanzug über einem dicken Bauch auf. Er strich mit seinen gelben Gummifingern über den Körper, von den Fußsohlen bis zu den Schultern. Ich weiß nicht, warum. Wie es schien, wusste auch er es nicht. Es wirkte ein wenig wie bei diesen Sicherheitskontrollen am Flughafen, nur dass niemand »Okay, Mister« zu Wilshere sagte, bevor er durchgewinkt wurde. Er lag weiter reglos an seinem Platz. Der große Bauch hob und senkte sich nicht.

Diese sicherheitsdienstliche Untersuchung war überflüssig. In dem Moment, in dem Bar den Kopf des alten Engländers leicht bewegte, wurde die Todesursache sichtbar. »Ups«, entfuhr es Bar, und das Komischste daran war, dass uns das Einschussloch in der rechten Schläfe und der kleine Blutfleck auf dem Kissen bisher gar nicht aufgefallen waren.

»Wir haben ein Einschussloch«, stellte Bar entschieden fest, bemüht, professionell zu klingen.

Er hielt den Kopf zwischen den beiden Handschuhen und neigte ihn zur anderen Seite. »Ich sehe kein Austrittsloch.«

»Was besagt das?«, fragte ich.

»Gute Frage«, erwiderte er. »Das Loch schaut klein aus. Vielleicht eine Pistole. Aber ich sehe hier keine. Was besagt…«

»Mord?«

»Hmm… hmmm…« Er hob einen blutbefleckten Handschuh und schaute mich an. »Was machen wir jetzt?«

Ich zuckte mit den Schultern.

Er sagte: »Dein Auge ist jetzt lila«, wandte sich wieder Wilshere zu, bewegte noch einmal seinen Kopf, aber es war klar, dass er nicht wusste, was seine Untersuchung sonst noch ergeben könnte. Er begriff anscheinend, dass es diesmal nicht möglich sein würde, die Polizei und die Spurensicherung herauszuhalten, und dass er den Fall nicht weiter untersuchen konnte. Diese Kugel hatte nicht nur das Gehirn von James Wilshere zerschossen, sondern auch Bars Detektivphantasien.

»Komm, wir reden mit Lucy«, sagte er schließlich.

Lucy stand hinter uns.

Jetzt sah ich das Zittern ihrer Unterlippe und die Angst in ihren tränenglänzenden Augen. Eine ausländische Pflegerin in einem fremden Land, und ihr Patient tot. Was sollte sie machen? Die Zukunft, Lebensunterhalt und Pläne – ihre Arbeit war gestorben.

Bar beruhigte sie mit dem Versprechen, wir würden ihr helfen, wir würden Kontakt mit England aufnehmen, uns um die Überführung der Leiche und die restliche Prozedur kümmern. Wir würden nur ein paar Fragen stellen und dann die Rezeption verständigen, die würden die Polizei rufen, und alles käme in Ordnung. Sie nickte, während sie irritiert auf die gelben Gummihandschuhe starrte, die Bar immer noch an den Händen hatte. Er folgte ihrem Blick und zog sie aus.

»Wie hat sich Wilshere verhalten, nachdem wir am Nachmittag gegangen sind?«, fragte er sie.

»Er hat stark geweint.«

»Hat das lange gedauert?«

»Ein paar Minuten. Danach war er still.«

»War das ungewöhnlich?«

»Manchmal war es schnell vorbei. Manchmal nicht.«

»Und diesmal?«

»Er war immer noch traurig.«

Bar schaute mich an und versuchte, ein Seufzen zu kaschieren. Er wäre froh gewesen über eine etwas redseligere Interviewpartnerin. »Was haben Sie beide gemacht ab dem Zeitpunkt, wo wir gegangen sind?«, versuchte er es weiter.

»Abendessen. Und dann ist er in sein Zimmer.«

»Was haben Sie gegessen?«

Sie sah ihn mit einem merkwürdigen Blick an. »Ist das nicht egal?«

Bar dachte ein paar Sekunden nach. »Sie haben recht.«

Ich ging zum Eingang des Schlafzimmers und betrachtete das Bett. Wilsheres Leiche ruhte dort reglos und stumm. Und mir wurde klar, dass damit alles vorbei war. Wir tappten im Dunkeln und hatten keine Ahnung, was wir mit dieser Entwicklung anfangen sollten. Das war der Schluss der etwas traurigen Geschichte der Ermittlung von Bar und mir, denn wie sollten wir von hier aus weitermachen? Was fingen wir mit drei Leichen und einer Lotta an?

»Woher hatte er eine Pistole?«, fragte Bar. Lucy blickte ihn beunruhigt an, und er fügte hinzu: »Hat er sie hier gekauft?« Schlau. Er stellte sich dumm.

»Aus England… er hat sie zerlegt und in den Rollstuhl getan. Niemand hat es gesehen. James war stolz darauf.«

Bar nickte und sah mich kurz an. »Zeigen Sie sie uns.«

Sie ging zum Fußende des Betts und zeigte uns eine Höhlung im Rahmen des Rollstuhls, in der Wilshere die Einzelteile der zerlegten Pistole zu verstecken pflegte. Die Pistole war nicht da.

»Warum hatte er eine Pistole?«

Lucy zuckte die Achseln. »Seit ich bei ihm bin, war sie da. Er war stolz darauf, dass er überall damit hingeht, und keiner weiß es.«

»Wann haben Sie den Schuss gehört?«

»Ich habe nichts gehört.«

Bar blickte sie an, die Rädchen in seinem Kopf drehten sich langsam.

»Ich bin rausgegangen. Zum Supermarkt.«

Bar schaute sie weiter an. Diese ganzen Fragen, und jetzt stellte sich heraus, dass sie überhaupt nicht im Zimmer war.

»Kann es sein, dass jemand hereingekommen ist?«

»Ich weiß nicht. Es braucht einen Schlüssel.«

»Kennen Sie jemand, der ihn töten wollte?«

»Er hat gesagt, dass er Angst vor Lotta und der Enkelin hat.«

Bar und ich traten auf den kleinen Balkon zu einer Lagebesprechung. Alles in allem hatte mich Bars Befragung beeindruckt, sie hatte seinen Status nach der kläglichen pathologischen Untersuchung der Leiche wieder etwas rehabilitiert. Aber ich war immer noch der Meinung, dass wir völlig im Dunkeln tappten und keine Chance mehr hatten, irgendetwas herauszufinden. Er erwiderte, ich würde Unsinn reden. Ich schaute aufs Meer hinaus, und plötzlich hatte ich schreckliche Sehnsucht nach meinen beiden Mädchen. Nach meiner Tochter Noga, deren halbe Kindheit ich versäumte, weil ich nicht mit ihrer Mutter zusammenleben konnte und sie nicht mit mir, und nach der sexy Nogga. Ich fuhr mit der Hand in meine Brusttasche und berührte die Geldbörse, tastete nach dem knisternden Zellophantütchen im Münzfach. Die Pille, die dort auf mich wartete, war der Beweis dafür, dass es wirklich passiert war.

»Komm, wir denken mal einen Moment über die ganzen potenziellen Verdächtigen nach«, schlug Bar vor.

Ich sagte nichts, denn ich wollte die beiden ersten Namen nicht aussprechen. Bar sagte: »Lotta, Nogga.«

»Lucy würdest du ausschließen?«, fragte ich. »Vielleicht hat er ihr was hinterlassen?«

»Keine Chance. Das würde sie bloß in gewaltige Schwierigkeiten bringen. Warum hier. Warum jetzt. Ich hab's dir gesagt, gerade wenn er dir was vererbt hat, ist das Unlogischste, was du machen kannst, ihn umzubringen. Ruf Lotta an. Hast du die Nummer von Nogga?«

Ich schoss einen schnellen Blick auf ihn ab. Warum fragte er mich das? »Ich schau mal nach«, sagte ich. Lotta antwortete nicht. Ich tat so, als suchte ich, und sagte dann:

»Ja. Ich sehe, ich habe die von Nogga. Die hat mir sicher Lotta gegeben.« Auch sie antwortete nicht.

»Hast du die Visitenkarte von O'Leary, dem Enkel?«, fragte Bar.

Ich fuhr mit der Hand in meine linke hintere Hosentasche und beförderte ein paar Schmierzettel und zwei Visitenkarten zutage. Eine davon war das Prachtstück von dem geschniegelten David O'Leary, leicht durchgebogen in Form meines Hinterns.

Niemand antwortete.

Wir standen im Salon, Bar, Lucy und ich.

»Vielleicht war es ein Herzanfall?«, sagte ich zu Bar.

»Mit einem Einschussloch in der Schläfe?«, gab er zurück.

Aber er überlegte einen Moment, und als hätte ihn meine Frage verunsichert, schlug er vor: »Komm, wir machen noch eine Untersuchung. Ich will die Leiche noch mal sehen.«

Er zog erneut die gelben Gummihandschuhe an, und wir gingen ins Schlafzimmer. Wieder schlug er die Decke zurück und untersuchte den Körper von Kopf bis Fuß. Ich sagte: »Zieh die Decke ganz weg, schauen wir mal nach, ob sich die Pistole nicht irgendwo finden lässt.« Er schob sie bis zu den Fußsohlen hinunter. Ich wollte schon das Kissen umdrehen, hielt aber mit erhobener Hand inne. »Lucy, haben Sie vielleicht noch solche Handschuhe?« Sie ging in die Küche und kehrte mit einem rosafarbenen Paar zurück.

Wir arbeiteten Seite an Seite, in Gelb und Rosa, Bar untersuchte erneut Wilsheres Leiche, drehte sie diesmal auf die Seite, und ich hob die Kissen hoch, zog Decken weg, öffnete Schubladen und Schranktüren. Das Bett war leer. Auf dem Nachttischchen stand ein fast volles Glas mit Wein, und in der Schublade – einen Moment hoffte ich, ein Tagebuch darin zu finden, das etwas enthüllen würde – lagen nur drei kleine Schachteln mit Tabletten. Lucy erklärte, das seien Medikamente, die er jeden Tag einnahm, zur Regelung diverser Verdauungsprobleme, für den Blutdruck und den Zuckerspiegel. Es waren noch ziemlich viele Tabletten in den Packungen übrig.

Ich schaute mich um. Ein Schrank, in dem ein langer Regenmantel, zwei große Herrenhemden, ein Jackett hingen. Ich hatte ihn nie im Anzug gesehen. Ein großer Koffer, offen. Ich bückte mich und stöberte darin, ein Buch über die Mandatszeit aus Sicht eines Offiziers der 6. Luftlandedivision, einige Unterhosen und Socken. Ich blätterte kurz in dem Buch und warf es dann zurück in den Koffer. Von da wanderte mein Blick zu zwei Paar Schuhen. Bar beschäftigte sich immer noch schweigend mit der Leiche, ich wusste nicht, wonach er da noch suchte. Ich ging auf die Knie, um unters Bett zu spähen, legte den Kopf schräg und schaute darunter.

»Ups«, sagte ich.

Wir setzten uns wieder mit Lucy zusammen, und Bar gab ihr Instruktionen.

»Wenn wir hier weg sind, warten Sie fünf Minuten und rufen dann bei der Rezeption an. Sagen Sie, dass Wilshere tot ist. Klingen Sie genauso hysterisch wie vorher, wo Sie Krokodil angerufen haben.«

Sie nickte.

»Lassen Sie die Pistole an einem Platz, der ein bisschen

sichtbarer ist. Eine Spur näher bei seiner Hand. Sagen Sie nicht, dass Sie rausgegangen sind. Sagen Sie, dass Sie im Salon waren und einen Schuss gehört haben.«

Diesmal zögerte sie, bevor sie nickte. »Keine Angst, Lucy, das ist keine richtige Lüge. Das macht es bloß leichter für Sie, damit sie keine Fragen stellen, damit sie nicht die Polizei holen und Sie verhören und die Freigabe der Leiche und Ihre Rückkehr nach England aufhalten.«

Ihr Nicken kam bereitwilliger.

»Wenn man Sie fragt, wie er sich benommen hat, erzählen Sie, dass er geweint hat, dass er immer wieder diese Ausbrüche hatte. Erzählen Sie von Ruti, der Liebe seines Lebens, die gestorben ist. Von seinem Freund O'Leary. Es ist nicht sicher, dass sie danach fragen werden, aber geben Sie ihnen allen Grund zu begreifen, dass er sich umgebracht hat.«

Sie nickte wieder.

»Was er ja wirklich getan hat«, fügte ich hinzu.

Lucy hatte bestätigt, dass die Pistole, die ich unter dem Bett gefunden hatte, die war, die Wilshere im Rahmen seines Rollstuhls versteckt hielt. An die Stelle, wo sie gelegen hatte, konnte sie durchaus gelangt sein, wenn sie ihm aus der Hand gefallen war, die Annahme war vielleicht sogar logisch, soweit wir die Logik von schlitternden Pistolen beurteilen konnten.

»Und erwähnen Sie uns nicht«, sagte Bar, »das macht die Sache nur kompliziert.«

Wir standen auf. Mein Telefon zeigte fast Mitternacht. Lotta, Nogga und David hatten nicht zurückgerufen.

»Versuchen Sie nachzudenken«, sagte Bar, bevor wir hinausgingen, »gab es nicht irgendwas Besonderes, was er gemacht hat? Beim Abendessen oder danach? Irgendwas, das erklären könnte, was er getan hat?«

Lucy kniff die Augen zusammen. »Er hat versucht, jemanden anzurufen«, antwortete sie.

»Beim Abendessen?«

»Ja.«

»Und nachher?«

»Ja. Noch mal.«

»Aber es gab kein Gespräch?«

»Nein. Es hat keiner geantwortet. Er wurde wütend.«

Bar sah mich an. Ein imaginäres Lämpchen ging über seinem Kopf an. Ich wusste nicht, ob er sich am liebsten eine Ohrfeige gegeben hätte, dass er bis jetzt nicht an Wilsheres Telefon gedacht hatte, oder Gott und Lucy dankte, dass sie ihn jetzt darauf hingewiesen hatten. Auch ich verpasste mir einen leichten Klaps gegen die Stirn.

»Wo ist das Telefon?«, fragte Bar.

Lucy richtete den Blick in die Ecke des Salons, wo auf einem kleinen Tischchen neben einer Lampe das Telefon lag, angeschlossen an ein Ladegerät. Bar machte ein paar energische Schritte, stoppte dann aber. »Sekunde«, sagte er und ging die gelben Handschuhe holen. Nachdem er sie zum dritten Mal übergestülpt hatte, hob er das Gerät auf.

»Das geht so nicht«, sagte er nach einem Moment und zog die Handschuhe aus, »wir wischen es nachher ab.« Er schaute Lucy an. »Ich versteh das nicht, er hat das Ding aufgeladen und sich dann umgebracht? Irgendwas ergibt hier keinen Sinn.«

»Ich habe es geladen. Ich bin vom Supermarkt gekommen und habe das Telefon auf dem Tisch gesehen.« Lucy

deutete auf den großen Esstisch. »Und dann habe ich es an-
gesteckt. Wie immer. Er hat es immer vergessen.«

Bar betrachtete das Gerät einen Moment, bewegte seine
Finger darüber, und dann traf er eine Entscheidung. »Wir
gehen jetzt. Ich nehme es mit. Sagen Sie nichts über das
Telefon oder die Anrufe, die er machen wollte. Morgen
früh rufen wir Sie an und kommen vorbei. In Ordnung?«

Lucy nickte. Sie hatte keine andere Wahl, als sich auf uns
zu verlassen. Außer ein paar philippinischen Freunden waren wir die Einzigen, die sie kannte, und wir waren Einheimische. Sie musste uns vertrauen.

Wir fielen über die Erdnüsse her, während wir nach Tel
Aviv zurückfuhren. Ich war todmüde. Und irritiert, dass
Nogga den ganzen Tag nicht angerufen und auch nicht zu-
rückgerufen hatte, als ich es bei ihr versuchte.

»Du schaust entnervt aus«, sagte Bar.

»Ich fall tot um vor Müdigkeit«, antwortete ich.

Er bewegte seine Finger über Wilsheres Telefon, überprüfte den Inhalt, überlegte, was wir damit anfangen sollten, und fragte sich, wohin uns das führen würde.

»Da ist eine Nummer, die er heute Abend ein paarmal probiert hat. Sechs Uhr dreizehn, sechs fünfzig, sieben sechsundzwanzig, acht elf, acht neunundfünfzig, zwei
Minuten nach neun. Sechsmal. Um sieben Uhr siebenund-
zwanzig hat er eine andere Nummer probiert. Aber keine
Gespräche. Sechsmal hat er versucht, mit einer bestimmten
Person zu reden und einmal noch mit irgendwem anders,
und dann hat er sich umgebracht.«

»Ruf an«, schlug ich vor.

»Wo?«

»Die Nummer. Oder beide.«

»*Wallah!*« Er wollte auf die grüne Taste drücken.

»Nicht!«, rief ich. Sein Finger verharrte in der Luft. »Nicht mit seinem Telefon. Lass sein Telefon so, wie es war. Ruf von deinem an.«

»Da hast du recht.« Er tippte die Nummer in sein Telefon ein. »Rührt sich nichts.«

»Sprachbox, irgendwas?«

»Nichts.«

Ich nahm noch eine Handvoll Erdnüsse, während wir vom Ajalon abfuhren, unter der Beleuchtung unserer Gotham City, des Azrieli-Centers. »Lies mir die Nummer mal vor«, forderte ich ihn auf.

Er tat es.

»Noch mal«, bat ich. »Die klingt irgendwie bekannt.«

Er las sie ein zweites Mal vor.

»Die kommt mir so was von bekannt vor,« wiederholte ich. Und dann kam ich darauf. Ich fuhr mit den Fingern meiner linken Hand in die linke hintere Hosentasche meiner Jeans und zog die Visitenkarten heraus, sortierte die samtig silberne, leicht durchgebogene aus und streckte sie Bar hin.

Bar betrachtete die Karte des Geschniegelten und dann Wilsheres Telefon. Schaute wieder auf die Karte und wieder auf das Telefon.

»Bingo«, sagte er und warf sich zwei Erdnüsse in den Mund.

15. Wo ist der Enkel?

Sie saß auf dem Rücksitz schräg hinter mir, ihre Augen hinter der ausladenden Sonnenbrille verborgen, die zinnoberroten Lippen zu einem leicht durchtriebenen Lächeln verzogen, das ein paar charmante Fältchen sichtbar werden ließ. Ihr guter Geruch erfüllte das Taxi. Ich hatte sie vom Altersheim abgeholt, wo sie an der gewöhnlichen Stelle auf mich wartete, und fuhr sie zum Friedhof im Zentrum von Tel Aviv, wo ihre altneue Liebe begraben lag.

Es war so normal – und gleichzeitig komplett verkehrt, was ich daran merkte, dass mein Herz vor Aufregung klopfte. Lotta Perl wieder in meinem Taxi, so wie es war, bevor dieser ganze Krimi anfing. Ich war völlig überrascht, als sie zu mir sagte: »Kaum zu glauben, eine ganze Woche haben wir diese Fahrt nicht gemacht. Zu lange.«

Eine Woche? Das war alles? Vor einer Woche – das war noch vor dem Tag, als sie nicht an der üblichen Stelle auf mich gewartet hatte, der Tag, an dem ich die Leiche von Ruti Spielberg entdeckte und danach: die Endlosgeschichte mit der Leichenidentifizierung, Wilsheres Dramen, Lottas Verschwinden und Wiederauftauchen, der Sex, das Boxen, der Selbstmord.

»Eine Woche bloß?«, staunte ich. »Sind Sie sicher?«

»Vergangenen Donnerstag haben Sie mich wie üblich abgeholt, und heute ist Donnerstag, und Sie haben mich wieder abgeholt.« Sie gluckste. »Also, wie war Ihre Woche?«

Ich sah über den Rückspiegel zu ihr nach hinten und rollte mit den Augen. Sie wurde plötzlich ernst und sagte: »Du lieber Gott, was ist mit Ihrem Auge passiert?«

Sie hatte überraschend in der Früh angerufen. Ich war gerade frei geworden, nachdem ich zweimal hintereinander Kunden hatte, denen in der Nacht das Auto abgeschleppt worden war, weil sie an verbotenen Stellen geparkt hatten, eine höchst aktive Nacht der Parkkontrolle im alten Norden der Stadt. Einer war der Besitzer eines Schallplattenladens, ich hatte nicht gewusst, dass es so was noch gab. Der Zweite arbeitete bei einer südamerikanischen Investmentgesellschaft, die auf Minerale spezialisiert war. Beide beteuerten, sie seien unschuldig, verfluchten die Stadtverwaltung und jammerten über die Parkplatznot und mangelhafte Beschilderung. Ich hatte schon öfter Abschleppopfer aus diesen Risikobereichen aufgelesen, denn es gab immer wieder Leute, die sich nicht auskannten und morgens ihre Schrecksekunde erlebten, wenn sie entdeckten, dass ihr Auto nicht mehr da war. Ich erkundigte mich interessiert nach der Lage der Plattenläden und den Mineralen, die die Südamerikaner hier suchten, und erzählte von Schlomo Ibn Gvirol (»Wussten Sie, dass er etwa mit siebenunddreißig gestorben ist und die meiste Zeit seines Lebens in Südspanien an einer schrecklichen Hautkrankheit litt, über die er in seinen Gedichten schrieb?«) und von Antigonos (»Der letzte König der Hasmonäer, sein Vater war Aristobulos, nach dem eine Straße mit schönen, teuren Häusern benannt ist, zwei Straßen weiter in diese Richtung, und sein Großvater war Alexander Janai, der eine nette grüne Straße zwei Straßen weiter in die andere Richtung hat«). Beide gaben mir ihre Visitenkarten und fünf Sterne.

Sie hatte von Wilsheres Tod gehört. Gerüchte verbreiteten sich schnell in der kleinen Seniorengemeinde in Herzlija. Sie erkundigte sich, ob ich Einzelheiten wusste, was sie hoffte, als zahlende Klientin sogar erwartete!

Sie war gut gelaunt, was mich nicht überraschte – schließlich hatte sie befürchtet, Wilshere würde sie umbringen, und nun war die Gefahr vorüber. Gleichzeitig hatte sie, wie sie betonte, die morgendliche Taxifahrt ohne jeden Zusammenhang damit geplant. Sie hatte Sehnsucht nach Eddie, nach dem Friedhof und nach unseren Fahrten. »Also, wie steht's? Was gibt es Neues?« Ich sah in den Spiegel und fragte mich, ob sie über mich und ihre Enkelin Bescheid wusste. Verschluckte sie gerade ein schelmisches Lächeln? Mit der Sonnenbrille war es schwierig, ihr etwas anzusehen. Ich kehrte zum Thema Wilshere zurück.

»Warum haben Sie denn nicht gestern angerufen, um die Fahrt zu reservieren? Ich habe versucht, Sie zu erreichen, ein paarmal, von Wilsheres Hotelzimmer aus.«

»Ja, ich habe es nachher gesehen. Ich habe das Mobiltelefon nicht gefunden. Sie sehen, mein Gedächtnis ist nicht mehr das, was es einmal war, ich bin schon senil, verlege Dinge und vergesse alles. Es war die ganze Nacht auf der Toilette unter irgendeinem Handtuch. Erst heute Morgen habe ich Ihre Anrufe gesehen.«

Ich fuhr auf der Dizengoff bei halboffenem Fenster.

Noch ohne Klimaanlage, aber die warme Luft, die hereinwehte, die Röcke, die glatten und rundlichen Waden, das dunkle Grün der Blätter – all das zeigte, dass der Frühling fast schon da war, dass es bis zum Herbst nicht mehr regnerisch und kalt sein würde.

»Was haben Sie beide dort entdeckt?«, fragte Lotta.

Ich schwankte, was ich antworten sollte. War sie verdächtig? Sollte ich ihr alles erzählen? Ich hätte Bar an meiner Seite gebraucht. Ich überlegte ein paar Sekunden und sagte dann: »Anscheinend Selbstmord.«

»Sicher«, erwiderte sie.

»Warum sicher?«

»Er war instabil. Die Reise nach Israel hat ihn vollkommen zerrüttet, ohne dass ich wüsste, wie sein Zustand davor war. Doch in unserem Alter will der Kopf nicht mehr so richtig. Und der Körper. Der Rollstuhl. Man versucht, in Würde zu altern, doch im Alter gibt es keine Würde. Und dann versetzt ihn Eddie zurück zu dieser Geschichte mit der Demütigung, dazu die Entdeckung, dass Ruti ihn betrogen hat. Insgeheim hat er gehofft, dass er wieder mit Ruti zusammenkäme. Viele glauben, dass man in fortgeschrittenem Alter auf alles pfeifen und tun und lassen kann, was man wirklich will. Aber das stimmt nicht immer. Er war enttäuscht, und dann musste er noch mitansehen, wie glücklich Eddie und ich waren. Das war gewiss nicht leicht.«

Sie verstummte und blickte aus dem Fenster. Ich bog in den Bereich der kleinen Straßen ein, die zum Trumpeldorfriedhof führen.

»In unserem Alter können wir wenigstens zurückblicken und die wichtigen Momente verzeichnen. Und wir vier wussten, welche Momente das gewesen waren. Ich sage nicht, dass wir nur noch nostalgische Rückschau halten. Aber wir begreifen, was die stärksten Gefühle für uns waren. Und vielleicht versuchen wir unbewusst, an diese Gefühle wieder anzuknüpfen. Eddie und mir ist das gelungen. Es war ein Wunder. Ich hatte dieses Sehnen schon vergessen, die Gedanken, die Eifersucht, die Sehnsucht jedes Augenblicks, in dem man nicht beisammen ist… das Gefühl, dass das alles ist, was man braucht. Umarmen, berühren. Und das ist vielleicht stärker denn je in diesem Alter… Hören Sie, Eitan, mir ist etwas Überwältigendes widerfahren. Auch wenn es nur eine Woche währte. Mein ganzes Leben hat neue Farbe angenommen.«

»Aber nach dieser einen Woche ist er gestorben«, wandte ich ein. »Das ist ein furchtbarer Verlust – Ihr ganzes Leben war ein schreckliches Versäumnis, wenn Sie beide jetzt so gefühlt haben.«

»Anfangs war ich sehr zornig«, sagte sie leise, »aber letztendlich muss man wählen, oder? Entweder man beweint das, was man nicht hat, oder man begrüßt das, was man hat. In unserem Alter nimmt man das, was man hat. Ich fühle mich vom Glück begnadet, dass ich eine solche Liebe erleben durfte, und weiß jeden teuren Augenblick zu schätzen, der mir vergönnt war, jedes Lächeln, jeden Satz, der mit Liebe ausgesprochen wurde, jede Zärtlichkeit. Eine Woche – im Verhältnis zu dem, was mir zu leben bleibt, sind das Jahre! Ganz zu schweigen von Eddie, was für ein Lebensabschluss!«

»War er nicht böse, als er entdeckt hat, dass Sie ihm die Hiebe eingebrockt haben?«

»Er war wütend. Und ich war wütend, auf mich selbst.

Aber wir durchlebten das gemeinsam, in voller Symmetrie. Ich sagte ihm, dass ich ihn bestrafen wollte, ihn ganz persönlich, ihm wehtun, ich beabsichtigte kein historisches Ereignis, nicht Begin und Churchill, das hat mich nie auch nur im Geringsten interessiert, diese große Geschichte… und wir haben begriffen, auch hinsichtlich der Vergangenheit, wie tief das war zwischen uns, wie sehr wir übereinstimmten. Wir verstanden, was wichtig war. Als wir jung waren, konnten wir es nicht verstehen. Aber in dieser Woche unternahmen wir Ausflüge, wir sind an diesen Strand in Netanja gefahren, nach Haifa. Wir haben diese Bar gesucht, in der wir immer saßen, wie hieß sie gleich…«

»Nelson.«

»Nelson. Ja. Es gab eine andere Bar an der Stelle. Wir saßen zwischen jungen Leuten und tranken Bier. Laute Musik. Gedränge. Und wir, zwei Alte in der Ecke, lächelten, schauten einander an – wie haben wir gelacht, die jungen Leute haben nicht verstanden, was wir dort wollten.« Ich spähte in den Spiegel und sah, wie sie sich mit einem Papiertaschentuch eine Träne unter der Sonnenbrille wegwischte, dann den Nacken straffte und auf die Straße hinausblickte. Wir waren fast da.

Ich sagte vorsichtig: »Bei Wilshere und Ruti war das nicht so.«

»Nein. Das war sein Kummer. Nicht nur hatten ihn seine Geliebte und sein Freund vor über sechsundsechzig Jahren betrogen, ohne dass er etwas davon gewusst hatte, sondern jetzt verliebten sich Eddie und ich auch noch von Neuem, und Ruti schaute ihn scheel an, fuhr nach der ersten Begegnung wieder in ihren Kibbuz und reagierte nicht auf Anrufe. Können Sie sich die Frustration vorstellen?«

»Kann ich«, sagte ich und dachte eine Sekunde an ihre Enkelin. »Aber ich verstehe nicht, warum er sich gerade gestern erschossen hat. Der Frust ist Wochen her. Wenn das der Grund für den Selbstmord war, dann hat er ihn lange mit sich herumgeschleppt.«

Ich parkte den Wagen, stieg aus, öffnete ihr die Tür und half ihr beim Aussteigen.

»Sie begleiten mich heute, ja? Ich zahle Ihnen Ihre Zeit.«

»Klar«, sagte ich. Sie nahm meinen Arm, und wir schritten langsam durch den kleinen, dichtbevölkerten Friedhof.

Unterwegs blieb sie an einem Grab stehen. »Jaffa Schitrit? Das wusste ich nicht!«, sagte sie kummervoll, ließ sich aber nicht weiter darüber aus, und einen Augenblick später gingen wir weiter.

»Kann ich Bar anrufen?«, fragte ich. »Ich möchte, dass er dabei ist. Er steckt schon so tief in der Geschichte drin.«

»In Ordnung«, sagte sie. »Dann rufe ich meine Nogga an, dass sie kommen soll. Wir wollten uns heute Vormittag ohnehin treffen.«

Ich blickte in ihr Gesicht, doch es gab nichts preis. »Auch sie hat mir gestern nicht auf die Anrufe aus Wilsheres Zimmer geantwortet«, stieß ich hervor.

»Ja.« Mehr äußerte sie nicht. Wir machten unsere Anrufe, und die beiden versprachen, sich zu beeilen. Ich versuchte, meine Aufregung über Noggas Kommen zu kaschieren, und fragte mich, ob dieses Kitzeln meiner Nervenenden überall im Körper jenen Gefühlen ähnelte, die Lotta vorher beschrieben hatte, oder zumindest eine sehr entfernte grobe Version davon war.

Während wir warteten, kümmerte sich Lotta um Eddies Grab. Sie trug cremefarbene Gabardinehosen und ein Jackett in gleicher Farbe. Ihre Fröhlichkeit war verflogen, und während sie Blumen auf dem Grab arrangierte und die Blätter und Nadeln wegbürstete, die sich dort abgelagert hatten, konnte ich unter der Gepflegtheit und der Haltung die alte Frau erkennen: die Wangenfalten, der gebeugte Rücken, die langsamen Bewegungen und der leicht angestrengte Atem.

»Immer noch kein Grabstein?«, fragte ich.

Sie drehte lächelnd den Kopf. »Am Sonntag!«, sagte sie. »Das ist der Dreißigste, der Monatstag, es gibt dann eine kleine Zeremonie hier, um elf. Fahren Sie mich?«

»Am Sonntag um elf? Klar. Wer kommt? Die ganze Prominenz?«

Sie schmunzelte. »Die gesamte Crème de la Crème.« Ich lachte laut, aber ich dachte, interessant, wer da wohl kommt. Vielleicht wäre das die Gelegenheit, die losen Enden zu verbinden. Lotta lachte auch: »Mir scheint, diesmal werden wir Sie sogar noch dringender benötigen, damit der Minjan vollzählig ist. Hier kommt Ihr Freund.«

Er näherte sich vom Eingang in der Trumpeldorstraße, die abgewetzte Baseballkappe von Arsenal in die Stirn gezogen, damit ihm die Sonne nicht in die Augen brannte, mit nachlässigem Schlurfen. Ohne Eile kam er näher, bis er bei uns stehen blieb, die Hände in die Taschen seiner verwaschenen Jeans schob und zur Begrüßung fragte: »Sagen Sie, Lotta, sollte nicht langsam irgendwann der Dreißigste sein? Was ist mit dem Grabstein?«

Lotta kicherte wieder. Sie sah zu mir hin: »Äußerst scharfsinnig. Ein wahrer Detektiv.«

Bar sagte: »*Ahlan*, Bruder Scharabi!«, und ließ sich neben mir auf dem Nachbargrab O'Learys nieder. Lotta kam zu uns und setzte sich auf einen anderen Grabstein.

»Lotta und ich haben uns auf dem Weg hierher ein bisschen unterhalten«, berichtete ich, »und sie sagt, dass sie Wilsheres Selbstmord nicht überrascht hat.«

Ich schaute Bar an, während ich redete, in halber Erwartung, er würde etwas sagen wie: »Wenn es ein Selbstmord war«, doch er unterbrach mich nicht, streichelte nur die rötlich grauen Bartstoppeln, die auf seiner Backe wucherten.

»Er war frustriert«, fuhr ich fort, »weil er insgeheim auf eine Erneuerung der alten Liebe mit Ruti gehofft hat. Und zwischen Lotta und Eddie ist genau das passiert, was ein weiterer Sargnagel war, dazu der Betrug von Eddie und Ruti, über den alle außer ihm die ganzen Jahre Bescheid gewusst haben, und Lottas Verrat, der zu der Auspeitschung führte.«

Bar streichelte immer noch seinen Dreitagebart, hob dann den Blick und ließ ihn zwischen uns beiden kreisen.

»Hab ich etwas vergessen, Lotta?«, fuhr ich fort.

»Ich denke, Ruti war eine Wunde aus der Vergangenheit, die ihn immer schmerzte«, ergänzte Lotta. »Er machte Geld, hatte ein angesehenes Leben, aber er hat nie eine Familie gegründet. Er ließ sich zweimal scheiden, keine Kinder. Vielleicht hatte er jetzt, gegen Ende seines Lebens, die große Hoffnung auf Entschädigung.«

Bar zerrupfte eine Lilie, die er auf der Erde gefunden hatte. Er fragte: »Haben Sie seit Rutis Begräbnis von ihm gehört?«

»Nein«, antwortete sie.

»Haben Sie eine Ahnung, warum er sich ausgerechnet gestern umgebracht hat? Der Frust mit Ruti und der Neid auf Eddie – das war ja vor Wochen. Die Entdeckung mit den Schlägen, dem Betrug, der Demütigung – vor über einem Monat. Was ist also gestern passiert?«

»Genau das habe ich auch gefragt«, sagte ich in leicht triumphierendem Ton, stolz darauf, dass zwei so große Gehirne das Gleiche dachten, aber auch ein bisschen frustriert, dass ich es nicht vorher schon erwähnt hatte.

»Ich weiß nicht, was gestern passiert ist, ich habe ihn seit Rutis Begräbnis nicht mehr gesehen und auch davor schon etliche Tage nicht. Ich kann nur vermuten, dass er weiter auf irgendetwas hoffte. Es tut mir leid für ihn, aber ich bedaure nicht, dass es zu Ende ist.«

»Aber warum ist er dageblieben?«

Sie zuckte die Achseln. »Was erwartete ihn dort schon, für das es sich gelohnt hätte zurückzukehren? Das Altersheim? Als er aufhörte, sich romantische Hoffnungen zu machen, war die Bahn frei, um die alten Rechnungen zu begleichen.«

»Und was war das für eine Geschichte mit Ihnen?«

»Mit mir?«

»Sie haben gesagt, er hat sich auch bei Ihnen was erhofft, nicht nur mit Ruti. Und er hat uns auch erzählt, dass zwischen Ihnen was war. Und irgend so ein alter Typ im Altersheim… Krokodil, was hat der gesagt?«

»Der eine, der mit seinem Gehstock auf die Fensterscheibe vom Taxi eingedroschen hat, der mit dem Gebiss… Meir?«

»Oi, Meir«, lächelte Lotta, »das ist keiner, dem man zuhört.«

»Er hat aber gesagt«, erklärte ich, »dass er gesehen hat, wie Sie und Wilshere sich geküsst haben …«

»Hören Sie«, sagte Lotta, »er hat es versucht. Er dachte, das würde auf der Schiene der gemeinsam Betrogenen, der Geschwister im Leid laufen. Eddie und Ruti hatten es hinter unserem Rücken getan, also würden wir uns gegen sie zusammentun. Wir würden uns an ihnen rächen, es ihnen mit gleicher Münze heimzahlen, Auge um Auge, den Kreis schließen. Das begann schon, bevor Eddie starb, und danach versuchte er es weiter. Ich habe natürlich nicht reagiert, was Öl in die Flammen seiner Frustration gegossen hat. Er war auch wütend auf mich, weil ich ihm die ganzen Jahre nichts von dem Betrug der beiden erzählt hatte. Daraufhin wandte er sich gegen mich, fing an, Märchen über mich und Nogga zu erzählen, bezichtigte uns des Mordes. Er wollte mich töten, daran zweifle ich nicht.«

»Meir hat aber gesagt, er hat einen Kuss gesehen.«

»Darauf gehe ich gar nicht erst ein. Auf Meir hört man nicht. Erkundigen Sie sich im Altersheim nach ihm.« Sie schwieg einen Augenblick, und dann sprach sie weiter, mit offenkundiger Erbitterung: »Hören Sie, ich bezahle Sie. Ich bin die Klientin. Und dann verhören Sie mich? Das ist irgendwie nicht logisch.«

»Es ist unlogisch, dass uns die Klientin nicht alles erzählt, was sie weiß.« Dieser Satz kam von mir. Ich war ein bisschen schockiert von mir selber. Sie heftete einen langen Blick auf mich, hinter ihrer Sonnenbrille. Ich hielt meine Augen auf sie konzentriert. Auch Bar schwieg und schaute.

Nogga Dickson traf ein, und mein Herz setzte zwei Takte aus.

Sie ließ ihren Blick zwischen uns allen hin und her gleiten, widmete mir keine Sekunde länger als Bar oder Lotta. In dem Spielraum zwischen »Klar, dass sie nichts verraten darf« und »Wie wär's mit einer Spur Vertrautheit?« wusste ich nicht, wie ich mich benehmen sollte. Ich geriet in Verwirrung. Und dazu kam, dass sie so hübsch war mit ihrem braunen Rock, der glatte, gebräunte Beine entblößte, und der Bluse, die das Schlüsselbein und die halbe Schulter freiließ.

»Komm her, mein Schatz«, streckte ihre Großmutter die Hand aus und platzierte sie neben sich.

»Wilshere ist tot. Anscheinend Selbstmord«, sagte ich zu ihr.

Sie schaute geradeaus und hielt Lottas Hand. »Sehr gut«, sagte sie, »dieser Schuft ...«

Bar, rechts von mir, wandte den Kopf in ihre Richtung. Und dann fing er erneut mit den Fragen an Lotta an.

»Lotta, also noch mal, was ist mit dem Timing? Warum ausgerechnet gestern?«

»Ich sagte Ihnen, er hatte alte Rechnungen zu begleichen. Zwei hat er erledigt. Offenbar hat er gestern begriffen, dass es ihm bei mir nicht mehr gelingen wird. Dank Ihnen beiden, denke ich. Sie haben jeden Schekel gerechtfertigt, und wenn nicht als Detektive, so als Leibwächter.« Sie kicherte und sah zu ihrer Enkelin Nogga hin. Nogga lächelte.

Bar lächelte nicht, sondern schüttelte den Kopf. »Irgendwas passt hier nicht zusammen. Wer eine Rechnung begleicht, bringt sich nicht um. Selbstmord macht einer, der kapituliert. Wer eine Rechnung begleicht, ist aktiv, handelt. Und wenn er es geschafft hat, zwei von drei Zielen abzuschießen, wäre stark anzunehmen, dass er das letzte Ziel auch noch anpeilt. Und nicht, dass er sein Leben aufgibt.«

Lotta seufzte. Sie stand auf und trat an ein anderes Grab in der Nachbarschaft, hob Blumen auf, die daneben auf der Erde lagen, und legte sie auf Eddies Grab.

Ich wagte einen Blick zu Nogga, auf die ich jetzt, da Lotta aufgestanden war, freie Sicht hatte, doch sie ignorierte mich, gönnte mir nicht einmal ein kleines Blinzeln, ein angedeutetes heimliches Lächeln oder eine Anspielung auf mein blaues Auge. Mir kamen langsam Zweifel, ob vor zwei Nächten wirklich passiert war, was ich dachte. Ich tastete nach der Geldbörse. Das Tütchen mit dem Viagra war da. Lotta fuhr fort, sich mit Eddies Grab zu beschäftigen.

Bar ließ nicht locker: »Gestern hat Wilshere zu uns gesagt, dass Eddie auf Wolken schwebte. Sich total wieder in Sie verliebt hat, man hat gesehen, wie glücklich er war, dass Sie aber nur so getan haben, als ob. Sie haben ihn in Ihr Zimmer ins Altersheim geholt, ihn hierhergebracht, um für einen Haufen Geld ein Doppelgrab zu kaufen, aber als Sie begriffen haben, dass er das Testament nicht ändern wird, damit Ihre Enkelin Geld bekommt, haben Sie sich gegen ihn gewendet.«

»Und er hat auch gesagt«, fügte ich hinzu, »dass Sie das Digoxin entdeckt haben und Angst hatten, Eddie hätte eigentlich vor, Sie zu töten aus Rache für die Peitschenhiebe, und dann haben Sie ihn getötet, um ihm zuvorzukommen.«

Lotta stieß ein trockenes Lachen aus. Nogga blickte zu ihrer Großmutter und schüttelte den Kopf. »Ihr kapiert es nicht«, sagte sie. »Wenn ihr die beiden auch nur einen Moment in dieser Woche, in der sie zusammen waren, gesehen hättet, dann hättet ihr alles verstanden. Wie glücklich sie waren, wie eins mit sich. Wilshere hat gewusst, dass ihr sie nicht erlebt habt, deshalb konnte er euch eine so aberwitzige Story erzählen.«

Ich nutzte die Gelegenheit, dass sie redete, um sie weiter anzuschauen, auch nachdem sie geendet hatte. Ich merkte, dass sie meinen Blick spürte, aber sie ignorierte ihn und sah weiter Lotta an. Eine Welle der Schwäche durchrieselte meine Brust.

Lotta sagte: »Wenn Eddie gekommen wäre, um mich zu töten, weshalb hat er mir dann von dem Digoxin erzählt? Und warum hat er eine gemeinsame Grabstelle für uns erworben? Welchen Grund hatte ich, mich vor ihm zu fürchten? Und auch wenn es stimmt, dass er es ablehnte, Nogga Geld zu geben, was hätte es für einen Sinn gehabt, ihn zu töten – hätte sie nach seinem Tod denn Geld bekommen? Sehen Sie nicht, wie Wilsheres Geschichte mit jedem Satz, den er sagte, immer lächerlicher und widersprüchlicher wurde, Herr Psychologe, wo Sie sogar wissen, dass einer, der eine Rechnung begleicht, nicht Selbstmord begeht?«

Sie bedachte Bar mit einem harten Blick, doch ihre Stimme wurde weicher. »Wilshere war durcheinander«, fuhr sie fort. »Er war verzweifelt, erzählte sich selbst Geschichten. Er war nicht imstande zu verstehen, was zwischen mir und Eddie war…« Ihre Stimme erstarb, als sei sie zwischen den Gräbern abgewandert, aber dann kehrte sie zurück. »Ich habe es vorhin Eitan erzählt: Es war ein Wunder. Ein Gefühl von Befreiung. Nach all den Jahrzehnten verstanden wir, was zählte. Unser ganzes Leben lang hatten wir es irgendwo, tief im Inneren, gewusst. Und plötzlich war es da.« Sie ließ sich wieder auf dem Grabstein neben Nogga nieder und blickte uns an. Ihre Augen waren jetzt sichtbar. Nachdem der Himmel sich bewölkt hatte, hatte sie die Sonnenbrille auf den Kopf geschoben. »Das ist Liebe. Wenn sie da ist, weißt du es. Egal, ob du siebzehn oder fünfundachtzig bist. Warum komme ich denn eurer Meinung nach weiterhin hierher, nachdem er tot ist?« Ihre Augen füllten sich mit Tränen. Nogga beugte sich vor und wollte ihre Hand nehmen, doch Lotta wehrte ab. »Es war stärker als alles andere. Jemand von außen wird das nie verstehen können. Und gewiss nicht jemand, dessen Kopf voller Gift und Bitterkeit ist. Ich war mir nicht sicher, ob Nogga zu ihm fahren und ihm enthüllen sollte, was an jenem Tag im Jahr 1946 wirklich geschehen ist. Aber trotz allem, was im letzten Monat passiert ist, weiß ich, dass es der richtige Schritt war. Trotz all dem Tod und der Hässlichkeit... dieses Gefühl der Befreiung, das Verstehen, für einen Augenblick wieder jung sein, die Liebe erstrahlen lassen, das wiegt alles auf. Nogga hat recht, wenn Sie uns nur einen Moment in dieser Woche zusammen gesehen hätten, hätten Sie es verstanden. Und nach alldem sollte ich ihn töten?«

Ich nahm die Erwähnung ihrer Enkelin zum Vorwand, um sie wieder anzusehen. Je mehr sich Lotta in Lobeshymnen auf die späte Liebe zu O'Leary erging, desto mehr schrumpfte meine jämmerliche Verliebtheit in ihre Enkelin. Sie nickte nur.

Bar sagte: »Er hat Nogga beschuldigt. Er hat behauptet, dass sie Eddies Geld wollte, dass sie Sie dazu getrieben hat, nachdem sie kapiert hat, dass sie nichts kriegt. Dass sie zu Eddie gefahren ist und die ganze Geschichte aufgerührt hat. Alles aus Eigeninteresse.«

Noch ein Vorwand, um Nogga anzuschauen. Sie senkte den Blick auf ihre glatten Beine und schüttelte den Kopf. Lotta antwortete. »Wilshere war gestört. Seine Theorien passen mit nichts zusammen... wissen Sie, ich bin nicht wirklich böse auf ihn. Er war gedemütigt, er versuchte, ein bisschen Selbstachtung vor dem Ende zurückzugewinnen.«

Bar hielt einen Stecken in der Hand, mit dem er Zeichen in die Erde zu Füßen des Grabes ritzte. »Warum kommen Sie wirklich jeden Tag?«, fragte er sie und heftete seinen blauen, wässrigen Blick auf sie.

»Um ihm nahe zu sein«, erwiderte Lotta, »um mit ihm zu reden, ihm alles zu erzählen. Wir hatten begonnen, all die Jahre, die wir versäumt haben, zu ergänzen. Es hat mittendrin aufgehört. Also versuche ich, ihm das zu erzählen, wozu wir nicht mehr gekommen sind. Als wir die Grabstelle kauften, sagte er, er würde mich jeden Tag besuchen, mir scheint, das habe ich Ihnen schon erzählt, Eitan. Denken Sie ruhig, ich sei verrückt geworden, aber ich komme, um auch seine Seite zu hören, um zu spüren... wenn du etwas mit solcher Intensität empfindest, wenn du weißt, das ist die wahre Verbundenheit deines Lebens, auch wenn es nur für kurze Zeit war, dann kannst du es nicht einfach loslassen. Du füllst die Lücken, die Zeit, mit Erinnerungen. Wer nie die Zerbrechlichkeit der Liebe erfahren hat«, sie heftete ihren Blick auf Bar, »und den Verlustschmerz nicht kennt, kann sie wahrscheinlich nicht so schätzen. Aber vielleicht ist es ja unmöglich, das zu erklären, vielleicht entzieht sich die Liebe jedem Versuch, ihr Bedeutung zu verleihen.«

Ich zog das Telefon heraus und schaute auf die Uhr. »Müssen Sie mich zurückbringen?«, fragte Lotta.

»Demnächst wäre gut«, antwortete ich.

»Wer ist eigentlich dieser Enkel, David O'Leary?«, fragte Bar. »Er taucht mit seinem funny Nobelenglisch ständig bei irgendeinem Begräbnis im Land auf. Ruti hat in Jiddisch gesagt, bevor sie gestorben ist, dass sie vor dem jungen O'Leary Angst hat. Wie es scheint, hat er ein sattes Erbe von seinem Großvater gekriegt … und gestern hat Wilshere ihn fünf- oder sechsmal anzurufen versucht, bevor er sich erschossen hat.«

Verriet Lottas Gesichtsausdruck leichte Bestürzung? Bewegte sich Nogga unbehaglich neben ihr? Falls ja, gewannen beide sehr rasch ihre entspannte Körperhaltung zurück. Der schnelle Blick jedoch, den Bar mir zuwarf, machte klar, dass auch er etwas gemerkt hatte.

»Eddie sagte, das sei sein Enkel, der seine Firma leite. Er kam, um ihm bei allen möglichen bürokratischen Angelegenheiten behilflich zu sein, beispielsweise mit dem Grab. Man musste nachweisen, dass Eddie Jude ist. Er nahm sich der Sache bei den hiesigen Behörden an und auch in England. Man musste der Familie und den Nahestehenden erklären, wieso er plötzlich in Israel beerdigt werden wollte. Ich habe ihn ein- oder zweimal gesehen, habe ihn aber nicht wirklich kennengelernt.« Lotta erhob sich und schüttelte den Staub von ihren hellen Hosen. Auch Nogga stand auf.

»Er ist übrigens genau genommen nicht sein Enkel«, bemerkte ich, das Gleiche, was ich zu Wilshere gesagt hatte.

Ich fühlte Bars ermutigenden Blick an meiner Seite. »Er heißt O'Leary, er ist als der Enkel von Edward O'Leary bekannt, und er ist im passenden Alter. Aber Eddie O'Leary hat einen homosexuellen Sohn ohne Kinder und noch einen geschiedenen Sohn ohne Kinder und eine Tochter, die nur Mädchen hat. Niemand versteht, wie er der Enkel von O'Leary sein soll.«

Lottas Augen weiteten sich plötzlich, und sie starrte mich an. »Wie bitte ... was?«

Ich wiederholte meine Worte. Lotta fixierte mich immer noch mit verblüfftem Blick, obwohl sie versuchte, gleichmütig zu erscheinen. Auch Nogga nahm meine Existenz endlich zur Kenntnis. Doch ihr Blick war neugierig und knapp, verriet nichts.

»Woher haben Sie das?«, fragte Lotta.

»Ich habe bei einem Freund aus dem Diamantensektor nachgefragt. Man hat sich für mich in London erkundigt.«

»Und das hat man Ihnen gesagt? Haben Sie das verifiziert?« Ihr Blick wanderte zu Bar, als sei er der kompetentere Ermittler, was zwar stimmte, aber ein bisschen kränkend war.

»Soweit wir konnten.«

»Und das haben Sie gestern Wilshere erzählt?«

»Das war mehr oder weniger das Letzte, was wir zu ihm gesagt haben, bevor wir gegangen sind«, bestätigte Bar.

»Und dann hat er sich umgebracht«, sagte sie. Es schien, als habe sie sich wieder gefasst, als sei der Sturm vorüber. »Nachdem er David O'Leary mehrere Male anzurufen versucht hat.«

Bar und ich nickten.

Sie senkte den Blick, richtete ihn dann auf das Schild

an Eddies Grab, streichelte die Buchstaben seines Namens und beugte sich vor, um sie zu küssen. Erst dann drehte sie sich wieder zu uns und sagte: »Wenn das so ist, dann ist sonnenklar, warum Wilshere gestern Selbstmord begangen hat.« Ihre Augen standen voller Tränen, und als sie am Ende des Satzes blinzelte, begannen sie ihre Wangen hinunterzurollen.

16. Die Mutter der Freundin meiner Tochter

Um fünf vor vier – nachdem wir Lotta ins Altersheim nach Herzlija gebracht hatten und nach Tel Aviv zurückgefahren waren, Bar zu Hause abgesetzt und als spätes Mittagessen ein Schawarma im Atliz am Rabinplatz gegessen hatten – traf ich am Sperrgeländer vor der Schule ein, wo mich das reizende Lächeln von Daphna empfing, der hübschen, flirtenden, verheirateten Mutter von Daniela, Nogas Freundin.

»Du hast auf meinen Anruf gestern Abend nicht geantwortet!«, rief sie mit lächelndem Vorwurf.

»Was? Wirklich?« Ich streckte die Hand nach dem Mobiltelefon aus und kämmte die Liste der eingegangenen Gespräche durch. »Wann?«

»Ich weiß nicht, vielleicht so um neun?«

»Ist das deine Nummer?« Ich zeigte sie ihr. Sie bestätigte es. Ich entschuldigte mich, es sei ein hektischer Abend gewesen.

»Behalt die Nummer, damit du sie hast«, lächelte sie. »Schreib dazu: ›Daphna, Mama von Daniela‹. Was ist dir da passiert?« Sie streckte vorsichtig einen gepflegten, hübschen Finger aus, dessen Nagel diesmal mit blauem Lack überzogen war, und berührte behutsam die farbenprächtige, aufgeplatzte Haut um mein rechtes Auge. Die Berührung war angenehm, wie auch der feminine Geruch, der mich anwehte, als wir uns einander näherten.

»Das habe ich gestern beim Boxen abgekriegt.« Ich lächelte sie an und hob meinen eigenen Finger, um den brennenden Hautbereich zu berühren.

»Du lernst Boxen?« In ihrem Blick lag beeindrucktes Staunen. Zwischen ihren Vorderzähnen hatte sie eine kleine Lücke, und ihre Lippen waren geschminkt.

»Ich lerne es nicht«, lachte ich, »ich trainiere.«

»Das musst du mir erzählen!«, rief sie.

Die Kinder begannen aus dem Schulgebäude zu strömen. Die größeren sperrten Fahrräder auf und sausten davon, andere gingen in Grüppchen in verschiedene Richtungen. Die kleinen wurden von Eltern oder großen Geschwistern abgeholt.

»Warum hast du denn gestern angerufen?«, fragte ich.

Sie sah mich mit großen blauen Augen an. »Aber Eitan!«, rief sie.

»Was?« Ich grub in meinem Gedächtnis. Hatten wir etwas ausgemacht? Sollte sie anrufen? Ach ja …

»Wir kommen jetzt zu euch!« Sie gab mir einen leichten Schubs mit der Schulter als Rüge. »Wie, hast du's vergessen?«

Genau da kamen Noga und Daniela hüpfend und lachend heraus, und ich wandte mich ab, um in einer großen Umarmung zu versinken, die mein Gesicht in der schönsten schwarzen Haarmähne der Welt vergrub.

Daphna schaute mich über die Schulter der Kleinen an. »Doch, ja«, bestätigte ich, »ihr kommt jetzt zu uns. Klar.«

Wir gingen zu Fuß. Die Mädchen sprangen voraus, ich schleppte die Schultaschen der beiden, und Daphna ging neben mir. Ihr Flirt mit mir war nicht mehr nur angedeutet, sollte er das je gewesen sein. Noch auf dem Weg fragte sie mich, ob ich eine Freundin hätte, und als ich verneinte, stellte sie fest: »Ah, du genießt also das Leben«, was bei mir ein halbverlegenes Lächeln auslöste und den geschmeidigen Körper von Nogga Dickson vor meinen Augen heraufbeschwor. Daphna stieß einen langen Seufzer aus, und dann kam der Satz: »Oi, was für einen Spaß ihr Singles habt.« Ich antwortete nicht darauf. Ab und zu legte sie ihre blau lackierten Fingernägel auf meinen Arm, entzückt von irgendeinem Blödsinn, den ich von mir gab.

Natürlich konnte ich dem nicht wirklich widerstehen. Der Hunger der freilaufenden Verheirateten hat eine besondere Anziehungskraft und augenfällige Vorteile: die Diskretion, die begrenzte Zeit (die Obsession verhindert, Bullshit erspart und sich auf die Hauptsache konzentriert), der erklärte Verzicht auf Macht- und Paarungsspielchen und die Klarheit der Situation. Und ebenso die Heimlichkeit, das Risiko, die Auflehnung und das Gefühl, etwas ganz Privates zu haben, über das man keine gesellschaftliche Rechenschaft ablegen muss. Natürlich gab es auch Nachteile, abgesehen von der Verletzung öffentlicher Moralgrundsätze vor allem die Wut und die Peinlichkeit, die mit der Aufdeckung einer solchen Affäre verknüpft wären, speziell von Dutschys Seite, die mit Daphna befreundet war, und von Nogas Seite, der besten Freundin ihrer Tochter. Das heißt, es gab eine Ecke in meinem Hirn, die wusste, dass es sich nicht wirklich lohnte, aber es war ein verschatteter, verborgener Winkel.

Das Timing war gut, denn die Geschichte mit Nogga Dickson spielte dabei keine unwesentliche Rolle: Vor zwei Nächten hatte sie sich mir hingegeben, verschwand dann für vierundzwanzig Stunden von der Bildfläche, tauchte anschließend auf dem Friedhof wieder auf, ignorierte mich und aß dann Schawarma mit mir im Atliz, wo wir ein verwirrendes, völlig unklares Gespräch geführt hatten. Und da war noch die Sache mit der Erektion. Ich wollte herausfinden, ob es an der Partnerin lag, situationsbedingt, oder ob es ein generelles Problem war. Und auf alle Fälle, im Untertitel, brauchte mein Ego Daphnas Zuwendung. Sie kam genau zur rechten Zeit.

Davor, als wir den Friedhof verließen, hatte Nogga ihre Großmutter gestützt. Lotta hatte weitergeweint, nicht laut schluchzend, sondern ihr liefen einfach bei gesenktem Kopf die Tränen herunter. Der Himmel, der sich vorher bewölkt hatte, verdunkelte sich jetzt, ein Blitz zuckte in der Ferne, und ein paar Regentropfen fielen auf die Fenster des Taxis. Letzte Versuche vor der endgültigen Kapitulation vor den langen, heißen Monaten. Regen bedeutete eine Menge Arbeit fürs Taxi, und die Zahl der Personen, die am Straßenrand die Hand hoben, stieg schon bei den ersten zögernden Tropfen erheblich. Andererseits hieß Regen auch, dass es Staus gab, Glätte, Unfälle und Chaos im Computer als Folge des wachsenden Drucks. Es tat mir nicht leid um die Arbeit, die ich versäumte. Diese Ermittlung würde bald zu Ende sein, und dann konnte ich Arbeitsstunden aufholen. Was mich viel mehr interessierte, während wir mit dem Taxi vom Trumpeldorfriedhof nach Norden krochen, war das bevorstehende Treffen mit meiner Noga am Nachmittag. Ich überlegte kurz, ob ich erzählen sollte, dass Bograschov seinen Namen zu »Boger« hebraisiert hatte und dagegen gewesen war, dass man eine Straße auf seinen alten Namen taufte, und dass Simcha Ben Zion, nach dem man den Boulevard Sderot Ben Zion benannt hatte, der Vater von Nachum Gutman war, aber dann ließ ich es bleiben, vielleicht weil ich bei Letzterem sofort wieder an das Bild in Wilsheres Hotelzimmer denken musste.

»Will jemand Erdnüsse?«, fragte ich stattdessen und hielt das Tütchen in die Luft. Bar war der Einzige, der hineingriff und sich eine Handvoll herausholte, und wir zermahlten beide schweigend die Nüsse. Mir fiel ein, dass Lotta bei einer unserer Fahrten bemerkt hatte, dass sie Sehnsucht nach Erdnüssen habe, sie aber nicht mehr essen könne. Genießen Sie Ihre Zähne, solange Sie noch können, hatte sie gesagt.

Auf der Ajalon-Schnellstraße wurde der Verkehr flüssiger, und vielleicht lockerte die vorübergleitende Landschaft auch die Atmosphäre im Taxi auf. »Ich schulde Ihnen Geld, Jungs. Wenn wir beim Altersheim ankommen, gehe ich hinauf und hole mein Scheckbuch.«

»Aber wir haben nichts aufgeklärt«, sagte Bar. »Wir haben keinen Beweis, nicht einmal eine klare Vorstellung, wer O'Leary und Ruti Spielberg ermordet hat. Es gibt nicht mal einen Beweis dafür, dass Wilshere sich umgebracht hat. Wir haben unsere Arbeit nicht erledigt. Noch nicht.«

»Ihre Arbeit war es, mich vor Wilshere zu beschützen. Ich wollte, dass Sie beweisen, dass er ein Mörder ist, damit er Angst davor hat, seinen bösen Plan auch bei mir auszuführen. Es spielt keine Rolle, was Sie bewiesen haben oder nicht, er bekam jedenfalls Angst. Er sah, wie Sie herumschnüffelten, fühlte sich bedrängt, hatte kein freies Spiel mehr. Ich habe keinen Zweifel daran, dass er plante, uns alle drei zu beseitigen, um diese erniedrigende Geschichte auszuradieren und sein Leben, seiner Ansicht nach, würdig zu beenden. Das ist ihm nur zum Teil gelungen. Dank Ihnen. Dafür haben Sie Ihren Lohn aufrichtig verdient. Die Bedrohung ist aufgehoben. Sie zu bezahlen wird für mich der Schlussstrich unter der Affäre sein, eine Art symbolischer Akt, der es mir ermöglicht, das Ganze hinter mir zu lassen und zu meinem normalen Leben zurückzukehren. Es besteht keine Veranlassung, weiter herumzuwühlen, was genau passiert ist, oder schlagende Beweise zu finden. Ich bin bereit, nach vorn zu schauen.«

Das war eine Rede, wie ich sie von Lotta schon länger nicht mehr gehört hatte. Es lag eine neuerliche Entschlossenheit darin, die Vitalität, die ich an ihr so liebte. Sie hat es verdient, wieder zu leben, dachte ich. Und Nogga gab meine Gedanken wieder: »Du hast recht, Oma. Du solltest wieder aufleben. Und hör auf, ständig an Eddies Grab zu gehen. Das zieht dich nur runter.«

Ich versuchte, mit Nogga einen Blick über den Spiegel zu tauschen, doch sie war nicht interessiert. Alles, was mir durch den Kopf ging, war, dass sie versuchte, mich abzuservieren. Nicht mehr an Eddies Grab gehen hieß, nicht mehr mit mir fahren. Ich fragte mich, ob sie mir damit signalisieren wollte, dass ich raus aus der Sache war – das war jetzt eine Angelegenheit zwischen ihr und ihrer Großmutter.

Bar nahm Lottas Anweisung, das Kapitel abzuschließen, nicht hin. Er war auf dem Höhepunkt einer Morduntersuchung, und ich wusste, er würde sie unter keinen Umständen einstellen, bevor er die Antworten gefunden hatte, und dabei kümmerte es ihn herzlich wenig, ob die Kundin mitteilte, dass sie mit der geleisteten Arbeit zufrieden war. Er sagte: »Können Sie uns wenigstens sagen, warum Ihnen plötzlich sonnenklar ist, weshalb sich Wilshere umgebracht hat?«

Nogga intervenierte: »Sie hat euch doch gesagt, dass sie nicht mehr…«

Doch Lotta unterbrach sie scharf. »Er ist ihr Enkel.« Genau in diesem Moment zuckte ein Blitz, und sofort danach verstärkte sich der Regen.

»Was? Wer?«, fragte Bar.

Ich schaute Lotta im Spiegel an. Die Tränen flossen ihr wieder still über die Wangen. »Oma, du musst jetzt nicht reden. Wir haben gesagt, wir lassen das hinter uns, komm, wir sind gleich da, dann gehen wir in dein Zimmer rauf, und du legst dich hin…«

»David O'Leary«, sprach Lotta weiter. »Er ist der Enkel von Eddie und Ruti. Sie haben ein Kind aus dieser Zeit damals, vielleicht sogar aus der Nacht, wo ich die beiden ertappte… Alles fügt sich zusammen. Am 29. Dezember 1946 fand der Ausflug zum Karmel statt, und es war auch die Nacht der Auspeitschung. Danach sahen wir uns lange Zeit nicht wieder. Das passt mit der Schwangerschaft zusammen. Sie verschwand für ein Jahr. Ich weiß nicht, wohin. Sie hat wohl einen stillen Ort gefunden, um sich eine Brutstätte zu bauen. Das Baby wurde im Sommer 47 geboren.«

Wir waren in Herzlija angekommen, und ich hielt mit dem Taxi auf dem Parkplatz des Altersheims. Der Regen fiel immer noch, aber gemäßigter, ab und zu setzte sich der

Scheibenwischer in Bewegung. Die Atmosphäre im Taxi war dicht und intim. Keiner von uns vieren rührte sich oder sagte etwas für eine Weile, nicht einmal Bar, bis Lotta wieder sprach: »Ruti setzte sich mit Eddie in Verbindung, als sie entdeckte, dass sie schwanger war. Eddie war ein verantwortungsbewusster Mann. Er fand eine Lösung und bewahrte Stillschweigen.«

»Moment«, sagte ich. »Wenn es ein Kind gab, bestand da nicht die Möglichkeit, dass Wilshere derjenige war, von dem sie schwanger war?«

»Diese Möglichkeit gab es«, antwortete Lotta. »Aber Tatsache ist, dass das Kind geheim gehalten wurde. Denn Ruti fuhr nach Ende der Mandatszeit zu Wilshere, und sie haben zusammengelebt, aber es wurde nichts daraus. Offenbar hatte sie von Anfang an das Gefühl, das Kind sei von Eddie. Und als es geboren wurde, war die Ähnlichkeit unverkennbar. Auch David gleicht Eddie sehr.«

»Sehr«, stimmte Nogga zu.

»Und jetzt ist er zu den zwei Beerdigungen gekommen und kümmert sich um die Grabsteine der beiden, seiner Großmutter und seines Großvaters«, fuhr Lotta fort. »Eddie und Ruti hatten heimlich ein Kind miteinander, was sie all die Jahre verborgen haben.«

»Als Krokodil also von den Gerüchten aus London erzählt hat, hat es Wilshere kapiert?«

»Ja, mit Sicherheit.«

»Und das hat ihn fertiggemacht?«

»Welche Frage! Männer sind Babys. Wir sagten schon, dass er erschüttert war, und die Peitschenschläge aus der Vergangenheit holten ihn wieder ein und gingen ein ums andere Mal auf ihn nieder. Er dachte, wenn er uns drei beseitigte, würde er die Vergangenheit besiegen. Wenn er der einzige Überlebende wäre ohne irgendjemand, der die Wahrheit erzählte – könnte er sein Leben in Würde beenden. Aber David O'Leary war für ihn der Tropfen, der das Fass zum Überlaufen brachte. Er begriff, dass er das, was geschehen war, nicht ändern konnte, dass die Vergangenheit schlicht und einfach lebendig blieb.«

»Und Sie?«, fragte ich. »Haben Sie das auch erst jetzt entdeckt?«

Sie holte tief Luft und gab keine Antwort.

Bar sagte: »Hat Eddie es Ihnen nicht erzählt? Hat er das vor Ihnen verheimlicht, obwohl Sie sich versöhnt haben in dieser überwältigenden Woche von Verständnis und Liebe? Vielleicht war doch nicht alles Friede, Freude, Eierkuchen zwischen Ihnen? Vielleicht hatten Sie doch ein Motiv, ihn umzubringen? Es ist interessant, dass es Ihnen jetzt auf einmal so dringend ist, die Ermittlung mittendrin einzustellen.«

»Jetzt hört endlich auf!«, explodierte Nogga. »Komm, Oma, wir müssen uns das nicht anhören, komm, wir steigen aus.« Sie riss die Tür auf ihrer Seite auf.

Bar und ich vorne wechselten einen Blick. Er ist wirklich ein bisschen aggressiv, dachte ich.

»Nein, ist schon in Ordnung.« Lotta streckte beruhigend die Hand nach ihrer Enkelin aus. »Er hat es mir schon erzählt, um ehrlich zu sein«, sagte sie vollkommen ruhig. »Aber das war nicht das Wichtigste, was in dieser Woche passierte. Wir waren an einem anderen Ort, eine erneute Entdeckungsreise ... Was zwischen mir und Eddie war, war stärker als jedes Geheimnis ...«

Ich tauschte einen raschen Blick mit Nogga im Spiegel.

Endlich ein Aufflackern von Kenntnisnahme. Vielleicht sogar der Ansatz eines Lächelns im Mundwinkel. Mein Herz hüpfte vor Freude. Auch wir hatten ein Geheimnis.

Noga und Daniela spielten in Nogas Zimmer, und Daphna, die Danielamama, saß in meiner Küche und trank einen verlängerten Macchiato, mit der Maschine zubereitet, die ich zu meinem vierundvierzigsten Geburtstag bekommen hatte. Erstklässlerinnen können einen Nachmittag gut ohne Beteiligung der Eltern zusammen verbringen, was heißt, dass die Eltern der Besucherkinder normalerweise nicht bei den Gastgebern bleiben. Jedoch nicht so Daphna, die acht Jahre jünger war als ich, strahlend weiße Zähne hatte und ihr blondes Haar immer hinter ihr zartes, hübsches Ohr zurückschob. Sie saß mit mir in der Küche und sagte allerlei, wie zum Beispiel: »Es ist echt lang her, dass mich jemand richtig angesehen hat«, »Er behandelt mich wie ein Möbelstück«, »Keine Bange, ich habe nicht die Absicht, das kaputtzumachen, was ich habe, ich möchte mich nur ein bisschen lebendig fühlen.« Und ich Kompletttrottel war hingerissen von ihrer filmreifen Schönheit und sagte Dinge, die mich tief ins Dickicht der Tat führten, die sich bereits abzuzeichnen begann, wie: »Ich verstehe nicht, wie man jemanden wie dich als selbstverständlich hinnehmen kann«, »Wer hat bestimmt, dass Ehe heißt, dass du nichts hast, was nur dir gehört?«, »Monogamie ist eine der komischsten Ideen, die die Menschheit je gehabt hat.«

So schlichen wir um den heißen Brei herum, sonderten lauter solche Sätze ab, sie war neugierig auf mein ausschweifendes Leben als Geschiedener, ich winkte ab und sagte, so gut wie sie aussehe, könne sie garantiert jeden kriegen, den sie wollte. Hin und wieder hörte ich Nogas Stimme aus dem Zimmer nebenan, und mein Herz zog sich ein wenig zusammen, weil ich nach drei Tagen Sehnsucht nicht jeden Augenblick mit ihr verbrachte, aber ich rief mir in Erinnerung, dass sie mich gar nicht dabeihaben wollte, wenn eine Freundin da war, und außerdem lag noch ein ganzes gemeinsames Wochenende vor uns. Lebensrettung geht vor Schabbat, und eine mit erotischer Spannung aufgeladene Situation mit einer hübschen Frau geht über alles andere. Ich liebte diese Dynamik, wenn sich mein Blut erhitzte, der Blick in meinen Augen der eines Raubtiers wurde, ich wollte diesen schönen Körper unter mir sehen, wie sich die Lippen genussvoll öffneten, das Verlangen in ihren Augen, während sie … Aber gleichzeitig wusste ich, dass mein Verhalten eine Gegenreaktion war, ein Antiserum für den Tiefschlag, den mir Nogga versetzt hatte, eine Wiederaufrichtung meines Egos, das vom Höhenflug ins Nichts abgestürzt war.

So klopften wir also auf den Busch, redeten über die Sache an sich, über das unerschöpfliche Verlangen nach Körperkontakt, das gesunde Bedürfnis, neue Erregung zu erfahren, über die unvermeidliche Banalität einer länger andauernden Partnerschaft, erörterten in allen Einzelheiten die klaren Vorteile von dem, worüber wir sprachen, ignorierten elegant die nicht weniger deutlichen Nachteile, taten aber beileibe nicht den nächsten Schritt, verließen nicht den Boden der Theorie, begaben uns nicht in die Position der aktiven Beteiligung, verharrten in einem distanzierten Bereich, der quasi nicht mit der Situation zusammenhing, die sich zwischen uns beiden entsponnen hatte, bis meine Tatarin mit vom Herumtoben wild zerzaustem schwarzem Haar und rotem Gesicht in die Küche kam und sagte: »Papa, wir haben Hunger.« »Wir haben Hunger«, echote ihre niedliche Freundin Daniela, deren Augen und Haare klare Parallelen zur Schönheit ihrer Mutter aufwiesen.

»Dann los, machen wir Abendessen?« Ich stand von meinem Stuhl auf. In das schelmische Funkeln in Daphnas Augen mischte sich eine Nuance leichter Enttäuschung über die Störung.

»To be continued«, sagte ich zu ihr, und sie erwiderte mit einem Lächeln: »To be absolutely continued.«

Ein paar Stunden davor, auf der Rückfahrt vom Altersheim, nachdem mir Lotta einen Scheck ausgestellt hatte (was mich wieder daran erinnerte, dass ich Morris unbedingt Schecks bringen musste!) und uns alle weggeschickt hatte – »Ihr habt euer eigenes Leben, geht nach Hause, und wir treffen uns am Sonntag« –, hatte Bar energisch auf seinem Mobiltelefon herumgetippt.

»Was machst du da?«, fragte ich.

»Ich bin in Gene, einer App für Familienstammbäume. Ich versuche, O'Leary zu finden. Aber per Telefon ist das schwierig, ich werde das im Computer daheim checken.« Er drehte sich zu Nogga um und bat sie um Namen von Familienangehörigen.

»Aber unsere Stammbäume werden keinen Zusammenhang haben, wenn kein Mensch von dem heimlichen Kind von Eddie und Ruti wusste«, protestierte sie. »Ich glaube nicht, dass jemand solche heimlichen Kinder, über die nie im Leben geredet wurde, in einen Stammbaum ins Internet stellt. Ich bin auch echt nicht sicher, ob unsere Familie auf solchen Seiten vorkommt.« Sie klang verärgert.

»Du hast recht«, erwiderte Bar. »Ich glaube nicht, dass der Vater von David O'Leary dort auftaucht. Aber trotzdem, es würde helfen, so viel wie möglich von dem ganzen Bild zu sehen. Vergiss nicht, deine Großmutter hat diese Ermittlung bei uns bestellt.«

»Vergiss du nicht, dass sie euch eben gesagt hat, ihr sollt es lassen. Aus ihrer Sicht ist die Geschichte vorbei, weil Wilshere tot ist. Sie hat euch bezahlt, und das war's.«

Aber Bar bestand darauf, und schließlich gab sie ihm wütend ein paar Namen.

Als wir Bar zu Hause absetzten, sagte er, er würde mich später anrufen, doch bereits eine Minute, nachdem wir weitergefahren waren, kam das Signal einer SMS, und an der ersten roten Ampel las ich: »Müssen uns heute Abend treffen gibt viel zu reden Sache nicht erledigt… wenn Noga schläft?« Ich schrieb zurück: »In Ordnung«, und steckte das Telefon wieder in die Hosentasche. Ich hob den Blick zum Spiegel und traf Noggas Augen. »Hast du Lust auf Schawarma?«, fragte ich.

Der Himmel klarte auf. Nur die Pfützen, die überall auf den Straßen glänzten, deuteten darauf hin, dass es geregnet hatte. Ich parkte, und wir gingen ins Atliz am Rabinplatz, wo es türkische Döner mit Pistazien und anderen Nüssen im Fleisch gab, das Ganze mit Joghurt serviert. »Das ist eins der besten in der Stadt«, sagte ich zu ihr, »obwohl du hier keine Taxifahrer finden wirst. Das ist ein raffiniertes Schawarma, Marke Nord-Tel-Aviv.«

»Echt?« Sie hob eine gezupfte Braue. »Und was für Schawarma essen die Taxifahrer?«

»Es gibt das Torek Lahmajun, von dem ich nicht so begeistert bin, dann Die Krone des Orients, die ist echt gut. In beiden war ich diese Woche. Ich esse jeden Tag Schawarma, außer am Wochenende. Normalerweise in Nachalat Jizchak.«

»Aber du bist wirklich anders als normale Taxifahrer.«

Ich sah sie an. »Jeder denkt, dass er besonders ist, oder?« Aber ich wusste, was sie meinte. Sie war keine, die einen Taxifahrer auch nur anschauen würde, wenn sie also mit mir zusammen war, war ich offenbar etwas Besonderes. Sie versuchte nicht, mir zu schmeicheln, sondern irgendetwas vor sich selbst zu rechtfertigen. Sie nahm einen Bissen, wischte sich den Mundwinkel mit einer Serviette ab und sagte: »Wirklich gut.«

An dieser Stelle hatte ich genug von den Spielchen. Den ganzen Vormittag hatte sie mich nicht zur Kenntnis genommen, aber nun gut, es waren Leute um uns herum, und sie wollte nichts preisgeben. Aber warum jetzt, wo nur wir zwei da waren? Diese Spielchen gehörten zum Stadium der Verführung, wenn es um die Spannung des Unbekannten ging. An und für sich ein faszinierendes Stadium, aber das hatten wir bereits hinter uns.

Ich zog meine Geldbörse heraus, fischte das Zellophantütchen aus dem Münzfach und sagte: »Ich hab eine Pille besorgt.«

»Eine Pille?«

Ich beugte mich zu ihrem Ohr und flüsterte: »Viagra.«

Sie wurde rot, doch ich ließ mich nicht abbringen. »Am Wochenende ist meine Tochter bei mir. Ich hole sie gleich von der Schule ab, sie bleibt heute Nacht bei mir, und morgen fahren wir zu meinen Eltern nach Jerusalem. Ich bin erst Sonntagabend wieder frei. Passt dir das? Willst du es versuchen?« Ich hob lächelnd das Tütchen in die Höhe.

Sie fühlte sich eindeutig unbehaglich. War sie denn so betrunken gewesen? Wann würde ich endlich die Frauen verstehen? Offenbar nie.

Sie sagte, was ich am wenigsten zu hören erwartet hatte: »Sonntag wäre eine Option.« Dann nahm sie noch einen Bissen von dem Schawarma, wobei sie meinen Blick mied, und fügte hinzu: »Der Joghurt gibt dem Ganzen wirklich den Kick.«

Ich steckte das Pillentütchen wieder in die Geldbörse zurück. »Schön«, sagte ich, »dann haben wir tentativ was ausgemacht. Soll ich versuchen, dich am Wochenende anzurufen?«

»Lieber nicht«, sagte sie. »Ich werde wohl nicht allein sein.«

Ich hob eine Braue. Sie war mysteriös. Da fragte ich besser nicht nach.

»Was hältst du eigentlich von der ganzen Geschichte? Dass O'Leary und Ruti heimlich ein Kind zusammen hatten? Dass dieser David ihr Enkel ist?«

Sie leckte sich einen fettigen Finger ab und gönnte mir endlich wieder einen Blick. Es war ein sachlicher Blick, etwas düster, der ihrem ganzen Verhalten an diesem Tag entsprach. Sogar als wir vor zwei Minuten ausmachten, Sex zu haben. Sie erwiderte: »Meine Großmutter hat es klipp und klar gesagt. Sie will diese Geschichte hinter sich lassen. Ihr müsst aufhören, euch damit zu beschäftigen. Ihr müsst sie respektieren und es sein lassen. Das ist bloß schmerzhaft, dieses Rumwühlen.«

Während sie das sagte, ließen ihre Augen die meinen nicht los, bohrten kalkulierte, kalte Löcher hinein. Ich sagte mir, okay, hier haben wir den Grund, warum sie mit mir Schawarma essen gegangen ist. Das ist die Botschaft. Aber wenn es so ist, warum hat sie gesagt, dass am Sonntag eine Option zum Vögeln besteht? Um mich nicht zu beleidigen? Oder hat sie wirklich Lust? Und warum hat sie am Dienstag mit mir geschlafen? Hat ihr das irgendwas bedeutet? Mich jedenfalls hatte das völlig verrückt gemacht, ich war im Rausch, fühlte mich verliebt – und jetzt kannte ich mich nicht mehr aus.

»Okay«, war alles, was ich herausbrachte. Ich nahm eine eingelegte Karotte von einem Tellerchen und zerbiss sie zwischen den Backenzähnen.

So nebulös Nogga Dickson war, so eindeutig war Daphna, die Danielamama. Vielleicht half der erlesene Rotwein ein bisschen nach, den ich ihr einschenkte. Ich hatte ihn von einem Kunden erhalten, den ich von Tel Aviv zur Siedlung Psagot im Westjordanland gefahren und der mir als Trinkgeld zwei preisgekrönte Weine gegeben hatte.

Nachdem die beiden Mädchen die Gnocchi mit Pesto verschlungen hatten, die ich ihnen zubereitet hatte (ich erklärte Daphna, warum Noga die Gnocchi Gnotschi nennt, ein Irrtum von Dutschy), musterte Daphna ihr Glas und sagte: »Mädels, spielt noch ein bisschen in eurem Zimmer, und dann gehen wir.« Sie sprangen davon, und sie sah mich an und sagte: »Gieß noch ein bisschen was nach, der Wein ist echt wunderbar.«

Als ich ihr Glas füllte, schaute sie mich weiter an, nahm noch einen Schluck, streckte dann ihren hübschen Finger aus, berührte zart das Veilchen, das mein Auge schmückte, und flüsterte: »Das ist so sexy.« Dann ließ sie den Finger langsam über meine Wange hinunter bis zu den Lippen wandern und zeichnete ihre Form nach. Während dieser ganzen Zeit war ich wie erstarrt, atmete nur tief und schwieg. Dann sagte sie leise: »Ich würde dich küssen, aber das ist eine Spur übertrieben mit den beiden nebenan.«

Bar kam um neun, nachdem ich ihm eine SMS geschrieben hatte, dass Noga eingeschlafen war. Er setzte sich an den Küchentisch und sagte: »Lotta verbirgt was.«

»Rotwein?«, bot ich ihm an. »Preisgekrönt.« Nachdem er verneinend den Kopf schüttelte, fügte ich hinzu: »Was verbirgt sie?«

»Wilshere hat die zwei nicht umgebracht«, sagte Bar. »Sie ist nicht so unschuldig, wie sie es darzustellen versucht. Wasser, bitte.«

»Und woher weißt du das?«

Er zog etwas aus seiner Hosentasche und hielt es behutsam hoch, wie einen heiligen Kelch. »Wilsheres Telefon. Ich hab's endlich überprüft, wie es sich gehört. Ich hab da ein paar hochinteressante WhatsApp-Gespräche gefunden.«

17. Der zweifelnde Detektiv

»Dann zweifelst du also an Lotta. Wieder mal«, sagte ich zu ihm. »Du hast Wilshere von Anfang an gemocht. Er hat gewusst, wie man dich überzeugt.«

»Ich zweifle an allem. Es ist die Aufgabe eines Detektivs zu zweifeln, sich herauszufordern, den Blickwinkel zu verändern. Ja, ich habe Wilshere gemocht. Was aber nicht heißt, dass ich ihm jedes Wort abgenommen habe – der Detektiv muss auch die Neigungen seines Herzens in Zweifel ziehen und vor allem seine Gefühle –, aber bestimmte Sachen, die er gesagt hat, scheinen mir logisch, sowohl instinktiv als auch nach Prüfung der Tatsachen. Zum Beispiel, dass es ihm nie eingefallen wäre, Ruti umzubringen ...«

»Aber muss ein Detektiv nicht auch am Instinkt zweifeln? Und an dem, was sozusagen logisch ist?«

Er grinste mich an, zufrieden. »Du hast recht. Ich hab gestern *Das Kartenhaus* gesehen und mir einen klugen Satz gemerkt: Das Rationale und das Irrationale ergänzen einander; getrennt haben sie viel weniger Macht.«

»Lotta hat einen Grund geliefert, warum Wilshere Ruti umgebracht hat«, kehrte ich zum Thema zurück. »Er hat nach den ganzen Jahren entdeckt, dass sie ihn mit Eddie betrogen hat. Und jetzt war sie kühl zu ihm, und angesichts von Lotta und Eddie, die vor seiner Nase ihre Liebe erneuerten ...«

»Trotzdem«, erwiderte Bar. »Wo wir gerade von Herzensneigungen reden, du nimmst Lottas Erklärungen zu einfach hin. Ich bin mir nicht sicher, ob das ein Anlass für Mord ist.«

Er hatte recht. Ich war immer viel romantischer als er. Ich ließ mich von meinem Herzen leiten und neigte daher leicht dazu, mich auf Lottas Seite zu stellen. Ich hing an ihrer Geschichte. An der strahlenden Liebe. Seit wir mit der Ermittlung angefangen hatten, wollte der analytische Bar immer Zusammenhänge und Tatsachen, schaute ständig zur Versicherung in Wikipedia nach.

Wie um genau das zu beweisen, zog er das Handy heraus und öffnete das Display. »Ich möchte die ganze Geschichte durchgehen, mal schauen, was wir wissen, was wir meinen zu wissen und was wir überhaupt nicht wissen.« Ich signalisierte ihm mit der Hand, er solle losschießen.

»Also: 1946. Zwei junge britische Soldaten, der eine bei der Geheimpolizei, James Wilshere, der andere Lastwagenfahrer bei der 6. Luftlandedivision, Edward O'Leary, werden in Palästina als Soldaten der Mandatsregierung stationiert. Sie treffen in Haifa zwei junge Jüdinnen, Lotta Perl und Ruti Spielberg. Es entwickeln sich Liebesbeziehungen zwischen Ruti und Wilshere und zwischen Lotta und O'Leary. Die vier verbringen viel Zeit in der Wohnung, die Wilshere in der Unterstadt gemietet hat. Zwischen den vier entsteht eine Freundschaft auf Basis des gemeinsamen Nenners der verbotenen Liebe von gemischten Paaren.

Mit der Zeit haben O'Leary und Ruti ... kurz gesagt, sie

vögeln hinter dem Rücken ihrer Partner. Bei einem Mal erwischt sie Lotta mittendrin.«

»Und rammt Ruti den Finger in den Hintern«, grinste ich. Es gibt Bilder, die bleiben einem im Gedächtnis.

»Ja. Ich bemühe mich, Details zu vermeiden, die nicht grundlegend für die Geschichte sind. Lass mich weitermachen.«

Ich stand auf, trat an die Espressomaschine und warf ihm einen fragenden Blick zu. Er schüttelte den Kopf. Ich machte mir einen Espresso.

»Lotta hat Wilshere nichts davon erzählt und Eddie und Ruti nicht konfrontiert, sie war verletzt, plante, sich zu rächen, und wartete auf eine Gelegenheit. An einem Sonntag Ende Dezember 1946 organisierte sie einen ganztägigen Ausflug, und am Schluss gingen die vier in eine Bar in Netanja, wo Leute von der Etzel die beiden britischen Soldaten kidnappten, sie auf ein Feld am Stadtrand beförderten und sie mit einer Peitsche schlugen, achtzehn Hiebe für jeden – eine Reaktion auf die Auspeitschung eines jungen Etzel-Kämpfers durch die Briten. Das war Lottas Vergeltungsaktion. Sie hatte es der Etzel gesteckt und die Soldaten an den Ort gelotst. Von ihrer Warte aus hatte sich der Kreis geschlossen – Eddie hatte sie gedemütigt, und als Rache dafür wurde er gedemütigt.

Die Paare trennten sich nach dieser Nacht. Aber Ruti wurde von Eddie schwanger. Sie verheimlichte die Schwangerschaft vor den drei anderen. Nachdem sie das Kind gekriegt hatte, im Sommer 1947, wusste sie, dass es von Eddie war, und weihte ihn in das Geheimnis ein.«

»Und sie hat das Kind nicht großgezogen?«

»Ich weiß nicht. Ich lass das im Moment mal beiseite.

Meine Vermutung ist, dass Eddie die Verantwortung für das Kind übernommen und versprochen hat, für seine Zukunft zu sorgen, es aber nicht aufgezogen hat. Unabhängig davon haben Ruti und Wilshere die Beziehung nach ein paar Jahren wiederaufgenommen und versucht, in England zusammenzuleben. Der Versuch ist gescheitert. Ab da ist der Kontakt zwischen den Männern und den Frauen abgebrochen, für Jahrzehnte.

Ruti hat geheiratet und lebte in Ramat Hakovesch, arbeitete als Lehrerin. Sie hat zwei Söhne, die wir beim Begräbnis gesehen haben, und Enkel. Lotta hat in Tel Aviv geheiratet. Sie hat schon zur Mandatszeit als Angestellte bei Shell gearbeitet und arbeitete weiter dort, bis die Firma zu Paz wurde. Nach ihrer Heirat hatten sie und ihr Mann ein Immobilienbüro, das sie nach seinem Tod weiterbetrieben hat. Sie bekamen eine Tochter, die, anscheinend völlig zufällig, einen Engländer namens Dickson geheiratet hat. Nogga ist deren Tochter, dreiundzwanzig Jahre alt.

O'Leary machte erfolgreich Karriere an der Londoner Diamantenbörse, mit Hilfe eines südafrikanischen Freunds, der mit ihm in der Normandie war und Eddie, weil er in die falsche Richtung fuhr, sein Leben verdankte. Er hat zwei kinderlose Söhne und eine Tochter, die ihm zwei Enkelinnen geboren hat. Wilshere hat zweimal geheiratet und sich beide Male scheiden lassen. Er hat keine Kinder. Er hat lange Jahre als Apotheker gearbeitet.«

Bar hatte sein Wasser ausgetrunken. »Vielleicht doch ein bisschen Wein?«, fragte er und musterte die Flasche mit müden blauen Augen. »Preisgekrönt, hast du gesagt?« Er stand auf, um ein sauberes Glas zu suchen, blieb aber am

Spülbecken stehen, griff sich ein Weinglas heraus, hielt es gegen das Licht und kniff ein Auge zu. »Was ist das denn, Lippenstift?« Er warf mir einen schnellen Blick zu.

»Äh, nur so. Eine Mutter. Von einer Schulfreundin von Noga.«

»Aha.« Er kehrte mit einem sauberen Glas zurück, setzte sich und schenkte sich ein. »Ich höre. Eine Mutter. Von einer Schulfreundin von Noga. Hat hier Wein getrunken.«

»Da ist nichts. Die Freundin war am Nachmittag bei Noga. Also hab ich der Mutter Wein angeboten. Nicht weiter aufregend.« Shit, warum hatte ich die Gläser nicht abgespült?

»Heißt also, sie ist dageblieben, während ihre Tochter hier gespielt hat? Ein Mädchen in der ersten Klasse braucht keine Mama, die dableibt. Du machst mir doch nichts vor. Na komm, ihr Geschiedenen… ist sie geschieden?«

»Nein! Es ist gar nichts passiert! Nu, jetzt mach weiter!«

Er trank einen Schluck Wein, schnitt eine beeindruckte Grimasse. Es schien, als überlegte er, ob er darauf beharren sollte, die Befragung zu vertiefen, doch dann wandte er seinen Blick wieder dem Telefondisplay zu.

»Also, unsere vier Helden führen ihr Leben jahrzehntelang getrennt voneinander, bis diese Geschichte plötzlich, vor ein paar Monaten, wieder hochschwappt und einen Aufruhr entfesselt, so dass wir am Schluss drei Leichen haben, von den beiden Männern und einer der Frauen. Und diese drei, obwohl sie zwischen fünfundachtzig und achtundachtzig waren, sind unter unnatürlichen Umständen gestorben. Allem Anschein nach zwei Morde und ein Selbstmord.«

»Stimmt«, nickte ich.

»Wer die Geschichte aufgerührt hat, ist Nogga, die Enkelin von Lotta. Ihrer Behauptung nach hat Lotta sie nach England geschickt, weil sie beichten und sich entschuldigen wollte, um reinen Tisch zu machen. Nogga ist nach London gefahren, hat O'Leary gefunden und ihm das Geheimnis der Peitschenschläge enthüllt. Der aufgewühlte Eddie hat James Wilshere angerufen und es ihm erzählt, und dabei hat er auch gleich gebeichtet und sich entschuldigt – auch er wollte etwas abschließen –, weil er 46 in Haifa mit Ruti geschlafen hat. Die Männer haben beschlossen, zusammen nach Israel zu fahren. Wilshere hat ein Medikament namens Digoxin zur Herzschlagregulierung mitgebracht, das tödlich sein kann und bei toxikologischen Untersuchungen nach dem Tod schwer nachweisbar ist.«

»Und eine Pistole«, ergänzte ich, und ein Zittern durchlief mich, als ich mich an die Mündung erinnerte, die auf mich gerichtet war.

»Was? Ja, die Pistole… Laut Wilshere haben Nogga und Lotta versucht, aus O'Leary Geld rauszuschlagen. Und trotz der ganzen Liebesromantik, die von Neuem aufblühte, hat O'Leary sein Testament nicht geändert, und daher haben ihn Nogga und Lotta umgebracht. Danach, laut Wilsheres Behauptung, hat Lotta auch Ruti getötet. Er wusste nicht, warum genau. Gleich zeig ich dir ein paar interessante Mitteilungen, die ich in Wilsheres Telefon gefunden habe, aber lass uns hier erst mal einen Stopp machen.«

Bar trank einen Schluck Wein. Ich sagte: »Okay. Das ist die Seite von Wilshere, der ein zerrütteter, aufgewühlter, hochfahrender, rachsüchtiger, despotischer und unnetter Mensch war. Und wenn du erlaubst, seine Version klingt für mich dürftig, an den Haaren herbeigezogen und unglaubwürdig. Jetzt komm, hören wir uns Lottas Seite an.«

»Die nette, kluge, lustige, coole«, lächelte Bar.

»Nein, nein, nein. Ohne Eigeninteresse und ohne eine Absicht damit zu verfolgen. Du hast Wilshere das Rederecht gegeben, jetzt lass Lotta zu Wort kommen. Letzten Endes sind das die beiden Versionen, die wir haben. Sie sind nicht immer konsequent, sind voller eigener Interessen und Gefühle, Bitterkeit, Irrtümer und Täuschungen, echter oder fabrizierter Gedächtnisprobleme. Aber das sind die Versionen, die da sind. Wir haben eine gehört, jetzt lass mal die zweite hören.«

»Fair enough. Stimmt.« Er nahm noch einen kleinen Schluck und sagte: »Das ist echt ein guter Wein, obwohl er aus den Siedlungen ist. Okay, die Version von Lotta: Nogga ist zu Eddie gefahren, um in ihrem Namen zu beichten und um Verzeihung zu bitten. Eddie hat mit Wilshere geredet, und sie haben beschlossen herzukommen. Als Folge von dem Wiedertreffen der vier erwacht die Liebe zwischen Eddie und Lotta von Neuem. Beide sind verwitwet, ausgesöhnt, sehnen sich nach ihrer Jugendliebe oder einfach nach ihrer Jugend, und sie haben die Gelegenheit, ihre Liebe zu erneuern. Eddie hat den Verrat verziehen, es sind viele Jahre vergangen, das liegt hinter ihm. Er ist zu ihr ins Altersheim gezogen, zwei Tage später drehten sie eine Runde durch den Trumpeldorfriedhof, und Eddie kauft eine Doppelgrabstelle für zweihundertfünfzigtausend Schekel. Offenbar dank Lottas Beziehungen im Immobiliengeschäft. Geld war kein Problem für Eddie, und die Tatsache, dass er technisch gesehen Jude war, hat geholfen …«

Lotta hatte das viel gefühlvoller und lebendiger geschildert als Bar, aber ich griff nicht ein. Bar schloss seine Finger um den Stiel des Weinglases.

»Bei Wilshere und Ruti lief das nicht so glatt. Sie war nicht interessiert und ist nach dem ersten Treffen nach Ramat Hakovesch zurückgefahren. Frustriert hat er versucht, bei Lotta zu landen, um sich an Eddie zu rächen – der Betrug der Betrogenen. Aber Lotta war auch nicht interessiert. Als Wilshere von allen Seiten zurückgewiesen wurde, benutzte er das Digoxin, um Eddie zu töten, wegen dem alten Betrug, der aufgedeckt worden war und der die Demütigung von damals, die jetzt wieder hochkam, noch verstärkte. Nachdem Eddie tot war, stellte Wilshere Lotta weiter nach. Lottas Behauptung nach zeigte sie ihm die kalte Schulter. Ein alter Typ vom Altersheim namens Meir hat erzählt, dass er einen Kuss gesehen hat, und auch Wilshere hat behauptet, dass sie ihm entgegenkam. Wir werden das gleich in seinem Telefon anschauen und entscheiden, wem wir glauben sollen. So oder so, ungefähr drei Wochen nach Eddies Begräbnis willst du Lotta vom Altersheim abholen – es ist darauf hinzuweisen, dass sie das Grab seit der Beerdigung täglich besucht hat –, aber sie taucht nicht auf. Du bist in ihr Zimmer rauf und hast eine Leiche gefunden. Nicht die von Lotta, sondern die von Ruti Spielberg. Ohne Spuren von Gewaltanwendung. Lotta ist verschwunden.

In diesem Stadium haben wir mit der Ermittlung angefangen. Aber schon davor hast du Lotta erzählt, dass wir einmal einen rätselhaften Fall zusammen aufgeklärt haben, und sie hat zu dir gesagt, dass sie den Verdacht hat, Eddie sei ermordet worden, und um ihr Leben fürchtet, und sie hat dich gebeten, das zu untersuchen.«

»So ungefähr«, sagte ich.

»Nachdem die Leiche von Ruti Spielberg identifiziert worden war, ist Lotta eines Abends nach dem Boxen in deinem Taxi aufgetaucht. Ihren Worten nach hat sie sich bei ihrer Enkelin versteckt, weil sie vor Wilshere Angst hatte. Und dann hat sie eine Pistole auf uns gerichtet ...«

»Das war ein Jux«, unterbrach ich ihn schnell, um das Protokoll zu berichtigen.

»Vielleicht ... ich bin immer noch nicht ganz überzeugt. Es war die Pistole von Wilshere. Du wirst in den Whats-App-Gesprächen gleich sehen, dass er danach gefragt hat.«

Ich runzelte die Brauen: »Waren wir nicht dabei, Lottas Version darzustellen?«

»Lottas Version ist, dass Wilshere frustriert war, gedemütigt und rachsüchtig, und nachdem es ihm nicht gelungen ist, seine Ehre wiederherzustellen und Rutis oder Lottas Liebe zu gewinnen, wollte er sich Genugtuung verschaffen, indem er seine drei ehemaligen Freunde beseitigte. Als er begriff, dass es ihm mit Lotta nicht gelingen würde, weil sie von Nogga und uns geschützt war, kapitulierte er. Und als er auch noch kapierte – infolge deiner Information –, dass Eddie und Ruti heimlich ein Kind zusammen hatten, war das eine Hiobsbotschaft zu viel, und er brachte sich selber um.«

»Sekunde mal«, sagte ich zu Bar. Ich ging in Nogas Zimmer. Sie hatte die Decke abgeworfen, schlief mit ihrem Bären Nunzi und einem Finger im Mund. Ich zog behutsam den Finger heraus, legte ihr den Bären an die Brust und breitete die Decke wieder über sie. Ihre Atemzüge waren tief und warm.

»Hab ich was vergessen?«, fragte Bar, als ich zurückkam. Mir fiel nichts ein.

»Man vergisst immer was«, sagte ich. »Ich bin sicher, dass auch die alten Leutchen eine Menge vergessen haben, mit oder ohne Absicht. Deswegen ist es schwierig, ihnen zu glauben.«

»Und deshalb macht Lotta, die am klarsten und gesündesten wirkt, den glaubwürdigsten Eindruck. Aber das kann täuschen.«

»Ich habe mal einen Dokumentarfilm gesehen«, sagte ich zu ihm, »über vier Schwestern, die die ganze Holocaustzeit über zusammen in einem kleinen Zimmer waren. Und jede hat sich an komplett andere Sachen erinnert. Nur über eins waren sie sich einig, dass Mengele ein mörderisches Mannsbild war.«

Bar lächelte. »Bleibt nur noch hinzuzufügen, dass Lotta uns nach Wilsheres Tod gebeten hat, die Ermittlung einzustellen, weil die Gefahr für ihr Leben vorbei ist.«

»Und warum hören wir eigentlich nicht auf?«, fragte ich. »Für wen arbeiten wir denn jetzt?«

»Du bist witzig. Meinst du echt, dass ich aufhöre? Im Gegenteil, es ist hochgradig verdächtig, dass sie auf einmal mittendrin alles einstellen will. Ich habe Zweifel. Sag mir bloß, du möchtest nicht wissen, was passiert ist.«

»Möchte ich schon, ich weiß nur nicht, wie wir noch weitermachen können, wenn alle außer Lotta tot sind. Und von ihr wirst du nichts Neues erfahren.«

»Nun mal langsam. Wir denken eben nach. Die Internetseite mit den Familienstammbäumen hat übrigens nichts genützt. Geheim gehaltene Kinder haben wirklich nicht die Neigung, dort aufzutauchen.«

»Was machen wir also?«

»Wir reden noch mal mit Lotta.«

»Sie wird nicht wollen.«

»Und mit Nogga.«

»Sie auch nicht. Ich habe mit ihr geredet, nachdem ich dich heute abgesetzt habe.« Ich ließ die Tatsache, dass wir zusammen Schawarma gegessen hatten, unter den Tisch fallen. »Als ich sie gefragt habe, was sie von diesem heimlichen Kind hält, ist sie sauer geworden und hat gesagt, dass Lotta uns doch gebeten hat, die Ermittlung zu beenden, wir sollten aufhören, in alten Wunden herumzustochern.«

»Noch verdächtiger. Sie verheimlichen was, die beiden.«

»Was bleibt dann noch?«

»Es bleibt David O'Leary. Bei ihm liegt meiner Meinung nach der Schlüssel. Vielleicht ist er verdächtig. Kommt und geht mit einem komischen Timing. Hat von Eddie ein Imperium geerbt. Vielleicht hat er versucht, potenzielle Anwärter fernzuhalten… er antwortet nicht. In seinem Büro sagen sie, er sei nach Afrika gefahren. Ich versuch's noch mal.« Bar tippte. »Warum hat er allen eine Visitenkarte dagelassen, wenn er jetzt nie rangeht?« Er dachte laut weiter: »Willst du nach London fliegen? Mit mir zusammen? Auf meine Rechnung?«

»Aber er ist nicht in London«, entgegnete ich. »Und ich habe keine Zeit, mit Noga und der Arbeit und dem Ganzen.«

Er blickte mich ein paar Sekunden mit seinen blauen Augen an. »Komm, ich zeig dir, was ich in Wilsheres Telefon gefunden habe«, sagte er dann.

»Erstens«, fing Bar an, »du erinnerst dich, dass ich dir gesagt habe, dass Wilshere, bevor er gestorben ist, sechsmal versucht hat, eine bestimmte Nummer zu erreichen und einmal eine andere Nummer?«

»Ja, sechsmal war es die Nummer von David O'Leary.«

»Das siebte Mal, mitten in diesen ganzen Anrufen, war es die von Lotta Perl.«

»Wirklich?« Ich war überrascht. Aber nach kurzer Überlegung fügte ich hinzu: »Okay. Eigentlich einleuchtend, oder nicht? Er hat begriffen, dass Eddie und Ruti heimlich ein Kind zusammen hatten. Er hat David O'Leary angerufen, ihn nicht erreicht, also hat er versucht herauszufinden, ob Lotta was wusste, und wollte es ihr erzählen, falls nicht. Schließlich geht es sie auch was an.«

»Völlig richtig. Aber als ich Lotta heute Vormittag gefragt habe, ob sie in den letzten Tagen was von Wilshere gehört hat, hat sie nein gesagt.«

Ich schaute ihn an. »Ihr Telefon ist am Abend verschwunden gewesen. Ich habe sie auch zu erreichen versucht. Am nächsten Tag hat sie gesagt, dass das Telefon im Bad unter einem Handtuch lag.« Ich erzählte Bar nicht, dass sie in der Früh die Anrufe von mir gesehen hatte. Hieß, sie hatte wahrscheinlich auch den Anruf von Wilshere gesehen.

»Egal«, erwiderte Bar. »Es gibt hier genug andere Sachen. Vor allem über WhatsApp. Lange Nachrichten, ein Teil davon, sagen wir mal, ganz schön heiß. Nicht wie sie sagt, dass Wilshere ihr nachgestellt und sie ihn abgewiesen hat. Sie hat eindeutig zurückgeflirtet.«

Ich nahm das Gerät und blätterte die WhatsApp-Verbindungen durch. Es waren nicht gerade wenige, über einige Tage hinweg. Am Anfang waren die Botschaften sachlich: »Lucy geht um neun in Pause«, oder: »Wann gibst du mir die Pistole zurück?« Und dann begannen sich Koseworte einzuschleichen wie »Schatz« und »Liebling«, auf beiden

Seiten. Und schließlich kam das, was Bar als ganz schön heiß bezeichnet hatte. Ja, sie hatte zurückgeflirtet, daran bestand kein Zweifel.

Ich hob den Blick zu Bar. »Aber er ist heißer dabei als sie«, versuchte ich, Lottas Ehre zu verteidigen.

»Stimmt, aber sie antwortet ihm immer. Da wird dir nichts helfen, sie verheimlicht was. Sie präsentiert uns die Dinge nicht so, wie sie sich ereignet haben.«

»Okay«, sagte ich. Es war kein Vergnügen für mich, Lottas Flirtgeplänkel mit dem unangenehmen Mann im Rollstuhl zu lesen. Nicht weil er ein grober Klotz war, sondern weil dieser Austausch von Botschaften wirklich sehr von ihrer Darstellung abwich.

»Und jetzt pass mal auf.« Bar ließ den Finger über Wilsheres Telefon mit der Geübtheit von jemandem gleiten, der sich damit auskannte, holte etwas auf das Display und reichte es mir. »Das ist eine SMS von ihm von Anfang der Woche. Nachdem du bei ihm warst und ihm von der Leiche erzählt hast: ›Du hast also Ruti getötet. Du hast es verdient zu sterben. Wenn du in der Hölle ankommst, wirst du uns nicht finden. Wir sind zu gut für dich.‹«

Ich las die Nachricht dreimal und schaute auf.

»Das ist keine Nachricht, die einer schreiben würde, der Ruti selber umgebracht hat«, sagte Bar.

»Aber es beweist auch nicht, dass Lotta sie getötet hat«, wandte ich ein.

»Wilshere hat uns ein paarmal versichert, dass er Ruti nie getötet hätte. Ich glaube ihm. Er hat sie wirklich geliebt.«

»Manchmal tötet man den, den man liebt.«

»Also echt jetzt. Hör auf, Partei zu ergreifen, Krokodil.«

»›Du hast es verdient zu sterben‹, das ist eine Drohung, oder? Man kann verstehen, warum sie Angst vor ihm hatte«, sagte ich trotzdem.

»Die Sache stinkt, Krokodil, da hilft dir gar nichts. Ihr Wunsch, die Ermittlung plötzlich zu beenden. Die Lügen über ihre Beziehungen zu Wilshere. Man kann nicht wissen, wo sie noch überall gelogen hat.«

Ich wusste nicht, was ich sagen sollte. Ich hatte keine gute Antwort parat. Worum spielte Lotta?, fragte ich mich.

18. Ein Bild enthüllt sich in den Jerusalemer Hügeln

Freitagmorgen. Noga stand schlechtgelaunt auf. Es half nichts, dass ich sie daran erinnerte, dass wir nicht viel Zeit hatten und nachher zu den Großeltern nach Jerusalem fahren würden. Auf meinen Vorschlag, ihr Pancakes nach dem Rezept zu machen, das ich von Bar bekommen hatte, reagierte sie mit: »Hör auf, Papa.« Sie wollte mit ihrer Mutter reden, nahm das Telefon und machte die Tür zu. Ich klopfte ein paarmal, erinnerte sie, dass wir zur Schule aufbrechen mussten, dass ich arbeiten musste, bat sie, mir ihre Mutter zu geben, aber sie schrie bloß: »Hör auf!!!«, »Bloß einen Moment!«, »Lass mich fertig reden!«

Nach zehn Minuten machte die Tatarin die Tür auf und streckte mir das Telefon hin.

»Was?«, fragte ich.

»Da will dich jemand. Und wenn du fertig bist, gib's mir zurück, ich bin mitten in einem Spiel.«

»Was für ein Spiel?«

»Ich weiß nicht, wie es heißt. Was mit Würfeln.«

»Was heißt hier Spiel? Noga, zieh dich jetzt an, wir müssen gleich los. Essen steht auf dem Küchentisch. Jetzt mach!« Ich schaute auf das Telefon. »Hallo?«

»Hast du Wilsheres Telefon gesehen?«, erklang Bars Stimme.

»Was?«

»Das Telefon von Wilshere. Ich finde es nicht. Schau mal bei dir in der Küche nach, ob ich es dort aus Versehen liegen lassen habe.«

Ich ging in die Küche. Noga saß am Tisch, bewegte die Finger über einem Telefon.

»Was machst du da? Woher kommt das Tele... Iss jetzt! Wir müssen in allerspätestens fünf Minuten fahren. Du bist noch nicht mal angezogen!«

»Ist gut, ist ja schon gut. Was ist das für ein Telefon? Ohne Spiele.«

Ich nahm es ihr aus der Hand. »Ja«, sagte ich zu Bar, »es ist hier. Ich nehme es mit ins Taxi, und wenn ich in deiner Gegend bin, kannst du schnell runterkommen und es dir abholen.«

Ich fragte Noga: »Wo hast du es gefunden?«

»Hier, hinter dem Salz und Pfeffer. Was ist das für ein komisches Telefon ohne Spiele?«

Ich lachte. »Es ist von einem alten Mann. Der gestorben ist.«

»Igitt! Ich muss mir die Hände waschen!« Sie sprang auf und rannte zum Spülbecken. Ich schüttelte verzweifelt den Kopf.

»Jallah, jetzt setz dich endlich in Bewegung. Wir müssen wirklich rasen.« Ich trat zu ihr und streichelte ihr seidiges schwarzes Haar. »Was hast du mit Mama geredet?«

»Geht dich nichts an«, antwortete sie und ging in ihr Zimmer, um sich anzuziehen.

Ich setzte sie an der Schule ab, so schnell ich konnte. Ich wollte nicht zufällig auf Daphna stoßen, außerdem musste ich arbeiten – ich hatte schon zu viele Arbeitsstunden versäumt. Aber bevor Noga durch das Schultor hineinrannte, drehte sie sich um, kam auf meine Wagenseite und machte mir ein Zeichen, das Fenster zu öffnen. Sie beugte sich zu mir, umarmte mich fest und lange und sagte: »Bye, Papa, ich hab dich lieb.« Dann drückte sie mir einen vorsichtigen Kuss neben das blaue Auge und fügte hinzu: »Dein Veilchen schaut heut viel besser aus.«

Freitagvormittag im Taxi heißt ein relativ junges Publikum von Einkäufern und Cafébesuchern. Weniger Anzüge, weniger gestresste, zähneknirschende Blicke auf die Uhr und: »Tun Sie mir einen Gefallen, wenn Sie vielleicht irgendwie den Stau umfahren könnten …«, und: »Was sagt das Navi?« Andererseits aber auch ohne die verlorenen Typen im Morgengrauen, alkoholbenebelt und verwirrt.

Dieser Freitag schien auch der Anfang des echten Frühlings zu werden, wenn die Luft einen mild umhüllt, ohne irritierende Kältestiche. Alle wollten draußen sitzen. Von der Klonimus (»Kalonymus, eine italienische jüdische Gelehrtenfamilie, Eleazar von Worms – nach dem die Vormaiza zwei Straßen westlich davon heißt – war einer ihrer Söhne. Ich und meine Ex haben in der Vormaiza am Anfang gewohnt«) zum Café Mersand in der Ben-Jehuda-Straße. Von dort nach Süden zur Hamasor im Florentinviertel (die Straße der Säge, solche Straßen mit funktionalen Namen ohne Geschichte gibt es auch, besonders im Florentinviertel). Von dort wollte ein Glatzkopf mit voluminösem Vollbart, den ich verdächtigt hätte, von der Hamas zu sein, wenn er nicht lauter Armbänder, Ohr- und Fingerringe getragen hätte, ebenfalls ins Café Mersand – Tel Aviv ist letzten Endes eine kleine Welt. Danach winkte mir eine Russin mittleren Alters mit Einkaufstüten, die ich die Ben-Jehuda nach Norden bis zur Ecke Jordei-Hasira brachte. Auf der Ben-Jehuda gibt es immer Kunden, die einen auf der Straße anhalten.

Von der Jordei-Hasira in den Osten zur Bat-Jiftach-Straße in Zahala, wo fast alle Straßen nach Heerführern aus der Bibel benannt sind, und Bat Jiftach, die Tochter des Jiftach, ist eine der beiden einzigen Frauen, denen eine solche Ehre vergönnt wurde. Von dort ins Herz der Stadt nach Nachalat Binjamin (»Wisst ihr, welcher Binjamin das war?«, fragte ich die beiden Schülerinnen in ihren hellen Kleidern. »Nein«, erwiderte die eine unter demonstrativem Kaugummikauen. »Als gebaut wurde«, erklärte ich, »sagten sie, zuerst mal würde man sie Binjamin nennen und das danach entscheiden, je nachdem, wer ihnen Geld geben würde. Wäre es der Jüdische Nationalfonds, dann würde sie den Namen Binjamin Ze'ev Herzls tragen, und wenn die Familie Rothschild zahlen würde, würde es der Binjamin Edmond de Rothschild sein.« »Ja und, wer hat ihnen was gegeben?«, fragte die zweite mit der Zahnspange. »Keiner«, lächelte ich. »Also hat man beschlossen, dass es der Name des Stammes Benjamin sein soll«). Die letzte Fahrt, bevor ich meine schwarzhaarige Schönheit von der Schule abholte, ging zur Simta Almonit, zur Anonymen Gasse (»Wissen Sie's?«, fragte ich den Mann mittleren Alters, der wie ein Lehrer aussah und Tüten vom Levinski-Markt dabeihatte. »Sicher, ich wohne ja hier«, entgegnete er. »Und?«, fragte ich provozierend. »Ein Streit zwischen dem damaligen Bürgermeister Dizengoff und einem Wohltäter, der Straßen auf seinen Namen verlangte. Dizengoff benannte sie ihm zum Trotz die ›Anonyme Gasse‹ und die andere die ›Namenlos-Gasse‹.« Ich schwieg und schaute geradeaus, denn in seiner Antwort schwang so ein Ton mit à la: »Lassen Sie mich in Ruhe, Sie superschlauer Taxifahrer, mit Ihrem Dreigroschenheftwissen«).

»Willst du Erdnüsse?«, fragte ich Noga, nachdem wir mit der Tasche und den Jacken, die wir für die Fahrt nach Jerusalem zusammengepackt hatten, ins Taxi eingestiegen waren.

»Klar!« Wie ihr Vater war auch die Tochter eine große Liebhaberin von diesem Knabberzeug.

»Papa, wo bist du heute hingefahren?«, fragte sie, nachdem sie ein paar Minuten still gekaut hatte.

»Zum Café Mersand«, sagte ich. »Nach Florentin, zur Namenlos-Gasse.«

»Namenlos-Gasse?« Sie platzte fast vor Lachen.

Als ich vorher in der Schlange vor dem Kiosk Kern-Zentrum gestanden hatte, hatte ich gespürt, wie mein Gesicht auf den Frühling reagierte: Die Nase juckte, und die Augen waren gereizt. Ich war froh, hier rauszukommen, zur Jerusalemer Kühle, wenn auch nur für eine Nacht.

Ich schaltete die Militärwelle ein. Noga wollte eine Kinder-CD. Ich stöberte in dem Fach zwischen den Sitzen und schlug vor: *Das sechzehnte Schaf*, eine Sammlung vom Kinderfestival, die Schimi zusammengestellt hatte, ein Kindergärtner, der Kindern Lieder der Band Kaveret und des Rockmusikers Berry Sakharof vorspielte.

»Ah… Schimi. Nein… das Schaf… nein! Na gut, egal, lass den Radio.«

»Nu, entscheide dich.«

»Ich weiß nicht. Na gut, Schaf.«

Ich fuhr gemütlich, ließ das Chaos Tel Avivs hinter uns, tauchte meinen Blick in die Felder, die gleich an der Stadtgrenze begannen, und die Konturen der braunen Berge, die kurz dahinter näher rückten. Die aufsteigenden Flugzeuge vom Ben-Gurion-Flughafen vervollständigten das Gefühl, auf Reisen zu gehen.

Erst mitten auf der Strecke, als wir den Flughafen, die Gabelung Ben Schemen und weitere Felder und Dörfer hinter uns gelassen hatten und das Schaf schon bei »Das schönste Mädchen im Kindergarten« angelangt war, fiel mir die Stille auf. Normalerweise sang sie dieses Lied mit, aber jetzt bemerkte ich, dass ich und Jehudit Ravitz allein sangen. Sie aß auch keine Erdnüsse. Im Rückspiegel sah ich ihren gesenkten Kopf. »Schläfst du, Nogalein?«, fragte ich vorsichtig, aber sie hob schnell den Kopf, sah mich über den Spiegel mit einem erschrockenen Blick an und schüttelte den Kopf.

»Was machst du da?«

»Nichts.«

Ich versuchte, im Spiegel etwas zu erkennen, und drehte dann rasch den Kopf nach hinten. »Jetzt hör auf!«, wehrte sie ab. »Ich hab doch gesagt, nichts!«

»Es ist mir egal, was du machst«, versuchte ich sie zu besänftigen. »Sag mir nur, was. Es ist mir wirklich ganz egal.«

Wir wechselten noch einen Blick. »Versprochen?«, fragte sie.

»Was meinst du denn? Klar versprochen.«

Sie hob die Hand. Mit einem Telefon.

»Was? Von wem …« Ich wühlte in allen Taschen, aber dann sah ich, dass mein Telefon in seiner Halterung steckte.

»Ich hab's aus der Tür genommen, als du ausgestiegen bist, um Erdnüsse zu kaufen«, sagte sie. »Aber ich habe nichts gemacht. Ich hab's bloß angeschaut. Ich hab endlich Spiele gefunden, aber sie sind langweilig. Kannst du mir deins geben? Ich will das Spiel mit den Würfeln.«

»Aber von wem …« Ich blickte wieder auf mein Telefon.

»Das ist das von dem Alten, der tot ist«, sagte sie. Da fiel es mir ein. Wilsheres Telefon. »Auweia! Bar wird mich umbringen. Ich hab ihm versprochen, bei ihm vorbeizufahren. Ich hab's nicht geschafft, vor lauter Arbeit, ich hab's vergessen, und er hat nicht angerufen …«

»Schon gut, Papa, komm wieder runter, dann gibst du's ihm eben, wenn wir nach Tel Aviv zurückkommen, ist doch nicht schlimm, oder?«

Genau in dem Moment ertönte ein Klingeln im Raum des Taxis. Ich schaute auf das Display. Klar.

»O Mann, wir sind schon unterwegs nach Jerusalem. Ich hab's nicht mehr geschafft, tut mir leid, vor lauter Arbeit. Und ich bin nicht in deiner Gegend vorbeigekommen«, log ich.

»Von was redest du?«, fragte Bar.

»Von dem Mobiltelefon von Wilshere, das ist noch bei mir.«

»Ah. Blödsinn. Geschenkt. Pass nur drauf auf, und nichts löschen, das ist am wichtigsten.«

»Ja klar, völlig klar«, erwiderte ich und warf beunruhigt einen schrägen Blick zu Noga.

»Na gut, dann Schabbat Schalom, Freunde. Melde dich, wenn du in den Schoß der Zivilisation zurückkommst.«

»Schabbat Scha… Moment mal, warum hast du angerufen?«

»Was? Ach ja, Update: Ich habe Lucy mit Wilsheres Leiche geholfen. Sie fliegen morgen früh mit British Airways. Es gab ein bisschen Durcheinander, weil es im Fall von Selbstmord automatisch eine polizeiliche Untersuchung und eine Obduktion gibt, so wie bei Mord. Aber ich war mit ihr in der Pathologie in Abu Kabir, sie haben ein CT gemacht, um den Einschusskanal zu sehen, und dann hat die Polizei festgestellt, dass es Selbstmord war, und die Leiche freigegeben… wie wir uns gedacht haben. Wie Lotta gesagt hat. *Jallah*, da reden wir später drüber. Schabbat Schalom.«

»Hast du da was gelöscht?«, fragte ich hektisch in dem Moment, in dem Bar aufgelegt hatte.

»Warum denn?«

»Was hast du dann gemacht?«

»Ich hab bloß die Bilder angeschaut, die er hier gemacht hat. Todlangweilig. Ist das von deinem Freund Bar? Man sieht ihn gar nicht. Wo sind seine Kinder? Es gibt da bloß hässliche Alte.«

»Was?« Wir passierten Latrun, dahinter begannen sich die Wälder in Grüntönen zu verdichten. Der Himmel war klar, aber etwas Trübes überzog die Konturen der Ebene, als wir bei Scha'ar Hagai hinaufzufahren begannen. *Das sechzehnte Schaf* sang von Schokolade.

»So hässliche Bilder, das glaubst du gar nicht«, fuhr Noga fort.

»Noga, gib mir das Telefon. Da sind Bilder?«

Bar hatte keine Fotos erwähnt. Er brachte mich manchmal um, dieser Mensch. Schaute ständig in Wikipedia nach, um alles und jedes quasi zu verifizieren, stellte den Leuten bohrende Fragen, wollte jeden Tag eine Lagebesprechung abhalten, aber das Einfachste und Naheliegendste, nämlich nach Fotos zu schauen, das tat er nicht.

»Moment«, sagte Noga. »Gleich. Warum hat er Mord und Polizei gesagt?«

»Was? Ah, nein, das … Noga, Schluss jetzt. Es gehört nicht dir und nicht mir und nicht Bar. Wir dürfen dieses Telefon nicht anrühren. Zeig mir die Bilder, was sieht man da?«

»Uff, na gut«, gab sie nach und streckte mir das Telefon hin. Ich warf einen vorsichtigen Blick darauf und legte es neben mich. Es ist keine gute Idee, sich beim Fahren mit einem Telefon zu beschäftigen. Niemand will gern Buß-gelder und Punkte, Führerscheinentzug oder einen Unfall riskieren, und speziell Taxifahrer nicht – für uns wäre das ein Todesstoß.

»Nimm dir Erdnüsse«, schlug ich zur Entschädigung vor, und sie nahm sich welche und knabberte schweigend.

»Was sieht man auf den Fotos?«, fragte ich nach ein paar Minuten aus Neugier und zur Beschwichtigung. Das Schaf war beim »Geschlossenen Garten« angekommen. Am Stra-ßenrand hielten Dutzende gelbe Monster-Caterpillars ihre Schabbatruhe ab, nachdem sie unter der Woche den Berg zerkleinert hatten, um Platz für weitere Fahrspuren zu schaffen, nicht weit von den stummen Eisengerippen von einst.

»Alte Leute. Ein Fetter im Rollstuhl. Andere Alte. Und alte Frauen. Aber richtig alt.«

»Interessant?«

»Die langweiligsten Bilder der Welt«, sagte die Sechsjährige.

Jonathan und Lea Einoch, der ehemalige Erdnussbutterimporteur, der zum Verkaufsvertreter der Süßwarenfirma Elite wurde, und die Englischlehrerin, die aus den Vereinigten Staaten eingewandert waren und sich in Rechavia niederließen, bevor es ein Luxusviertel wurde, und sicher auch dort bleiben würden, wenn es völlig orthodox geworden wäre und seinen Wert eingebüßt hätte, empfingen ihre geliebte Enkelin mit begeisterter Freude. Sie hatten erwachsene Enkel in Amerika von meinem großen Bruder, der vor über zehn Jahren dort hingezogen war, und zwei kleine von meiner Schwester, die in Kirjat Tivon in der Nähe von Haifa wohnte. Aber die Tel Aviver Noga war die Enkelin, die am nächsten war, und weil ich seit der Trennung von Dutschy weniger Zeit mit Noga verbrachte, sahen auch meine Eltern sie seltener und warteten gierig auf jede Gelegenheit, mit ihr zusammen zu sein. Auch Noga liebte die große Jerusalemer Wohnung mit dem Hof und der Terrasse, die sie in Tel Aviv nicht hatte. Ich überließ die drei ihren Angelegenheiten – Basteln, Spiele, Unterhaltungen, Fernsehen und Schokolade, die Opa Jonathan zubereitete.

Ich ging zum Auto hinunter und holte Wilsheres Telefon, das im Wirbel der Taschen, Jacken und übrigen Sachen vergessen worden war, die einen Wochenendausflug mit einem Kind wie einen Monatstrip nach Alaska erscheinen lassen. Ich nahm auch die Erdnusstüte vom Kern-Zentrum mit und ging zu der Spielplatzanlage in der Rambanstraße, wo ich wichtige Abschnitte meiner Kindheit verbracht hatte.

Ich setzte mich auf eine ruhige Bank in einer Ecke, steckte eine Hand in die Erdnusstüte und untersuchte mit den Fingern der zweiten das Telefon.

Die Bildergalerie: Hier war Wilshere in seinem Rollstuhl an allen möglichen Orten, im Allgemeinen mit einem künstlichen Lächeln auf den Lippen. Englische Kulisse: Ein Pub. Eine graue Meeresküste. Ein Freund, der einen Arm um seine Schultern legt. Das hatte sicher Lucy fotografiert. Ich dachte an sie, wie sie sich darauf vorbereitete, morgen mit der Leiche nach England zu fliegen.

Und da waren Eddie O'Leary (er sah seinem Enkel wirklich verblüffend ähnlich) und James Wilshere am Flughafen in der Lounge der Business-Class, wie sie das Victory-Zeichen machten und in die Kamera lächelten. Dann veränderte sich die Farbe, Israel war ganz hell auf den Bildern, die Luft leuchtete. Unsere vier Alten abends um einen Tisch im Hof des Altersheims. Die erste Wiederbegegnung. Ich betrachtete die Augen, die so viel gesehen hatten, ein ganzes volles Leben – und noch nicht voraussahen, was in den kommenden Wochen passieren würde, den Hass und die Eifersucht, die drei von ihnen das Leben kosten würden.

Eddie mit weißem, schütterem Haar, einen Anflug von Lächeln auf den schmalen Lippen und mit entspanntem Blick, überragte alle und umarmte mit seinen großen Händen die Frauen wie der Vater von allen, zumindest war das die Pose. Wilshere – spürte er schon hier die Kühle, die von Ruti ausging, war er schon enttäuscht? Das Foto gab nichts preis, und sein breites Lächeln wirkte echter als das seines Gefährten. Lotta sah fabelhaft aus in einem türkisen Pullover, Hand und Mund deuteten darauf hin, dass sie etwas zu der Person sagte, die fotografierte, etwas Lustiges, vielleicht eine Anweisung oder Bitte – sie schien fröhlich und ausgeruht. Ruti Spielberg sah alt aus. Sie versuchte zu lächeln, aber ihre Augen waren wässrig, die Haut gefleckt und das Haar weiß und schlaff. Sie sah aus, als ob sie an irgendeiner Krankheit leiden würde.

Weitere Bilder vom gleichen Abend in verschiedener Zusammensetzung: Eddie und Lotta. Wilshere und Ruti. Die Männer. Die Frauen.

Eine andere Szene: Tageslicht. Strand am Meer, Eddie und Lotta umarmt, ganz nahe, heiter, James in seinem Rollstuhl neben ihnen, isoliert. Ich blätterte weiter. Meine Tochter hatte recht gehabt. Die langweiligsten Bilder der Welt. Alte britische Touristen mit zwei einheimischen alten Frauen.

Doch dann kam eine Serie seltsamer Fotos: Wilshere hatte sich selbst aufgenommen, ein Selfie, in seinem Hotelzimmer. Sein Gesicht schweißnass und gequält. Lotta, allein, lächelnd, vielleicht flirtend. Und da waren Ruti und Lotta, lächelten in die Kamera, drei Bilder, die aussahen, als wären sie in Lottas Zimmer im Altersheim gemacht worden. Eines verschwommen, zwei mit Blitz. Ein großer Fotograf war Wilshere nicht.

Ein Gedanke tauchte in meinem Kopf auf: Ich sollte das Datum der Fotos feststellen. Ich versuchte es kurz, aber ich kannte das Gerät nicht gut genug und fürchtete, etwas zu löschen. Ich würde Noga fragen, beschloss ich, und blätterte weiter: Wilshere mit Lucy, lächelnd. Wilshere allein am Meer. Wilshere allein auf den paar letzten, nichtssagenden Bildern, auf denen der Gesichtsausdruck bereits einfach zu interpretieren war, sich die Frustration, Einsamkeit und Verzweiflung, die Wut, Rachgier und der Defätismus finden ließen, die ihn innerhalb weniger Tage dazu brachten, seinem Leben ein Ende zu setzen.

Während ich dort in der Ecke der Anlage saß, senkte sich der Spätnachmittag über Jerusalem. Die Leute verschwanden von den Straßen, Ruhe kehrte ein und dann die Dunkelheit. Die kühle Stille trieb mich ins Haus meiner Eltern zurück, wo die Betriebsamkeit des Schabbatbeginns auf dem Höhepunkt war. Mein Töchterchen half ihrer Großmutter beim Kochen und Tischdecken, und wir setzten uns alle zum Essen. Noga erzählte von einer Vorstellung von Nitza Shaul, die sie diese Woche mit ihrer Mutter gesehen hatte.

»Sag mal, Papa«, warf ich ein, »stimmt es, dass Onkel Jonny einen unehelichen Sohn hatte, was erst vor ein paar Jahren herauskam?«

Onkel Jonny war der Bruder meines Vaters. Er war im Zweiten Weltkrieg Soldat der amerikanischen Luftwaffe, wurde in Frankreich verwundet und hatte eine Affäre mit der Krankenschwester, die ihn pflegte. Nachdem er nach Hause zu seiner Familie zurückgekehrt war, stellte sich heraus, dass die Krankenschwester ein Kind von ihm bekommen hatte. Kriegsklischees.

»Was ist mit ihm?«, fragte mein Vater leicht misstrauisch. Er liebte es, Familiengeschichten zu erzählen, aber solchen näherte er sich nur mit Vorsicht. Ich hatte an das heimliche Kind von Ruti Spielberg und Eddie O'Leary gedacht, wie so ein Kind eigentlich aufwuchs, wie das Geheimnis gehütet wurde. Nicht dass die Geschichte von solchen Kindern unbedingt gleich sein musste, aber die Zeit war dieselbe, Soldaten waren Soldaten, und ich hatte mich tatsächlich nie in die Geschichte von Onkel Jonny vertieft, die mir plötzlich, auch ohne diesen neuen Zusammenhang, interessant erschien.

»Wie ist er aufgewachsen? Ich meine, wo? Wer hat ihn erzogen? Hatte Jonny Kontakt mit ihm?«

»Er ist in einer Adoptivfamilie in England aufgewachsen. Eine jüdische Familie.«

»In England?« Ich hob eine Augenbraue. »Ist er nicht in Frankreich verwundet worden?«

»Ich glaube schon. Aber man hat ihn in ein Genesungsheim nach England verlegt, und dort hat sich die englische Pflegerin in ihn verliebt. Unsere Cousine Klara hat alles organisiert. Sie hat eine Adoptivfamilie gefunden und dafür gesorgt, dass sie jüdisch war, das war ihr wichtig.«

»Wie ist es herausgekommen?«

»Als der Junge groß war, hat er nach seinen Eltern gesucht und beide gefunden. In England haben sie in den Neunzigerjahren ein Gesetz verabschiedet, das Right to Know, dass adoptierte Kinder das Recht haben zu erfahren, wer ihre biologischen Eltern waren. So ist er auf Onkel Jonny gestoßen. Es war eine Überraschung, aber am Ende kein schrecklich großes Drama. Jonnys Kinder haben sich gefreut, einen englischen Bruder zu entdecken.«

»Und während er aufgewachsen ist, hatte er keinen Kontakt mit seinen echten Eltern?«

»Ich glaube nicht. Warum?«

»Bloß so. Es hat mich einfach interessiert.«

»Es gab noch so einen Fall in der Familie«, überraschte mich mein Vater. Noga und ihre Großmutter waren damit beschäftigt, die Suppenteller vom Tisch abzuräumen und die Schüsseln mit dem Hauptgericht aufzutragen.

»Noch einen?« Ich zog wieder eine Augenbraue hoch.

Er biss von einem Fischklößchen ab. »Ein uneheliches Mädchen. Von meinem Cousin Frank. Ich weiß nicht, ob du ihn jemals kennengelernt hast. Er hat in der britischen Armee gedient, zuerst in Zypern und dann in Ägypten. Er hatte eine Affäre mit einer Ägypterin, einem blutjungen Mädchen. Es gelang ihm, sie in irgendein Flugzeug zu setzen, als sie schwanger war. Das Mädchen wurde in Amerika geboren, doch dann kamen er und die Ägypterin überhaupt nicht miteinander zurecht, sie wollte nach Hause und ließ das Kind in Amerika. Frank fand eine Adoptivfamilie in New Jersey, auch Juden, obwohl das Mädchen religionstechnisch gesehen natürlich keine Jüdin war ...«

»Im Ernst? Eine irre Geschichte.«

»Es kam erst heraus, als er starb. Frank vermachte ihr eine Menge Geld, und kein Mensch verstand, wieso sie im Testament bedacht wurde. Also hat eins von seinen anderen Kindern Nachforschungen angestellt.«

»Wirklich? Wer war das?«

»Ich weiß nicht mehr, wie er hieß. Lea, diese Fischklößchen sind wirklich einmalig!«

Im weiteren Verlauf versuchte ich, auf das Thema zurückzukommen, aber er blockte die Versuche sanft ab. Nur einmal reagierte er, als ich sagte: »Also war unsere Familie ziemlich wild, was?« Er entgegnete: »Nein. Das passierte sehr oft in dieser Zeit. Es war Krieg, und diese ganzen Soldaten und Soldatinnen, achtzehnjährige Kinder, waren fern von zu Hause, mit der Vorstellung, dass sie jeden Moment sterben könnten, und es gab keine Verhütungsmittel oder Aufklärung. Noga, wir müssen das Puzzle fertig machen, das wir angefangen haben!«

Er erhob sich vom Tisch. Ich verstand den Wink und räumte das Dessertgeschirr ab.

Am nächsten Morgen, als Noga als Erste aufwachte und zu mir ins Bett kam, bat ich sie, mir dabei zu helfen, die Daten der Fotos zu finden.

»Was sind Daten?«, fragte sie.

Ich versuchte es zu erklären.

»Ach so! Diese ganzen Nummern, die bei jedem Bild dabei sind? Das ist doch kinderleicht!«, rief sie und zeigte es mir sofort. Es war wirklich kinderleicht.

Ich überprüfte die drei Fotos von Lotta und Ruti in Lottas Zimmer. Sie waren um vier Uhr nachmittags, einen Tag bevor Lotta verschwand, aufgenommen worden. Am nächsten Vormittag war sie nicht an unserem Treffpunkt aufgetaucht, und in ihrem Zimmer lag Rutis Leiche.

Lotta hatte uns erzählt, dass sie Ruti Spielberg »seit Wochen« nicht mehr gesehen hätte, aber da saß sie mit ihr in ihrem Zimmer, von Wilshere fotografiert, und am nächsten Morgen befand sich die Leiche in ebendiesem Zimmer.

Lotta hatte gelogen.

Und eigentlich, dachte ich, hat mir Lotta nie erzählt, warum sie an jenem Morgen nicht im Altersheim auf mich gewartet hat. Sie hatte gesagt, sie sei übers Wochenende bei ihrer Enkelin gewesen, ganz spontan, habe es nicht geschafft, mir abzusagen. Aber was hieß hier spontan? Warum musste sie es »schaffen« abzusagen? Und warum hatte sie am Telefon nicht geantwortet, als ich sie suchte?

Schweren Herzens gestand ich mir ein, dass Bar recht hatte. Lotta Perl verheimlichte etwas. Die Sache roch nicht gut.

Als der Schabbat vorüber war, fiel Noga in dem Moment, in dem wir am Abend aus Jerusalem hinausfuhren, in einen tiefen, festen Schlaf. Es hatte ihr Spaß gemacht, bei ihren Großeltern war es immer schön für sie. Es war ein bisschen traurig, dass sie sie so selten sah, und ein bisschen traurig, dass sie mich so wenig sah. Rechts blinzelten mich die Lichter von Nabi Samuel an, hinter mir lag Ramot und ein paar Kurven weiter Mevasseret Zion. Langsam kurvte ich nach Scha'ar Hagai hinunter, lauschte den süßen, regelmäßigen Atemzügen meiner Tochter, die mit dem Daumen im Mund ihren Bären Nunzi fest umarmte.

Bei Scha'ar Hagai klingelte das Telefon. Dutschy wollte ihrer Tochter gute Nacht sagen. Ich beschrieb ihr leise Nogas gegenwärtigen Aggregatszustand und erzählte ihr von dem gelungenen Wochenende. Ich merkte, dass sie reden wollte, vielleicht war ihr langweilig, oder sie war ein bisschen down, also fragte ich nach und erhielt den vollen Detailbericht über den Scheißkerl, an dessen Scheidungsakte sie den ganzen Schabbat gearbeitet hatte, und auch über Gadi, von dem sie sich »endgültig getrennt« hatte. Ich hatte gar nicht gewusst, dass es mit ihm noch weitergelaufen war.

Dutschys Geschichten aus der Arbeit bei den Familiengerichten führten meistens dazu, dass ich mich relativ gut fühlte, denn es gab wirklich viel beschissenere Männer als mich – so wie der, von dem sie mir gerade erzählte, der nicht nur seine Frau betrogen hatte, als sie auf der Entbindungsstation lag, und mit missglückten Investitionen in der Textilbranche in Brasilien ihre Ersparnisse durchgebracht hatte, sondern auch noch behauptete, das Baby könne nicht von ihm sein. Dutschy erzählte mir, wie sie seine Argumentationen eine nach der anderen zerlegt hatte. Manchmal hatte ich das Gefühl, dass Dutschy, vielleicht ohne sich dessen bewusst zu sein, mir und sich selber von diesen Männern erzählte, damit wir uns besser fühlten; dass sie zu sagen versuchte, wir sind einigermaßen in Ordnung, und unsere Scheidung war paradiesisch gegenüber den Höllen, die ich täglich in der Arbeit sehe.

Als ich das Gespräch beendet hatte, funkelten rechts schon die Lichter des Ben-Gurion-Flughafens, und das war der Moment, in dem es wieder klingelte. Ein anderer Klingelton als meiner, ein lästiges, aufreizendes Gezirpe, das anschwoll. Ich streckte tastend die Hand unter den ganzen Müll, den ich auf den Beifahrersitz geworfen hatte, bis meine Finger auf den glatten Körper von Wilsheres Telefon stießen. Ich zog es zu mir, drehte das Display und wandte meinen Blick kurz von der Straße ab.

Die Nummer, die dort auftauchte, mit glänzend klaren Ziffern, aufdringlich wie der ansteigende Ton der Grillen, kannte ich zwar schon auswendig, aber ich verglich sie trotzdem zur Sicherheit mit der Visitenkarte in meiner Hosentasche. Ja. Das war die Telefonnummer von David O'Leary.

19. Der Mann, der aus der Hitze kam

»Also gut«, sagte Bar, »dir ist ja wohl klar, dass wir jetzt zu ihm müssen.«

»Jetzt?« Jetzt war ich auf der Ajalon-Schnellstraße und blinkte bereits rechts in Richtung der Abfahrt an der Hahalachabrücke. Von den großen Reklametafeln lächelten Models mit weißen Zähnen herab. Ich warf einen schnellen Blick auf die Uhr im Armaturenbrett und dann in den Spiegel, auf die schlafende Noga.

»Du sagst, er ist vor kurzem gelandet. Und dass er Nogga Dickson des Mordes beschuldigt. Wir brauchen klare Ansagen. Es reicht mit diesem Pingpong. Wir sollten seine Version kriegen, bevor er wieder verschwindet.«

»Ich habe nicht gesagt, dass er Nogga Dickson des Mordes beschuldigt. Er hat gesagt: ›Was? Bis zu ihm ist sie auch noch gekommen, das kleine Biest? Kennt sie keine Grenzen?‹« Ich spähte in den Spiegel nach meiner Kleinen, die hinten mit dem Daumen im Mund schlief. Dann fügte ich hinzu: »Und hör mal, heute Abend ist das ein bisschen problematisch für mich. Noga ist bei mir.«

»Kannst du keinen Babysitter finden?«

Zehn vor zehn, Samstagabend. Ich war mir nicht sicher, warum Bar meinte, an der Jarkonbrücke sei der perfekte Treffpunkt, aber ich fügte mich. Das Lokal war ziemlich leer, hier saß ein Taxifahrer bei einer Portion Humus zwischen den Fahrten, dort ein älteres Paar, das angehalten hatte, um zu tanken, und sich zwischendurch ein Bier gönnte. Keiner schenkte uns einen zweiten Blick.

»Also, was genau hat er zu dir gesagt?«, fragte Bar.

»Die Verbindung war nicht gut. Er ist aus Nairobi angekommen, wenn ich das richtig verstanden habe. Er hat Wilshere angerufen, eigentlich hat er zurückgerufen. Bevor er kapiert hat, mit wem er redet, hat er erklärt, dass er dort kein Telefon oder Internet hatte, aber jetzt sei er zurückgekommen und habe die Anrufe gesehen.«

Bar saugte geräuschvoll an seinem Strohhalm. Es war ein angenehm milder Abend, leider wohl einer der letzten vor der großen Hitze. »Ich habe versucht, ihm klarzumachen, dass ich nicht Wilshere bin«, fuhr ich fort, »bis er es begriffen hat und verstummt ist, und dann habe ich ihm erklärt, was passiert ist. Daraufhin hat er diesen Satz gesagt: ›Was? Bis zu ihm ist sie auch noch gekommen, das kleine Biest?‹ Er hat keinen Namen gesagt. Auf jeden Fall wissen wir doch, dass Wilshere sich selber umgebracht hat.«

Bar wischte sich den Mund ab. »Das haben sie bei der Polizei festgestellt, aber nach allem, was wir gehört haben, kann man nie wissen. Vielleicht hat er was Neues?«

»Und dann hat er gesagt, dass er gekommen ist, um an Eddies Monatsgedenktag morgen teilzunehmen.«

Weitere zwanzig Minuten verstrichen. Er kam nicht. Bar schaute die Fotos in Wilsheres Telefon durch. Er sagte: »Ruti und Lotta bei Lotta im Zimmer am Donnerstag. Am nächsten Tag verschwindet Lotta, und Rutis Leiche liegt dort. Ist doch klar, dass Lotta zugeschlagen hat und geflüchtet ist, oder nicht?«

»Wilshere hat fotografiert«, entgegnete ich. »Vielleicht hat er zugeschlagen und ist geflüchtet?«

Bar lächelte. Offenbar würde sich jeder von uns für ewig auf seiner Position verschanzen. »Siehst du? Gut, dass wir O'Leary treffen. Vielleicht wird er uns das fehlende Stück im Puzzle liefern. Ich würde gern endlich mal die Version der O'Learys hören. Das wäre nur fair.«

»Sollen wir zu dieser Gedenkfeier gehen?«, fragte ich. »Bringt uns das was?«

»Ich weiß nicht, ob es was bringt«, antwortete er, »aber klar gehen wir hin. Ich muss unbedingt den Stein auf diesem Grab sehen...«

Ich grinste. »Wir helfen ihnen wieder beim Minjan aus. Aber diesmal lass ich den Zähler laufen!«

Weitere zehn Minuten später meinte ich: »Vielleicht legen wir eine Deadline fest, nach der wir abziehen? Es tut mir leid um den Abend mit Noga, auch wenn sie schläft.«

Bar saugte wieder an seinem Strohhalm und spielte weiter mit dem Telefon.

»Auweia, ich muss mit Morris reden«, fiel mir ein. »Ich schulde ihm Schecks, und ich hab mir auch überlegt, er war sicher schon zur Mandatszeit Taxifahrer, vielleicht lohnt es sich, ihn mal zu fragen.«

»Ihn was zu fragen?« Bar sah mich verständnislos an.

»Was weiß ich?«

»Schalom«, ertönte eine Stimme. Wir drehten uns um. Da stand er, in einem langen grauen britischen Wollmantel, zu warm für das Wetter hier und wahrscheinlich auch in Afrika. Neben ihm stand ein Rollkoffer. Sein Haar sah gepflegt aus und seine Haut glatt. Es war kaum zu glauben, dass der Mann den Tag im Flugzeug verbracht hatte. Mir fiel der Name ein, den ich ihm beim ersten Mal, als ich ihn sah, verpasst hatte, als er mich bat, beim Begräbnis den zehnten Mann für den Minjan zu machen: der Geschniegelte.

Er war misstrauisch und stellte eine Menge Fragen in seinem überkandidelten Englisch mit dem perfekt britischen Akzent: Was mit Wilshere geschehen war, was er gesagt hatte, bevor er starb, und was Lotta erzählt hatte. Wir berichteten ihm, was wir wussten, es gab keinen Grund, etwas zu verbergen. Er spürte das anscheinend, und in dem Moment, in dem er begriff, dass wir nicht versuchten, das Geld der Familie O'Leary in die Hände zu kriegen, entspannte er sich und taute auf. Reiche Menschen entwickeln einen Sensor dafür, diejenigen zu identifizieren, die sich aus Eigennutz für sie interessieren.

»Also, was wollen Sie von mir?«, fragte er.

»Zuerst einmal«, antwortete Bar, »was wissen Sie über die ganze Geschichte? Und woher wissen Sie, was Sie wissen?«

Er ließ den Blick zwischen uns hin und her gleiten. »Und weshalb sollten Sie mir glauben?«

Bar lächelte. »Wissen Sie, dass ein Lügendetektor nur in dreiundfünfzig Prozent der Fälle recht hat? Was sagt uns das also über die Wahrheit? Vergessen Sie die Frage, wem man glauben soll. Es gibt alle möglichen Unklarheiten. Zum Beispiel, war Edward O'Leary wirklich Ihr Großvater? Sind Sie wirklich der Sohn des heimlichen Kindes von Ruti Spielberg und ihm?«

»Ja, das ist richtig, mein Vater wurde 1947 von Ruti Spielberg in Palästina geboren. Mein Großvater hat sie gebeten, ihn nach England zu bringen, und als sie kam, überredete er sie dazu, den Säugling in England zu lassen und eine Adoptivfamilie für ihn zu finden. Ruti erhielt Geld von ihm, nicht weil sie wirklich ein Anrecht darauf hatte, sondern aus der Gutherzigkeit meines Großvaters heraus, der das Bedürfnis verspürte, sie zu entschädigen, und auch wollte, dass darüber nicht geredet wurde. Im Nachhinein wurde das zum Ärgernis, denn wer regelmäßig Geld für nichts erhält, gewöhnt sich daran und verlangt mehr.«

»Und wo ist Ihr Vater?«

»Er lebt in Irland, er hat eine Farm. Der einzige Jude in Irland mit einem Bauernhof.« Er lächelte. »Er hat sich nie wirklich für seine echten Eltern interessiert, ich jedoch schon. Ich schloss mich meinem Großvater an. Ich nahm seinen Namen an und stieg in sein Business ein, zusammen mit meinen Onkeln.«

»Diamanten.«

»Ja.«

»Wie kam das, dass ausgerechnet Sie sich mit Ihrem Großvater zusammentaten?«

Er schenkte Bar einen leicht ungeduldigen Blick. »Es passierte eben«, antwortete er. »Ich habe gefragt, war interessiert, rief an. Ich reiste nach London und blieb dort. Wir wurden gute Freunde ...« Sein Blick irrte nach draußen, dann blickte er auf die Uhr. »Lassen Sie uns doch bitte zum Thema kommen, Sie wollen ja nicht meine Lebensgeschichte hören, sie ist uninteressant, und ich möchte gern schlafen. Morgen ist die Gedenkzeremonie zum Monatstag meines Großvaters, ich muss mich noch um den Grabstein meiner Großmutter im Kibbuz kümmern, und in der Nacht fliege ich nach Amerika.«

»Wie war das mit Nogga Dickson?«

»Sie tauchte eines Tages bei meinem Großvater auf. War in Schulden geraten bei Diamantengeschäften in Afrika. Lotta hatte ihr von Eddie erzählt, und in dem Moment, in dem sie hörte, dass er in der Diamantenbranche war, fuhr sie zu ihm. Als er ihr erklärte, dass seine Beziehungen sie nicht aus dem Schlamassel holen könnten, bedrängte sie ihn, er solle nach Israel kommen und sich wieder mit Lotta vereinen. Sie dachte, wenn er und Lotta zusammen wären, würde sie vielleicht etwas bekommen … Er war in heller Aufregung, etwas von Lotta zu hören. Nach einem ganzen Leben verdreht dir deine Liebe mit siebzehn immer noch den Kopf. Er machte Fehler: dass er hierherkam, dass er Wilshere anrief, dass er Nogga Dickson nicht in hohem Bogen hinauswarf. Ein Glück, dass er mit mir darüber sprach, denn es gelang mir, Schäden zu minimieren und zu rektifizieren, doch ihn zu retten gelang mir nicht.«

Bar wandte mir verwirrt den Blick zu. »Was bitte ist ›rectify‹?«, fragte er. »Sein Protzenglisch bringt mich noch um.«

»So was wie reparieren«, erklärte ich ihm, während ich mich erstaunt fragte: Diamanten in Afrika? Nogga? Wo kam das jetzt her?

»Wann genau sind Sie denn hergekommen?«, fragte Bar David.

»Mein Großvater rief mich kurz nach seiner Ankunft an und bat mich, nach Israel zu kommen, da er Hilfe brauchte«, antwortete David. »Er erzählte mir, dass er und Lotta zusammen seien und er eine gemeinsame Grabparzelle in Tel Aviv für sie gekauft habe. Er sagte, er wolle hier mit ihr bis an sein Ende bleiben und dass Ruti Spielberg frustriert sei und ihn zu erpressen versuche. Sie bekam nicht wenig von ihm im Laufe der Jahre, aber sie verlangte mehr …«

»Sie war Ihre Großmutter. Haben Sie nicht versucht, sie zu treffen?«

»Ich habe mit meinem Großvater darüber gesprochen, einige Male. Ich wollte. Doch sie wollte nicht, und mein Großvater hat mich überzeugt, davon Abstand zu nehmen.«

Er lehnte sich zurück und musterte einen Augenblick die etwas jämmerliche Lokalität. Bar durchbohrte ihn mit einem düsteren Blick und sagte dann: »Sie verstehen schon, dass das verdächtig ist, dass Sie immer im Land sind, wenn einer stirbt? Ihr Großvater hat Ihnen ein nicht gerade kleines Imperium vererbt, oder? Und Ihre Großmutter ist auch nicht mehr mit von der Partie. Und Wilshere, hat er vielleicht zu schnüffeln angefangen? Und jetzt erzählen Sie uns Geschichten von Afrika und Diamanten und Schulden von Nogga? Meinen Sie wirklich, dass wir diesen Bullshit glauben? Was verbergen Sie?«

Ich schaute Bar überrascht an. Erstens hatten wir bisher nicht ernsthaft über David als Verdächtigen geredet. Und zweitens, angenommen, es stimmte, war das wirklich eine gute Idee, einem Serienmörder zu sagen, dass man ihn entlarvt hat? In einem fast leeren Straßenlokal? Ich vermutete, dass er nur versuchte, ihn zum Reden zu bringen.

David blickte Bar an. Es dauerte ein Weilchen, bis er begriff, was Bar mit seinem schweren israelischen Akzent zu ihm gesagt hatte. Und dann verzerrte sich sein glattes Gesicht, und aus seinem Mund drang ein starker, hoher Laut, der sich wie die Salve eines Maschinengewehrs anhörte. Dann noch einer. Und noch einer. Er rang nach Atem und fuchtelte mit den Händen in der Luft herum, schlug sich auf die Knie, drehte sich um und fuhr sich mit den Fingern durchs Haar. Tränen kullerten ihm aus den Augen. Als er sich wieder beruhigt hatte, sagte er: »›O'Leary & Sons‹ ist kein Imperium. Gebe Gott, es wäre so. Ich habe überhaupt keine Unterzeichnungsvollmacht für die Gelder der Firma, ich kann nichts ohne meine Onkel machen. Auch Nogga dachte, sie könne mir etwas entlocken, aber ich konnte ihr nicht helfen.« Er wischte sich die Tränen ab und begann währenddessen zu kichern. Dann wurde er ernst und sagte: »Nein, wirklich, ich soll meinem Großvater etwas antun? Und meiner Großmutter? Ich kenne Sie ja nicht, werte Freunde, aber Sie sollten Ihre Ermittlungstechniken etwas aufpolieren. Sie sind auf der falschen Fährte.«

Bar und ich sagten nichts.

»Also, ich will Ihnen eine Richtung weisen«, fuhr der junge O'Leary fort. »Alte Menschen fangen nicht an, einander im Alter von fünfundachtzig zu ermorden, sie haben keine Kraft, nicht mehr genügend Glut in sich. Junge Dreiundzwanzigjährige dagegen sind töricht, sie denken wirklich, dass eine finanzielle Schuld das Ende der Welt sei, und machen Unsinn. Nogga Dickson stand unter schrecklichem Druck und dachte, ihr Großvater würde sie retten. Sie ist ein verwirrtes kleines Ding, hormongesteuert und voller größenwahnsinniger Vorstellungen. Wer weiß, wozu sie noch fähig ist.«

»Ich verstehe nicht«, entgegnete Bar. »Sie denken, dass es nicht Wilshere war, der Eddie umgebracht hat, wie Lotta behauptet?«

»Lotta würde alles tun, um ihre Enkelin zu schützen«, sagte David. »Sie weiß, dass es bequem für alle ist, zu glauben, dass Wilshere der Mörder war – ein überzeugendes Motiv, eine zerrüttete psychische Verfassung, Besessenheit, tiefe Frustration. Es würde mich nicht einmal wundern, wenn sie Nogga zuliebe behaupten würde, sie hätte Ruti mit eigenen Händen ermordet. Lotta lieben schließlich alle, Lotta ist cool und fünfundachtzig, kein Mensch würde sie jetzt ins Gefängnis werfen. Demjanjuk hat man die Haft erlassen, und da sollte sie eingesperrt werden?«

Er ließ seinen Blick zwischen uns beiden hin und her gehen. Seine blanke Haut glänzte, und seine vollen Lippen lächelten wieder.

»Also, was wollen Sie nun eigentlich damit sagen?«, fragte Bar. »Dass es Nogga Dickson war? Dass sie Eddie ermordet hat? Ruti? Wilshere? Alle miteinander?«

Er warf mir einen verwirrten Blick zu. David O'Leary lächelte uns beide weiter an. Er spähte wieder auf seine große Armbanduhr. Dann öffnete er den Reißverschluss seiner Aktentasche und holte ein altes Foto heraus. Vor über sechzig Jahren aufgenommen. Es war kein Irrtum möglich: die junge Ruti Spielberg, der junge Eddie, ein Baby. »Großvater, Großmutter, Vater.«

»Wie hat Nogga sie umgebracht?« Bar ließ nicht locker.

»Ich weiß es nicht«, erwiderte David, und der amüsierte Ausdruck wich aus seinem Gesicht. »Ich hoffe, sie plant nicht auch für mich morgen irgendeine Überraschung. Sie ist gefährlich. Ich habe zur Sicherheit aus Südafrika eine kugelsichere Weste mitgebracht.« Er blickte wieder auf die teure Uhr an seinem Handgelenk und stand auf. »Was mich daran erinnert, morgen wird ein harter Tag.« Er streckte seine Hand zum Abschied aus.

»Ja, wir sehen Sie dann dort«, sagte ich.

»Wir kommen auch«, setzte Bar hinzu.

Er ließ wieder den Blick zwischen uns beiden hin und her gehen. »Exzellent«, erwiderte er trocken.

Doch Bar gab sich nicht damit zufrieden. »Eine Frage noch«, beharrte er und näherte seinen Kopf dem Engländer. »War es so leicht, Ihren Großvater zu manipulieren? Er hört sich für mich nicht nach einem Mann an, dem man so einfach was vormachen konnte, nicht wie irgend so ein einfältiger, armer alter Tropf, der seinen Enkel alarmieren muss, damit er ihn beschützt.«

»Das habe ich nicht gesagt«, entgegnete David. »Ich sagte, dass er um Hilfe bat. Hauptsächlich ging es um die Bürokratie in Sachen Friedhof und Geburtsurkunde, Erklärungen für die Familie in England, solche Dinge.«

»Sie haben gesagt, es war ein Glück, dass er Sie gerufen hat und dass es Ihnen gelungen ist, Schäden zu minimieren und zu rektifizieren. Das stellt ihn als einen Senilo hin, den man ausbeutet...« Bar sprach das Wort »rectify« mit dem Touch eines britischen Akzents aus. Er brachte das sehr hübsch hin.

»Nein. Sie haben mich falsch verstanden.« David klang ungeduldig. Bars Provokation hatte funktioniert, aber er balancierte auf einem dünnen Seil. David konnte jetzt ganz dichtmachen oder sich weiter öffnen. Er warf einen nervösen Blick zur Theke, ging hin, kam mit einer geöffneten Flasche Diät-Sprite zurück und setzte sich wieder. »Sie haben überhaupt nichts verstanden. Zunächst einmal, wer mein Großvater war. Mein Großvater war der feinste und bezauberndste Mensch überhaupt. Er hatte ein gutes Herz. Deswegen bestand die Gefahr, dass er auf Nogga hören und ihr helfen würde, weil sie die Enkelin von Lotta war, nicht begreifend, dass sie ihn nur ausnutzte, nur an sich selbst dachte ... Und Lotta, ich liebe Lotta, sie hat ihm seine letzten Tage verschönt. Was am Schluss zwischen ihnen geschah, war bezaubernd, echt und rein, daran glaube ich. Ich denke, ich habe ihn nie zuvor so glücklich gesehen. Als sie zusammen waren, waren die Energien, die sie ausstrahlten, geradezu radioaktiv, ansteckend, sie trennten sich keinen Augenblick. Diese Woche tauchte ihr ganzes Leben in kühne Farben. Er sagte zu mir, er sei glücklicher, als er es jemals für möglich gehalten hätte, er sei ein Glückspilz, weil Nogga zu ihm gekommen sei und er dank ihrer Vermittlung verstanden habe, dass diese tiefe Liebe stets in ihm war. Ich bin froh, dass mein Großvater so verliebt war.«

»Aber?«

»Aber, nichts zu machen, das Leben ist niemals perfekt. Es ist stärker als die Liebe. Und ich bin wütend auf mich selbst, dass es mir nicht gelang, ihn am Ende zu schützen. Lotta lügt nicht, wenn sie über meinen Großvater spricht, aber die Beweggründe ihrer Enkelin waren schmutzig, das ist sonnenklar, und Lotta spielte ein doppeltes Spiel. Es lässt sich nachvollziehen, sie ist ihre Enkelin, und sie steckt in Schwierigkeiten. Aber da hätte ich ihn bremsen müssen, gerade weil er so geblendet war. Zum Beispiel das Testament. Er fragte mich, was man für sie tun könne. Ich hätte eingreifen sollen…«

Ich freute mich über die Bestätigung ihrer Liebe, wie echt sie gewesen war. Ich glaubte Lotta, und ich glaubte an Romantik. Bar war natürlich ein bisschen misstrauischer.

»Und Nogga ist dermaßen blind für das Glück ihrer Großmutter, dass sie deren Liebsten ermorden würde?«, fragte er. »Das wäre nicht nur Blindheit, das ist gefühllos, bösartig und egoistisch. Das passt nicht zu der Beziehung zwischen Nogga und Lotta.«

»Doch, ganz entschieden«, entgegnete der Engländer. »Sie ist ein dummes, sentimentales Mädchen, das sich in riesige Schulden verstrickt hat. Für mich ist das nicht so schwer nachzuvollziehen.«

Bar und ich wechselten einen ziemlich verzweifelten Blick.

Punkt Mitternacht fand ich einen Parkplatz vor dem Haus. Taxifahrer wissen exakt, wann der 24-Stunden-Tag sein Ende findet und ein neuer einsetzt – dank des Zählers, der jede Nacht genau um Mitternacht zu rattern beginnt und minutenlang die Duplikate der Quittungen der gesamten letzten vierundzwanzig Stunden ausspuckt. Ich saß da und wartete, bis er fertig war. Tel Aviv war still und dunkel.

Dutschy saß in der Küche. Auf dem Tisch stand die offene Flasche mit dem preisgekrönten Wein aus Psagot.

»Ein toller Wein«, sagte sie. »Diese Siedler verstehen ihr Handwerk, was?«

»Hast du die Flasche leergemacht?« Ich hob sie hoch und begutachtete sie. Nur noch grünes Glas. Ich ging zum Abfalleimer und warf die leere Flasche hinein.

Sie hatte dieses angeheiterte Kichern, das ich so gut kannte.

»Nu, wie war's? Hast du wenigstens gevögelt?«

Ich schaute sie an. »Wieso denn gevögelt?« Und dann erzählte ich es ihr. Die ganze Geschichte. Ich musste sie loswerden, sie in meinem Kopf ordnen, sehen, ob sich wirklich alles zusammenfügte, so wie wir uns das dachten. Nur von der Nacht mit Nogga erzählte ich ihr nichts, ich weiß nicht, warum ich mich davor fürchtete, Dutschy solche Sachen zu erzählen.

Sie sagte: »Sie hört sich cool an, Lotta Perl. Wollt ihr zur Polizei gehen und sie anzeigen?«

»Sie anzeigen?«, fragte ich verblüfft. Der Gedanke hatte mich nicht einmal gestreift.

»Klar verheimlicht sie was, und sie hat euch angelogen. Und wie es aussieht, habt ihr euch festgefahren. Vielleicht solltet ihr es den Profis überlassen, die Lücken zu schließen?«

Ich hatte nicht daran gedacht, dass Dutschy Rechtsanwältin war.

»Moment mal, wenn du Rechtsanwältin bist und so eine Geschichte hörst, musst du sie der Polizei melden?«

Sie runzelte die Stirn, und dann kicherte sie wieder betrunken. »Ich muss gar nichts, ich frag ja bloß, das scheint mir opportun, ganz unabhängig davon, dass ich Rechtsanwältin bin. Warum habt ihr nicht daran gedacht, zur Polizei zu gehen?«

Ich zuckte die Achseln. »Darüber haben wir nicht geredet«, sagte ich. »Es kommt mir ein bisschen sinnlos vor. Sie ist fünfundachtzig, die Geschichte ist vorbei, es gibt niemand mehr zu ermorden. Man muss ja wohl kaum die

Öffentlichkeit vor ihr schützen, stimmt's? Wer weiß, ob sie noch lebt, wenn wir fertig ermittelt haben …«

Sie lächelte und sah mich an.

»Was ist?«, fragte ich.

»Hast du wirklich nicht gevögelt?«, fragte sie.

Dutschy war immer so nass und glatt wie Seide, und nach dem Fiasko mit Nogga musste ich überprüfen, ob es überhaupt noch funktionierte. Während des Vögelns sann ich über die blaue Pille nach, die immer noch in dem Zellophantütchen im Münzfach meiner Geldbörse steckte. Aber es funktionierte wunderbar, das Business, wie eine Rakete, wie immer mit Dutschy. Es war etwas an ihrer seidigen Berührung, dieser absoluten Sicherheit zwischen uns. Bei allem Respekt vor dem Verlangen und der unaufhörlichen Gier nach einem neuen Körper, aber die intime Bekanntschaft und Sicherheit, die die Zeit mit sich bringt, hat etwas ungemein Beruhigendes. Aufgegeilt vom Rotwein, setzte sich Dutschy gleich in der Küche auf mich, rieb sich und kam so das erste Mal, während wir beide noch angezogen waren.

Nachher im Bett, sie über mir, ihre Nase in meinem Hals vergraben, wusste sie ihren Rhythmus ganz genau dem meinen anzupassen, meinen Körper dem ihren und uns beide dahin zu bringen, wo es am allerbesten war. Ja, die Sache funktionierte, ohne dass man nachdenken, sich konzentrieren und phantasieren musste, obwohl ich an Nogga dachte, in diesem Bett, erst vor ein paar Tagen, und an Daphna, die Danielamama, deren Blick klar und deutlich ausgedrückt hatte, dass sie in dieses Bett wollte. Während meine Geschiedene noch höchst musikalisch stöhnte und ich fast im Gleichklang mit ihr, fragte ich mich: Warum war sie eigentlich hier?

Ein paar Sekunden danach, als sie sich keuchend von mir herunterrollte, während sich ihre blassen Brüste – Kaffee mit viel Milch im Vergleich zum übrigen Körper, der etwas weniger milchig war – mit jedem Atemzug hoben und senkten, fiel es mir ein. »Danke, dass du so kurzfristig eingesprungen bist«, flüsterte ich.

Sie grinste. »Das war ich dir schuldig für das eine Mal, wo du zu mir gekommen bist, als ich zu dem Idioten Gadi musste.«

»Ich habe gehört, dass du dich endgültig von ihm getrennt hast.«

»Ja, vergiss es, noch so ein Idiot. Hör mal, Krokodil«, sie stützte sich auf den Ellbogen, streckte eine Hand nach der Schachtel mit den Papiertaschentüchern aus, die auf dem Nachttischchen stand, und zog zwei, drei heraus.

»Was?«, sagte ich, in Erwartung eines fundierten Anwaltsplädoyers, dass wir aufhören müssten zu vögeln, für Noga und für uns selbst, was, nebenbei bemerkt, natürlich stimmte, bei all meiner Liebe zu Sex generell und zu Sex mit Dutschy im Besonderen.

»Ich bin mal mit einem alten Taxifahrer gefahren«, sagte sie überraschend, »der in der Mandatszeit ein Kind war und schon in den ersten Tagen des Staates Taxi gefahren ist. Er hatte eine uralte Zulassungsnummer, auf die er total stolz war, und er hat von den Engländern erzählt, auf die er und seine Kameraden Steine geschmissen haben und die sie angeschrien haben, dass sie Nazis sind, und die Soldaten haben sie immer verfolgt und sie verprügelt.«

»Nu, und?«

»Er hat erzählt, dass die Schwester von einem der Jungs in der Bande mit einem britischen Soldaten ausging, und als das herauskam, gab es einen Aufruhr, sie haben sie zu Hause rausgeworfen.«

»Okay, und wo ist der Zusammenhang?«

Sie lag immer noch auf ihren Ellbogen gestützt, und mit der anderen Hand zerknüllte sie die benutzten Papiertaschentücher zu einer Kugel und warf sie in die Ecke des Zimmers. »Bloß so«, sagte sie, »es ist mir plötzlich eingefallen, dieser Taxifahrer, als du mir deine Geschichte erzählt hast. Ich meine, da laufen ein paar Einzelexemplare zwischen uns rum, die damals schon da waren, die die Geschichte noch erzählen können. Das ist ein Ding, was?«

Wieder fiel es mir ein: Morris. Die Schecks. Er war sicher in der Mandatszeit Taxifahrer gewesen.

Dutschy setzte sich auf. Ich streichelte ihren Rücken. Noch während sie sich anzog, versank ich in Tiefschlaf. Ich erinnerte mich nicht, dass ich die Tür ins Schloss fallen hörte.

20. Ein Glas und ein weiches Kissen

Lotta Perl, hochelegant, den ewigen türkisen Schal über ihrem Haar, mit geschminkten Augen und roten Lippen, wartete an der üblichen Stelle vor dem Eingang zum Altersheim. Ich hielt und stieg aus dem Taxi, um ihr die Tür aufzumachen. »Hoppla, eine Ehrendelegation!«, sagte sie, während sie sich auf ihrem gewohnten Platz niederließ.

»Ja. Ich entschuldige mich, dass ich ohne Vorwarnung mitgekommen bin«, sagte Bar. »Und ich entschuldige mich auch schon im Voraus dafür, dass wir Ihnen noch ein paar Fragen stellen werden, die mit dieser Geschichte zusammenhängen, obwohl Sie uns gebeten haben aufzuhören. Aber es ist einfach ...«

»Sie müssen sich nicht entschuldigen«, unterbrach sie ihn. Ihre Augen lächelten, als sie fortfuhr: »Ich wusste, Sie würden nicht aufhören. Kekse?« Sie öffnete eine kleine Blechbüchse und bot uns welche an. »Das ist Gebäck von Silbermann aus Sderot. Ein großes Mundwerk, aber goldene Hände, wenn es um Kekse geht.«

»Woher wussten Sie, dass wir nicht aufhören?« Bar blieb beim Thema, während ein halber Keks zwischen seinen Fingern bröselte.

»Ich kenne Sie beide doch. Sie sind gut, Sie sind hartnäckig. Sie werden sich nicht mit einer Bezahlung zufriedengeben und keine Rücksicht auf meine Bitte nehmen, denn Sie sind authentisch und mehr noch – neugierig. Das hat nichts mit Gerechtigkeit, Gesetz und ganz bestimmt nichts mit Geld zu tun. Das hängt mit Neugier zusammen. Ich hatte keinen Zweifel, denn ich wusste, dass Sie noch etwas finden würden. Was haben Sie herausgefunden?«

»Wir sind gestern Abend mit David O'Leary zusammengesessen«, antwortete Bar.

»Aha, David O'Leary ... und was hatte er zu berichten?«

»Er hat Nogga beschuldigt. Hat gesagt, sie sei zu allem fähig. Hat irgendeine Geschichte von riesigen Schulden, schrecklichem Druck und gestörten Hormonen erzählt.«

Lotta blickte Bar gelassen an. »Das ist alles? Damit hat er sich begnügt?« Sie lächelte schmal.

Bar beteiligte sich nicht an ihrem Lächeln. »Ich versteh das nicht. Warum haben Sie gesagt, Sie wussten, dass es da noch was zu finden gibt? Warum haben Sie uns nicht alles erzählt? Warum haben Sie uns angelogen?«

Ich schaute sie über den Fahrerspiegel an, dachte an Nogga, an Lottas Telefonflirts mit Wilshere, an die Fotos mit Ruti. Ich war selber ein bisschen sauer auf sie, dass sie mir vorgespielt hatte, meine Freundin zu sein, während sie mir Sachen verheimlichte. Sie sah aus dem Fenster in den wolkenlos blauen Himmel.

Bar fügte hinzu: »Sie haben die Ermittlung schließlich bestellt!«

»Ich wollte Nogga schützen«, erwiderte sie. »Ich dachte, ich könnte sie beschützen, wenn ich einen Teil der Dinge verheimliche, aber jetzt begreife ich, dass ich, wenn ich sie schützen will, im Gegenteil alles erzählen muss.«

Bar schickte einen raschen Blick zu mir hinüber. Ich wusste, was er dachte: Dass sie glaubte, wir wüssten mehr, als wir tatsächlich wussten. Wir wussten überhaupt nichts, was Nogga belasten konnte, nur die allgemeinen Anschuldigungen, die wir zuerst von Wilshere und gestern dann von dem jungen O'Leary gehört hatten.

»Ich weiß, was Sie denken«, sagte Lotta in diesem Moment. »Sie denken, ich würde annehmen, Sie wüssten mehr, als Sie in Wahrheit wissen, und dass Sie im Grunde genommen nichts haben, das Nogga irgendwie in Schwierigkeiten bringen könnte. Aber da Sie neugierig und hartnäckig sind, habe ich eingesehen, dass eventuell die Gefahr besteht, dass Sie früher oder später alle möglichen Dinge entdecken könnten, die Verdacht erregen und sie gefährden würden.«

»Was für Dinge?«

»Sie werden es gleich hören. Kommen Sie, erzählen zuerst Sie mir alles, was David Ihnen gestern gesagt hat, und dann rede ich.«

Bar war mit dem Handel einverstanden. Er berichtete von unserem Gespräch mit David am gestrigen Abend in dem Lokal an der Jarkonbrücke, ohne etwas auszulassen. Und dann machte er eine Geste mit der Hand: Die Bühne gehört Ihnen, meine Dame.

»Ich weiß nicht, ob Sie verstehen, was für ein Mädchen Nogga ist«, begann sie. »Ich könnte Ihnen stundenlang von ihr erzählen, aber dieses Mädchen, so wie Sie sie sehen, kennt keine Angst. In ihrem Alter fährt sie in der Welt herum, in Afrika, und macht Geschäfte. Ich kann nachvollziehen, weshalb ein junger Mann wie David O'Leary sich von ihr bedroht fühlt. Auch mir hat das anfangs Angst eingejagt, aber sie hatte gute Partner, sie wusste, was sie tat, sie war tough. Bis sie in Schwierigkeiten geriet. Sie schuldete Leuten in Simbabwe Geld, sie handelte dort mit Diamanten. Für Simbabwe bestand ein Embargo, Sanktionen, internationaler Wirtschaftsdruck auf die Diktatur von Mugabe. Es war verboten, mit ihnen Handel zu treiben, sie durften nicht exportieren, und daher schmuggelten sie natürlich auf allerlei Wegen und entwickelten einen Schwarzmarkt. Nogga und ihre Partner machten das mit Diamanten – Simbabwe ist der Staat, der am reichsten damit ausgestattet ist, und die Diamanten dort sind von überragender Qualität, also besteht immer eine Nachfrage. Sie kaufte mit Bargeld Rohdiamanten unter ihrem tatsächlichen Wert ein und verkaufte sie mit hübschem Gewinn an Händler in Europa und Amerika, die die Schwarzmarktdiamanten dann auf allerlei Wegen weißwuschen. Vor ein paar Monaten jedoch wurde das Embargo plötzlich aufgehoben. Mit einem Schlag wurde der Schwarzmarkt überflüssig – die Preise kehrten auf Normalwert zurück, und die Händler zogen es vor, legal zu arbeiten. Nogga blieb auf halber Strecke mit einer Ware sitzen, für die sie eine Menge bezahlt hatte und daran einiges mehr zu verdienen gedacht hatte, deren Wert jetzt jedoch gesunken war. Aber von noch größerer Bedeutung war, dass die Diamanten, die sie verkaufte, unzertifiziert waren, ihre Kunden jedoch wieder dazu übergingen, legale Diamanten mit Zertifikaten einzukaufen, an denen sie mehr verdienten. Kurz gesagt, eines Tages stand sie mit Schulden in Millionenhöhe da. Sie verkaufte ihre Wohnung, nahm einen Kredit am grauen Markt auf und begann darüber nachzudenken, was sie tun könnte, um alles zurückzuzahlen. Sie ist ein gutes Mädchen, meine Nogga, sie hat ein goldenes Herz, das müssen Sie verstehen.

Sie kam in Tränen aufgelöst zu mir. Ihr ganzes Geld war weg, die Ersparnisse von Jahren, das Erbe – sie hat sogar ihren Anteil an dem Immobilienbüro verkauft, das ich meinen Enkelkindern vermacht habe. Das Loch, das sie in Afrika aufgerissen hatte, verschlang alles. Sie befand sich in einer schrecklichen Notlage, ich hatte sie nie dermaßen unglücklich gesehen. Auf ihre Bitte hin versuchte ich nachzudenken, wie ich ihr helfen könnte, und da fiel mir ein, dass Eddie im Diamantengeschäft tätig war. Irgendwann im Laufe der Jahre hatte ich davon gehört, dass er eine lange und erfolgreiche Karriere in London gemacht hatte. Ich nannte ihr seinen Namen, sie suchte in Google danach und fand heraus, dass er Präsident von irgendeinem Diamantenverband war. Sie bedrängte mich, ich solle mit ihm sprechen. Ich sagte ihr, dass wir seit vielen Jahren keinen Kontakt hatten und ich ihn nicht einfach so, out of the blue, anrufen und für meine Enkelin in Afrika um Hilfe bitten könne. Aber sie übte immer mehr Druck auf mich aus. Und natürlich wollte ich meiner geliebten Enkelin helfen.

Ich erzählte ihr von ihm. Die ganze Geschichte: die Liebe, die Peitschenhiebe, alles. Ich sagte ihr, dass ich Gewissensbisse hatte, dass Eddie ein guter Kerl war und ich mit mir selbst haderte, dass ich das Geheimnis mein ganzes Leben für mich behalten hatte.«

»Moment mal«, mischte ich mich ein. »Es war kein Kurs

an der Uni? Untergrundbewegungen oder so was, weswegen sie mit Ihnen darauf zu sprechen kam?«

»Das hat sie Ihnen erzählt? Dass sie an der Universität ist?« Lotta lächelte. »Auf alle Fälle, sie dachte sich einen Plan aus. Alles gut gemeint, um sich selbst zu retten und aus Fürsorge für mich. Sie wollte nach London reisen und mit ihm sprechen, ihm alles erklären und eine Versöhnungsbotschaft von mir überbringen. Wir sind schon alt, was hat es für einen Sinn, Groll zu hegen. Und sie wollte auch versuchen zu klären, ob er ihr bei dem Schlamassel mit den Diamanten helfen könnte.

Er hat mir später erzählt, dass er fast einen Herzinfarkt bekam, als er sie sah, er dachte, er halluziniere, es war, als ob plötzlich ich vor seiner Tür stünde, als ob ich mit einer Zeitmaschine aus der Vergangenheit gehüpft wäre. Oder wahlweise, dass er im Jenseits gelandet wäre und mich dort getroffen hätte. Danach erzählte sie ihm alles, überbrachte ihm mein Geständnis und die Versöhnungsbotschaft. Er war zutiefst überrascht von meinem Verrat an die Etzel. Überrascht, er war nicht zornig, er fühlte sich nicht gedemütigt. Hauptsächlich war er wie betäubt von der Tatsache, dass ich mit einem Mal schlagartig von Neuem in sein Leben trat, nach all den Jahren, aus heiterem Himmel.

Nogga fragte ihn natürlich wegen der Diamanten, nach seinen Beziehungen zu Afrika und ob er ihr helfen könne. Sie versuchte, eine offizielle Genehmigung zu erhalten, um die Diamanten zu verkaufen, auf denen sie sitzengeblieben war. Aber er war nur noch der Ehrenpräsident irgendeiner Organisation, ein Posten ohne Funktion. Er erklärte ihr, dass er keinen Weg sehe, ihr zu helfen, so leid es ihm tue, es sei nicht möglich, Diamanten vom Schwarzmarkt über Nacht zu legalisieren. Nachher erzählte er mir, dass er die Schurken und die Tricks im Gewerbe natürlich zur Genüge kenne, die Israelis, die meinten, sie seien besonders schlau und könnten offizielle Abläufe abkürzen. Nogga hatte schlicht Pech gehabt wegen der Aufhebung des Embargos in diesem problematischen Land. Es gab keinen Zauber, der sie retten konnte.

Sie war frustriert und verzweifelt. Aber dann drängte sie uns dazu, den Kontakt wiederaufzunehmen. Sie lud ihn nach Israel ein. Sie dachte, wenn er und ich wieder zusammenkämen, würde er ihr vielleicht deswegen helfen, verstehen Sie?«

Bar trank mit großen Schlucken gurgelnd aus der Wasserflasche. »Was für ein gutes Herz, wow!«, sagte er dann zynisch. »Schließlich war alles, was sie interessierte, sich selber zu retten.« Ich sagte nichts, ich wollte Lotta glauben, dass Nogga in Ordnung war, dass sie einfach Angst hatte.

»Tief im Innern hat sie ein gutes Herz. Sie hat versucht, sich selbst zu retten, das ist richtig. Aber sie wollte auch mir Respekt zollen. Aus ihrer Sicht hatte ihre Großmutter das größte Imperium in der Weltgeschichte, das vierzig Prozent des Erdballs beherrschte, in die Knie gezwungen. Sie war sich sicher, dass die Briten wegen mir den Schwanz eingezogen und das Land verlassen hatten. Ihre Großmutter hatte den Lauf der Geschichte verändert und keine Anerkennung dafür erhalten. Was Unsinn ist. Und wie ich Ihnen schon tausendmal sagte, weder das Empire noch die nationale Ehre interessierten mich. Es amüsiert mich, wenn man mir erzählt, ich hätte etwas Historisches geleistet. Genau wie Sie, Eitan.«

Ich wechselte einen überraschten Blick mit ihr. »Ich? Was habe ich damit zu tun?«

»Auch Ihnen hat man alle möglichen großen Worte und historischen Bedeutungen anzuheften versucht, nachdem Sie die drei Anschläge überlebt haben, und Fernsehen und Presse sind über Sie hergefallen. Man wollte, dass Sie reden, dass Sie ein Symbol werden. Aber Sie sind hingegangen und sind Taxifahrer geworden. In meinen Augen ist das romantisch, und dafür mag ich Sie. Auch Nogga, sie hatte gute Absichten, auch das ist romantisch.«

Bar war nicht überzeugt. »Sie haben selber gesagt, dass sie Ersparnisse, Immobilien verloren hat. Sie hatte ein klares Eigeninteresse, Lotta, was ist daran romantisch?«

Wir kamen in dem starken Sonntagmorgenverkehr des Wochenanfangs auf der Küstenstraße nur langsam voran. Wisepilot vermeldete, dass wir in sechsundzwanzig Minuten ankommen würden. Wir hatten uns früh getroffen, so dass genug Zeit blieb bis zur Gedenkzeremonie.

»Und was hat Eddie dann gemacht«, fuhr Bar fort, »nachdem sie ihn eingeladen hat?«

»Er befand sich in einem Strudel der Gefühle und wollte sofort nach Israel kommen. Er rief Wilshere an, erzählte ihm, was geschehen war, beichtete den Betrug mit Ruti, entschuldigte sich aus tiefstem Herzen und lud ihn ein, sich der Reise anzuschließen.

Wilshere brachte das Digoxin mit. Er hatte Motive uns dreien gegenüber: der Betrug, die Peitschenhiebe, die Verheimlichungen. Vielleicht wollte er uns auch nur drohen oder sich mit dem Gedanken amüsieren, uns drei loszuwerden und das letzte Wort zu haben, sich zu rächen und seine verlorene Ehre wiederherzustellen.

Als die Männer in Israel angekommen waren, lud ich sie und Ruti zu einem Abendessen im Altersheim ein. Ich war neugierig. Über sechzig Jahre hatte ich diese Menschen nicht gesehen. Menschen, die mir in meiner Jugend sehr wichtig gewesen waren – mein Geliebter, meine beste Freundin.«

»Sie hatten in den ganzen Jahren keinen Kontakt zu Ruti?«, warf Bar ein.

»Überhaupt keinen. Ich wusste, dass sie in Ramat Hakovesch lebte, weshalb es leicht für mich war, sie zu finden. Als ich sie anrief und einlud, schwieg sie zuerst. Dann sagte sie: ›Wozu? Für was soll das gut sein?‹ Ich sagte: ›Ich weiß nicht. Bist du nicht neugierig? Sie sind in Israel, wollen sich treffen, in Erinnerung an alte Zeiten. Das könnte interessant sein, oder?‹ Sie gab keine Antwort. Ich sagte ihr, wo und wann, und legte auf. Ich hörte nichts von ihr, aber dann tauchte sie einfach auf. Den ganzen Abend über war sie verbiestert, lächelte nicht ein einziges Mal. Die Männer tranken Bier, ich ein bisschen Wein, und sie rührte kaum das Essen an. In der Hauptsache redeten die Männer, wärmten Erinnerungen auf, ich auch ein wenig. Wilshere versuchte, Augenkontakt mit ihr herzustellen und mit ihr zu reden, doch sie reagierte kaum darauf. Ich verstand wirklich nicht, weshalb sie überhaupt gekommen war. Zwischen Eddie und mir war alles sofort ganz locker, eine echte Herzlichkeit, ein natürlicher, leichter Zugang, der immer da gewesen war. Sein Blick, wie er mich ansah, auch nach all den Jahren, wo es bereits nichts mehr zu sehen gab ... ich hatte nicht erwartet, dass es so sein würde. Es wurde nur stärker, je länger wir uns unterhielten und je mehr Zeit wir zusammen verbrachten. Wilshere sah es, auch Ruti, und sie hatten ein Problem damit. Sie wirkten nicht fröhlich.

Eddie kehrte am nächsten Morgen zu mir zurück. Er hatte ein Auto gemietet, und wir unternahmen einen Ausflug nach Haifa, wo alles begann, wo wir uns zum ersten Mal getroffen hatten. Wir fuhren in die Unterstadt, suchten Wilsheres Wohnung, setzten uns in eine Bar, ich habe es Ihnen erzählt, wo früher das Nelson war. Danach gingen wir am Karmel spazieren und kamen auf dem Rückweg sogar an dem Strand bei Netanja vorbei – er fragte, ob ich für abends vielleicht etwas mit der Etzel ausgemacht hätte. Die Zeit verging wie im Flug. Er war bezaubernd, höflich und lustig. Wie ein Kind, der gleiche Lebenshunger, die gleiche Lust, neue Dinge zu erleben. Er sagte, er habe all die Jahre nie aufgehört, an mich zu denken. Auch ich habe immer an ihn gedacht. Und es war besser als in der Jugend, denn man weiß bereits, dass es nichts Besseres mehr gibt, man begreift, dass jeder gemeinsame Augenblick eine Gunst ist… Inzwischen bekam ich Nachrichten von Wilshere auf WhatsApp. Ich versuchte, nett zu ihm zu sein, es war mir unangenehm. Auch Eddie bekam Nachrichten, ich wusste nicht, von wem. Einmal, als er den Blick vom Telefon hob, fragte ich: ›Wer schickt dir denn die ganze Zeit Nachrichten?‹ Er lachte. ›Alle wollen mein Geld, deine Enkelin, Ruti Spielberg. Wilshere macht einen wahnsinnig, auch ohne Geld zu wollen, das ist sein besonderes Talent.‹ Er lachte wieder und ließ sich nicht weiter darüber aus. In Netanja gab er mir einen Kuss, und von diesem Augenblick an trennten wir uns nicht mehr. Er schlief sogar bei mir im Altersheim, und am nächsten Tag bummelten wir durch Tel Aviv, und er sagte, er wolle bleiben, mit mir den Rest seines

Lebens verbringen und an meiner Seite begraben werden. Er wollte, dass wir eine Doppelgrabparzelle kauften.«

»Und Sie waren mit dem Ganzen einverstanden? Das kam Ihnen vernünftig vor?«

Ich sah, wie sie uns beide anblickte, ohne die Träne aufzuhalten, die aus ihrem Augenwinkel rollte. »Ich kann mir denken, wie sich das von außen anhört. So schnell, nach all den Jahren? Auch wir selbst haben uns das gefragt. Da war ein leichter Argwohn. Männer mit Geld misstrauen den Beweggründen von Frauen, und Frauen misstrauen den Motiven von Männern immer. Aber doch, es erschien mir vollkommen vernünftig.« Sie lächelte. »Es war das Natürlichste und Klarste der Welt. Wir waren die gleichen Menschen, die wir gewesen waren. Wenn wir die Liebe mit siebzehn liebten, warum sollten wir sie jetzt nicht lieben? Wir waren wieder wie Kinder. Unschuldig, verliebt, zwei Menschen, die nach dem ganzen langen Durchgang des Lebens verstanden, dass sie sich beieinander am meisten zu Hause fühlten. Wir spürten das tief in unseren alten Knochen ... es waren Gefühle und Empfindungen, die ich schon seit Jahrzehnten nicht mehr verspürt hatte – Atemlosigkeit, eine Hitzewelle im Herz ...«

Ich reichte ihr ein Taschentuch, und sie wischte sich die Tränen ab.

»Lea Goldberg hat so etwas in einem Gedicht geschrieben, deine Tage sind gezählt, und ihre Anzahl ist ein Siebenfaches teurer. Man kann sich im Alter durchaus verändern. Gerade weil wir dem Ende gegenüberstehen, können wir uns fragen, warum soll man alten Groll mit sich herumschleppen? Warum Zeit vergeuden? Wir konnten die Dinge auf den Tisch legen und darüber sprechen.«

Bar drehte sich halb in Richtung Rücksitz um und schaute sie an. Ich sah, dass er mit Bedacht seine Worte erwog, um die Idylle nicht direkt anzugreifen, die sie sich aufgebaut hatte. »Und Sie haben überhaupt nicht über die anderen Sachen geredet?«, fragte er, womit er im Grunde sagte, von was reden Sie denn, er hatte heimlich ein Kind mit Ruti Spielberg, das er jahrelang vor Ihnen versteckt hat, wie soll das nicht zwischen Ihnen gestanden haben?

Sie verstand natürlich.

»Wir haben über alles gesprochen. Nicht sofort, denn er hatte Angst, die Vollkommenheit kaputtzumachen. Aber nach ein paar Tagen sagte er, es gäbe etwas Wichtiges, das er mir sagen wolle. Dann erzählte er mir von seinem und Rutis Sohn. Und deswegen hat sie ihn getötet.«

Es herrschte schockiertes Schweigen. Ich blickte zum Spiegel hinauf und versuchte in ihren großen Augen, hinter den Falten, unter dem weißen Haar, zu erkennen, ob sie nicht lachte. Dann blickte ich zu Bar und stellte fest, dass er nicht weniger überrascht war als ich. Lotta schwieg, wartete auf unsere Reaktion, aber ein kleines halbes Lächeln stahl sich auf ihre Lippen, das zu sagen schien, das habt ihr nicht erwartet, was?

Bar fand als Erster die Sprache wieder. »Sie?«

Lotta nickte, und das halbe Lächeln dehnte sich um einen Millimeter. »Sie.«

»Nicht Wilshere? Nicht Nogga?«

Sie schüttelte verneinend den Kopf. »Nicht Wilshere. Sicher nicht Nogga.«

Bar schaute mich an, dann Wilsheres Mobiltelefon, das in seiner Hand lag. Er stieß ein irritiertes Kichern aus.

»Wilshere war ein Loser«, fuhr Lotta fort. »Er war intrigant, eifersüchtig, verbittert und frustriert. Voller Hass. Aber er war auch ein Feigling. Er hatte eine zerlegte Pistole in seinem Rollstuhl, wagte es jedoch nicht, sie zu benutzen. Er brachte ein tödliches Medikament mit, hatte aber nicht den Mut, es anzuwenden.«

Ich dachte an die Dartpfeile, die er am Ende doch nicht auf meinen Hals geworfen hatte. »Vielleicht war es umgekehrt?«, schlug ich vor. »Vielleicht war er alles in allem ein guter Kerl, der trotz aller Intrigen und Absichten nicht fähig war, sie in die Tat umzusetzen?«

»Pfff…«, lautete die Antwort der alten Dame. »Dass ich nicht lache. Er war ganz versessen darauf, uns alle zu töten. Aber er hatte nicht den Schneid dazu.«

»Und Ruti Spielberg hatte ihn?«

Sie nickte. »Man kann viele Dinge über dieses Aas sagen, aber Courage hatte sie, schon als sie blutjung war. Sie kam allein aus dem Holocaust, sie verließ das Internat allein, und dann, mit der Schwangerschaft, wusste sie die Geschichte zu steuern: verschwinden, das Kind gebären, in England auftauchen. Und auch jetzt nahm sie die Dinge in die Hand…«

»Das versteh ich nicht«, widersprach Bar. »Sie behaupten, Ruti hat Eddie umgebracht, weil er Ihnen erzählt hat, dass sie ein Kind zusammen hatten, das sie die ganzen Jahre verheimlicht haben? Wo bleibt die Logik? Ist das ein Grund für Mord? Im Gegenteil, das ist doch eine Art Sieg über Sie, oder? Eine Nadel in den Ballon der Liebesromanze von Ihnen und Eddie, die da vor ihrer Nase plötzlich wieder aufgeblüht ist.«

»Erstens hat sie das Geheimnis anscheinend nie ihrer

Familie offenbart. Stellen Sie sich vor, was eine solche Enthüllung auslösen kann, wie viel Angst. Zweitens war das nicht der einzige Grund. Es war der Tropfen, der das Fass zum Überlaufen brachte. Ruti versuchte ihn zu erpressen. Sie hatte die ganzen Jahre hindurch Geld von ihm erhalten. Er bezahlte natürlich alles, was nötig war, damit ihr Sohn die beste Erziehung und Unterstützung bekam. Und als Eddie geschäftlich erfolgreich zu werden begann, beschloss er, auch ihr etwas darüber hinaus zu geben, aus dem Gefühl heraus, ihr etwas zu schulden – denn sie war schwanger geworden, sie hatte das Kind geboren und war gezwungen gewesen, sich von dem Baby zu trennen, und Eddie war eine lautere Seele. Als er jedoch nach Israel kam, hat dieses nette Früchtchen, diese bescheidene Kibbuzlerin, angefangen, mehr zu fordern, rief ihn pausenlos an, machte ihn verrückt. Zu irgendeinem Zeitpunkt begriff ich, dass diese ganzen Anrufe von ihr kamen. Er erklärte mir, dass sie versuchte, von ihm Geld zu erpressen. Ich fragte, wofür. Und daraufhin erzählte er es mir. Als sie das nächste Mal anrief, sagte er zu ihr: ›Ruti, Lotta ist bei mir, und ich habe ihr gerade alles erzählt. Das ist das letzte Mal, dass du anrufst, du kriegst nichts mehr, du hast genug bekommen‹, und legte auf. Sie geriet völlig außer sich.

Am Tag danach fühlte er sich nicht gut, er erbrach sich, war müde und hatte Herzklopfen, und eineinhalb Tage darauf starb er. Er sagte nichts Besonderes, sah Nachrichten im Fernsehen auf irgendeinem englischen Kanal, und das war's, plötzlich war es zu Ende. Klar wurde ich misstrauisch. Während dieser Woche hatte er mir erzählt, dass er gesund sei, und ich hatte auch gesehen, dass er gesund wie ein Ochse war. Wir sind zwar alt, und Ihnen scheint es sicher so, als könnten wir jeden Moment tot umfallen, aber so ist es nicht wirklich. Jemand, der gesund ist, stirbt auch im Alter von fünfundachtzig nicht ganz plötzlich einfach so. Ich wusste, dass es böses Blut gab, dass Wilshere eifersüchtig und wütend war, da war die Sache mit Ruti, und noch mehr Leute wollten sein Geld ...

Anfangs war ich überzeugt davon, es sei Wilshere gewesen, und ich wollte es von ihm hören. Nachdem Eddie tot war, schickte mir Wilshere weiterhin Nachrichten. Er brauchte einfach ein bisschen Wärme und Anerkennung. Sie haben die Nachrichten gesehen. Und ja, ich reagierte darauf. Ich reagierte, weil ich von ihm das Geständnis hören wollte, dass er meinen Eddie ermordet hatte. Und weil ich Angst vor ihm hatte. Ich wollte die Bedrohung entschärfen.«

Ich nickte nur, unfähig, etwas zu sagen, und streckte stattdessen die Hand nach den Erdnüssen aus. Ich dachte an die WhatsApp-Nachrichten zwischen ihnen.

Bar hatte mehr Mut als ich. »Warum wollten Sie unbedingt ein Geständnis von ihm hören? Um sich an ihm zu rächen?«

Sie zuckte die Achseln. »Um es zu wissen. Und im Nachhinein nehme ich an, ja, auch um mich zu rächen. Ich spielte mit Wilshere, gab ihm das Gefühl, ich sei offen für ihn und wir kämen uns näher. Es gelang mir, ihm die Pistole für eine Weile abzunehmen.« Sie verzog das Gesicht. »Wie sehr ich es auch versuchte, er bestritt, Eddie getötet zu haben. Aber schließlich gab er etwas anderes zu.«

»Und was?«

»Dass er Ruti das Digoxin gegeben hatte. Und da fügte sich auf einmal alles zusammen. Ihre Belästigungen, ihre

Erpressungen, die Angst, noch mehr Menschen würden von dem Geheimnis erfahren. Alles, was ich Wilshere zugeschrieben hatte, traf auf sie zu, vielleicht sogar in höherem Maß: die Eifersucht auf mich und auf Eddie und darauf, wie die beiden Männer um mich herumtanzten. Die offenen Rechnungen und das Gefühl der Leere. Aber dann begriff ich, dass es einen noch tieferen Grund gab – das Gefühl eines furchtbaren Versäumnisses, ihr Baby, von dem sie sich getrennt, das sie nie gekannt hatte, ein Trauma, mit dem keine Frau in Frieden leben kann. Das Geld war eine Art Entschädigung, eine Ausrede, ein Ersatz, irgendwie glaubte sie wohl, ein Anrecht darauf zu haben. Und als Eddie die Zahlungen einstellte – und sie hatte sowieso eine gestörte, extreme, hemmungslose Psyche –, verlor sie jeden Halt. Bei Wilshere gingen diese Gefühle von Wut und Rachsucht in seiner grundsätzlichen Pathetik unter. Ich fürchtete mich vor ihm, aber im Nachhinein gesehen war er offenbar nicht fähig, irgendjemand zu töten, ich bin ziemlich überrascht, dass es ihm gelang, sich zu erschießen ...«

»Moment, Moment«, mischte ich mich ein. »Wenn Sie das mit Wilshere also am Ende von selber verstanden haben, warum haben Sie mich dann gebeten, Ermittlungen anzustellen? Warum haben Sie zu mir gesagt, dass Sie bloß den Verdacht haben, Eddie sei ermordet worden, wenn Sie es schon gewusst haben?«

»Aber nein! Als ich Sie bat, die Sache zu untersuchen, wusste ich das doch noch nicht! Damals hatte ich wirklich Angst, dass er mich töten würde! Es war am Mittwoch, abends, als ich Sie darum bat. Vor zehn Tagen. Am nächsten Tag, am Donnerstag, fing ich an, Ihrer Bitte entsprechend, Ihnen die ganze Geschichte zu erzählen. Wir kamen nicht mehr bis zum Schluss und zu meinem Verdacht. Und erst anschließend, an dem Nachmittag, hat mir Wilshere erzählt, dass er Ruti das Medikament gegeben hatte, und da verstand ich, dass sie Eddie getötet hat. Danach passierte alles furchtbar schnell. In dem Moment, in dem ich es begriffen hatte, lud ich Ruti zu mir zum Abendessen ein. Ich rief sie an und sagte ihr, Eddie hätte ihr Geld hinterlassen, und sie müsse Papiere unterschreiben, um es zu bekommen, sie solle also schnell kommen. Ich wusste, dass sich diese Schurkin die Gelegenheit nicht entgehen lassen würde.«

Bar zeigte ihr die Fotos in Wilsheres Telefon. »Das wurde an dem Tag aufgenommen, an dem sie gestorben ist.«

Sie beugte sich nach vorn, um einen Blick auf das Gerät zu werfen, und dann lächelte sie Bar müde an. »Also, so haben Sie es herausgefunden. Wilsheres Telefon. Ich habe nicht alle Spuren verwischt ... na gut, eine professionelle Mörderin bin ich wohl wirklich nicht.«

Ich schaute Bar verblüfft an. Ihm blieb kurz der Mund offen stehen, doch er fasste sich rasch. »Was heißt das?«, fragte er.

»Nachdem sie gekommen war, aßen wir eine Kleinigkeit, wir alle. Plauderten ein wenig über dieses und jenes. Ruti wirkte angespannt, sagte aber nichts, solange Wilshere noch da war. Und dann wurde Wilshere müde und ging mit seiner Filipina. In der Sekunde, in der sich die Tür hinter ihnen schloss, sagte Ruti, wir sollten jetzt die Erbschaftspapiere unterschreiben, und dann könnten wir im Aufenthaltsraum Bingo spielen gehen. Ich sagte zu ihr: ›Es gibt keine Papiere. Es gibt keine Erbschaft.‹ Sie sah mich an mit so einem eigenen Blick. Ich sagte zu ihr: ›Was willst du tun, wirst du auch mich töten, wie du ihn getötet hast?‹ Sie blickte mich nur an und sagte keinen Ton. Ich hatte immer noch keine Ahnung, was ich tun würde. Ich habe nicht geplant, jemanden zu ermorden. Aber ich musste ein explizites Geständnis hören. Ich sagte: ›Du hast ihn umgebracht, weil er dir das Baby genommen hat vor all diesen Jahren, stimmt's? Und in dem Augenblick, in dem du begriffen hast, dass du nicht einmal mehr Geld bekommen wirst, und nachdem du gesehen hast, wie gut es uns zusammen ging, musstest du dich rächen.‹ Sie schaute mich nur weiter an.«

»Wie hat sie's denn überhaupt gemacht?«, fragte Bar.

»In einem Zahnputzglas. Sie kam mit einem Blumenstrauß ins Altersheim, und man hat ihr extra die Tür aufgesperrt, sie stellte den Strauß in einer Vase auf den Tisch und sagte zu dem Mann, der ihr die Tür aufgemacht hatte, sie müsse auf die Toilette, und dort hat sie das Digoxin in das Glas gebröselt.«

»Woher hat sie gewusst, dass Sie nicht auf Ihrem Zimmer sind?«

»Sie hat es nicht gewusst, sie hat ihr Glück versucht, und es ist ihr gelungen.«

»Und dann hat sie es Ihnen erzählt?«

»Nu, was, hätte sie auf das Vergnügen verzichten sollen? Sie sagte zu mir: ›Es gab zwei Gläser mit Wasser. Ich wusste nicht, welches davon Eddie gehört. Aber dann dachte ich, was kümmert mich das, wenn beide sterben? Ich habe es in beide geschüttet.‹ Ich sagte zu ihr: ›Ich habe keine Herzrhythmusstörungen. Es hat bei mir nicht gewirkt.‹ Sie erwiderte: ›Ja. Schade.‹ Da habe ich mich auf sie geworfen.«

»Sie haben sich auf sie geworfen?«

»Ich bin stärker, als es den Anschein hat.«

»Die pathologische Untersuchung hat aber keine Spuren von Gewaltanwendung ergeben.«

»Ich habe ein Kissen benutzt, um sie zu ersticken. Ein weiches Kissen hinterlässt keine Spuren. Ich war immer kräftiger als sie, und sie ist auch noch stark gealtert und schwächer geworden, weitaus mehr als ich.«

»Sie haben eine Leiche und ein Fläschchen mit einem tödlichen Medikament in Ihrem Zimmer gelassen. Das ist ein bisschen ...«

»Töricht, ja. Ich war sehr erregt, ich dachte nicht logisch, ich bin keine Mörderin von der Sorte, die kaltblütig plant und die Beweise vernichtet. Es passierte alles so schnell. Meinen Sie, ich hätte es nicht bereut? Dieses schöne, verlorene Mädchen so zu sehen, das alles in allem nur nach einem Halt suchte und ein paar Fehler machte, nicht mehr als jeder andere, sicher nicht mehr als ich. Und ich über ihr, presse das Leben aus ihr heraus.« Sie schenkte mir einen langen, ernsten Blick. Aber ihre Stimme brach nicht, und ihre Augen wurden nicht feucht. Sie fuhr fort: »Ich kann es immer noch nicht ganz glauben, dass ich das getan habe. Das ist eine Erfahrung, über die ich zeit meines Lebens nachgedacht habe. Ich habe sogar versucht, mir das Gefühl vorzustellen, wie es ist, anderen das Leben zu nehmen. Es macht einen zu einer Art Gott. Seit es geschehen ist, habe ich von Zeit zu Zeit Schweißausbrüche, ein Gefühl des Erstickens und gerate durcheinander. Aber meist gelingt es mir, mich zu distanzieren. Ich weiß, das musste in jenem Augenblick passieren. Das war, was ich fühlte. Auch weil ich um mein Leben fürchtete – davor hatte sie gesagt, es kümmere sie nicht, ob ich auch sterbe. Und dazu diese Woche mit Eddie… Solche Dinge passieren eigentlich nicht mit fünfundachtzig. In diesem Alter denkst du, du hast alles gefühlt und gesehen, das Leben kann dich nicht mehr überraschen, und dann trifft dich aus heiterem Himmel plötzlich wieder die Liebe von irgendwoher und erschlägt dich. Du bist glücklich, er ist glücklich, ihr habt euch verziehen und eine Welt entdeckt, die nur euch gehört. Und dann wird dir das weggenommen. Und so sicher du es auch erwartet hast, so gut du auch immer gewusst hast, dass das Leben die Liebe besiegt, trotzdem. Sie wurde dir genommen, und du musst etwas tun. Den Schuldigen finden. Ich habe mich selbst erniedrigt, um den Beweis zu finden, dass es Wilshere war, aber er war es nicht. Dann sie – alles habe ich an dieser Hure ausgelassen.«

Ich versuchte, Bars Blick einzufangen. Die ganze Zeit während dieser Beichte war ich im Prinzip unter Schock, versuchte, mich auf das Fahren zu konzentrieren, ließ die bekannten Gebäude und Straßen wie im Traum an mir vorbeigleiten. Wilshere hatte Lotta beschuldigt, aber wer nahm Wilshere schon ernst? Bars Körper war halb nach hinten verrenkt, sein Blick galt Lotta. Ich fragte: »Warum haben Sie das nicht erzählt? Seit Sie zurück sind, ist fast eine Woche vergangen.«

Sie sah die Kränkung in meinen Augen und hörte sie in meinem Tonfall. »Ich habe es doch versucht! Ich habe Ihnen gesagt, sie sollen aufhören zu ermitteln!«, rief sie. Dann wurde ihre Stimme sanfter. »Was hätte ich Ihnen sagen sollen? Ich habe die Verantwortliche bereits ermordet? Ich war verstört und entsetzt. Ich hatte immer noch Angst vor Wilshere, er hat mir eine Drohung geschickt, als er begriff, dass ich sie getötet hatte. Ich wollte, dass Sie in seiner Umgebung herumschnüffeln, damit er mir nichts antun konnte. Und genau das ist geschehen – Sie haben herumgeschnüffelt, und er hat mir nichts getan.«

»Okay«, nickte Bar. Aus irgendeinem Grund blieb er sachlich und ungerührt, nachdem Lotta den Mord erst einmal gestanden hatte. »Und was ist passiert, nachdem Sie Ruti umgebracht haben?«

Lotta atmete tief durch und schloss kurz die Augen zur Erinnerung. »Die Leiche bewegen konnte ich nicht. Also ließ ich sie dort, ich nahm an, man würde sie finden und sie identifizieren. Ich weiß, dass die Polizei dazu tendiert, sich mit dem Tod von alten Menschen nicht weiter zu befassen, ich habe schon gesehen, wie das im Altersheim läuft. Ich hoffte, auch wenn Ihnen das merkwürdig erscheinen mag, dass sie die Geschichte glaubten, die ich erfinden würde, von einer Freundin, der ich übers Wochenende mein Zimmer gegeben hätte und die einfach dort gestorben sei. Ihr Filipino war nicht dabei, also schätzte ich, dass eine Weile vergehen würde, bis ihre Familie sie fand. Ich schlüpfte hinaus, ohne dass mich jemand sah, und fuhr zu Nogga. Wir saßen in der Wohnung ihrer Freundin, die ins Ausland verreist war, und veranstalteten einen Filmmarathon mit den skandinavischen Serien *Das Verbrechen* und *Die Brücke*. Hört mal, Freunde, wenn ihr das noch nicht gesehen habt, das müsst ihr euch anschauen.«

»Ich hab's gesehen«, bestätigte Bar rasch. »Riesige Serien. Beide. Die Figur von dieser Saga ist phantastisch.«

»Martin ist der Wahnsinn.«

»Lund ist der Hammer.«

»Und Jan Meyer ist sexy. Der Schauspieler war auch

in *Wallander*, oder? Sagen Sie, wussten Sie, dass in *Die Brücke* die Dänen Dänisch reden und die Schweden Schwedisch, auch einer mit dem anderen?«

»Leute«, intervenierte ich, »vielleicht schließen wir vorher noch die letzte Lücke?«

Zwei Augenpaare richteten sich überrascht auf mich.

21. *Maladeitsch*, Krokodil!

Bis wir am Friedhof angekommen waren, hatte Lotta tatsächlich mehr oder weniger alle Lücken geschlossen. Zum Beispiel die Unterschrift von Nogga auf dem Identifizierungsformular, als sei es Lottas Leichnam (»Eine blöde Idee von mir«, gab sie zu, »ich weiß nicht, was ich mir dabei dachte. Aber ich überredete Nogga dazu, und sie ging und unterschrieb«), und ihre Unschuldsmiene, als wir sie nach dem jungen O'Leary fragten (»Stimmt... ich habe Ihnen gesagt, ich wüsste nicht, was gemeint ist... ich weiß gar nicht mehr, was ich verbergen wollte und warum...«). Sie wiederholte, dass Nogga keinerlei Schuld habe: »Ich bin die Verbrecherin. Sie wusste von gar nichts.«

Ich sah zu Bar hinüber. »Noch offene Fragen? Schau mal schnell in deine Liste.«

»Vergiss es«, antwortete er, »das reicht zum Abschluss. Es werden immer Löcher in den Erinnerungen und Geschichten der alten Leute bleiben, besonders jetzt, wo bloß noch eine am Leben ist. Wie alles im Leben, vieles bleibt im Verborgenen, wenig ist klar und offen, und es gibt eine Grenze, wie viel man ausgraben kann.«

Ich schaute ihn an. Es war ein bisschen überraschend,

dieses Bekenntnis von ihm zu hören, aber ich war zufrieden mit ihm, sogar stolz auf ihn. Er hatte recht.

Als ich in die Trumpeldorstraße einbog, sagte ich zu Lotta: »In der Zeit, wo wir immer hierhergefahren sind, habe ich Ihnen da eigentlich mal erzählt, dass Trumpeldor ein Zahnarzt war? Dass er in Takaishi, in Japan, in Kriegsgefangenschaft saß, als Soldat der russischen Armee?«

Sie schmunzelte und nickte langsam, während sie aus dem Fenster hin zum Friedhofseingang spähte und versuchte, Leute auszumachen. »Ich glaube schon, es ist lange her, am Anfang…«

Als ich das Taxi gerade in einer Nachbarstraße geparkt hatte und ausstieg, vibrierte mein Telefon, eine SMS. Ich senkte den Blick darauf. Der Name auf dem Display war »Nogga Dickson«. Die Nachricht lautete: »Rufst du mich an? ☺« Ich ließ das Gerät diskret in meiner Hosentasche verschwinden und drückte auf den Knopf der Zentralverriegelung, die ein folgsames Piepsen von sich gab. Dann ging ich den bekannten Weg durch den kleinen Friedhof bis zu Eddies Grab und blieb etwas entfernt von dem mageren Grüppchen stehen. Da war sie, neben ihrer Großmutter. Ich betrachtete die beiden Rücken, einer höher und aufrechter als der zweite, fülliger als der zweite. Und dann sah ich den Grabstein. Ich näherte mich, bis ich die Inschrift lesen konnte. In Englisch und Hebräisch stand da: »Edward O'Leary, 1928–2013.« Minimalistisch.

David O'Leary sprach ein paar Worte vor dem frischen Grabstein. Bar trat zu mir und flüsterte mir ins Ohr: »Bringst du mich nach Hause, wenn das hier zu Ende ist, und gibst mir fünf Minuten, um dir zu sagen, was ich denke?«

»Ich nehme an, dass ich Lotta zurückbringe«, erwiderte ich flüsternd. Er senkte den Kopf und malte mit der Spitze seines alten Turnschuhs Kringel in den Staub. »Schawarma, wenn ich aus Herzlija zurück bin?«, schlug ich ihm leise vor. »Ich hol dich ab.«

Plötzlich hörte ich meinen Namen. Ich schaute auf und entdeckte, dass mich die Versammelten ansahen. »Was ist los?«

David O'Leary trat zu mir und drückte mir einen kleinen Stoß Blätter in die Hand. Sein Finger befahl: »Lesen Sie.«

»*Ana, bekoach gedulat jemincha tatir zrura…*« Ich las das Gebet. Als ich den Blick hob, beeilte sich David, mir noch etwas zum Vorlesen zu geben – einen Abschnitt aus den Psalmen und »El male rachamim«. Jemand vom Friedhof hatte David die Seiten gegeben und ihm erklärt, was man lesen sollte, und er hatte gedacht, ich sei am geeignetsten für diese Aufgabe.

Ein Kaddisch wurde nicht gesprochen, denn diesmal gab es keinen Minjan. Aber die Leute blieben noch ein paar Minuten lang da, und während dieser Minuten kehrte der ganze Monat zu mir zurück. Wir hatten gute Arbeit geleistet, Bar und ich, professionell, die Klientin war zufrieden. Doch ich wusste nicht, ob das wirklich etwas für mich war, vielleicht war einmal in elf Jahren gerade die angemessene Dosis für mich… wogegen die Liebe, wie ich begriffen hatte, viel interessanter war. Diese Liebe von Lotta zu Eddie, ihre Treue, auch nachdem der Tod sie geschieden hatte, die Art, in der einen das Leben verspottete, klüger als du, kürzer, als man sich ausgemalt hat, und vielleicht einfacher, als man gedacht hat, wenn deine erste Liebe mit siebzehn dein Leben in einer späten Blüte im Alter von über fünfundachtzig abrunden kann. Wie würde das bei mir sein? Was – und wer – war die Geschichte meines Lebens? Dutschy? Wo stand sie in dieser Geschichte? Würde sie am Ende den Kreis meines Lebens beschließen? Oder würden mir Noggas und Daphnas und Konsorten weiterhin das Leben würzen, mein Herz flattern lassen, über mir schweben mit ihren verführerischen Süßigkeiten, die nicht wirklich Bestand hatten? Oder lag vielleicht noch die eine ganz große Liebe vor mir, die einzig wahre? Wie konnte ich das wissen? Lotta hatte schließlich gesagt, dass sie und Eddie sich erst am Schluss verstanden hatten, dass sie, als sie jung waren, nicht fähig waren, die Tiefe der Bindung zu begreifen. Was will ich?, fragte ich mich und heftete meinen Blick auf eine kleine einzelne Wolke, weiß und rund im blauen Himmel, und begleitete ihre langsame Bahn.

»Kommen Sie«, hörte ich an meinem Ohr und spürte eine angenehme Handberührung auf der Schulter.

Lotta und ich fuhren in meiner Kia-Seele nach Norden. In den ersten Minuten beließ ich es bei dem Schweigen, das in seiner vertrauten Entspanntheit herrschte, aber als ich auf die Ajalon-Schnellstraße hinunterfuhr, sagte ich: »Das war's? Das ist alles, was auf dem Grabstein steht? Nur sein Name und die Lebensdaten?«

»Das wollte er so. Warum, was hätten Sie daraufgeschrieben?«

»Ich weiß nicht. Diente hier. Starb hier. Verliebte sich hier.«

Sie kicherte und verscheuchte eine Fliege, legte einen Finger auf den Steg ihrer Sonnenbrille und schob sie an ihren Platz. Mir fiel auf, dass sie die großen Ohrringe trug, die sie beim Begräbnis angelegt hatte, von denen sie nachher einen in diesem Taxi verloren hatte. »Das ist unwichtig, dieses ›hier‹. Wir denken immer ›hier‹: Was hat er ›hier‹ gemacht? Warum ist ›hier‹ nicht erwähnt? Aber er ist schon hier, genügt das nicht?«

Ich lächelte. Zwei Minuten danach war sie es, die wieder redete.

»Ich vermute, das ist das letzte Mal«, sagte sie.

Ich hatte plötzlich einen Kloß im Hals. »Warum? Haben Sie einen neuen Fahrer gefunden?«

Sie schmunzelte. Ihre wie üblich zinnoberrot geschminkten Lippen, die Sonnenbrille, der luftige Schal. Ganz genau wie bei der ersten Fahrt vor dreißig Tagen. »Sie sind eifersüchtig? Das ist lieb.«

»Nein, das nicht, ich verstehe bloß nicht ...«

»Ich denke einfach, ich werde aufhören, zum Friedhof zu fahren. Schluss, genug damit. Es ist an der Zeit, weiterzugehen und Eddie in Frieden ruhen zu lassen. Er hat es verdient.«

»Er hat es verdient«, stimmte ich mit wehem Herzen zu.

»Sie müssen mir eines versprechen, Krokodil«, bat sie. Ich hob den Blick zum Spiegel wie so viele Male davor auf unseren gemeinsamen Fahrten und traf ihre Augen, die mir direkt in die Seele schauten. Ich runzelte fragend die Stirn. »Lassen Sie Nogga außen vor. Sie wusste nichts. Sie war nicht beteiligt. Wenn es sein muss, werde ich den Preis bezahlen.« Ich schaute auf die Straße, dann zu ihr. Ich gab keine Antwort, doch ich signalisierte ihr mit einer leichten bejahenden Geste von Kopf und Augen mein Einverständnis.

Als wir ankamen, stieg ich aus und reichte ihr den Arm. Sie hängte sich ein, und so gingen wir bis zur Lobby, während sie sich auf mich stützte. Vor der Eingangstür umarmte ich zart ihren fragilen Körper. »Schalom, Eitan. Danke«, sagte sie.

Ich sagte nichts. Ich nickte nur. Der Kloß in meinem Hals wollte sich in Tränen verwandeln, die mir in die Augen stiegen. Ich drehte mich hastig um und ging zu meinem Taxi zurück, während ich hörte, wie sich hinter mir die automatische Eingangstür des Altersheims zischend öffnete und schloss.

»Und?«, fragte Bar mit dem Mund voller Schawarma. Er meinte die Fahrt mit Lotta.

Ich zuckte mit den Schultern. Ich weihte ihn nicht in meinen Abschiedsschmerz ein. Ich biss von meinem Schawarma ab und spülte mit einem langen Schluck aus der Glasflasche nach. Schawarma Nachalat Jizchak brodelte mit der typischen Fieberhaftigkeit des Wochenanfangs – erneuerte Energien, gebügelte Hemden, rasierte Wangen.

»Was sagst du dazu?«, erwiderte ich. »Ist die Geschichte deiner Meinung nach in sich geschlossen, wie sie Lotta erzählt hat, oder glaubst du immer noch O'Leary und seinen Anschuldigungen gegen Nogga?«

Er schüttelte den Kopf. »Ich habe Wilshere geglaubt, stimmt's? Irgendwas in seinem Verhalten hat für mich ausgestrahlt, dass er aufrichtig ist, dass er nicht blufft. Aber bei Lotta, der habe ich nicht alles abgekauft, was sie gesagt hat, ich habe die Ungereimtheiten und Lügen gerochen, oder? Ich hab einen Instinkt dafür, ich weiß, wann Leute lügen.«

»Okay, also O'Leary glaubst du? Dass Nogga alle ermordet hat?«

»Nein. Er liegt total falsch. Jemand wie Lotta gesteht nicht einfach so einen Mord. Und zu sagen, dass die Alten keine Kraft und keine Leidenschaft hätten, nu aber echt, wenn wir irgendwas aus dieser Geschichte gelernt haben, dann das, dass es genau umgekehrt ist. Gabriel García Márquez hat in *Die Liebe in den Zeiten der Cholera* geschrieben, dass Liebe im Alter dasselbe ist, bloß konzentrierter.«

»Wie bitte? Du hast angefangen, Bücher zu lesen?«, fragte ich erstaunt, und ich hatte die Frage kaum ausgesprochen, da entdeckte ich ihn, als er sich näherte, unverkennbar: die braune, sonnenverbrannte Glatze, das kurze karierte Hemd, dessen oberster Knopf offen stand und zwischendurch den Blick auf ein weißes Unterhemd, ein paar wirre graue Brusthaare und einen vergoldeten Chai-Anhänger freigab – er war echt der letzte Mensch, der noch mit so einem Talisman herumlief –, aber vor allem die Zähne, die wie immer strahlend weiß lächelten. »Morris!«, rief ich aufgeregt.

Er setzte sich, weiter lächelnd, mir gegenüber auf einen freien Plastikstuhl. Ich machte ihn mit Bar bekannt. Er nickte. Schließlich sagte er: »Was macht die Maschine?« Die Maschine war das Taxi, das ich von ihm gemietet hatte.

»Keine Klagen«, antwortete ich.

Morris musterte mich ein paar Sekunden.

Ich sagte schnell: »Na komm, Morris, ich versuch dich schon seit fast einem Monat aufzutreiben, um dir die Schecks zu geben.«

»Ich hab schon gedacht, du versuchst dich zu drücken«,

erwiderte er, wobei er Bar lächelnd zuzwinkerte. Bar gab ihm das Lächeln zurück.

»Gott bewahre«, entrüstete ich mich.

»Ja nun, Krokodil«, sagte Morris. »Lotta Perl, eh?«

Ich starrte fassungslos Bar an. Er starrte fassungslos zurück. Aber er sagte nichts.

»Was? Du kennst sie? Ich glaub's nicht!« Die Fragen überstürzten sich in wildem Durcheinander in meinem Kopf. Morris kannte sie? Seit wann? Schon damals in der Mandatszeit? Konnte er uns was erzählen, das wir nicht wussten? Als Außenstehender, endlich? Denn das komplette Material, mit dem wir bei dieser Ermittlung gearbeitet hatten, war intern, die gesamte Information kam von den Personen, die selber involviert waren. Sollten wir die ganze Zeit jemanden vor der Nase gehabt haben, der die Geschichte von außen kannte? Jemand, der vielleicht das letzte Stück vom Puzzle besaß?

Ich schaute Bar an, er schien nicht weniger geschockt, ich war überzeugt, in seinem Kopf schwirrten Fragen der gleichen Sorte herum. Ich sah wieder zu Morris, dessen tiefe braune Augen mich ernst anblickten.

»Du musst mir alles erzählen«, sagte ich zu ihm, um Gelassenheit bemüht.

Morris blickte mich weiter ernst an, ließ seine Augen dann zu Bar und wieder zurück zu mir wandern.

»Nu!«, drängte ich.

Wieder die weißen Zähne. Wieder das warme Lächeln. »Nein... ich kenne sie nicht. Sie hat mich angerufen, vor ein paar Wochen oder so. Mich nach dir gefragt, ob du in Ordnung bist, ob du ein *Mensch* bist. Sie hat meine Nummer über die Applikation rausgefunden – es gibt eine Möglichkeit für die Kunden, den Besitzer des Taxis zu kontaktieren, irgendwie so. Ich habe ihr versichert, dass du ein guter Junge bist. Sie hat sich nett angehört, aber zu aschkenasisch für meinen Geschmack.« Er brach in Lachen aus und blickte sich um. »Ich brauch einen normalen Kaffee«, sagte er. »Schreibst du mir die Schecks aus?«

Schecks? »Äh ... die hab ich nicht dabei. Ich verspreche dir, morgen komm ich bei dir vorbei, und dann kriegst du alles.«

Er war schon aufgestanden, drohte mir kurz mit dem Finger, aber er machte sich keine echten Sorgen. Bar und ich verfolgten mit dem Blick, wie sein kariertes Hemd durch die Tür des Lokals verschwand.

Ich schaute meinen Partner an, noch immer ziemlich geschockt. Wir tranken aus unseren Flaschen.

»Also, wo waren wir?«, fragte ich schließlich.

»Ich habe zu dir gesagt, dass ich diesmal Lotta glaube. Und ich habe Gabriel García Márquez zitiert, und du hast gefragt, ob ich angefangen habe, Bücher zu lesen.«

»Genau.« Ich wischte mir den Mund ab und wartete, dass er mir die Frage beantwortete.

Er trank wieder aus der Flasche und schenkte mir einen beredten Blick, wobei er einen Rülpser unterdrückte. »Ich hab's nicht gelesen. Das kam in irgendeiner Sendung auf Kanal 23 mitten in der Nacht, als ich versucht habe, meiner Kleinsten beim Einschlafen zu helfen ... aber es stimmt! Wir haben auf der ganzen Strecke bei diesem Quartett gesehen, wie stark die Gefühle sind, die sie angetrieben haben – diese Hiebe mit der Peitsche haben nie aufgehört, ihnen auf dem Hintern zu brennen. Nogga hatte nicht wirklich ein Motiv. Mit dreiundzwanzig, bei allem Respekt vor den Schulden und der jugendlichen Verwirrung, würde sie nicht anfangen, Leute umzubringen.«

»Einverstanden«, sagte ich. »Ich frage mich nur, warum er so eine Theorie erfinden sollte. Was hat er davon?«

»Ich glaube, das ist sogar ganz einfach. Er kann sich schlicht nicht vorstellen, dass seine Großmutter seinen Großvater ermordet hat. Ich kann das nachvollziehen. Das liegt am menschlichen Gehirn, es gibt Dinge, die es einfach nicht akzeptieren kann. Außerdem hat sich ja herausgestellt, dass Nogga durchaus zu einem gewissen Teil mit drinhängt, sie hat es gewusst und hat Lotta geholfen. Also hat er sie nicht komplett falsch beschuldigt.«

Ich dachte darüber nach. Alles in allem klang es logisch. Obwohl Bar und ich uns schon darauf geeinigt hatten, dass logisch nicht immer stimmen musste.

»Und was … was machen wir jetzt mit ihr?«, fragte ich und schaute ihn verstohlen an. Ich war unsicher, wie ich das, was ich fragen wollte, formulieren sollte.

»Mit wem? Mit Lotta? Ob wir sie anzeigen sollen?«

Ich nickte langsam, ohne etwas zu sagen. Lotta und Nogga. Beide waren kriminell.

»Ich weiß nicht«, sagte Bar. »Was hat das für einen Sinn? Wenn wir zur Polizei gehen, wer würde diese abwegige Geschichte von halbtoten Tattergreisen glauben, die anfangen, sich gegenseitig kaltzumachen? Sitzen wir dann vor einem Kriminalbeamten und erzählen ihm was von achtzehn Peitschenhieben und einem Finger im Hintern? Was für Beweise haben wir überhaupt? Es gibt keine Dokumente, wir haben nichts aufgenommen, die meisten Zeugen sind tot. Und wie sollen wir erklären, was wir damit zu tun haben? Vergiss es«, fasste er abschließend zusammen, was Musik in meinen Ohren war. »Es ist besser, wir belassen es dabei. Wozu soll man eine alte Frau mit fünfundachtzig anzeigen.«

Ich nickte fieberhaft. Genau, was ich dachte.

»Obwohl«, stieß er plötzlich aus und richtete sich auf.

»Obwohl was?«

Er betrachtete mich ein paar Sekunden mit einem durchtriebenen Blick. »Obwohl, was ist mit der Enkelin?«

»Die Enkelin? Wer, Nogga? Was …« Offenbar wurde ich rot. Ich wusste nicht, worauf er hinauswollte. Wollte er sie wegen Beihilfe zum Mord anzeigen?

»Was meinst du eigentlich, du Trottel? Ich weiß, dass zwischen euch was läuft, du bist durchsichtig wie Glas. Habt ihr gevögelt?«

»Wieso?«

»Jetzt komm schon, ihr Geschiedenen …«

»Warum meinst du, dass zwischen uns was läuft?« Ich schickte einen vorsichtigen Blick in seine Richtung. Er quittierte ihn mit einem Lächeln.

»Sie hat dich voll manipuliert. Sie hat mitgekriegt, dass du Lotta wichtig bist und dass du Macht und Informationen über sie hast. Sie weiß, wie man Männer um den Finger wickelt. Und du bist ein Typ, der sich leicht einwickeln lässt. Aber mich hat sie außen vor gelassen – mich wickelt man nicht ein.« Er brach in Lachen aus, zufrieden mit sich selbst.

Ich schaltete alle Geräte im Taxi ein und schaute dann noch einmal auf die Nachricht, die mir Nogga geschickt hatte: »Rufst du mich an? ☺« Klar wollte ich sie anrufen, aber ich kannte mich nicht mehr aus, was sie wollte oder wie ich reagieren sollte. Das Timing ihrer Nachricht war interessant, genau als wir zur Gedenkfeier eingetroffen waren. Hatte Lotta es irgendwie geschafft, ihr zu erzählen, dass sie den Mord gestanden hatte? Bei der Zeremonie hatte mir Nogga keinen Blick gegönnt.

Ich schrieb: »Ich bin gleich frei. Was gibt's?«

Sofort traf die Antwort ein: »Gilt die Verabredung noch … ich hab Sehnsucht … treffen wir uns heute?« Mein Finger fuhr eilfertig in das Münzfach der Geldbörse. Die Pille war noch drin, bereit zur Schlacht.

Eine Frau stieg ein, die zum Shalom Meir Tower wollte, also nahm ich die Fahrt als gute Gelegenheit, nicht zu simsen. Ich redete nicht mit der Kundin. Ich hatte keinen Nerv dazu.

Als ich sie abgesetzt hatte, schaute ich nach und fand eine weitere Nachricht auf dem Handy: »?«

Ich antwortete: »In Ordnung.«

»Fein. Wann?«

»Bin um halb zehn mit Boxen fertig. Danach geht es.«

»Stimmt, du boxt!!! Diesmal verbinde ich dir die Wunden. ☺«

Ihr Flirten wirkte künstlich und übertrieben begeistert – ein zu scharfer Gegensatz zu der Kühle, die sie mir gegenüber seit der einen Nacht demonstriert hatte. Ich gestand mir ein, dass Bar offenkundig recht hatte, sie war eine Meisterin der Manipulation. Ich schickte ihr einen Smiley zurück und nahm drei Männer mittleren Alters zum Mosche Aviv Tower im Gelände der Börse in Ramat Gan mit. Als sie ausstiegen, sagte einer von ihnen zu mir: »Also, Sie kommen mir irgendwie so was von bekannt vor.« Ich gab Gas.

Ich schaute auf das Telefon. Sie hatte wieder geschrieben: »Sag mal, habt ihr meine Großmutter zur Zeremonie gefahren?«

Ich antwortete nicht während der nächsten Fahrt, die ausgerechnet nach Herzlija Pituach ging, wo ich vom Studio des Sportsenders einen Baseballtrainer mit einem bekannten Gesicht mitnahm, der die ganze Strecke über in sein Mobiltelefon plärrte. Er musste in die Gegend um das Luxusviertel Azorei Chen, also fuhr ich am Meer entlang, auf der Sandstraße, und dachte an die Fahrten mit Lotta und Nogga, und es stieß mir sauer auf.

Wieder kam eine Nachricht: »Und stimmt es, dass ihr O'Leary gestern getroffen habt?«

Schließlich schrieb ich zurück: »Ich arbeite, kann auf der Fahrt nicht simsen. Reden wir am Abend?«

Worauf sie antwortete: »Ich warte. Vergiss nicht, die Pille zu nehmen! Hast du sie noch?«

O Gott. »Ja«, tippte ich und spürte eine Regung zwischen meinen Beinen.

Emil war gereizt. Er redete viel Russisch und spannte mich mit Sami, dem arabischen Boxer, zu einer Serie von Pushpushs zusammen. Danach schickte er die Starken – Anton, Ilja, Stess, Anatoli und noch ein paar – zum Partnertraining, und die Schwächeren – mich, Juval Gabbai, den Jemeniten, Sami, den Araber, und Arkadi, den Jungen – an die Sandsäcke, um allein zu trainieren. Das kam mir gerade recht, denn es gab mir Zeit, mein Gehirn zu leeren und gleichzeitig zu füllen.

Ich dachte an Nogga, wie hingerissen ich von ihr war, vor weniger als einer Woche, was für ein wunderbarer, erregender Abend es war, und wie dieses Wunder plötzlich dahinschmolz und zerrann. Bar hatte gesagt, ich sei durchsichtig, »ein Typ, der sich leicht einwickeln lässt«, und dass sie mich manipulierte. David O'Leary hatte behauptet, sie hätte alle ermordet, wäre sogar gegenüber dem Glück ihrer Großmutter blind gewesen. Kannten sie sie denn wirklich? Wer hätte zum Beispiel gedacht, dass sie Diamantengeschäfte in Afrika machte? Das hatte mich tief beeindruckt, auch wenn sie am Ende in Schwierigkeiten geraten war. Lotta kannte sie etwas besser als alle anderen, schon ihr ganzes Leben lang, und sie behauptete, sie hätte ein goldenes Herz. Ich wusste, dass Nogga keine Serienmörderin war, und ich schluckte die Behauptung, sie sei manipulativ, nicht so leicht. Warum sollte es nicht legitim sein, jeden, der auch nur entfernt in Frage kommt, um Hilfe zu bitten, wenn du in Not bist? Trotz allem, obwohl ich begriff, dass sie mit mir spielte, mochte ich sie immer noch. Ich hielt an ihr fest.

Ich drosch auf den Sandsack ein, machte einen Schritt nach vorn und noch einen, schlug einen Haken von oben mit der Rechten, während ich mit dem Boxhandschuh der Linken die Nase schützte, nickte hin und wieder, wenn mich Emil stoppte und mir erklärte, wie man die Bewegung verbesserte.

Aber mochte ich sie wirklich, oder strengte ich mich nur an, sie zu mögen, weil sie mir unverhofft ihre Gunst erwiesen hatte, weil es meinem Ego schmeichelte und es erhöhte? Bildete ich mir ein, dass es zwischen uns echte Emotionen gab, nur weil ich glauben wollte, dass sie sich zu mir hingezogen fühlte und mich wollte, dass sie nicht nur ein Mittel zum Zweck in mir sah, um sich zu retten?

Einer, der ihrer Großmutter nahestand, der zu viel wusste, den man im Auge behalten musste?

Oder waren diese Zweifel ihr gegenüber nur auf den schlechten Einfluss von Bar, David und anderen zurückzuführen, die selber keine geringen Manipulatoren waren, vielleicht neidisch, vielleicht ein bisschen chauvinistisch und wiederum selbst von Männern aus einer anderen Generation wie Wilshere beeinflusst waren? Dazu passte dann wie die Faust aufs Auge meine tiefe Verunsicherung gegenüber starken Frauen...

Was will ich?, fragte ich mich wieder. Sie, antwortete ich mir. Ich wollte sie, was auch sonst. Aber war das Liebe? Es war sicher keine Verliebtheit der pubertären Sorte, die einen paralysierte und die Funktionsfähigkeiten lahmlegte. Aber allein dieser Vergleich führte dazu, dass ich etwas begriff: Ich war seit Jahren nicht mehr verliebt gewesen, und es fehlte mir. Ich suchte danach. Gierte danach. Von Lotta und Eddie zu hören, wie sie ihr Glück fanden – ihre Geschichte konnte doch nur die Hoffnung wecken, dass es Liebe gab, dass man sie zuletzt erreichte oder wieder von Neuem entdeckte, denn die Erinnerung an sie ruhte das ganze Leben im Körper, in irgendeinem schlummernden Winkel des Herzens, der am Ende erwachte... Wie Lotta gesagt hatte, die Augenblicke, in denen die Liebe strahlt, für sie leben wir. Und es gibt keine andere Wahl, als sich einzugesteh...

»Krokodil!«, schreckte mich Emil von der anderen Seite des Rings auf. »Bist du bei uns?«

Ich schlug schwitzend auf den Sack ein, und gegen Ende des Trainings, als Emil uns zum allgemeinen Kreis kommandierte und uns ein paar Minuten Sparring mit wechselnden Partnern machen ließ, fand ich mich auf einmal dem muskulösen, athletischen, großen Stess gegenüber, und in einem seltenen Augenblick der Unachtsamkeit seinerseits landete ich einen ungeplanten Glückstreffer mit einem rechten Haken von oben, und zufällig schützte er sein Gesicht gerade nicht, mein roter Boxhandschuh knallte auf seinen rechten Wangenknochen, sein Kopf flog zur Seite, und er verlor das Gleichgewicht.

»*Maladeitsch*, Krokodil, prima gemacht!«, röhrte Emil, der zufällig in die Richtung geschaut hatte, und dann schrie er in Russisch so einiges weiter, womit er sicher Stess verspottete, dass er es dem Taxifahrer, dem Einheimischen, dem Fliegengewicht, dem Vierundvierzigeinvierteljährigen, ermöglicht hatte, ihm auf solche Weise eins zu verpassen.

Als ich aus dem Kellergeschoss des Dizengoff-Centers herauskam, wartete eine Nachricht auf mich: »Vor deinem Haus, jetzt komm schon!«

22. Ich denke an dich

Ein dünnes Kleid umspannte ihren sinnlichen Körper, die braunen Locken flossen ihr über den Nacken und ihr Lächeln, ihre Umarmung, der Duft, der mich einhüllte, der Zungenkuss – das alles gleich draußen, auf der Straße, als ich noch vom Boxen schwitzte. Was für ein Anfang!

Oben fragte sie als Erstes: »Hast du die Pille genommen?«

»Noch nicht«, sagte ich. Mit leicht flatterndem Herzen stöberte ich in meiner Geldbörse nach dem Zellophantütchen.

Sie beobachtete es interessiert.

»Ein bisschen beängstigend, oder?«, fragte ich, während ich die blaue Pille zwischen den Fingern hielt. »Man sagt, manche können einen Herzinfarkt davon kriegen, was weiß ich?«

»Aber du hast gesagt, dass sie dir ein Arzt gegeben hat, oder?«

»Ja.« Ich dachte an Dani Nof. Er schien mir verantwortungsbewusst. »Also, nehmen?«

»Klar ... Sekunde, warte.« Sie trat an die Spüle und fand die zweite Weinflasche aus den Siedlungen, drehte fachmännisch den Korken heraus und schenkte zwei Gläser ein. »Jetzt.«

Ich schluckte die Pille mit dem Wein. Es passierte nichts. Ich sagte zu ihr, ich müsste duschen.

»Also, was war heute auf der Fahrt mit meiner Großmutter los?«, fragte sie, als ich aus der Dusche kam, und streichelte meine Wange. »Sie erzählt mir nichts.« Ich warf mir einen braunen Frotteebademantel über. Ihre Körpersprache besagte deutlich, dass ich mich nicht weiter anzuziehen brauchte. Ich beugte mich zu ihr, um sie zu küssen. »Deine Haut ist wärmer als normal«, sagte sie. Ich vermeinte eine Regung zwischen meinen Beinen zu spüren, aber ich wollte den Mund nicht zu voll nehmen, ich wollte abwarten und sehen, was passierte. Dani Nof hatte gesagt, eine halbe Stunde bis Stunde.

Wir setzten uns mit den Weingläsern aufs Sofa. Sie gab mir noch einen langen Zungenkuss. Dann schaute sie mich mit verschleierten Augen kusstrunken an, berührte behutsam die Reste meines Veilchens und sagte: »Das ist so was von sexy.«

Sie auch?, dachte ich, vielleicht sollte ich mir öfter eine Verletzung zulegen. Ich trank einen Schluck.

»Sie hat uns alles erzählt«, sagte ich.

Etwas in ihr spannte und verhärtete sich.

»Was heißt alles?«, fragte sie.

»Alles. Dass Wilshere das Digoxin mitgebracht hat, vielleicht um Lotta oder die anderen zu töten, aber ein zu großer Feigling und Loser war, um wirklich etwas zu unternehmen. Und dass Ruti Spielberg Eddie O'Leary umgebracht hat aus Rache für die Jahre der Trennung von ihrem Kind und weil er ihr den Geldhahn zugedreht hat und sie auf ihn und Lotta neidisch war ...«

»Ja, sie hat in der Hauptsache verloren. Sie hatte nichts mehr zu verlieren.«

»Und dann hat Lotta Ruti getötet aus Rache dafür, dass sie ihr Eddie genommen und den Traum zerstört hat ... und Wilshere hat sich selber umgebracht, als er das mit dem heimlichen Sohn von Eddie und Ruti entdeckte. Das war eine Demütigung zu viel für ihn.«

»Ja?« Sie blickte mir forschend in die Augen.

»Ja. Hat sich mit seiner Pistole erschossen. Die, die er zerlegt im Rollstuhl nach Israel eingeschmuggelt hat. Die ihm Lotta abgenommen hat und die er sich wieder zurückgeholt hat auf Rutis Beerdigung ...«, ich hob meinen Blick zu ihr, »... von dir, oder? Als ihr euch geprügelt habt.« Ich versuchte, meine Lippen den ihren zu nähern, die Finger in Richtung ihrer Karamellbrustwarzen auszustrecken. Doch sie reagierte nur mit einem kurzen Kuss mit geschlossenen Lippen und redete weiter.

»Hat sie erzählt, wie es angefangen hat? Wie das alles plötzlich hochgeschwappt ist?«

»Dein Besuch in England? Deine Schulden wegen den Diamanten? Sie hat gesagt, dass du ein gutes Herz hast.«

Sie betrachtete mich ein paar Sekunden und gab mir dann einen endlos tiefen, weichen Kuss, während sich ihre Hand einen Weg zwischen die Falten des Bademantels bahnte, bis sie gefunden hatte, wonach sie suchte, und danach griff. Und da gab es einiges zu greifen – der gute Gott und der teure Dani Nof –, die reinste Schleuderrakete.

»Oh, was haben wir denn da?«, flüsterte sie, nachdem sich ihre Zunge von meiner gelöst hatte.

Ich antwortete nicht. Ich schloss die Augen und spürte, wie ihre Finger ihn langsam umkreisten. Auch mein Gehirn kreiselte, vom Wein. Ich wollte noch mehr davon.

»Und was war mit David O'Leary? Wie kam es, dass du und Bar ihn gestern Abend getroffen habt?«

»Er kam vom Flughafen«, sagte ich, was die Frage nicht wirklich beantwortete.

Sie reagierte wieder mit deutlicher Anspannung, aber diesmal war wenigstens mein Penis in ihrer Hand. Sie ließ ihn nicht los, als sie fragte: »Hattet ihr euch verabredet?« Ich nickte und versuchte, sie auf den Hals zu küssen, aber sie hielt ihn außer Reichweite. »Was hat er gesagt?«

»Dass du die drei ermordet hast, dass du verrückt bist, größenwahnsinnig, dass du versucht hast, alle zu erpressen, wegen den Schulden, dass du verwirrt bist.«

Sie blickte mir tief in die Augen, hielt mich weiterhin fest und bewegte dann ihre Hand langsam auf und ab. »Habt ihr ihm geglaubt?«, fragte sie.

Für einen Moment dachte ich, was, wenn O'Leary recht hat und es wirklich sie ist, die Serienmörderin? Bar hatte diese Theorie rasch mit logischen Erklärungen widerlegt, und Lotta hatte eine komplette Auflösung geliefert. Aber noch einmal: Wer hat gesagt, dass Logik das Entscheidende ist? Warum stellte ich mich automatisch wieder auf Lottas Seite und glaubte ihr? Wenn alles an seinen Platz fiel und sich zusammenfügte, ja und? Bar hatte selber gesagt, die Aufgabe eines Detektivs sei es, zu zweifeln, das Selbstverständliche in Zweifel zu ziehen. Sie bewegte ihre Hand wieder auf und ab, und mir entfuhr ein lustvoller Seufzer. In diesem Stadium beschloss ich zu hoffen, dass sie keine Serienmörderin war.

»Nein«, ich blies langsam den Atem aus, »wir haben ihm nicht geglaubt.«

»Schön. Dieser kleine Scheißkerl wollte mich unbedingt vögeln, seitdem versucht er sich an mir zu rächen.« Sie lächelte endlich und beugte sich vor, um mich am Hals zu lecken, hörte aber nicht auf, langsam ihre Hand zu bewegen. »Wow«, flüsterte sie, »er ist echt voll hart. Es funktioniert, eh?«

Ich konnte nicht antworten. Ich nickte mit geschlossenen Augen und streichelte ihre glatte Haut, schob einen Träger beiseite, strich mit den Fingern ihren Hals hinunter zur Schulter, unter das Kleid. Jetzt gelang es mir, es gab keinen BH. Sie küsste mich wieder, und dann begann sie, mit kleinen Küssen nach unten zu wandern, zur Schulterbeuge, zu den Brustwarzen, über den Brustkorb hinunter. Sie steckte ihre Zunge in meinen Nabel, wobei sie nicht aufhörte, das pralle Glied in der Hand zu halten, und dann hob sie den Kopf und lächelte mich an. Irgendwo in einer tiefen Schicht meines Gehirns fragte ich mich, O'Leary wollte sie vögeln? Er sagte, sie hätte versucht, Geld aus ihm herauszuholen. Wem sollte man glauben? Aber spielte das im Moment eine Rolle?

»Was werdet ihr jetzt tun?«, flüsterte sie.

»Was? Wer?« Ich streckte eine Hand nach dem Glas aus, um noch einen Schluck Wein zu trinken, spürte, dass meine Lider schwer wurden.

»Du und Bar. Geht ihr zur Polizei? Wollt ihr Lotta anzeigen, weil sie Ruti getötet hat? Mich ...?«

»Scheint mir nicht so ...« Ich dachte daran, was Dutschy dazu gesagt hatte und an die Unterhaltung mit Bar beim Schawarma.

»Werdet ihr was von der Unterschrift in der Leichenauf-
bewahrung erzählen? Werdet ihr was von den Erpressungen sagen?«

Ich fragte mich, ob sie versuchte, mit der Position, in der
sie sich gerade befand, jemanden zu erpressen. Vorwärts,
sollte sie mich auspressen.

»Nein, die Polizei nimmt das nicht ernst, sie interessieren sich nicht für den Tod von Fünfundachtzigjährigen.
Und die Geschichte ist gelöst, alle sind tot außer Lotta,
und Lotta ist cool. Sie ist keine Gefahr für die Öffentlichkeit, wozu soll man sie ins Gefängnis schicken. Demjanjuk
hat man die Haft erlassen, und sie soll ins Gefängnis?...
Komm, kannst du mit den Küssen in der Richtung weitermachen, in der du angefangen hast?«

Sie lachte und versenkte sich wieder in meinen Nabel.
»Klar«, flüsterte sie in ihn hinein. Und fuhr fort, in der
Richtung zu küssen, in der sie angefangen hatte. Sie ge-
langte zur Peniswurzel und verteilte dort kleine, schwe-
bende Küsse. Ich schloss die Augen und versank tief im
Sofa, gab mich der Empfindung hin. Und da zog sich ihre
Hand zurück. Ich hörte Geräusche neben mir. Schlug die
Augen auf.

Sie stand neben dem Sofa. Schob die schöne Brust wieder an ihren Platz in das Kleid zurück und dann den Schul-
terträger hinauf. Ich schaute sie entgeistert an. Es gelang
mir nicht, irgendwas zu sagen.

»Ich muss gehen«, sagte sie.

Ich saß auf dem Sofa mit offenem Bademantel, leicht gespreizten Beinen und einer stramm aufgerichteten Rakete
dazwischen, in meiner Hand ein Glas Wein. Mir war heiß.

Waren meine Herzschläge beschleunigt? Dieses Zeug funktionierte tatsächlich. Aber ich war allein geblieben, nicht völlig überraschend.

Sie musste sich vergewissern, dass wir nicht zur Polizei gehen würden, das war alles. Um Lotta zu schützen und sich selbst. Um ehrlich zu sein, ich war nicht wirklich getroffen. Ich wollte sie, ja, aber ich begriff, dass das, worüber ich vorher nachgedacht hatte, das Verlangen, sich zu verlieben, in ihrem Fall nur ein Verlangen blieb. Sie war zu jung und zu verwirrt, auch wenn sie keine Serienmörderin war. Vielleicht hatte sie ein gutes Herz, wie ihre Großmutter behauptete, und Mut, Kaltblütigkeit und Selbstsicherheit, was ich schätzte. Und vielleicht gab es noch Liebe auf der Welt, aber nicht zwischen ihr und mir. Vielleicht war ich ein biederer, antiquierter Romantiker, aber ich zog die Liebe echt und rein wie in der Version von Eddie und Lotta vor, nicht schroff und ausbeuterisch wie bei ihrer Enkelin.

Sei's drum, der Fall war gelöst. Ich musste Bar auf den allerletzten Stand bringen. Aber nicht jetzt gleich. Die Gedanken sprachen im Kopf zu mir, und ich senkte den Blick zwischen meine Beine. Was sollte ich mit dem Ding anfangen? Ich beschloss, ihn zu ignorieren, irgendwann würde er sicher runterkommen. Ich stand auf und ging zum Bücherregal, fuhr mit dem Finger die kleinen Bände des Verlags Am Oved entlang, bis ich das Buch fand, das ich suchte. Ich schlug es auf und blätterte darin, glitt mit den Augen über Satzteile und Wörter.

Ich fand: »Sie lebten dahin wie zwei alte, durchs Leben klug gewordene Eheleute, jenseits der Fallen der Leidenschaft, jenseits des grausamen Hohns der Hoffnungen und der Trugbilder der Enttäuschungen: jenseits der Liebe.

Denn sie hatten genug zusammen erlebt, um zu erkennen, dass die Liebe zu jeder Zeit und an jedem Ort Liebe war, jedoch mit der Nähe zum Tod an Dichte gewann.« Bars Zitat war nicht ganz exakt gewesen, hatte aber die Essenz eingefangen, hatte Eddie und Lotta eingefangen. Ich malte mir aus, wie sie Hand in Hand durch die Straßen Tel Avivs schritten, glücklich mit fünfundachtzig, überflutet von konzentrierter Liebe.

Ich stellte *Die Liebe in den Zeiten der Cholera* von Márquez an ihren Platz zurück. Ich dachte an die Zeit, die verging, und an die Geschichte, die sich in ihr gestaltete. Richtiger gesagt, die Geschichten – die persönlichen, die kollektiven, die widersprüchlichen, die zusammenlaufenden. Jede Geschichte und ihr Werdegang aus den gemeinsamen Erinnerungen, aus den verschiedenen Möglichkeiten heraus, die Erinnerungen zu bewahren.

Mir fiel Morris ein, und ich ging an den Küchentisch, um endlich die Schecks auszuschreiben, die ich ihm schuldete.

Ich setzte mich, holte das Scheckheft aus der Schublade und nahm einen Stift zur Hand.

Ein Ton hallte durch die Wohnung. Eine SMS. Wo war mein Telefon?

Ich stand auf und ging so, immer noch mit einem Ständer wie ein Wächter der königlichen Garde, zu dem Gerät.

»Ich denke an dich«, stand da. Ich runzelte die Stirn. Absenderin: Daphna, die Danielamama.

Eine weitere Nachricht kam an: »Bin ein bisschen betrunken. Bin mit Freundinnen ausgegangen. Wir haben den ganzen Abend Wein getrunken. Nicht so gut wie deiner.«

Ein paar Sekunden darauf noch eine: »Bist du überhaupt da, Eitan?«

Ich nahm das Telefon mit ins Wohnzimmer und setzte mich wieder aufs Sofa. Ich war immer noch nackt. Er stand mir noch immer. Das Viagra kannte kein Erbarmen.

Wieder eine Nachricht: »Ups ... ich hoffe, ich störe nicht. Aber wenn du allein bist, kann ich vielleicht einen Moment vorbeikommen?«

Und noch eine: »Völlig betrunken.«

Die reizende, attraktive, flirtende Daphna. Die unbefriedigte. Eine Frau. Wie sehr ich Frauen liebte. Sie schätzte. Sie brauchte.

Und noch eine: »Vielleicht sollte ich das nicht tun, aber wozu betrinken wir uns, wenn nicht dazu, dass das Leben ein bisschen weniger unerträglich wird und die Wahrheit ans Licht kommt? Also die Wahrheit ist, dass du süß bist. Und stimmt, ich bin verheiratet, aber das ist nicht deine Sache und hat nichts mit dir zu tun. Und jetzt laufe ich in den Straßen dieser Stadt herum und merke, dass ich mich deiner Gegend nähere, also würde ich mich freuen, wenn du sagst, ich kann kommen. Nur ein bisschen.«

Und dann: »?«

Ich drückte auf das Audioeingabefeld, und die Kästchen der Tastatur erschienen auf dem Display, bereit, ihre Stimme nach meinen Anweisungen ertönen zu lassen.

Ich schaute ein paar Sekunden zum Bücherregal hinüber, holte langsam Luft, und dann tippte ich mit zögernden Fingern: »K«, und danach »o« und schließlich »mm«.

Mein Finger schwebte einen Moment über Senden, verharrte noch ein bisschen, vielleicht in der Hoffnung, es würde noch eine Nachricht von Daphna, der Danielamama, eintreffen, die sich entschuldigte, alles zurücknahm und mitteilte, dass sie nach Hause ging. Aber es kam keine solche Nachricht. Ich betrachtete mich.

Ich war nicht in der Verfassung, mich zu weigern. Auch ich war betrunken.

Was geschehen muss, wird geschehen.

Ich drückte auf Senden.